杏坛圣迹

程学荣

著

山西出版传媒集团

山西人民出版社

图书在版编目（CIP）数据

杏坛圣迹 / 程学荣著. -- 太原：山西人民出版社，
2020.10

ISBN 978-7-203-11619-6

Ⅰ.①杏… Ⅱ.①程… Ⅲ.①传记小说－中国－当代
Ⅳ.①I247.5

中国版本图书馆CIP数据核字（2020）第206719号

杏坛圣迹

著　　者： 程学荣
责任编辑： 周小龙
复　　审： 吕绘元
终　　审： 梁晋华
装帧设计： 北京中尚图文化传播有限公司

出 版 者： 山西出版传媒集团·山西人民出版社
地　　址： 太原市建设南路 21 号
邮　　编： 030012
发行营销： 0351-4922220　4955996　4956039　4922127（传真）
天猫官网： https://sxrmcbs.tmall.com　电话：0351-4922159
E-mail： sxskcb@163.com 发行部
　　　　　　 sxskcb@126.com 总编室
网　　址： www.sxskcb.com

经 销 者： 山西出版传媒集团·山西人民出版社
承 印 厂： 河北盛世彩捷印刷有限公司

开　　本： 710mm×1000mm　1/16
印　　张： 19
字　　数： 300 千字
版　　次： 2020 年 10 月 第 1 版
印　　次： 2020 年 10 月 第 1 次印刷
书　　号： ISBN 978-7-203-11619-6
定　　价： 68.00 元

如有印装质量问题请与本社联系调换

序言

在距今2500多年的春秋时代，中华大地上出现了一位伟大的思想家、教育家，他在当时就被视为"天纵之圣"，后世更被尊奉为"万世师表"。他就是鼎鼎大名的孔子。孔子创立的儒家学说以及在此基础上发展起来的儒家思想，成为中国传统文化重要的组成部分。他去世后，后人把他和弟子的言行记载下来，整理编成了语录体的儒家经典《论语》。

古往今来，解读《论语》的著作可谓汗牛充栋，程学荣先生的《杏坛圣迹》就是其中之一。程先生曾就读于四川大学，现供职于浙江大学从事教育培训与研究，在学术研究方面得到了非常专业的训练，当然，他又有极其丰富的历史想象力。正因为此，呈现给大家的这本书表现出来的独特之处就在于：它没有像通常的学术专著一样分别对《论语》的每个章节进行严谨的注释，而是努力构想出各个章节背后的故事情境，然后以孔子的生平事迹为主线，将这些故事情景巧妙地连缀起来，用孔子波澜壮阔的人生经历来诠释《论语》的内涵。这本书从表面上看是讲述孔子故事的章回体小说，实际上也包含了作者对《论语》以及孔子思想的研究心得。因此，从某种意义上来说，这本书可算作"学术性小说"——既有故事性讲述，同时又兼具学术性解读。这种寓理于事的表达方式非常有趣，让读者通过杏坛设教、治理中都、夹谷会盟、周游列国等一系列精彩的故事，心中勾勒出一个鲜活的、个性突出的圣人形象，并深入地理解孔子作为历史人物，在真实的历史环境中的所思、所言、所行。

现在，世界上越来越多的有识之士由衷赞同这样的结论："人类如果要在21世纪生存下去，必须回首2500年前，去汲取孔子的智慧。"经历了2000多年的历史沧桑，孔子的思想至今仍散发着智慧的光芒。他留给我们的不仅仅是知识系统，更重要的是文化价值：能够独立思考，能做价值判断，能明是非曲直，能辨善恶美丑，使人进退有据、自强不息，教人待人接物、修齐治平。这本书就如同一把钥匙，为一般读者打开了认识孔子和《论语》的大门。愿沐浴在孔子思想光辉下的每一个人都能成为传统文化的守望者和传承者，让博大精深的中华文化不因历史的久远而尘封，让孔子的智慧散发出更耀眼的光芒。

计翔翔

历史学博士，浙江大学历史学系教授、博士生导师

于2020年的那个历史上最漫长的寒假

目　录

I

第五章

治学

第一章 求学

第1回　叔梁纥拜官陬邑　颜征在祷子尼山

诗曰：

> 三皇五帝夏商周，换代更朝历史悠。
>
> 礼乐文明周始盛，东迁没落王权忧。
>
> 诸侯叛乱民生散，战火连天久未休。
>
> 百姓倒悬何所俟，祈降圣贤拯春秋。

自盘古开天辟地、女娲抟土造人以来，先民茹毛饮血，风餐露宿，与野兽无异。后来先有燧人氏、伏羲氏、神农氏三皇教民钻木取火、结网捕鱼、种植五谷，又有黄帝、颛顼、帝喾、唐尧、虞舜五帝教化百姓，开创了中华文明。尧舜禅让，垂拱而治，舜帝又禅让给治水功臣禹。后来，禹传给自己的儿子启，开创了"家天下"的先河，被称为夏朝。夏朝历经400年，至夏桀时，民不聊生，汤伐夏，建殷商。殷商又传600年，商纣王无道，残暴不仁。周武王吊民伐罪，推翻殷商，建立周朝，遂大封天下，有齐、鲁、晋、宋、卫、秦、楚等八百诸侯，盛极一时。然而第十二任君主周幽王沉湎酒色，烽火戏诸侯，尽失人心，西部的犬戎部落趁机攻入都城镐京，杀死幽王。周幽王之子周平王将都城东迁至洛阳，史称"东周"，后人又将东周历史划分为"春秋""战国"两段。春秋时期，周王室逐渐衰微，诸侯国各自为政，相互征伐，齐桓公、晋文公、楚庄王、秦穆公等雄主先后称霸。

公元前563年，晋楚两国剑拔弩张，争霸之战一触即发。晋国联络了雄踞长江中下游的吴国，欲借助诸侯的力量作为掎角之势，三面围楚。

话说吴国之北有一小国，名曰偪阳（今山东枣庄台儿庄区），原本默默无闻、与世无争，奈何其地域刚好占据吴国进入北方之要冲，对于野心勃勃的吴王寿梦来说，如骨鲠在喉。为了联吴制楚，晋悼公邀请鲁、宋、卫、曹、莒、邾、滕、薛、杞、小邾之君及齐太子光与吴王寿梦会盟于柤（今江苏邳州市泇口）。吴王趁机以偪阳暗助楚国为借口，请各路诸侯共同出兵讨伐偪阳。

晋国主将荀罃率领参加会盟的十三国诸侯之师，浩浩荡荡向小小的偪阳城杀奔而来，但见战车辚辚，骏马萧萧，各路士兵披坚执锐、步伐整齐，各色旌旗随风飘扬、蔽日遮空。

偪阳国君妘豹善计谋，当他得知后，立即命令城内百姓背着小米，在偪阳城内的小山上撒了个遍，一夜之间就成了一座金灿灿的米山。

诸侯军来势汹汹，很快便兵临城下。妘豹在城头拱手说道："将军兴师动众，不知小国有何罪愆？"

荀罃喊道："你暗助楚国凌虐他国，而且对周天子不敬，所以来讨伐你。"

妘豹说："偪阳乃小国，与邻国一向和睦相处，何来暗助楚国凌虐他国之说？况且我偪阳对天子年年上贡，岁岁请安，何敢不敬？愿将军明察。"

荀罃说道："你不必强词夺理！快快开门受降，还能免你死罪。"

"偪阳城池虽小，但固若金汤，粮草丰足。"妘豹指了指远处的"米山"说道，"若将军一意孤行，我必死守到底。"

诸侯军顺着妘豹指的方向远远望去，但见那金灿灿的米山在烈日下光彩夺目，极为耀眼，不禁心生胆怯。荀罃担心军心动摇，便拈弓搭箭，对着远处的米山"嗖嗖嗖"连射三箭，箭头全都滑落下来，于是哈哈大笑道："米山非米，而是石山。此为疑阵，不足为虑！"

鲁国大夫孟献子的家臣秦堇父拉来了攻城器械，准备强攻城门。妘豹心想若城门被破就不妙了，于是命人打开城门，假装出兵抢夺辎重。诸侯军将士见城门打开，纷纷争先杀入城中。当有一半军队攻入城内时，忽然听到"哗啦啦"一声巨响，偪阳守军猛然放下高悬的闸门，想把诸侯军拦腰截断，来个瓮中捉鳖。将士们发觉上当了，顿时乱作一团。就在千钧一发之际，一员猛将突然冲过去，硬是用双手托住了千斤城门，呼令攻入城内的将士赶紧撤出。

荀罃问："此乃何人？"

孟献子捋着胡须自豪地答道："是我麾下虎将叔梁纥。"

待最后一人从城内撤出，叔梁纥猛然放手，千斤城门轰然落下，震耳欲聋。偪阳城的守卫被叔梁纥的蛮力所惊呆，一时竟不知所措。

诸侯军士气大涨，只见众将士左手持盾，右手执戟，一边用戟敲击盾牌，一边齐声高呼："叔梁纥，叔梁纥……"

"攻城！"荀罃一声令下，顿时鼓声阵阵。诸侯军猛烈进攻，有射箭的，有搭梯攀城的，最终占领偪阳城。叔梁纥也因此一战成名。

叔梁纥先祖是商朝开国君主汤。周武王伐纣之后，为了安抚商朝贵族，封纣王的庶兄微子启于商丘建立宋国。微子启死后，其弟微仲即位为宋国第二任国君。微仲的玄孙弗父何让位于其弟鲋祀（宋厉公），弗父何声名因此著于诸侯。厉公封弗父何为上卿，受采邑于栗（今河南商丘市夏邑县），弗父何的玄孙孔父嘉世袭大夫，后来在宫廷内乱中被太宰华督所杀，其子木金父降级为士。木金父的玄孙就是叔梁纥。叔梁纥为躲避宋国战乱，举家逃到鲁国的陬邑（今山东曲阜东南）。偪阳之战后，叔梁纥因战功而被封为陬邑大夫。

陬邑东北有一城叫防邑（今山东费县东北），防邑大夫臧武仲德才兼备，智慧超群，时任鲁国司寇。公元前556年，齐国攻打鲁国，齐将高厚率十万大军围攻防邑。臧武仲在绝望中准备挥剑自杀。这时，陬邑大夫叔梁纥挺身而出，率领三百名甲士夜袭齐军，帮臧武仲突围，把他送到安全的地方之后，又返回到防邑城内协助防守，鲁军士气大振。齐军久攻不下，遂鸣金退兵。经此大战，叔梁纥更是威名远扬。

叔梁纥凯旋，一路上却忧心忡忡。叔梁纥的马夫问："将军为何闷闷不乐？"

叔梁纥忧虑地说："我已六十多岁，却依然没有合适的继承人。"

原来，叔梁纥与正妻施氏有九个女儿，唯独没有儿子。他的妾生了个儿子叫孟皮，却因为有足疾，也不宜继嗣。年迈的叔梁纥急于求子以继承家业。

马夫说："将军莫愁，我听说颜氏有三个女儿，个个貌美贤惠，将军何不去向颜氏提亲？"

于是叔梁纥备好了彩礼去颜家。颜父得知来意，便问三个女儿："叔梁纥将军虽然年纪很大，但人品出众，能文善武。你们三个谁愿意嫁给他？"大女儿和二女儿不愿嫁给老头，于是默不作声，小女儿颜征在年方十七，情窦初开，上前对父亲说："小女愿听从父亲的安排。"颜父心领神会，便将颜征在嫁给了叔梁纥。夫妇两人在陬邑度过了一段甜蜜的时光。

话说陬邑有一座山，名曰尼丘山，峰峦雄伟，山脉逶迤。山上多树，青松翠柏，绿柳白杨，郁郁葱葱，虽然比不上泰山名气大，却也是当地百姓心中的圣地，因此在山脚下有很多祭坛。

一天，一群饥寒交迫的百姓来到尼丘山脚下，纷纷跪在祭坛前祈祷。一位须发皆白的长者高声祈祷："愿上天垂怜，让圣人降世，拯救我们脱离这个浑浊的世道吧！"众人附和着叩首。人群中有一位年轻的女子，也在虔诚祈祷。

但她所求的却与众不同：别人求的是圣人降世拯救世道，她所求的却只是要一个儿子。此女子正是当初嫁给叔梁纥的颜征在。

"求天神赐给我一个儿子吧！"颜征在默默祈祷，诚心叩首。刹那间，雷鸣阵阵，狂风大作。

颜征在被突如其来的异象惊得打了个激灵，好一会儿才慢慢回过神来，却忽感身子疲惫不堪，后来才知已有身孕。

十个月后的一天夜里，颜征在梦见一头麒麟向她走来。麒麟举止优雅，不慌不忙地从嘴里吐出一块美玉，上面写着："水精之子，继衰周而为素王。"她一看非常喜爱，便随手把亲手织的彩绣丝巾系在麒麟角上。只见那麒麟点了点头，便腾空而起，冲入云霄，须臾不见了踪影。第二天，家中传出一阵响亮的婴儿啼哭声，孩子出生了！这孩子头上圩顶似丘，故取名叫"孔丘"，又因其排行老二，且颜氏曾祷子于尼山，故取字"仲尼"，后人多尊称为"孔夫子""孔子""夫子"，这一年是公元前551年。

第2回　三岁丧父坎坷历　十五志学礼仪知

圣人降世，百姓有福。然而对于圣人自己来说，却未必是福。要成为人人敬仰的圣人，自然要承受一番非同寻常之苦，走一段不同常人之路。公元前549年，孔子三岁时，叔梁纥去世，颜氏母子在家中失去了依靠。大家庭中关系复杂，矛盾甚多，这对孔子的成长与教育是非常不利的。于是，颜征在带孔子搬到了鲁都曲阜阙里，孤儿寡母过着清贫的日子。

鲁都是鲁国政治、经济、文化的中心，更是保存周朝礼仪最好的地方。每到祭礼的时候，颜征在都会想方设法让孔子去观礼，接受高雅文化的熏陶。孔子耳濡目染，自幼好礼，常用泥巴做成鼎、豆等祭器，陈列在祭台上反复演习祭礼。

隔壁有个少年名叫原壤，比孔子大几岁，也是孤儿寡母相依为命，两人惺惺相惜，成为伙伴。有一次，孔子饿晕过去，原壤匆匆跑来，怀里揣了个鸡腿拿给孔子吃。孔子拿着鸡腿，垂涎欲滴，闻一闻说道："好美味呀！你哪里得来的？"原壤说："从祭坛上拿的。"孔子听到后立即把鸡腿捧在手心，大声说："你怎么能偷祭品？"原壤说道："死人是不会吃祭品的，放在那儿装装样子，多浪费呀！"孔子说道："祭祀鬼神要心存敬畏，这是礼法。我不能吃，必须还回去。"原壤说："你再不吃就饿死了。"孔子说："我宁可饿死也不吃。"原壤拿过鸡腿说道："你不吃我吃。我还饿着肚子呢！"孔子一把夺过鸡腿道："不行，你也不能吃。必须还回去！"原壤说："你自己不吃也就罢了，还不让我吃？"孔子说："我不能眼睁睁地看你做错事。"原壤拗不过孔子，只好带他去祭坛，悄悄地把祭品放回去，并躲在一旁观礼。那庄严肃穆的祭祀情景给幼年孔子留下了深刻的印象。

邻里伙伴们经常欺负孔子和原壤，说他们是"没爹的野孩子"，原壤笑道："有个爹就了不起了？你忘记你爹怎么揍你了？"孔子听了却伤心地跑回家向母亲哭诉。母亲把孔子带到堂屋，指着每日祭拜的牌位说："这是你的父亲。你父亲是陬邑大夫叔梁纥，是鲁国的英雄。"接着便给孔子讲述父亲的英雄事迹。孔子听了非常自豪，以士人君子自居，逢人便炫耀一番，小伙伴们认为他在撒谎，嘲笑道："大夫的儿子怎会在这穷乡僻壤玩泥巴？"孔子便与他们扭打在一起。作为大力士叔梁纥的儿子，孔子自然也不弱，把小伙伴打得鼻青脸肿。

颜征在得知后非常生气，抄起扫帚就要打孔子，被原壤的母亲拉住："孩子小不懂事，你就别生气了。"

颜征在用扫帚指着孔子，怒道："你为什么打人？"

孔子说："是他先骂我，我才打的。"

颜征在说道："你打了他，他以后就不会骂你了吗？你整天自称'士人、君子'，别人就认同你了吗？如果要改变别人对你的看法，你得做出样子来，成为一个真正有文化、知礼仪的人，而不是靠武力征服。"

孔子听了，幡然悔悟，跪在父亲牌位前反省，一夜未眠。

在那个年代，贵族都是世袭罔替的，士大夫家的孩子长大了仍旧是士大夫，平民百姓的孩子长大了还是平民百姓。孔子想打破这种制度，凭自己的努力走出一条平民百姓晋升贵族的大道。

公元前537年，孔子十五岁。当时，诸侯凌驾于周天子之上，相互攻伐争霸，而各个诸侯国中有实力的卿大夫也凌驾于诸侯之上。这一年，鲁国改三军为四军，叔孙、孟孙各领一军，季氏领二军，牢牢掌握鲁国军政大权。当时军、赋统一，分军即赋，所以当时称此举为"四分公室"。孔子见识到民间疾苦，决心以匡扶社稷、救民于水火为己任。他食不甘味，夜不能寐，苦思冥想如何才能像圣人周公一样治国安邦，让天下百姓安居乐业。然而，百思却不得其解。他长叹一声，自言自语道："空想无益，还是去学习吧，这样可以学到知识，获得智慧，到那时再思考或许就能找到一条救国救民的途径了。"于是他在十五岁这一年，立志求学。从此之后，他到处拜师，礼、乐、射、御、书、数，无一不学，渐渐地学识见长，成为知礼之士。

一天傍晚，孔子在屋里翻看书简，原壤趴在窗口喊道："孔丘，你今天怎么不去做儒士了？"

古人历来重视丧葬礼仪，那些专门负责办理丧葬事务的人员就是早期的"儒士"。他们精通当地的丧葬礼仪，时间一长，便形成了一种相对独立的职业。孔子为了生计经常去充当"儒士"，主持祭礼，吹拉弹唱，帮别人操办丧葬祭祀之事，也就在这个过程中他不断地学习礼乐。

孔子扬了扬手中的书简说道："我要学习。"

原壤笑道："学习有什么好玩的？太枯燥了！"

孔子说："学习了又在合适的时候为官实践，不是很愉快吗？"

"那如果学习了却当不了官呢？"原壤问。

孔子说，"即便当不了官，有志同道合的人远道而来一起探讨切磋学问，不是也很令人高兴吗？"

"那如果压根就没人知道你呢？"原壤又问。

孔子说："即使没有人知道我，我也不怨恨恼怒，这不正说明我是一个谦谦君子吗？"（1.1）

原壤问道："君子？如果别人都不知道你，你不还是一样，只是个穷小子？"

孔子笑道："君子只怕自己没有才能，不怕别人不知道自己。"（15.19）

原壤笑道："好吧，我说不过你！你可别死读书，把自己给读傻了。"说罢哼着歌走了。

长夜漫漫，孔子挑灯苦读，反复吟诵《相鼠》这一篇诗：

> 相鼠有体，
>
> 人而无礼。
>
> 人而无礼，
>
> 胡不遄死！

这时，他想起了原壤对自己的忠告，不能死读书，**如果只学习而不动脑筋思考，就会陷入迷茫；只凭空思考而不学习，就会疑惑不解。**（2.15）只有把学习和思考结合起来，才能获得真正的智慧。

于是，他起身一边挪着步伐，一边沉思：想当初周公制礼作乐，以仁义教化民众，上至天子、诸侯、卿、大夫，下至士农工商，人人皆依礼行事，天下大治；如今礼崩乐坏，君不君，臣不臣，皆目无礼法，所以才导致天下大乱。正所谓：人而无礼，胡不遄死！想到这，孔子眼前突然一亮，豁然开朗。他停下脚步，自言自语道："若执政者推行仁道，人人尊礼尚德，不就可以像西周初期那样天下太平吗？"这时，旭日初升，东方微明，一束光芒破窗而入，照亮他的脚下。

后来，在不断地学习、思考和儒术实践中，孔子逐渐确立了"推行仁道""尊礼尚德"等施政主张。这些施政主张成为他一生的理想和抱负,也成为他不断求学奋进的动力源泉。

夜半时分,万籁俱寂,在昏暗的灯光下,孔母在纺车上忙忙碌碌,而孔子则神态肃然,埋头苦读。窗外茫茫夜色中传来一阵宛转悠扬的歌声,似乎是在赞颂这幅"母织子学"的温情画面:

瞻彼淇奥,

绿竹猗猗。

有匪君子,

如切如磋,

如琢如磨。

瑟兮僩兮,

赫兮咺兮。

有匪君子,

终不可谖兮。

第3回　五父衢兄弟相认　防山下父母合坟

公元前535年，孔子十七岁时，颜征在病逝。孔子想到母亲一生坎坷，含辛茹苦把自己养大，无论如何也得把父母合葬才行。但他并不知父亲葬在何地，况且别人也不知道他是叔梁纥的儿子。孔子既需要寻父墓，又需要正名份。于是他把母亲灵柩停放在五父之衢，然后跪求知情者告诉他叔梁纥下葬之地。孔子每日只喝稀粥，身体虚弱不堪，却依然恪守礼道，一边叩拜，一边用嘶哑的声音高喊："我是陬邑大夫叔梁纥的儿子孔丘。父母合葬，乃古之常礼。母亲过世，而我却不知父亲葬于何处，乞请父老乡亲告知，此等大恩孔丘没齿难忘。"五父之衢乃鲁都交通要道，人来人往不免围观议论。过路的行人纷纷被此孝举感动，一传十，十传百，此事在鲁国传扬开来。叔梁纥的旧友部属闻讯前来慰问，孔子依礼跪拜答谢。

国君鲁昭公与大夫孟僖子要去楚国参加章华之台的落成典礼，恰巧驾车经过五父之衢，见孔子跪在路边，就遣侍从去询问。侍从回来如实禀告。

"年纪轻轻就如此知礼尽孝，真乃君子呀！"鲁昭公称赞道。

"不愧是叔梁纥的儿子！"孟僖子赞叹道，车子走远了还回头望了一眼。

这时，一个人跑过来拉着孔子说道："你都跪了三天了，快去吃点东西吧！再这样下去，你会死掉的。"此人年纪与孔子相仿，披头散发，颇像浪荡公子。正是儿时伙伴原壤。

孔子推开他的手说："原壤，你不用劝了。母亲一日不葬，我食不甘味。"

原壤不耐烦了："那要是永远找不到呢？"

"那我就一直跪在这里。"孔子坚定地回答。

"太倔了！算我怕了你了。"原壤说完头也不回地走开了。

孔子继续跪在棺旁，每日只喝稀粥，微风拂过，树枝摇曳，发出一阵带节奏的音乐，仿佛有人在吟唱：

> 父兮生我，
>
> 母兮鞠我。
>
> 抚我畜我，

长我育我，

顾我复我，

出入腹我。

欲报之德，

昊天罔极！

季氏的管家阳虎正巧驾车经过，见孔子跪在路边，一脸鄙夷，大骂道："别在这里挡道。"众人同情孔子的遭遇，又看不惯阳虎颐指气使的样子，纷纷指责。众怒难犯，阳虎不敢造次，便冷哼一声，驾车离开了。

两日后，风和日丽，一人疯狂地奔跑着，横冲直撞，路上行人纷纷避让。那人边跑边喊："孔丘，有消息了！"孔子抬头望去，原来是原壤。

原壤气喘吁吁地说道："我把你同父异母的兄长孟皮带来了。你看那边。"

孔子远远地看到一个人正一瘸一拐地走来。待那人走近，孔子才看清他的样子：矮小而又壮实。他用结满老茧的双手握住孔子的手，那饱经风霜的脸庞与孔子面面相望："你就是我弟仲尼？"

孔子刚失去相依为命的母亲，突然又遇见亲人，泪水顿时夺眶而出，叩头道："拜见兄长。"孟皮急忙扶住孔子："别，别这样。"

原壤说道："你就让他行礼吧，不然他会浑身难受的。"

弟弟跪拜行礼，兄长弯腰相扶，此情此景十分感人。

孟皮带孔子回家，说道："父亲过世后，大娘骄横跋扈，母亲不久也病逝了，我只得随老仆迁居乡下，饮食婚娶全凭他来张罗，无奈老仆积劳成疾前年已过世。"正说着，一妇女开门进来，高兴地说："好了，好了。"

"这是你嫂子。"孟皮向孔子介绍，又对妇女说，"这就是我弟仲尼。"

孔子赶紧行礼："拜见嫂嫂。"

"免礼免礼。"妇女慌忙说道，"我打听好了，一个车夫说父亲葬在防山。"

"事不宜迟，我们现在就去找。"孔子拉着孟皮夺门而去。

皇天不负有心人，经过一番艰辛，他们终于找到父亲的墓葬之地。

当天晚上，孔子沐浴斋戒，并在柴房过夜。原壤提议说兄弟重逢可以饮酒庆贺一番，被孔子骂得狗血淋头。孔子严肃地说："母亲尸骨未寒，怎能饮酒作乐？一定要斋戒以寄哀思。**斋戒时一定要有洗澡后换穿的干净内衣，要用布做的。斋戒时一定要改变饮食，不饮酒，不食鱼虾韭蒜等荤腥之物，住处一定**

要从卧室迁出。"（10.7）原壤噘着嘴，哑口无言。

第二天，在邻里众人的帮助下，孔子终于将父母合葬在一起。

兄嫂做好了饭菜，一一摆在台子上。原壤一屁股坐下，准备吃饭。孔子用脚尖踢踢原壤的屁股，提醒道："**席子摆放不端正，不能坐。**"（10.12）原壤叹口气，只好起身正席。刚坐好，正要伸手取食，又被孔子打了一下手，连忙缩回去。只见孔子把席上的饭菜分别拿出一点，另摆在食器之间，稽首再拜，口中念念有词，祭拜祖先和父母。

"仲尼，这些都是粗茶淡饭，就不必祭拜了吧！"孟皮说道。

孔子说道："祭祀贵在内心虔诚，而非食物鲜美。**即使是粗食菜羹，也一定要先祭一祭，而且一定要像斋戒时那样恭敬严肃。**"（10.11）

孟皮夫妇也赶紧跟着孔子祭拜，唯有原壤在一旁长吁短叹。等一切礼节完毕，大家才开始吃饭。孟皮夫妇把食器往孔子那边推了推，让弟弟多吃。孔子又往兄嫂那边推了推。原壤说道："别推来推去的了，饭菜都凉了。孔丘，从小到大，我最受不了的就是你这些礼节……"原壤还想说下去，却被孔子打断："**吃饭时不交谈，睡觉时不说话。**"（10.10）

原壤哭笑不得，只得埋头吃饭，但见到此时兄友弟恭的情景，内心泛起一阵感动，便想放声歌唱。其实孔子也是很爱唱歌的，原壤心想若能与孔子合唱就最美不过了。但那是绝对不可能的。他深知孔子的脾性，**孔子在那一天吊丧哭泣过，由于心里悲痛，余哀未忘，就不会再唱歌了。**（7.10）

原壤知道此刻万万不能出声，否则自己这位老朋友又要对他横眉冷对了。

第4回　恶家臣阻挠赴宴　好大夫荐才举贤

孔子合葬父母后，在家守丧，深居简出。自由散漫惯了的原壤感到很不自在，便悄悄离开了。这次原壤帮孔子操办葬礼也算尽了朋友之义，虽然他诸多行为习惯引起孔子不满，然而孔子内心依然对他感恩戴德。

这天孟皮正要去耕田，见孔子在院中走来走去，时而趋前，时而缓退，时而作揖，时而跪拜，甚是奇怪，急忙问道："你怎么了？"

"我正习礼呢！"

"哦，我还以为你鬼神附身，中邪了呢！"孟皮舒了一口气。

"**我从不说关于怪异、暴力、祸乱、鬼神的事情。**（7.21）我只是在练习觐见君王、拜见大夫的礼步而已。"孔子说道。

"这'礼'能当饭吃？还是跟我去耕田吧，种庄稼才有饭吃。"孟皮劝道。

"**君子只谋求道，而不谋求衣食。耕田，也常要饿肚子；学习，却可以入仕得到俸禄。君子只担心道不能行，不担心贫穷。**（15.32）如今天下礼崩乐坏，民不聊生，我欲入仕以推行仁道，若上至君王下至百姓都依礼而行，必定国泰民安，人人安居乐业。这才是君子胸怀。"孔子说。

"你打算怎样入仕？"孟皮问。

孔子一边习礼，一边说道："听说季大夫要举行'飨士宴'，招待鲁国的士人，这正是个好机会，我准备去赴宴。"

"季大夫位高权重，在鲁国呼风唤雨，他招待士人，你也敢去？"孟皮瞪大了眼睛。

季大夫是何许人也？诸君莫急，且听我慢慢道来。鲁国，乃周公之封地。当初武王封周公于鲁国，但周公没有到鲁国赴任，而是留在都城镐京辅佐周天子管理朝政。周公之子伯禽是第一代鲁国国君。伯禽之后若干世，传到鲁桓公时，生四子，其中嫡长子姬同即位，是为鲁庄公，公子庆父、叔牙、季友被鲁庄公封官为卿，他们的后代分别被称作孟孙氏、叔孙氏、季氏。因皆出自桓公，遂合称"三桓"。后来，鲁国公室日益衰弱，国政被操纵在以季氏为首的三桓手中。当初偪阳之战中的率领鲁军的孟献子就是"三桓"之一孟孙氏宗主，他的曾孙孟僖子为现任宗主。叔孙氏现任宗主是叔孙昭子，而设飨士宴的是季氏宗主季平子。

"我们也是士人，依礼自然可以赴宴，为何不敢？"孔子反问。

"我们哪里是士人？你就别去掺和了，我们高攀不起。"

"我们的父亲叔梁纥以前是陬邑大夫，我们当然也是士人了。"孔子依旧练习礼步。

孟皮知道拗不过孔子，也不再多说。或许弟弟真是块当大夫的料，看他行礼的样子还真是有点君子风范。

到了飨士宴这天，季府张灯结彩，鼓瑟齐鸣。十二名武士披坚执锐分别站在大门两侧，高大魁梧的阳虎则站在门口点头哈腰迎接贵宾，一脸横肉堆起让人生厌的媚笑。

阳虎是季氏的家宰（也就是管家），为人圆滑精明，野心勃勃。这次飨士宴也是他极力促成，意欲借此机会结交达官显贵，以为己用。此刻大批贵族士人前来赴宴，阳虎一一躬身作揖热情招呼："叔孙大夫这边请！孟大夫久仰久仰……"

这时，孔子迈着优雅的礼步前来，双手作揖："士人孔丘前来赴宴。"

"久仰久……"阳虎习惯性地谄笑着，话没说完发现站在面前的是曾在五父之衢停棺葬母的小子，"原来是你这个臭小子！你来干什么？"

"我来赴宴。"孔子答。

"季大夫是邀请士人，可没邀请你。"阳虎嘲笑道。

"我是陬邑大夫叔梁纥的儿子，我乃士人。"孔子据理力争。

"谁说你是士人？滚！"阳虎做了个手势招呼执戈卫士驱赶孔子。

"季大夫邀请士人赴宴，我若不来是我失礼，我若来了而你不让进，则是你失礼。告辞！"孔子正色道，说罢头也不回地离开了。

孔子回到家中依旧习礼如常，丝毫没有懈怠。孟皮见孔子无功而返，就去规劝。孔子坚定地说：**"君子不发愁没有职位，只发愁没有任职的本领；不怕没有人知道自己，去追求足以使别人知道自己的本领就好了。"**（4.14）

天色渐暗，月影婆娑，孔子徘徊于庭院，仰望夜空，见星辰暗淡，不禁忧伤。何以解忧？唯有高歌：

我心匪石，

不可转也。

我心匪席，

不可卷也。

威仪棣棣，

不可选也。

话说季平子在府内与众士大夫饮酒作乐，大厅内灯火通明，一列列乐师抚琴鼓瑟，一队队舞女搔首弄姿，众人觥筹交错把酒言欢，唯独孟僖子闷闷不乐。前些日子孟僖子跟随鲁昭公去楚国，不懂该如何以礼答谢楚国人在郊外的热情迎接。此事成为楚国人茶余饭后的笑料，孟僖子深以为耻，遂耿耿于怀，发奋学礼，他想到了孔子。这次赴宴的都是士人，想必孔子也会来。孟僖子环顾四周，寻找孔子。季平子正欣赏乐舞，看到孟僖子东张西望，便问道："贤弟，你在看什么呢？"

孟僖子说道："我在找孔丘。"

季平子问："孔丘何许人也？"

孟僖子跟季平子一一道来："孔丘是前陬邑大夫叔梁纥的儿子。他祖上是宋国贵族，乃殷商之后。叔梁纥去世后，孔丘随母亲迁居至此。前些日子，其母去世，为了将父母合葬，他竟陈棺五父之衢，跪问其父墓葬之地。"

季平子捋须点头："五父之衢之事，我也有所耳闻。这孔丘真是孝子呀！"随即摆手招呼仆人："把阳虎叫来。"

不一会儿，阳虎躬身快步入厅，走到季平子跟前，点头哈腰道："家主有何吩咐？"

季平子问："宾客之中可有叫'孔丘'的士人？"

阳虎一听"孔丘"的名字，立即说道："那小子被我轰走了。"

"糊涂！孔丘是士人，怎能拒之门外？此事若传扬出去，别人会说我不懂得礼贤下士。"季平子怒道，"快去，把孔丘请回来。请不到孔丘，你就别回来了。"

"诺！"阳虎小心回应着，立即派家丁到处寻访，经过一番周折，终于找到正在月下吟唱的孔子，请到了季府。

"士人孔丘拜见季大夫。"孔子作揖行礼，毕恭毕敬。

季平子打量着眼前的年轻人，身高九尺有余，眉宇之间透着一股英气，原来孟僖子说的就是眼前这个年轻人呀，点头称赞说："果然有君子之风。"

阳虎一脸谄笑，说道："家主慧眼识英才，小人敬佩万分。"

季平子问孔子："听说你是宋国殷商后人？殷商也有什么仁人志士吗？"

孔子回答说：**"商纣王残暴无道，微子是商纣王的庶兄，在屡次劝谏不被接受的情形下，选择了离开。箕子是商纣王的叔父，在屡次劝谏不被接受的情形下，装疯为奴。比干是商朝的王族，担任太师辅助商纣王，最后因强谏商纣王，被纣王杀死。殷朝有这三位仁者。"** (18.1)

季平子问："有三位仁者辅佐，为何殷商会被周灭亡？"

孔子回答：**"舜有五位贤臣，就能治理好天下。周武王也说过：'我有十个帮助我治理国家的臣子。'可见，人才难得，难道不是这样吗？唐尧和虞舜之间及周武王这个时期，人才是最盛了。但十个大臣当中有一个是妇女，实际上只有九个人而已。周文王得了天下的三分之二，仍然侍奉殷朝，周朝的德，可以说是最高的了。** (8.20) 相反，殷有仁者却不能用，而加害他们，岂能不亡？"

季平子听了哈哈大笑："看来我若不用你这个人才，也会像殷商一样被灭了！你明天来我府上做事吧！"

"谢季大夫抬爱，孔丘必不负所望。"孔子作揖告退。

季平子挥挥手，把阳虎招来问道："府里还有什么空缺？"

阳虎心想："若孔丘得势，哪还有我的立足之地？不得不防呀！"沉思片刻，随即说道："倒是有个好差事。孔丘可任委吏，管理仓库。"

季平子皱了皱眉头说："这个官职也太委屈他了吧？"

阳虎说："府库物品繁多，登记入簿非贤人不能胜任；况且贵重宝物甚多，若非孔丘这样的君子来看管，您会放心吗？"

季平子点了点头："言之有理。要是让别人看管仓库，我还真不放心。就按你说的去办。"

阳虎心中窃喜："以后孔丘就被我牢牢地踩在脚底下了！"于是马上着手去安排。

第5回　适宋祭祖遇亓官　归鲁相思结良缘

话说孔子被季平子问到自己的先祖，内心久久不能平静，决定在赴任之前先去宋国祭拜祖先。孔子把自己的想法告诉了兄长孟皮。孟皮正陪年幼的女儿玩耍，随口说道："我们在鲁国生活这么久了，哪里还用得着去宋国祭祖？"

孔子说："国之大事，在于祭祀与武力。若是武力太弱，难免会被强国并吞；若是忽略祭祀，则无以凝聚民心，甚至会因而成为大国征伐的借口。"

孟皮说道："我不懂这些大道理。既然你想去，就去吧，我也不阻拦你。"

孔子叹息道："路途遥远，没有马车，无法远行。"

孟皮笑道："这有何难！我以前跟从老仆学过木工，明日就上山砍树，制作马车。"

孟皮确是老实敦厚之人，第二天天不亮便动身了，傍晚拖回两根大圆木，拿着斧凿开始忙活。不出几日，便做好了一辆马车。

孔子见了大喜，问道："马儿在哪？牵来试一下。"

孟皮怔了一怔憨笑道："我倒忘了，这车是要用马来拉的。可咱家里穷，哪有马呀！"

孔子问："可否向邻里亲朋借乘几日？我曾学过御马，可以帮他们服习马匹。"

"邻里也是穷苦人家，根本没有马。有马的都是大户人家，讲究门面，即使不会驯服又怎么会自曝家丑，借给我们这样的穷人来服习呢？"

孔子叹了一口气说道："**我还能看到官文书上有空阙的字，史官们遇有或疑惑或不明确之史实，就空缺着不记录。跟借马一样，自己的马不能驯服，就借人之能以服习己马，现在这些不耻下问的作风都没有了。**"（15.26）

"马，我是没有；牛，我倒有一头。不知孔大人可会御牛？"院墙外传来一阵爽朗的笑声，夹杂着一声牛叫。

孟皮和孔子望向门口，只见原壤叼着一根狗尾巴草大摇大摆地走进来。

"原壤兄弟，原来是你！"孟皮热情地打招呼。

"我一听便知是你。人还没露面，话语先到了。"孔子笑道。

原壤把牛牵进庭院，说道："牛比不得千里马快，恐怕得多走几日了，是不是很扫兴？"

"非也。"孔子说道，"**千里马值得称赞的不是它的气力，而是称赞它奋勇前行的品德。**^(14.33)牛性温和笃实，倒也差强人意。"

孟皮见原壤赠牛，赶紧拜谢，又推了推孔子说道："原壤送牛来，你怎么也不拜谢？"

原壤笑道："你别强求他了，我了解他。**朋友馈赠物品，即使是车马，不是祭肉，他在接受时也是不拜的。**^(10.23)再说，我刚好也想去一趟宋国，领略一下那儿的风土人情。"

众人忙活一阵，把牛车、行李物品装备妥当。孔子拜别了兄嫂，跟原壤驾了牛车而去。

两人连行数日，终于进入宋国境内。此时恰逢大雨，原壤和孔子牵着牛寻找避雨之所。无奈雨势太大，视力有限。这时，远处传来一阵歌声，隐约听到：

> 葛之覃兮，
>
> 施于中谷，
>
> 维叶萋萋。
>
> 黄鸟于飞，
>
> 集于灌木，
>
> 其鸣喈喈。

原壤和孔子循着歌声寻去，发现一凉亭，内有石桌和石凳。一女子提着竹篮，正坐在石凳上唱歌。二人双手抱头跑进亭子避雨。那女子慌忙起身靠在一旁的柱子上，偷偷瞄着两人，但见其中一人披头散发坐在石凳上拧着裤腿上雨水，另一人风度翩翩，一边整理衣冠，一边对着自己作揖行礼："失礼失礼，多有惊扰，万望海涵。"女子连忙回礼。

原壤笑道："你们认识吗？第一次见面就像夫妻一样'对拜'了？"

女子羞红了脸，赶紧撑起伞，提了竹篮，冒雨而去。

看到女子在雨中蹒跚前行的情影，孔子怅然若失。原壤说道："怎么，舍不得淑女了？"

孔子瞪了一眼原壤："非礼勿言。"

雨过天晴，阳光透过重重云层照射下来，道路积水处闪闪发光，似乎在迎接远道而来的贵宾。

原壤伸伸懒腰，起身发现身下石凳上铺着一块丝巾，便拿起丝巾说道："淋了一身雨，得了块丝巾也值了。"

孔子夺过丝巾说道："这丝巾一定是刚才那位女子的，应该归还给她。"

"归还？怎么归还？她是谁呀？住哪儿？你若能找到她，我就归还。不然，就归我了。"原壤抢过丝巾掖进怀里。孔子摇摇头无可奈何。

两人驾着牛车继续前行，一路问询，终于到达了先祖的采邑封地栗邑（今河南夏邑县），找到先祖宗祠，经过一番洒扫庭除，焚香祭祀，才踏上归途。由于大雨冲毁了道路，二人迷路，又不见行人，只好驾着牛车沿河前行。

原壤说道："刚才见你祭祀时，神态严肃。那只是个木头牌位而已，你竟如此郑重其事？况且你远在鲁国，让人代你祭祀即可。"

孔子说："**祭祀祖先就如同祖先真在那里，祭祀神就如同神真在那里。我如果不亲自参加祭祀，由别人代祭，那就如同不祭祀一样。**（3.12）这样才是虔诚。"

原壤笑道："那我们沿途每到一个宗祠都要进去祭拜一下吗？"

孔子摆了摆手："别说话，听！"

原壤仔细听着。除了汩汩流水之声，还能隐约听到一阵歌声。循着歌声远远望去，见一女子正在河边洗衣，一边洗一边唱道：

> 言告师氏，
>
> 言告言归。
>
> 薄污我私，
>
> 薄浣我衣。
>
> 害浣害否，
>
> 归宁父母。

这歌声婉转清脆，美妙绝伦。待马车靠近，二人发现唱歌的正是亭子里避雨的女子。孔子激动地抓着原壤说道："快看，是那位丢失丝巾的女子。快去还给她。"原壤紧紧捂着藏在胸口的丝巾，嬉皮笑脸说："你瞧她有那么一大堆衣服，还在乎这条丝巾？我还是留着吧！"

孔子怒道："一个人如果不讲信用，真不知道他怎么处世。这就像大车没

第一章 求学

辄，小车没有轫一样，那车怎么能走呢？"^(2.22)说罢，硬是从原壤怀里掏出丝巾，径直跑向洗衣女子。

原壤在车上远远地看着孔子把丝巾递给女子，并相互作揖行礼。那两人只顾着行礼，一件衣服被水流冲走。原壤笑得前俯后仰，大喊道："衣服！衣服被水冲走了！"

水流湍急，女子见衣服被水冲走，顿时惊慌失措。孔子见状赶紧跳入水中抓住了衣服。女子感激万分，连忙致谢。远远地，原壤看到两人又是一番作揖行礼。

原壤驾车过去，说道："你们要'对拜'到什么时候？"女子又是一阵脸红，把衣服丝巾放进竹篮，就要离去。原壤赶紧喊住："姑娘且慢，请问去鲁国怎么走？"

"沿河一直前行，可到宋鲁边城。"女子一指，便匆匆走开。孔子久久伫立，目送倩影离去。

"别看了，人家都走远了，赶快启程吧！"原壤说道。

孔子赶紧爬上车，整理衣冠。

"瞧，你衣服都湿透了。刚才水流那么急，我真担心你跳下去就上不来了。"原壤一边赶车一边说，"前面的边城必有宗祠，你要进去祭拜吗？"

孔子摇摇头："**不是你当祭的鬼神而去祭祀，这是存心谄媚。遇见应当做的正义的事而不做，这是没勇气。**"^(2.24)

"好好好，别说了，我耳朵都起茧子了。"原壤连忙用手捂住耳朵。

回到家中，孔子脑海中不断浮现出唱歌女子的相貌，夜不能寐，于是对着天空那轮明月高歌：

> 关关雎鸠，
>
> 在河之洲。
>
> 窈窕淑女，
>
> 君子好逑。
>
> 参差荇菜，
>
> 左右流之。
>
> 窈窕淑女，
>
> 寤寐求之。

孟皮听了歌声披上衣服出来探望，见原壤正倚在门口，便问道："仲尼怎么了？半夜三更还在唱歌。"

　　"他在思念宋国的一个女子。"原壤笑道，对着孟皮眨了眨眼睛暗示。

　　"哦！"孟皮恍然大悟，"说来仲尼已经十九岁，也该婚配了。长兄为父，我得操办一下才行。但不知那名女子姓甚名谁，家住何地？"

　　"她可能是个浣衣女，那天正告假回家看望父母。"原壤手托下巴，仔细回忆着当日的情景。

　　孟皮点点头，心中已有盘算，几日后便带了礼物前往宋国。经过多方打听，得知那位女子乃宋国亓官氏之女，贤惠知礼，端庄大方，于是为孔子提亲。接下来一段时间，孟皮奔波于宋鲁之间，纳采、问名、纳吉、纳征、告期、亲迎，婚礼习俗全部依此"六礼"进行，孔子甚是感激。

　　拜堂之日，香案上，香烟缭绕，红烛高烧；厅堂里，故旧亲戚，少长咸集。一对新人缓缓走入厅堂。原壤笑道："又要'对拜'了。"之前原壤绘声绘色地讲述过凉亭和河边之事，众人早已得知来龙去脉，此刻也都哈哈大笑起来，都说是"天作之合"。吉时已到，琴瑟齐鸣，众人载歌载舞，歌曰：

> 傧尔笾豆，
> 饮酒之饫。
> 兄弟既具，
> 和乐且孺。
> 妻子好合，
> 如鼓瑟琴。
> 兄弟既翕，
> 和乐且湛。

第6回　赐鲤鱼拜谢君恩　从师襄苦心学琴

孔子大婚之后，夫妻举案齐眉，相敬如宾。原壤云游四海去了，不知所踪。且说孔子在季府出任委吏，将仓库物事一一登记入簿，管理得井井有条。看着孔子呈上的府库簿，季平子颔首称赞，阳虎却处处刁难，封死孔子的升迁之路。后来又让孔子出任乘田吏，管理牛羊畜牧。虽然只是无关紧要的小官，难以推行大道，但孔子依旧兢兢业业、尽职尽责，待时以倡其道。

孟僖子得知后悲喜交加，喜的是君子出仕对社稷有所裨益，悲的是阳虎这样的小人让孔子这样的君子出任委吏、乘田吏这样的小官，有点屈才。于是多次向季平子和鲁昭公提及孔子之贤德。孔子听说此事后感慨道：**"为君子办事很简单，但不易让他愉悦。不按正道去讨他的喜欢，他是不会喜欢的；但等到他用人的时候，总是量才而用。为小人办事就很难，但很容易让他喜欢。即使不按正道去讨他的喜欢，也会让他喜欢；但等到他用人的时候，却吹毛求疵。"**^{（13.25）}

孔子婚后第二年，亓官氏生下儿子，鲁昭公赏赐了一尾鲤鱼以示祝贺。孔子感恩戴德，连忙对着鲁宫的方向遥拜昭公，并为儿子取名"孔鲤"，字伯鱼。

孟皮见了鲤鱼大喜，撸起袖子说道："我做个鱼羹吧！"

孔子马上制止："这是国君赏赐的鲤鱼。"

孟皮问："国君赏赐的鲤鱼不能吃吗？"

孔子说："侍奉国君，一定要依礼而行。**国君赐予熟食，一定要摆正席子先尝尝；国君赐予生肉，一定煮熟了先给祖宗上供；国君赐予活物，一定要饲养起来。同国君吃饭，在国君举行饭前祭礼时，应先吃米饭。**^{（10.18）}如今国君赏赐活鲤鱼，我该好好地养起来。"

说罢孔子把鲤鱼放进水缸里，好生养着。孔鲤也伴着鲤鱼一天天长大，孩童时就在父亲的教导下读诗学礼。

有一次，孔子独自站在那里，孔鲤快步走过庭院，孔子问："你学《诗》了吗？"

孔鲤回答说："没有。"

"不学诗，就不能言谈应对。"

于是孔鲤退下来学习《诗》。又一天孔鲤又看到父亲独自站着，他快步走过庭院，孔子问："你学礼了吗？"

　　孔鲤回答说："没有。"

　　孔子说："不学礼，就没有立身的根本。"

　　于是孔鲤就退下来学习礼。

　　孔子对《诗》、礼尤为看重，多年之后当他开坛授课时，也极力推崇。当时孔子的一个弟子陈亢问孔鲤："作为夫子的亲生儿子，你听过特别的教诲吗？"

　　孔鲤回忆起儿时旧事，回答说："没有，就听过诗、礼那两件事。"

　　陈亢退下来高兴地说："问了一件事却得到了三件事，得知了诗，得知了礼，又得知君子不偏爱自己的孩子。"（16.13）

　　"君子心胸宽广，坦坦荡荡；小人心胸狭窄，斤斤计较。"（7.37）孔子得知此事后语重心长地说，"你们以为我藏着掖着有所隐瞒吗？我没有什么隐瞒不教你们的，我的言传身教没有不展示或教导给你们的。我孔丘就是这样的人。"（7.24）

　　孔子学而不厌，即使娶妻生子后也不忘学习，而且学无常师，不管是谁，只要懂得某一方面知识，便去虚心求教。公元前525年，郯子朝鲁，鲁昭公盛宴款待。席间，大夫叔孙昭子问起远古帝王少昊氏以鸟名官之事，郯子回答得非常详细。孔子当时二十七岁，特意去向郯子请教有关少昊的历史事迹。

　　鲁国乐师师襄子有着很深的音乐造诣，于是孔子去向他学琴，边弹边唱，别有一番滋味。孔子与别人一起唱歌，如果唱得好，一定要请他再唱一遍，然后和他一起唱。（7.32）

　　有一次，师襄子精选了一曲，孔子学了十天仍陶醉其中。师襄子说："你可以学习新的内容了。"孔子一边弹琴一边说："我刚熟习这曲子，但还没有掌握演奏的技巧。"

　　过了几天，师襄子说："你已经熟习演奏的技巧，可以继续往下学了。"孔子说："我还没有领会其中的旨趣呢！"

　　又过了几天，师襄子说，"你已经领会其中的旨趣，可以继续往下学了。"孔子说："我还不能理解乐曲的作者啊！"

　　又过了几天，孔子默然沉思，心旷神怡，高瞻远望而意志升华。他自言自语道："我理解乐曲的作者了，我仿佛看到了这个人，他皮肤深黑，体形颀长，眼睛深邃远望，如同四方之王者，若不是周文王，还有谁能作这首乐曲呢！"

师襄子听了立即离开座席，连行两次拜礼，说："此曲正是《文王操》啊！得听此曲者不知凡几，能深得此曲之精髓者，唯汝一人。我从未见过像你这样好学的。"

孔子笑道："**即使只有十户人家的小村子，也一定有像我这样讲忠信的人，只是不如我那样好学罢了。**"^(5.28)

师襄子上下打量着孔子，激动万分，既而双手奉上古琴，说道："良琴送知音。这把琴是祖上传下来的，我一直苦于找不到合适的继承人，今天我终于宽心了。这把琴送给你，望你把美妙的乐曲传承下去。"

孔子毕恭毕敬地接过古琴："感谢您的厚礼。我定不会辜负您的期望。"接着，孔子解下腰间一块美玉，送给师襄子。

师襄子接过美玉笑道："你这是答谢我吗？"

孔子说道："《诗》中不是说过吗：'匪报也，永以为好也！'"

两人相视一笑，心有灵犀，遂一边抚琴一边高歌：

> 投我以木瓜，
>
> 报之以琼琚。
>
> 匪报也，
>
> 永以为好也！
>
> 投我以木桃，
>
> 报之以琼瑶。
>
> 匪报也，
>
> 永以为好也！
>
> 投我以木李，
>
> 报之以琼玖。
>
> 匪报也，
>
> 永以为好也！

第7回　师徒初遇三番斗　孔子设礼收仲由

孔子抱着琴从师襄子的乐馆出来，一路哼着小调。这时，人群中传来一阵骚动。只见一乞丐跌跌撞撞地跑着，边跑便往后看，一不留神摔倒在地上，后面一大汉追了上来，此大汉虎背熊腰，孔武有力，一手提着半袋米，一手持剑指着乞丐，怒气冲冲道："跑呀，你再跑试试！"

那乞丐衣衫褴褛、孱弱不堪，用磕磕巴巴的声音乞求："饶命啊，饶命啊！"

此大汉名叫仲由，字子路，武艺高强，以打猎为生。他父母年迈，想吃米饭，无奈家中一贫如洗。他便跋山涉水奔走百里，负米回家侍奉双亲。

"我翻山越岭好不容易借到半袋米，这你也敢偷，真是活腻了。"子路怒道。

"我实在太饿了，不禁动了歪念。求你放过我吧！"乞丐跪地苦苦哀求。

"今天若放了你，下次你还会为非作歹。我就为乡亲们解决了你这祸害吧！"子路说着要拿剑刺过去。

"住手！"孔子大喊一声，阻止了子路。

子路用剑指着孔子问："你是他的同伙吗？"

"我跟他素不相识。"

"那你为何阻止我？"

"不在那个职位上，就不应考虑那个职位上的事。"(8.14) 每个人安分守己，国家才能井然有序而不至于陷入混乱。国有国法，请把他送官处置，切莫私自伤他性命。"孔子说道。

子路上下打量着孔子，见他抱着琴，大笑道："一个附庸风雅的小子还敢多管闲事。我的剑可不答应。"说完用指一弹剑身，发出一阵清越的铿铿声，围观的众人慌忙后退，唯独孔子岿然不动。

"若一个地方偷盗成风，仅凭你一把剑毫无用处；移风易俗莫过于乐，施行仁道，辅之以琴乐，更胜于剑术。"孔子说，"以你的天赋，再加上学习，应该能有好的才能。"

子路说:"南山有一种竹子,不须揉烤加工就很笔直,削尖后射出去,能穿透犀牛的厚皮,所以有些东西靠天赋又何必学习呢?"

孔子说:"如果在箭尾安上羽毛,箭头磨得锐利,箭不就射得更深更远吗?"

子路沉思片刻说:"说得有点道理,看来你也懂点射术。以十条肉干为注,你敢跟我比一比射术吗?若你敢跟我比试,我就放过他。"

乞丐一听,连忙哀求孔子:"救救我吧!"

孔子说道:"明日辰时,阙里校场见。"人群中传出一声"好",纷纷为孔子鼓掌喝彩。

"一言为定!小子,你准备好十条肉干吧!"子路说道,继而转身对乞丐大喊:"滚!下次再让我看到你为祸乡里,定不轻饶。"乞丐连滚带爬,夺路而逃。

第二天,孔子带了弓箭前往校场。在通往校场的路上有个水池,水池旁围了一圈人。孔子走过去才发现是子路正跟一年轻人争论。子路浑身湿透,正牵着一头牛,年轻人说这是他家的牛。子路反驳道:"刚才一老者落水,我把他救上来,是那老者赠我这头牛的。"

年轻人说道:"那老者是我父亲,必是你看中了我家的牛,故而谋财害命。"

正争执着,一老者赶来对年轻人说道:"儿子,刚才的确是这位壮士救了我,我赠牛于他以谢救命之恩。"

子路得意地望着年轻人,说道:"怎么样,事实摆在眼前,这回你服了吧!"

年轻人舍不得那头牛,依旧不依不饶。

人群中有个看似德高望重的老头捋着胡须说道:"救人于危急,不是人人都该有的道德嘛?既然做好事就不应该接受报酬。收受报酬算什么道德?"

众人听了也觉得有道理,纷纷指责子路贪财。子路焦躁不安,怒道:"我拼死相救是出于道义,而不是为了什么报酬。有报酬,我则安心接受;没报酬,我也不斤斤计较。我既然接受了馈赠,这自然属于我的财物,你想夺走吗?"说罢拔剑出鞘,准备动用武力逼退众人。周围的农人见状,赶紧拿起锄头等农具,人多势众,毫不畏惧。

"诸位请听我一言。"孔子拨开人群说道。人群中有认得孔子的,说道:"原来是乘田吏大人，请大人主持公道。"

子路一见是孔子，还是管理牛羊畜牧的官，心想："这下坏了，他肯定是冲着我来的。"

孔子说道："道德其实应该是人人都能够做到的，无损于己而又有利于人的。用道德的名义来绑架别人，跟强盗有什么区别？若强要施救者为道德而放弃报酬，以后还有谁来施救？"

孔子指着子路说道："其实我们应该感谢这位勇士，他见义勇为而没有推辞报酬，是君子所为。从此以后，鲁国人一定会勇于救助落水者了。"

众人恍然大悟，纷纷点头赞许，刚才那个"德高望重"的老好人也附和道："说得太对了，勇士就该受到奖赏。"落水老者拧着儿子的耳朵拖出人群，怒道："赶紧跟我回家吧，别丢人现眼了，难道我的命还比不上一头牛吗？"

众人哄堂大笑，渐渐散去。孔子望着那个老好人，摇摇头叹道："**不分是非的老好人，真是道德的破坏者呀！**"^{（17.13）}

子路拜谢孔子道："我叫仲由，虽然跟你有过节，但一码归一码，感谢你仗义执言。"

孔子叹道："**仲由呀，真正懂得道德的人很少了。**^{（15.4）}士人君子不应该只顾当前，应该看到长远。"

子路问孔子说："怎样的人才可以叫作士呢？"

孔子说："**友爱地相互勉励督促，和睦共处，可以叫作士了。朋友之间互相勉励督促，兄弟之间和睦相处。**"^{（13.28）}

子路若有所思，说道："感谢先生教导。不过，别以为这样我就认输了。校场比箭，我是不会手软的。"

孔子莞尔一笑："请！"

进入校场，孔子向子路作揖，请子路先上台射箭。子路也不犹豫，搭弓射箭，只听见"嗖嗖嗖"三声，三支箭飞似地，都正中靶心，由于力道太猛，箭头穿透靶心皮子。

"该你了！"子路得意扬扬地望着孔子。

孔子登台，也连射三箭，同样正中靶心。

子路有点诧异，没想到孔子的射术如此了得，但又不想打平，便说道："看来你还真有点射术。不过应该算我胜。因为如果在战场上，我射出的箭可以穿透盔甲，而你不行。"

听了子路的理论，孔子笑道："**比赛射箭，不在于穿透靶子，因为各人的力气大小不同。这是古时的规则。**^(3.16)若你非要争胜，我也不多说。"说罢请子路下台一起畅饮。

子路端起酒杯，一饮而尽，说道："你怎么不争辩呢？难道不在乎输赢吗？"

孔子答道："**君子无人无争，如果说有所争，那一定是射箭比赛吧！双方互相作揖谦让，然后登场；射完箭走下来饮酒。这种争是君子之争。**"^(3.7)

"您刚才提到君子，"子路问"君子崇尚勇敢吗？"

孔子说："**君子以道义作为最高的处世标准。君子只有勇敢而没有道义就会成为祸国殃民的乱臣贼子，小人只有勇敢而没有道义就会成为四处抢劫的强盗。**"^(17.23)

子路又问："好勇之人，如何才能让他不作乱？"

孔子说："**一个人既好勇又怨贫，不安于本分礼道，就一定会作乱。如果指责不仁之人而使之无地自容，也一定会引发乱子。因此，应该施以教化，让其知仁知礼。**"^(8.10)

子路连拜了两次说："先生学识渊博，仲由万分佩服。"

孔子笑道："我还欠你十条肉干呢！"

子路惭愧地说道："街市争辩，论理比不过先生；受牛遭议，论力比不过先生；校场比箭，论礼比不过先生。理、力、礼三者，我皆败。我输得心服口服。以前多有不敬，请先生原谅。"

孔子说道："**有了错而不改正，这才是真的错了。**"^(15.30)知过则改，君子也。"

子路百感交集，躬身作揖道："多谢先生教导。"

子路非常好学，他将孔子的教诲记在一张猪皮上，时时提醒自己。

第二章 立学

第8回　设杏坛有教无类　教弟子名留丰碑

公元前522年，孔子三十岁。他自称"三十而立"，在学习和充实自己修养的基础上，已经确立了自己为人处事、对待生活的态度和原则，并开始创办平民教育。

一天，子路去找孔子，到了门口却没进去，蹲在门口抓耳挠腮。

孔子问："仲由，你在干什么呢？"

子路答道："我在想怎样才能成为君子，可是脑袋中一片空白，又不知如何请教。"

孔子笑道："**我曾经整天不吃饭，彻夜不睡觉，去左思右想，结果没有什么进步，还不如去学习为好。**"（15.31）

子路摇摇头，说道："我也想学习，可那是贵族的特权，平民百姓哪有学习之所呀！"

孔子郑重其事地说："仲由，我欲开坛授课，广收门徒，以兴仁道。你觉得如何？"

子路拍手叫好："太好了！若果真如此，我愿追随您，从今以后至诚恭敬地向您求教。"

言出必行。孔子当即交接好乘田吏之衙门事务，挂冠而去。

子路问孔子："先生居所简陋不堪又远离街市，若没有人前来求学怎么办？"

孔子抬头望着天空上慢慢聚拢在一起的白云，说道："**有道德的人不会孤单，一定会有志同道合的人与他为邻做伴。**"（4.25）

子路随孔子回到家中，召集乡亲父老帮忙，在房屋两侧各新盖一间屋舍，既可以作为学习之所，又可以饮食住宿。又在庭院中央筑起土台，台上设案铺席，土台一侧栽上银杏树，作为讲习之所。孔子抚摸着银杏树说："银杏多果，象征着弟子满天下。树干挺拔直立，绝不旁逸斜出，象征弟子们正直的品格。果仁既可食用，又可入药治病，象征弟子们学成后可以有利于社稷民生。此讲坛就叫杏坛吧！"当子路带领众人筑坛之时，早已吸引了邻里众人的关注，子路趁机广而告之："先生即将设坛授教，这是我等天大的福分。"

当时的教育是以贵族教育为主，平民是无法进入官办学校学习的。因此，当众人听说有人办私学时，一个个都欢呼雀跃。

开学之日，孔子斋戒沐浴，端坐高台，**温和而又严厉，威严而不凶猛，庄重而又安详**。[7.38]但见杏坛之上香烟缭绕，杏坛之下旗帜飘摇，左边旗子上写着"文行忠信"，右边旗子上写着"有教无类"。杏坛周围早已整整齐齐地摆好了芦席。庭院里熙熙攘攘，人头攒动。

这时，一人问道："敢问先生教什么学问？是耕田种菜吗？"

孔子指着左边"文行忠信"的旗子说道："传君子之道，授六艺之学。**有四项教学内容：文章、德行、忠诚、守信。**"[7.25]

"这些学问都是贵族士人的官学专享，是不是只有贵族才能来此拜师求学？"又有人问。

"**无论贵族还是平民，只要有心向学，都可以入学受教。**"[15.39]孔子指着右边"有教无类"的旗子说道，"**凡我门下弟子，一定要以道为志向，以德为根据，以仁为凭借，活动于礼、乐等六艺的范围之中。**"[7.6]

这时人群中走出一人，身着儒服，手捧束脩，缓步走向杏坛，众人一看竟是子路。猎人出身的子路平日狼裘裹身，大大咧咧，如今，着儒服，走礼步，引得众人忍俊不禁。但见子路步伐坚定，拾级而上，跪拜道："我愿拜先生为师，乞先生收下弟子。"孔子点点头，热泪盈眶，紧紧握着子路的手，师徒两人四目相对，久久未言。这一拜，坚定了孔子开坛授学之决心；这一拜，开启了中国古代私学壮大之先河；这一拜，注定了他们深厚的师徒情分；这一拜，让他们在接下来四十多年的时间里，形影相随，为兴礼乐而呐喊，为施仁道而奔波。

许久许久，人群中鸦雀无声。乡野猎人居然如此尊师重道！突然，又有三人冲到杏坛下跪拜，齐声说道："弟子颜无繇、曾点、漆雕开，愿拜夫子为师。"颜无繇，字路，故又称颜路。曾点，字皙，故又称曾皙。漆雕开，字子开，曾因无罪受刑而致身残，但他身残志不残，为人谦和，刚正不阿。后面围观者见状也一哄而上，纷纷跪拜道："我们也愿拜夫子为师。"

孔子颔首笑道："善哉，善哉。"

子路起身对众弟子说道："拜师得呈上束脩，勿失了礼道。"说罢晃了晃手中的肉干。

众弟子呼应着，纷纷呈上拜师礼物，有像子路一样捧着十条肉干的，也有带着米面果蔬、鸡鸭鱼肉的，杏坛上堆积如山。自此之后，弟子大都呈上束脩作为拜师礼，当然，拜师重在心诚，不管礼物多少，孔子都会谆谆教诲。

众弟子端坐席上，听孔子讲课。孔子说："**为人弟子，在家要孝顺父母，出门要尊敬兄长，做人言行要谨慎，有诚信，广泛地与众人友爱，亲近有仁德的人，这样做了还有余力，就学习各种文化知识。**"[1.6]

"季文子每做一件事都要考虑多次。如此就算是言行谨慎了吧？"颜路问道。

孔子听到了，说："考虑两次也就行了。"[5.20]一个人做事过于谨慎，顾虑太多，就会发生各种弊病。正所谓过犹不及。"

曾点问："请问夫子，'文'应该从何学起？"

"**人的修养就是开始于学《诗》，自立于学礼，完成于学乐。**"[8.8]孔子环顾众弟子，接着说道："**弟子们怎能不先学诗呢？诗可以激发情志，可以观察社会，可以交往朋友，可以排遣不平。近可以侍奉父母，远可以侍奉君王，还可以知道不少鸟兽草木的名称。**"[17.9]

颜路惊叹道："没想到《诗》竟如此奥妙。"

众弟子纷纷说道："太好了，我们要学《诗》。先学哪一首呢？"

"今天就先学《关雎》这首吧！"孔子说道，"**《关雎》这篇诗，快乐而不过度，忧愁而不哀伤。**"[3.20]

众弟子跟随孔子齐声吟诵："关关雎鸠，在河之洲，窈窕淑女，君子好逑……"

第9回 子骞拜师奉佳酿 孔子哭贤谈圣王

时值冬日，天气异常寒冷。一个十几岁的少年在街市上赶着马车，车上载着一老人和两个孩子。少年穿着厚厚的棉衣，却被冻得瑟瑟发抖。他一手拉着缰绳，一手拿着鞭子驱马，双手早已冻得通红，不时地放在嘴边哈着热气取暖，一不留神失手把缰绳掉到地上，马车失去了控制，在街市上横冲直撞，马车上四人吓得惊慌失措。路人纷纷躲避，路边小摊上的鲜果菜蔬撒了一地。

"车上那不是闵老头吗？要出事了，快去通知闵老头家人。"有认得他们的人赶紧去闵氏家里通报。

子路正陪同孔子出游，见马车疯狂袭来，不禁惊出一身冷汗。伴随着一声"夫子小心！"子路赶紧把孔子拉到身后，马车恰好从子路身旁急驰而过，堪堪躲过一劫。"夫子没事吧？"子路扶着孔子问道。

"我没事，别管我。"孔子说道，"快去救车上的人。"

"诺！"子路答道。说时迟那时快，子路纵身一跃飞快地向马车追去。但见他三步并作两步追上大马，紧拉住马辔头，硬生生地把马拉住。马车上四人有惊无险。两个孩子哇哇大哭着，赶车少年惊魂未定、面如土色，闵老头跳下车对着少年怒气冲冲地说道："你这个不孝子，要害死我们吗？你后母对你这么好，给你做了厚厚的棉袄，你还打哆嗦！看你弟弟，棉袄比你的薄，也没像你冻得那个样子。"越说越气，一把夺过马鞭子便向少年身上抽去。这一鞭子一下把少年的棉袄抽破了，里面飞出来的尽是芦花。

子路看到芦花，感到奇怪，又去捏捏车上两个孩子的棉衣，里面全是棉絮。于是问道："都是您的儿子，为什么厚此薄彼，给两个小儿子穿棉袄，却给大儿子穿芦花袄呢？"

"这是闵子骞后母做的棉袄。"知情者说道。围观者一片嘘声。

闵老头一听，心中顿时明了。这赶车少年名叫闵损，字子骞，他母亲很早就去世了，父亲娶了后母，又生了两个弟弟。后母对自己亲生的孩子百般疼爱，对闵子骞却暗地使坏。可是，在丈夫面前，她却装出一副慈母的模样，给闵子骞做棉袄，里面絮的全是不值钱的芦苇花绒，看起来挺厚，其实一点都不

第二章 立学

暖和，给自己的两个亲儿棉袄里絮的是木棉，看上去薄，其实非常暖和。闵子骞心如明镜却从不计较。

这时闵母跟随报信者赶到街市。两个弟弟紧紧抱着闵母的腿喊道："母亲，哥哥一向善待我俩，是个好哥哥呀！您怎能虐待他呢！"闵老头知道自己冤枉了闵子骞，拿着鞭子对妻子破口大骂，决定休了她。闵子骞含着眼泪跪在父亲面前，哀求父亲不要休了后母，说道："母在一子单，母去三子寒。"意思是休了后母，自己和两个弟弟有可能落到另一个后母手里，两个弟弟将来会像自己一样受苦。闵母既羞愧又感动，跟两个弟弟一起抱着闵子骞哭道："吾儿是孝子，这都是我的错呀！我以后再也不这样了。"

孔子走过来对闵父劝道："人谁无过？知过能改，善莫大焉！"

闵父很感动，扔掉了鞭子，一家人抱头痛哭。自此以后，后母对闵子骞视如己出，全家和睦。邻里乡亲纷纷传颂此事，成为一段佳话。有诗赞曰：

> 单衣顺母心无恙，
>
> 鞭打芦花见真章。
>
> 跪父留母一家睦，
>
> 千古孝子美名扬。

孔子也赞不绝口："闵子骞真是孝呀！他的父母和兄弟都说他孝，别人听了，也没有什么非议。"^(11.5)

闵氏全家再次向子路拜谢救命之恩。众人也纷纷称赞子路英勇。子路洋洋自得，说道："这对我来说算不了什么，就算是四匹马拉的车也不在话下。"

孔子听了便对子路说道："君子泰然自若而不骄傲自大，小人骄傲自大而不泰然自若。"^(13.26)

子路闻言，赶紧收敛了喜色，说道："夫子所言甚是，弟子受教了。"

闵子骞听到"夫子"二字，转身拜曰："您就是杏坛设教的孔夫子吗？"

子路说道："正是孔夫子。"

闵子骞随即向孔子跪拜说："闵损愿拜夫子为师。"

孔子扶起闵子骞说道："善哉！你将来必成有德之士。"

闵氏全家又向孔子拜谢，然后驱车返程。看着他们一家离去的身影，孔子反复吟诵闵子骞刚说的"母在一子单，母去三子寒"，额首赞许："有德行的人一定有文章或名言传世，会说会写的人却不一定真的有德行。"

子路问道："夫子，刚才我大义救人，也算是有'仁德'了吧？"

孔子说道："仁不仁我就不知道了，可称为'勇敢'吧！**有仁德的人必然勇敢，但勇敢的人却不一定有仁德。**"^{（14.4）}

子路憨笑着同孔子离去。

闵子骞投师孔门，但家贫交不起束脩（肉干），就为孔子奉上一缸精心酿制的水酒，孔子欣然接受。同门弟子中有人嗤笑说："曹溪之水，怎能抵得上束脩？"孔子说道："闵子骞诚心求学，精神可嘉，虽是曹溪一滴，远胜束脩百条。"闵子骞拜师后，读书刻苦，为人沉稳持重，德行卓著。

一日，孔子正在讲学，曾点匆忙来报："夫子，郑国子产大夫去世了。"

子产素以贤能著称，后人曾评论说"子产治郑，民不能欺。"

孔子听了不禁潸然泪下，弟子们面面相觑，不知孔子为何流泪。

有弟子问子产是个怎样的人。孔子说："是个对国家，对百姓有恩惠的人。" 弟子又问子西怎么样。子西（编者注：一说子西是楚国大夫）是子产的同宗兄弟，虽然也和子产一样执政郑国，但没什么可称道的。**所以孔子摇摇头说道："他呀！他呀！不可同日而语。"弟子又问管仲怎么样。孔子说："他是个有才干的人，他把大夫伯氏的采地骈邑的三百家夺走，使伯氏终生吃粗茶淡饭，直到老死也没有怨言。"**^{（14.9）}说完，又一声长叹。

颜路问："您如此悲伤，难道子产是您的朋友吗？"

孔子摇了摇头，说道："子产是古代传下来的有仁爱的人。**他有君子的四种道德：他自己行为庄重，他侍奉君主恭敬，他养护百姓有恩惠，他役使百姓有法度。物伤其类，君子离世，我怎能不悲伤？**"^{（5.16）}

众弟子纷纷上前安慰孔子。孔子摆了摆手，示意众弟子席地而坐，说道："尔等在此求学，将来入仕为官，当如子产大夫一样，辅佐君王，效仿尧舜禹汤文武周公，施行仁政，善待百姓。"

"请夫子为我们讲述一下尧舜禹汤的故事。"一弟子说道。

"对，给我们讲讲吧！"其他弟子纷纷附和道。

"尧、舜、禹是古代的圣王。尧禅位于舜，舜奖善惩恶，举用贤才，垂拱而治。大禹治水，三过家门而不入，有大功于天下。后来舜禅位于禹。禹的后代建立了夏，后来被商汤取代，商汤任用贤相，天下大治。"孔子说道。

"当初尧让位给舜时说：'听着，舜！天的任命已经落在你身上了。你要忠

实地把握正义原则。如果天下百姓都陷于困苦贫穷，天的禄位也将永远终止。'舜后来也以这番话告诫禹。

商汤说：'在下履，在此谨献上黑色公牛做牺牲，并且向光明而伟大的天帝报告：有罪的人，我不敢擅自去赦免。您的臣仆所作所为，我也不敢隐瞒，这些都清楚陈列在您心中。我本人如果有罪，请不要责怪天下人；天下人如果有罪，都由我一人来承担。'

周朝大封诸侯，使善人都得到财富。武王说：'我虽然有许多至亲的亲人，但是比不上有许多行仁的部属。百姓如果犯了过错，由我一人来承担。'

检验及审定生活所需的度量衡，整顿被废除的官职与工作，全国的政令就可以通行了。恢复被灭亡的国家，延续已断绝的世系，提拔不得志的人才，天下的百姓就心悦诚服了。国家应该重视的是：百姓、粮食、丧礼、祭祀。宽厚就会获得众人的拥戴，信实就会得到百姓的依赖，勤快工作就会取得重大成果，行事公平就会使得人人满意。"^(20.1)

弟子们听得津津有味，目不转睛地盯着孔子。

孔子接着说："帝尧作为一代君王是多么伟大！他像崇山一样高高耸立着，上天是最高大的，帝尧就是在效法着上天！他像大地一样一望无际，民众无法用现有的词语来称道他！因此，他所成就的功业是如此崇高伟大，他所制订的礼仪制度是如此灿烂辉煌。"^(8.19)

"那舜和禹两位圣王呢？"颜路急切地问。

孔子说："舜和禹真是崇高啊！贵为天子，富有四海，一点也不为自己。"^(8.18)

孔子顿了顿，环视众弟子，又说道："能够无所作为而治理天下的人，大概只有舜吧？他做了些什么呢？知人善任，自己只是庄严端正地坐在君位上罢了。"^(15.5)

孔子说："对于禹，我没有什么可以挑剔的了；他的饮食很简单而尽力去孝敬鬼神；他平时穿的衣服很简朴，而祭祀时尽量穿得华美，他自己住的宫室很低矮，而致力于修治水利事宜。对于禹，我确实没有什么挑剔的了。"^(8.21)

"再讲一讲周文王的故事吧！"弟子们又央求道。

孔子点点头，接着说道："周文王是周太王古公亶父第三子季历的儿子，他在位期间，善施仁德，礼贤下士，拜姜尚为军师，问以军国大计，使'天下三分，其二归周'；他曾经被商纣王囚禁在羑里达七年之久，在牢中他潜心研究伏羲八卦，最后演绎成六十四卦……"

"夫子，您刚才说文王是周太王的第三子季历的儿子，那周太王的另外两个儿子干什么去了呢？"曾点问道。

孔子说道："古公亶父生三子，长子泰伯、次子仲雍、三子季历。季历和他的儿子姬昌都很贤明，古公亶父因此有立季历为继承人的想法，以便传位给姬昌。泰伯知道父亲古公亶父的心思，为了成全父亲，他于是便和二弟仲雍就逃奔到荆蛮之地，以便让位给季历；后来他在吴地定居下来，文身断发，以表示不可以继承君位，来避让季历。**泰伯可称为至德了。他多次让了天下，但人们不知道如何称颂他的至德。**"（8.1）

颜路感慨道："夫子知识渊博，该不会天生就知道吧？"

孔子笑道："**我可不是生来就懂得这些，只不过爱好古代文化，勤奋地去探求它罢了。**"（7.20）

孔子正说得起劲，这时，门外传来一声"我来迟了"，紧接着一个大汉揭开门帘闯进来，一阵寒风吹过，坐在门口处的弟子冻得直哆嗦，随口骂道："子路，快把帘子放下，冻死我了。""是啊，太冷了！""都日上三竿了，你怎么才来。"其他弟子也纷纷附和着指责子路。子路正要反驳，但听到孔子干咳两声，说道："**君子讲求和谐而见解独立，不从众，小人盲目附和只求步调一致，而小人私心重，表面一致，但做不到真正和谐。**"（13.23）众弟子听了脸上一阵发热，不再争吵，都安静下来。

"你们听到没有？君子要团结和谐。"子路得意扬扬地说道，接着又问孔子："怎样才能成为君子？"

孔子说："提高自己的修养，恭敬对待他人。"

子路说："这样就足够了吗？"

孔子说："修养自己，还要让周围的人安乐。"

子路说："这样就足够了吗？"

孔子说："修养自己，让所有的百姓都安乐。别说君子，恐怕尧、舜也很难做到。"（14.42）

子路想到自己引起众怒，没有做到让周围的人安乐，因此有点惭愧，不敢再说话了。见子路仁立不语，孔子又问道："仲由，我所教导你的都知道了吗？**知道的就说知道，不知道的就说不知道，如此才算是明智的！**"（2.17）

子路说道："我虽然还不能完全达到您所说的'修养'，但我已经努力做到了'勇'和'刚'，并去帮助身边的人。"

"哦？说来听听。"孔子道。

子路说："刚才我经过街市，见一个贵族公子带着几个家丁居然在殴打一个跛脚，于是便上前打跑了那群人，救下了那个跛脚。所以才来迟了。"

孔子反问道："勇敢和刚强一定就是好的吗？你口中所说的贵族公子为什么要殴打跛脚呢？是因为贵族公子蛮不讲理、欺凌百姓，还是因为那个人做错了什么事呢？"

子路支支吾吾道："这……这个弟子倒没有盘问，只是看那人可怜。"

孔子接着说："仲由啊，你听说过六种品德和六种弊端吗？"

子路回答说："没有。"

孔子说："坐下来！我告诉你。好仁德却不学礼度，它的弊端是会变得愚蠢；好聪明才智却不学礼度，它的弊端是放荡不羁；好讲诚信却不学礼度，它的弊端是容易被人利用，害己害人；好直率却不学礼度，它的弊端是因急切而伤害人；好勇敢却不学礼度，它的弊端是捣乱闯祸；好刚强却不学礼度，它的弊端是胆大妄为。"(17.8)

"仁、智、信、直、勇、刚，这些不都是人人称颂的好品德吗？难道还需要讲究礼度？"子路不解，正要反驳，这时一群百姓扛着锄头冲进来，问道："刚才是不是有个大汉进来了？"

孔子问道："是我的弟子。请问各位有什么事吗？"

一百姓说："有个人假装跛足坑蒙拐骗，被抓了个现行，正要送官处置，结果被一大汉给放了。有人看到那个大汉来到了这里，原来是您的弟子呀！"

孔子赶紧起身致歉。百姓们摆摆手说道："罢了罢了，您德行高尚，大家都相信您。但请您多加管束弟子，免得玷污了您的名声。"说完便各自散去了。

"过犹不及，适度最好。"孔子语重心长道，"万事万物都要讲究一个尺度，这个尺度就是'礼'。追求好品德也要有礼度才行。"

子路顿时觉得脸上热辣辣的，连忙起身向孔子拱手说道："弟子受教了。"

"轰隆隆……"这时街上传来一阵嘈杂的车马声，孔子差颜路出去查看。不一会儿，颜路回禀说："听说鲁君急召季孙、叔孙、孟孙三家。三家大夫正急匆匆前去面君。"

鲁君召集"三桓"究竟何事？且看下回分解。

第10回　景公召见赴国宴　适周学礼师老聃

话说季平子、孟僖子、叔孙昭子三人驱车去见鲁君，皆为齐国国君齐景公与相国晏婴要来鲁国一事。当初姜太公辅佐周武王灭商后，被封国建邦，国号为"齐"。自太公望封国建邦以来，煮盐垦田，富甲一方，兵甲数万，传至齐桓公时，已经是疆域濒临大海的大国，齐桓公也依靠海上的资源，在管仲的辅佐下迅速成为春秋五霸之首。如今，齐景公始终梦想着能光复齐桓公的霸业，为此，他非常勤政，又以贤人晏婴为相，齐国慢慢恢复昔日的光彩。

众大臣齐集鲁宫议政。鲁昭公说："齐国君臣此次来访，我们应郑重其事，迎接齐君的仪式必须周到精彩，既不能失礼得罪强齐，又不能让他们轻视鲁国。请诸位爱卿推荐一人主持礼仪。"

襄礼向来是个棘手活，操心劳累不说，若有点差错便会贻笑大方。大殿里一时鸦雀无声。

过了许久，臧昭伯奏曰："启奏君上，依照惯例，迎宾之礼由卿大夫主持。叔孙大夫对内和睦诸卿，对外为鲁国奔走诸侯各国，尽职尽责，可担此任。"

叔孙昭子奏曰："臣下对礼仪之事尚不纯熟，望君上三思。"

郈昭伯奏曰："依臣看，由季孙大夫主持最为合适。"

季平子说道："上次孟孙大夫随主公出访楚国，经验丰富，可担此重任。"

鲁昭公说："孟孙爱卿，这次就有劳你了。鲁国为礼仪之邦，切不可失礼。"

孟僖子忙说："不可，不可。老臣年迈，难堪大任，请君上另择贤明。"

季平子说道："孟孙大夫不必推辞了，此重任非你莫属。你不是多次提起那个叫'孔丘'的年轻人吗？此人曾经在我府内任职，确实知礼贤达，你尽可以差遣他去做嘛。"

孟僖子心想：有孔丘相助，自然万事无恙，还可以借此机会向国君举荐贤人，就先应下来。对待贤人应以礼相待，而不能颐指气使。于是退朝后他特意派人给孔子送去拜帖。

孔子看了拜帖，赞道："孟孙大夫身居高位而谦逊有礼，真是君子典范呀！"遂沐浴更衣，迎接贵客。

孟僖子与孔子相互作揖登堂，共商迎接齐国君臣的礼仪之事，从迎宾仪仗到宴饮酒食和歌舞都一一敲定。孟僖子不时点头称赞。最后，孔子嘱咐说："**奢侈了就会越礼，节俭了就会寒酸。不偏不倚最好，若实在不好把握尺度，与其越礼，宁可寒酸。**"（7.36）孟僖子谢过孔子，立即着手安排。

齐景公和晏子来到鲁国，受到隆重而热情的欢迎。君臣对迎接仪式赞不绝口，待国宴开席之时，齐鲁两国君臣登堂，堂下演奏歌舞：

> 文王在上，
>
> 于昭于天。
>
> 周虽旧邦，
>
> 其命维新。
>
> 有周不显，
>
> 帝命不时。
>
> 文王陟降，
>
> 在帝左右。

齐景公点头说道："此歌甚好！"

晏子小声说道："此歌名曰《文王之什》，借赞颂文王以表齐鲁两国皆蒙恩于文王之德。鲁国太有心了。"

一曲终了，新曲又来，但见堂下女乐翩翩起舞，引吭高歌，歌曰：

> 呦呦鹿鸣，
>
> 食野之苹。
>
> 我有嘉宾，
>
> 鼓瑟吹笙。
>
> 吹笙鼓簧，
>
> 承筐是将。
>
> 人之好我，
>
> 示我周行。

齐景公赞不绝口："此歌清新脱俗，令人心旷神怡。"

晏子对齐景公说道："此歌名曰《鹿鸣》，象征齐鲁两国以礼相交，如兄弟般团结友好。"

齐景公点头赞许，对鲁昭公说道："久闻鲁国乃礼仪之邦，今日一见，果然不虚。敢问何人主事？"

鲁昭公说："是孟孙大夫。"

孟僖子忙说："不敢居功，真正的策划者是孔丘。"

齐景公问道："鲁国人才辈出，可喜可贺！可否请孔丘出来一见？"

"看来齐侯也是爱才之人。"鲁昭公笑道，随即传令："来人呐，传孔丘进殿。"

"诺！"一侍从领命而去，不一会儿便带孔子进殿。孔子向昭公和景公跪拜行礼，礼节周到。

鲁昭公满意地点点头，说道："齐侯有话要问你，你好生作答。"

"诺。"孔子答道，又对齐景公施礼，毕恭毕敬地说道："君上但有所命，丘知无不言。"

齐景公上下打量着孔子，问道："你年纪轻轻就懂这么多礼仪了？"

孔子答道："礼是君子行为规范的准则，这跟年龄没关系。**用礼来约束自己，再犯错误就少了。**"^(4.23)

齐景公问："为什么要用'礼'来约束呢？"

孔子回答道："**君子广泛地学习古代的文化典籍，又以礼来约束自己，也就可以不离经叛道了。**"^{(6.27)/(12.15)}

齐景公问："那什么是君子呢？"

孔子说："**君子以义作为根本，用礼加以推行，用谦逊的语言来表达，用忠诚的态度来完成，这就是君子了。**"^(15.18)

齐景公又问："那你应该算得上君子吧？"

孔子说："**就书本知识来说，大约我和别人差不多，做一个身体力行的君子，那我还没有做到。**"^(7.33)

齐景公笑道："你这是谦虚了。依你之见，齐国之所以强大，是因为有君子吗？"

孔子望了望晏子说道："晏大夫深谙礼义，忠诚谦逊，内辅国政，外扬国威，不正是君子典范吗？有晏大夫这样的君子辅佐您，加上齐国地大物博，又有渔盐之利，必定长盛不衰。"

齐景公问孔子："从前秦穆公国又不大，地方又偏僻，可为什么能称霸一方呢？"

孔子回答说："秦国国家虽然小，可是他们的人志气大；地方虽然偏僻，可是他们的人行起事儿来正当。秦穆公又会用人，曾看中了喂牛的百里奚，和他谈了三天话，便能信任他，叫他执政。像秦穆公这样做法，统治全天下也是够格的；称霸一方，还只能算是小成就呢！"

齐景公听了很满意，大为赞赏。孔子也因此名声大噪。

话说孟僖子本来年事已高，此次主持礼仪，耗尽心力，不久病倒在床。临死的时候，他把两个儿子叫到跟前说："礼仪是一个人的立身之本。不懂的礼仪，就无法在社会上立足。我如果能得善终，你们一定要拜孔丘为师，跟随他学习礼仪。"

公元前518年，孟僖子去世，孟懿子（仲孙何忌）成为孟孙氏第九代宗主，与弟弟南宫敬叔一同拜孔子为师。孔子教导他们说："**当一个人的父亲还在世的时候，要观察他的志向；在他父亲死后，要考察他的行为；若是他对父亲的合理部分长期不加改变，这样的人可以说是尽到孝了。**"（4.20）/（1.11）南宫敬叔遵从父亲遗志，像父亲生前一样，潜心学礼；而孟懿子则继续维持父亲当初制定的那些好的治民举措。

孟懿子和南宫敬叔拜师后每次听课都坐在第一排，其余弟子慑于他们贵族的气势，不敢跟他们坐在一起，都坐在后面，敬而远之。**南宫敬叔问孔子："羿善于射箭，奡善于水战，最后都不得好死。禹和稷都亲自种植庄稼，却得到了天下。"**（编者注：历史上公认的这句话出自孔子门人南宫子容之口。作者在此假借南宫敬叔说出。）

曾点小声问颜路："刚才他说的几个人是谁呢？"

颜路笑道："孤陋寡闻了吧！羿是夏朝有穷国的国君，射箭很厉害。他凭武力起兵造反，把夏天子相赶走了。羿的大臣寒浞也跟着造反，又把羿给害死了，并娶了羿的妻子，生下了儿子奡。奡的力气很大，能在陆地上推着船走。后来，奡杀死了天子相。当时相的夫人已经怀孕了，逃走后生下了儿子少康。少康长大后灭掉了奡，中兴了夏朝。禹是夏朝的开国之君，为了治水三过其门而不入。稷是周朝的始祖，教民种植庄稼。"

曾点恍然大悟："所以说，羿与奡凭武力叛乱，最后都不得好死；禹和稷非常有德行，凡事亲力亲为，最后得到了天下。"

颜路点点头说道："正是这个意思。听听夫子怎么说。"

孔子没有回答。南宫敬叔出去后，孔子点头赞许道："这人真是个君子呀！这人真尊重道德。"^(14.5)

这天，子路又迟到了，见后面席位已满，就大摇大摆地走到第一排，一屁股坐在孟懿子身旁，丝毫不在乎孟懿子那鄙夷的眼神。众弟子窃窃私语，指责子路不懂规矩。

孔子说道："穿着破旧的丝棉袍子，与穿着狐貉皮袍的人站在一起而不认为是可耻的，大概只有仲由吧！《诗》云：'不嫉妒，不贪求，这样的人怎么会不好呢？'"

子路听后，反复背诵这句诗。孔子又说："只做到这样，怎么能说够好了呢？"^(9.27)

讲学结束后，孔子对南宫敬叔说："周之守藏室之史老聃，博古通今，知礼乐之源，明道德之要。我欲去周求教，你愿意同去吗？"南宫敬叔欣然同意，随即报请鲁昭公。鲁君准行，并恩赐一车二马一童一御，南宫敬叔与孔子一块儿出发。

孔子问南宫敬叔："你将来肯定会担负起治国安民之重任，打算成为怎样的人呢？"

南宫敬叔答道："像楚王一样胸襟宽广。"

"哦？"孔子笑问道，"为何要像楚王一样呢？"

南宫敬叔答道："我听说楚王去打猎时丢失了一张弓，他的下属要去寻找，但他却阻止说：'楚人失弓，楚人得弓，何必要去寻找呢？'这不正说明楚王胸襟宽广吗？"

孔子摇摇头笑道："还不够呀！要是能去掉'楚'字就更好了。"

"人失弓，人得弓……"南宫敬叔默念道。

孔子说道："都是人，何必计较是不是楚人得到了呢？"

南宫敬叔若有所悟，笑道："多谢先生教诲。"一路上师徒二人有说有笑，畅谈为政之道，终于到了周都洛邑（今洛阳）。老子见孔子千里迢迢而来，非常高兴，命童仆洒扫庭除，热情相待。

南宫敬叔仔细打量着眼前的老头，平易近人，笑容可掬，但看不出有什么大智慧，便想试探一番。席间，南宫敬叔便将路上跟孔子谈论的"楚王失弓"之事说与老子听。没想到老子听了之后哈哈大笑道："依我看，再把'人'去

第二章 立学

掉就更好了。"

"失弓，得弓……"南宫敬叔默念道。

老子说道："人与天地万物是一样的，弓原本就是从自然中来的，最后又复归自然，何必要计较是不是'人'得到了呢！"

孔子一听，赶紧向老子行礼，说道："先生才是大智慧，丘自愧不如。"

南宫敬叔见状，也赶紧行礼。

老子笑道："各抒己见而已。"

孔子拱手问道："弟子有惑不解，望先生指点迷津。"

老子说："指点不敢当，说来探讨一二吧！"

孔子说："周始兴时，天子仁德，贤臣辅助，诸侯相安，百姓受教化而安居乐业，这都得益于'礼'吧！"

老子微微一笑说道："你说的那些仁德君子都已化为尘土，他们说过的话倒是还犹在耳旁。"

孔子继续问道："如今礼崩乐坏，诸侯纷争不断，百姓不得安宁。我欲效法周礼，推行仁道，您看怎么样？"

老子说道："孔丘，君子行事，得生逢其时啊！老夫听说，善于经商的人把货物藏起来，好像什么也没有；君子品德高尚，却谦虚得像愚钝的人。要放弃浮躁的想法，摒除身上的娇气，无欲则刚。老夫只能告诉你这些罢了。"

孔子又问："请问先生，该如何治理国家呢？"

老子笑道："治大国若烹小鲜。"

孔子有所领悟，顿首说道："先生微言大义，丘受教了。"

出来后，南宫敬叔仍一脸迷惑，问孔子："刚才先生说的是什么意思呢？"

孔子笑道："你出身贵族，平日里吃的是大鱼大肉，也不会下厨，自然不懂。寻常百姓吃不起大鱼大肉，只能吃小鱼小虾。在烹饪小鱼时要按照火候来料理，绝不可以还不到时候就乱翻乱搅，免得把小鱼小虾都搅糊了，弄得支离破碎。同样，居高位者治理国家，也必须像煎小鱼那样谨慎从事，不要动辄扰民，更不要乱折腾。"

后来老子又引孔子拜访大夫苌弘。苌弘善乐，授孔子乐律、乐理；引孔子观祭神之典，考宣教之地，察庙会礼仪。孔子感叹道："**周朝的礼仪制度借鉴于夏、商二代，是多么丰富多彩啊！我遵从周朝的制度。**"^{（3.14）}

数日之后，孔子向老子辞行。老子送至馆舍之外，说道："我听说，富贵者送人以财，仁义者送人以言。我不富不贵，就盗用仁人的名号，送你几句话吧。当今之世，聪明而深察者，其所以遇难而几至于死，在于好讥人之非也；善辩而通达者，其所以招祸而屡至于身，在于好扬人之恶也。为人之子，勿以己为高；为人之臣，勿以己为上，望汝切记。"孔子顿首道："弟子一定谨记在心！"

南宫敬叔提到老子说过的"以德报怨"，问："假如别人打我了，我不去理论，反而要对他好，用我的道德和教养感化他，让他悔悟。**用恩德来报答怨恨怎么样？"孔子反问道："那该用什么来报答恩德呢？应该是用正直来报答怨恨，用恩德来报答恩德呀！"**（14.34）

"怎样做才是以直报怨？"

"以公正的态度去对待那个人，合理判断这件事，不卑不亢地找出是非曲直，事情该咋办就咋办，要以正确客观、符合法律的态度去解决。"

回到鲁国，众弟子围着孔子问道："您见到老子了吗？"

孔子说："见过了！"

弟子们又问："老子怎么样？"

孔子说："我所见的老子呀，就像龙一样，学识渊深而莫测，志趣高邈而难知，真吾师也！"

孔子回到鲁国后弟子更多了，其他各国的好学之士也纷纷慕名而来，公冶长（字子长）、申枨（字周）、任不齐（字子选）、燕伋（字思）等人拜投孔子门下。刚好杏坛后面还有一处空房，众弟子便拾掇一番作为栖身之所。弟子们日夜陪伴孔子左右，聆听教诲，谈诗论礼，其乐融融。

第11回　八佾舞庭怒贤圣　斗鸡之变逐昭公

话说孔子开设私学，平民百姓也可以获得知识，弟子日渐增多。贵族们担心影响自己的利益，于是在朝堂上讨论。

郈昭伯说："我反对！孔丘设私学，降低了官学的权威。"

孟懿子说："孔夫子聚徒授学是为国家培养栋梁之材，我支持。"

郈昭伯反驳说："你是他的弟子，当然帮着他说话了。"

朝堂上议论纷纷，鲁昭公举棋不定，就问季平子的意见。先前孔子在季氏府上任职，后辞官开设私学，季平子是有点生气的。

叔孙昭子劝道："季大夫您求才若渴，何不让孔丘的弟子为您效力呢？"

季平子觉得有道理，便不再反对，退朝后又派人给孔子送去厚礼，请孔子推荐弟子出仕。

孔子让漆雕开去做官。漆雕开说："我对做官这件事还没有信心。"孔子听了很高兴。[5.6]说道："学了三年，还没有想当官的念头，这是很难得的。"[8.12]

最后孔子推荐闵子骞出仕。**鲁国翻修长府的国库。闵子骞说道："照老样子下去就行，何必劳民伤财去改建呢？"孔子说："他平日不大开口，一开口就说到要害上。"**[11.14]

一天，季平子在家庙里祭祀，跳舞的人都到齐了，共四队。

季平子问道："怎么就只有这么点人？"

阳虎答道："今日国君在襄公庙祭祀，舞人都去鲁公庙了。"

季平子瞪了阳虎一眼，怒道："把人弄过来。就是绑也要绑过来。"

阳虎领命而去。不一会儿，一群舞人被带进季氏家庙中，足足有八队，每队八人，共六十四人。季平子哈哈大笑："这样才够气派嘛！"遂命舞人跳起八佾舞，场面极其壮观。

鲁昭公在襄公庙里举行祭祀，跳舞的只有两个人。昭公问："怎么只有两个人？"郈昭伯说："舞人都被抓到季氏府里了。"臧昭伯说："季氏专横跋扈，太目中无人了。"昭公非常愤怒，堂堂一国之君，舞人竟被臣下带走，但又无可奈何，只得忍气吞声，暗暗发誓要找机会雪耻。

周人非常重视祭祖，并设计出一整套礼义规范。这些礼义规范也是讲等级的。按照周礼规定：祭庙乐舞的编队是八人为一行，称为"佾"，天子用八佾，诸侯用六佾，大夫只能用四佾。季孙氏作为鲁国大夫，只能用四佾，却僭用了天子八佾的规格，况且还是把国君的舞人强行带走的。这是礼制绝不允许的。

孔子得知后拍案而起，怒道：**"他在自己的庭院中居然用八佾的规格，这样僭越礼制的事他都敢去做，还有什么事情是他不敢做的呢？"**^(3.1)

话说季平子祭祀结束后便到了斗鸡场寻欢作乐。斗鸡是当时贵族们之间的一种赌博活动。两主人以鸡相斗，得胜之鸡的主人是赢家。季平子为了获胜，就在他的鸡翅膀上涂了芥末，以便在斗鸡时造成对方鸡视力模糊。季平子的斗鸡对手郈昭伯屡次败给季平子。

郈昭伯感觉奇怪，就问家臣："我的鸡身强力壮，怎么每次都被季氏那鸡打败呢？上次害得我输掉了十匹马。"家臣明察暗访得知真相后回禀郈昭伯。郈昭伯大怒："季氏欺人太甚！"遂叫家臣在他的鸡爪上装了铁钩。

斗鸡比赛要开始了。季平子与郈昭伯分坐斗鸡台两侧。季平子哈哈大笑道："你是不是又给我准备好了十匹好马？"

郈昭伯冷笑一声："谁输谁赢还说不定呢！"

随着一声钟响，斗鸡开始。两只鸡啄咬抓踢，羽毛满地，引得众人围观喝彩。结果，季平子鸡败。郈昭伯大笑："这回该还我那十匹好马了吧！"季平子抱起奄奄一息的斗鸡，心疼不已。这时，他突然发现对方的鸡爪上竟然装着铁钩，怒不可遏，于是放狗咬死了郈昭伯的斗鸡，而郈昭伯也不甘示弱，两方大打出手，闹得沸沸扬扬。

孔子叹息道：**"为追求利益而行动，就会招致更多的怨恨。"**^(4.12)

果不其然，此事远没有结束。季平子余怒未消，仗着兵强马壮，出兵侵占了郈昭伯的封地。

郈昭伯打不过季平子，便去向鲁昭公求救："我们共同出兵讨伐季氏，待事成之后，把季氏封地全部给您。"

臧昭伯说："季氏实力雄厚，又有孟孙、叔孙相助。此事得从长计议。"

郈昭伯说："他们对季氏专权霸道、恃强凌弱的行为早就不满，只要给他们一些好处，让他们按兵不动即可。"

鲁昭公想到多年来受到的屈辱，正有意打压一下季氏，收回国君应有的权威。此刻正是千载难逢的好机会，于是昭公一口答应，出兵讨伐季氏。

孔子听说郈昭伯怂恿昭公出兵伐季氏，深感忧虑，说道：**"花言巧语就会败坏人的德行，小事情不忍耐，就会扰乱大事情。"** （15.27）

郈昭伯、臧昭伯和鲁昭公合兵包围了季府，只见数十个士兵抱着大圆木一遍遍撞击着季府大门。季平子府内的兵士寡不敌众，眼看成了瓮中之鳖，便一面暗中请求叔孙氏和孟孙氏救援，一面假装认错以待援军。

季平子登台高呼："我知错了，请允许我迁到沂水边上。"鲁昭公不允许。季平子再请求："那就把我囚禁在费邑永不返回国都。"鲁昭公也不允许。季平子又请求："那就让我带五辆车逃亡，永不回鲁国。"鲁昭公还是不允许。

大臣子家驹对鲁昭公说："君上还是见好就收，答应他吧！季氏专政已经很久了，党徒极多，一旦合谋将难以对付。"

"一定要杀死他！放虎归山后患无穷！"郈昭伯说道，"叔孙氏去了阚城，不在国都；我去稳住孟孙，那就没人来救季氏了。"说罢便去游说孟懿子。

鲁昭公眼见胜券在握，根本听不进子家驹的话，下令继续围攻季府。

正当危急关头，叔孙氏的家臣鬷戾问他的谋士："此事甚大，恰巧家主不在，我等必须有所作为。有季氏和没季氏，哪一种情况对我们有利？"谋士回答说："如果没有了季氏，叔孙氏也就不复存在了。"于是，鬷戾下令出兵援救季平子，并派人去跟孟懿子说："三桓本为一脉，季氏一旦倒台，那么灾祸很快就会降临到我们头上，三足鼎立，一荣俱荣，一损俱损。"孟懿子深以为然，于是杀了前来游说的郈昭伯，派兵去营救季平子。季氏家臣阳虎也趁机取得季氏兵权，与孟孙、叔孙合兵攻打鲁昭公。

子家驹见情况不对，对鲁昭公说："我们假装劫持您，让我们背着叛乱的罪名逃亡，您留下来吧！季氏以为是我们胁迫您讨伐他的，就不会迁怒于您了。"鲁昭公叹道："算了，我再也无法忍受季氏的僭越和欺负了。"说罢便带着随从一起逃离了鲁国。

孔子说："**说话如果大言不惭，那么实现这些话就是很困难的了。**"（14.20）郈昭伯说大话可以，作战谋略却不行，他以为攻伐季氏轻而易举，殊不知季氏实力雄厚，且又有孟孙、叔孙相助，最后身首异处，实在可叹。鲁昭公雄心壮志想要收回政权，无奈依靠只会斗鸡作乐的郈昭伯远远不够，以至于功败垂成，实在可惜。

第12回　行禘祭三桓违礼　别妻儿孔子适齐

公元前517年，鲁昭公逃奔到齐国去见齐景公。

景公问："你还这么年轻，怎么就放弃自己的国家了？何至如此啊？"

昭公说："我小的时候，身边的人都溺爱我，什么事都不让我做；我要有什么想法，周围很多人就会阻止我，使得我的理想不能实施；成年后内无主事人，外无辅政者，辅佐帮忙的能人没有一个，讨好献媚的却有一大帮。就像秋天的莲蓬，孤零零地立在那里，没有根基。只要秋风一吹，就连根倒了。"

景公把这些话告诉了晏子，说："这么说来他算是一个贤君，只是身边的人不忠了？"

晏子说："我不认为是这样的。就好像愚笨者总是后悔，无能的人总觉得自己很能干，要落水的人还未察觉自己会掉到水里，快迷路的人还不知道问路。快要淹死的时候才注意到跌进了水中，已经迷了路才慌忙问路。这样的人和打起仗来才练兵，噎到了才开始挖井求水有什么不同？到了这个地步，就算再快也已经来不及了。"

叔孙昭子得知此事，赶紧到齐国向鲁昭公请罪，信誓旦旦地许诺要说服季平子，共迎国君归鲁。结果被季平子欺骗，未能迎回昭公，因此愤而辞世。宋国国君宋元公见鲁昭公为了躲避季氏而流亡齐国，便替他四处求情以便帮他回到鲁国，结果走到半路也不幸去世。昭公虽然流亡在外，但鲁国没有另立新君来取代昭公，因此鲁昭公名义上仍是国君，但实际上大权掌握在季平子手中。

子路去见孔子，说："三桓赶走国君，独霸鲁国朝政，正在桓公庙祭祖呢！"

闵子骞说："我听说季氏要用'禘礼'祭祀，乐工都到了。"

孔子大怒道："一个人没有仁德，礼对他有什么用呢？一个人没有仁德，乐对他有什么用呢？"^{（3.3）}

孔子、子路、闵子骞三人去观礼。禘礼是只有天子才可以举行的祭祀祖先的隆重典礼。鲁国是周公旦的封地，周公死后，他的侄儿周成王为了追念周公辅佐治国的伟大功勋，特许周公后代在祭祀时举行最高规格的禘礼。

举行祭礼之前，要做一些准备工作。先煮香草为"郁"，然后合黍酿成气味芬芳的一种香酒，称为"郁鬯酒"，装在酒器中备用。

这时，桓公庙内正进行"灌"的仪式。祭坛周围玉帛齐备，钟鼓齐鸣。一个人打扮成祖先的样子，一动不动地坐在祖先灵位前象征受祭者，这个人被称作"尸"。季平子双手持酒器将"郁鬯酒"献于"尸"前，让他闻一闻酒的香气，然后将酒浇在地上。

盛酒的酒器叫"觚"，原本标准的觚是上圆下方的，可后来被改成了上下都圆。孔子说：**"觚都不像个觚了，这也算是觚吗？这也算是觚吗？"**（6.25）

刚结束"灌"的仪式，祭祀者便开始交头接耳嘻嘻哈哈，内心毫无敬意。

孔子见他们只是摆摆样子，走走过场而已，便叹息道：**"礼呀礼呀，只是说的玉帛之类的礼器吗？乐呀乐呀，只是说的钟鼓之类的乐器吗？"**（17.11）

孔子实在看不下去，便离开了。子路和闵子骞追出来，问："您不观礼了吗？"

"对于行禘礼的仪式，从第一次献酒以后，我就不愿意看了。"（3.10）孔子头也不回地说道。

这时，有人问孔子关于举行禘祭的来由道理。孔子说：**"我不知道。知道这种道理的人，对治理天下，就会像把东西摆在这里一样容易吧！"**一面说着一面指着他的手掌。（3.11）

子路小声问闵子骞："夫子明明知道呀，为何说'不知道'呢？"

闵子骞说："你看不出来吗，夫子对这次禘礼很不满意，故意说不知道呀！"

子路恍然大悟。闵子骞又说道："听，开始演奏诗乐了，看来祭祖快结束了。"

孔子也听到了，于是停下脚步，倾听乐曲。

三桓祭祖完毕撤去祭品时，命乐工唱《雍》这篇诗。孔子说："《雍》诗上这两句'助祭的是诸侯，天子严肃静穆地在那里主祭。'这种天子祭祀专用的诗歌，怎么能用在你三桓的家庙里呢？"（3.2）说罢愤而离去，子路和闵子骞紧随其后。

孔子行走途中经过山谷，看见一群野鸡在那儿自由飞翔，心有感触，神色为之一动。那些野鸡飞翔了一阵后又落在树上。孔子说："这些山梁上的雌野

鸡们，想飞就飞，想停就停，时运真好呀！时运真好呀！"子路向它们拱拱手，野鸡们便振翅飞走了。（10.27）

孔子感慨万千，萌生了要离开鲁国的念头。回到住处，孔子便跟弟子们说他想要搬到九夷的地方去居住。有人说："那里非常闭塞落后，不开化，怎么能住呢？"孔子说："有君子去了，就不闭塞落后了。"（9.14）

子路劝道："去蛮夷之地能做什么呢？人家有国君。还是先想想鲁国吧，连国君都没有了。"

孔子说："夷狄没有道德礼义，虽然有君主，还不如中原诸国没有君主呢！（3.5）君子前去可推行仁道，施恩于百姓，大有可为。"

子路笑道："夫子是在说气话吧！如今国君流亡齐国，不如前往齐国，请求齐君护送国君归鲁，或者入仕齐国，以推行夫子之道。"

孔子点点头，说道："也罢，就去齐国。"

第二天，众弟子纷纷要跟孔子一起去齐国。孔子说："**父母在世，不远离家乡；如果不得已要出远门，也必须有一定的去向，并妥善安置好父母。**（4.19）你们父母尚在，在家好生孝敬父母吧！"

子长（公冶长）拱手说道："夫子，我父母俱亡，幸得夫子收留教诲。我早已视夫子为父，就让我为您驾车吧！"于是上车执御。正准备出发，听见一声"且慢，等等我"，众人回顾，乃见子路气喘吁吁跑来，说道："夫子，去齐国怎能不带我？我已安顿好父母妻儿，请让我当您的护卫。"孔子点点头。子路一跃而起跳上马车。就这样三人一车，踏上前往齐国的征程。众弟子目送他们离开，孔鲤和孔子女儿搀扶着孔子夫人亓官氏驻足远望，他们劝阻不了孔子远行的决心，只能默默祝福他平安顺利。

马车离开鲁国都城，向着一片鲜花灿烂的田野前去，子路指着远处盛开的鲜花喊道："夫子，快看！好漂亮繁盛的花朵呀！"

"好漂亮繁盛的花朵呀！"孔子念叨着，缓缓抬头望向远方，心中亮起一缕希望之光。

第13回　屈身为臣位卑微　闻韶三月不知味

　　孔子师徒三人驾车路过泰山脚下。环顾四周，见崇山峻岭，溪水淙淙，孔子深呼吸一下，说道：**"聪明人喜爱水，有仁德者喜爱山；聪明人活跃，仁德者沉静。聪明人快乐，有仁德者长寿。"** [6.23]

　　这时，前面传来一阵哭唱声，只见一个妇人在坟墓前且哭且唱，歌曰：

葛生蒙楚，

蔹蔓于野。

予美亡此，

谁与？独处？

葛生蒙棘，

蔹蔓于域。

予美亡此，

谁与？独息？

　　孔子听了一会儿，自言自语道："听着真凄惨呀！"

　　子路上前问道："您为何哭得这么伤心呀？"

　　妇人说："之前我的公公被老虎咬死了，后来我的儿子又被老虎咬死了，现在我的丈夫又死在了老虎口中！"

　　子路问："为什么不离开这里呢？"

　　妇人说："这里没有残暴苛刻的政令呀！"

　　孔子叹道："苛政比老虎还要凶猛可怕啊！"

　　三人驾车继续前行，终于到达齐都，但见街市繁荣，人声鼎沸，打铁声、叫卖声不绝于耳。

　　孔子见路边有个卖鞋的老头蹲在地上愁眉苦脸，就上前询问："老人家，街市上一片繁荣之象，怎么您这儿无人问津呢？"

　　老头苦笑一声说："人都没脚了，还买鞋干什么呀！"

　　子路问："我看到很多人都用假肢，这是为何？"

　　老头说："凡是交不上赋税，或者逃避劳役的，就要被处以砍脚的酷刑。

因为赋税劳役沉重，犯法的人多，遭到砍脚的也多，被砍了脚的人为了走路，只能去买假肢，鞋子当然就没人穿喽！"

子路说："泰山脚下那妇人一家为逃避苛政而举家迁走，其实是畏惧苛政背后的酷刑呀！"

孔子长叹一声说道："老百姓对于仁的需要超过了对于水与火的需要。水与火，我还看见因跳进去而死了的，却从没有看见因实践仁德而死了的。"^(15.35)

子长问卖鞋的老头："那齐国有没有贤臣呢？"

老头说道："当然有啦！田大夫（田乞）爱民如子，用大斗把粮食借给百姓，却用小斗收回。百姓深受其恩惠呀！"

子路对孔子说："看来齐国除了晏大夫，居然还有田大夫这样的贤臣。"

孔子白了一眼子路，说道："若他真是贤臣，齐国百姓还至于受苦吗？依我看田乞是用国家的利益来为自己笼络民心，这真是居心叵测，险恶之极呀！"

忽然人群中传来一声哀号，只见一个壮汉正对一个小孩拳打脚踢，小孩苦苦哀求说"主人饶命，主人饶命，我再也不敢了"，周围的人不加劝阻反而起哄高呼"打得好，打得好"。

子路看不过眼，一把拉住壮汉的手腕，说道："住手！"。

壮汉还想继续动手，但腕力掰不过子路，怒道："你是哪里来的野人？敢管大爷的闲事！"

子路说道："你这样当街暴打一个小孩，还有王法吗？"

壮汉冷笑道："这是我刚买的小奴隶，他不听话，就算打死了也不犯法。"

这时一队官兵过来，领头的问："为何喧闹？"

"我正教训不听话的小奴隶。"壮汉又指着子路说，"这个不知哪来的野人多管闲事。"

官兵说道："带着你的人快走。"壮汉一把拎起小奴隶，狠狠瞪了一眼子路，扬长而去。子路怒视壮汉，正欲上前理论，被孔子阻止。

官兵问："你们是谁？从哪里来的？要到哪里去？"

孔子答："我是鲁国孔丘，这两位是我的弟子，我们要去拜见高大夫。敢问高大夫居所何在？"

"原来是高大夫的客人，失敬失敬。"官兵指着前方说道，"前面那座府邸

第二章 立学

就是高大夫居所。"

孔子三人谢过官兵，去拜见高昭子。孔子作揖说道："国家战乱，我师徒三人避难于贵地，乞望收留。"

高昭子说道："久仰孔夫子贤名，请进请进。"

众人在厅堂席地而坐。高昭子得意扬扬地问："夫子想必早已见识齐国之繁盛，与鲁国相比如何？"

孔子微微一笑，说道："**齐国一提高，可以达到鲁国这个样子；鲁国一提高，就可以达到先王之道了。**"（6.24）

高昭子惊问："哦？难道鲁国比齐国还要繁荣？"

孔子说："我所说的是'仁德'与'礼'这两方面，若此道畅行，则百姓安居乐业。"

高昭子笑道："鲁国乃周公之后，齐国自然不如鲁国那样礼乐完备。敢问夫子，齐国该如何管理老百姓呢？"

孔子说："**老百姓可以让人引导他们，而不能让人用暴力去强迫、折服他们。**"（8.9）

高昭子说："齐国向来以严刑峻法引导百姓，百姓遵从政令，不敢犯法。"

孔子说："**用法制禁令去引导百姓，使用刑法来约束他们，老百姓只是求得免于犯罪受惩，却失去了廉耻之心；如果用道德教化引导百姓，使用礼制去统一百姓的言行，百姓不仅会有羞耻之心，而且也就守规矩了。**"（2.3）

高昭子又问："那从政者应该怎么做呢？"

孔子说："**如果从政者端正了自身的行为，上行下效，管理政事还有什么困难呢？如果不能端正自身的行为，怎能使别人端正呢？**"（13.13）

高昭子拍手笑道："孔夫子高见！先委屈您以'家臣'身份住下，待我禀告君上，举荐您为国效力。"

孔子作揖道："感谢高大夫抬爱。"

一天，师徒三人在街头散步，听到乐馆传出一阵美妙的音乐。

子长问："这是什么音乐？"

孔子冥神静听，回答说："这就是《韶》乐呀！"

三人进馆听乐，陶醉其中。于是孔子隔三岔五便来乐馆，子长也似深得乐之精髓，久久回味。唯独子路不时抱怨："我们都来此三个月了，国君何时才召见我们呢！"

回到住处，子路和子长饥饿难耐，想赶紧吃饭，可孔子依旧沉迷在美妙的乐曲中。

子路用肘子捅了捅子长，小声说："提醒一下夫子，让他赶紧趁热吃吧！"

子长笑道："**夫子在齐国听到了《韶》乐，陶醉不已，三个月都没尝出肉的滋味了。**"

这时，**孔子说道："想不到《韶》乐的美达到了这样迷人的地步。"**(7.14)

子路问："夫子，《韶》乐与《武》乐相比如何？"

"**《韶》乐艺术形式美极了，思想内容也很好。**"孔子说，"**《武》乐艺术形式很美，但思想内容却差一些。**"(3.25)

子路小声嘟囔着："我怎么就听不出来呢？"

子长说："《韶》是歌颂舜帝之德的乐舞，《武》是歌颂周武王伐纣的乐舞。舜以禅让得国，而周武王以征伐得国，所以夫子才说《韶》尽美尽善，而《武》尽美而未尽善。"

子路说："看来我也得学一学'乐'了。"于是开始学习鼓瑟。

又一日，孔子去乐馆，见齐国大夫身着紫袍，在乐馆寻欢作乐，演奏的是郑乐。孔子扭头就走，一脸愠色。子路忙问孔子为何闷闷不乐。

孔子说："紫色夺去了大红色的光彩和地位，很令人厌恶；郑国的音乐破坏了典雅的音乐，很令人厌恶；强嘴利舌可颠覆国家，很令人厌恶。"(17.18)

原来，夏、商、周三代各有正色，夏崇尚黑色，商崇尚白色，周崇尚赤色。在周代，红色才是正色，但齐国逐渐用紫色作为正色，无视周天子的存在，这是一种僭礼行为。孔子所推崇的音乐是尽善尽美的《韶》乐，而郑国的音乐多描述男女之情，淫荡不堪，有妨道德。自此之后，孔子深居简出，不再踏进乐馆。

第14回　再见景公言礼义　不为所用终离齐

话说高昭子原本想借助孔子的名气扩大自己的势力，所以千方百计把孔子留在自己身边。但齐国其他大夫不想坐视高昭子扩张，便禀告了齐景公。齐景公听说孔子来到了齐国，传令召见。

师徒三人驾车向齐宫疾驰而去。在路上，孔子讲起了齐桓公称霸之事。

公元前686年，齐国内乱，国君被杀。两个逃亡在外的公子，都想回国继位。公子纠为了抢先回国，便派管仲率兵去截击公子小白。管仲等公子小白车马走近，就操起箭来对准射去，一箭射中，公子小白应声倒下，口吐鲜血。管仲见公子小白已被射死，就率领人马回去复命。公子纠听说小白死了，便放缓了行军速度。

然而小白其实没有死，管仲一箭射中他的铜制衣带勾上，小白急中生智咬破舌尖装死倒下。经此一惊，小白更加警惕，连夜向齐国挺进。当他来到临淄时，派鲍叔牙先进城里劝说，齐国正卿高氏和国氏都同意护立小白为国君，于是小白进城，顺利地登上君位，这就是鼎鼎大名的齐桓公。齐桓公即位后派兵杀了公子纠，公子纠的谋士召忽自杀以殉。此时，齐桓公急需要有才干的人来辅佐，准备请鲍叔牙出来任齐相。但鲍叔牙称自己才能不如管仲，若要使齐国称霸，必要用管仲为相。齐桓公便不计前嫌，拜管仲为相。后来君臣同心，励精图治，对内整顿朝政，对外尊王攘夷，成为五霸之首。

子路说："齐桓公杀了公子纠，召忽自杀以殉，但管仲却没有自杀。管仲不能算是仁人吧？"

孔子说："桓公多次召集各诸侯国的盟会，不用武力，都是管仲的力量啊！这就是他的仁德，这就是他的仁德啊！"（14.16）

"如果要像管仲一样九合诸侯才能称为'仁'，看来我们还有很远的路要走。"子路叹息道，"**唐棣之华，偏其反而。岂不尔思，室是远而。**"（唐棣的花朵啊，翩翩地摇摆。我岂能不想念你吗？只是由于家住的地方太远了。）

孔子笑道："**还是没真的想念，如果真的想念，有什么遥远呢？**"（9.31）

子路不解，问："夫子为何这么说呢？"

孔子说："仁难道离我们很远吗？只要我想达到仁，仁就来了。^(7.30)我们去面见齐君，劝谏国君行仁道，我们现在做的不正是仁者应该做的事吗？我们所选的不正是仁道吗？"

子路点头说："夫子所言极是。"

子路问怎样侍奉君主。孔子说："不能欺骗他，可以犯颜直谏。^(14.22)齐国也如鲁国一样，政令出自大夫，又铺张浪费，奢华无度，君子应劝谏国君施行仁道，必定可再现齐桓晋文当年的盛景。"

子路问："齐桓公、晋文公都是一代雄主，夫子更欣赏谁呢？"

孔子说："晋文公狡诈而不正直，齐桓公正直而不狡诈。^(14.15)虽说两人都是尊王攘夷，然而齐桓公是先尊王而后称霸，正直而知礼。晋文公则不同，他先称霸而后尊王，他的'尊王'恐怕更多的是为了方便号令诸侯吧？"

子路问："齐桓公之所以成就霸业，得益于管仲之力，这个人怎么样呢？"

孔子叹息一声说："管仲这个人的器局不大！"

子路问："管仲这人节俭吗？"

孔子说："他有三处豪华的府库，家里的管事也是一人一职而不兼任，怎么谈得上节俭呢？"

子路又问："那么管仲知礼吗？"

孔子回答："国君大门口设立照壁，管仲在大门口也设立照壁。国君同别国国君举行会见时在堂上有放空酒杯的土台，管仲只是大夫，居然也有这样的土台。如果说管仲知礼，那么还有谁不知礼呢？"^(3.22)

这时，子长停车，说道："到宫门了，现在需要步行去走这条'仁道'了！"

孔子缓步走进宫殿，拜见齐君。

齐景公问如何治理国家。孔子说："君有君样，臣有臣样，父有父样，子有子样。"

想当初，鲁国正因为君主没个君主的样子，臣子没个臣子的样子，所以才出现了堂堂一国之君却被臣子驱逐出境的闹剧。而在齐景公当政之前，齐国也发生过崔杼弑齐庄公之事，其后，崔氏、庆氏都曾先后控制政权。即便现在，国政也被国氏、高氏、田氏等几个臣子掌控。齐景公对此深有感触，点头赞道："讲得好呀！如果君不像君，臣不像臣，父不像父，子不像子，即使有粮

食，我能吃得上吗？"^(12.11)

齐景公又询问如何为政。孔子说："政在节财。**治理一个拥有一千辆兵车的国家，就要严谨认真地办理国家大事而又恪守信用，诚实无欺，节约财政开支而又爱护臣子，役使百姓要不误农时。**"^(1.5)

齐景公听后沉吟不语。因为他本人素来贪图享乐，喜欢大造宫室，多养狗马，税重刑酷，没有足以让人称颂的德行。他明白孔子是在暗讽自己奢侈浪费，但他并没有恼羞成怒，反而称赞孔子敢于直言劝谏，于是便想把尼溪的田地赐给他。

晏子进谏说："自从周王室衰落以后，礼乐残缺有很长时间了。如今孔丘烦琐地规定尊卑上下的礼仪、举手投足的节度，连续几代不能穷尽其中的学问，从幼到老不能学完他的礼乐。这恐怕不是引导臣民的好办法。"

于是齐景公依旧恭敬地接见孔子，但不再问有关礼的事情，也不提封地之事。他对孔子说："**按照鲁国季氏上卿的规格来待你，我做不到。就用介于季氏和孟氏之间的待遇来对待你吧！**"

孔子一听便知齐景公不会采纳自己的主张了，于是推辞说："君子有功才能接受俸禄，现在您没有采纳我的主张，我不敢接受！"

齐景公也感觉很难为情，说道："夫子若有所求，寡人必倾力成全。"

孔子起身行礼说道："请您出兵护送鲁君回国。"齐景公答应了。

公元前516年春天，齐国攻伐鲁国，夺取了鲁国的郓邑，并让鲁昭公暂时居住在那里，准备护送鲁昭公回鲁国。鲁国大夫申丰、汝贾赶紧贿赂齐国大夫高龁、子将八万斗粟米。

子将对齐景公说："群臣不能侍奉鲁君，肯定有怪异。宋君为鲁君到晋国求援却死于途中。叔孙氏请求护送鲁君回国也无疾而终。不知是上天要抛弃鲁君呢？还是鲁君得罪了鬼神呢？希望君上姑且等待。"

齐景公听从了他的话，没有护送鲁昭公回国。收了鲁国贿赂的齐国大夫们担心孔子继续劝谏景公送昭公归鲁，况且孔子在齐国重用会损害到他们的利益，于是企图谋害孔子。

孔子去向齐景公求助。景公无奈地说："**我老了，不能用了。**"于是孔子向**齐景公辞行**。^(18.3)

回到住处，孔子怅然若失。子路收拾行李，子长则淘米做饭。这时，门外响起一阵急乱的敲门声。子长去开门，见是晏子。

"晏大夫，何事慌张？"子长问。

"快逃，有人要来捉拿你们。"晏子说道。子长见远处尘土飞扬，又有一阵马蹄声传来，看情形得有几百号人。

"感谢晏大夫相告。"子长作揖拜谢，随即大喊："夫子，此地不宜久留，赶紧上车。"

"怎么回事？"孔子问道。

"齐兵要谋害夫子，我们先避一避吧！"子长扶孔子上车。

孔子说道："我倒要问问他们为何要谋害我呢？"

晏子着急地说："您就别逞口舌之力了，保命要紧。"

子路抽出宝剑说道，"子长，你带夫子先走，我来阻挡。"

"子路，他们人多势众，我们一块走还来得及。"子长仓促中把正在淘的米提起来一边走路一边滤干，拉着子路上车，匆匆驾车而去。

"从后门走，从后门走。"晏子打着手势说道。

一队铁甲士兵们来到馆舍，早已不见孔子踪影，一番骂骂咧咧后各自散去。

子长驾车一路狂奔，说道："幸亏有晏子这样的贤人相助，不然被一群蛮兵困住可就惨了。"

子路擦着宝剑说道："晏子哪里贤明了？齐君要赐夫子封地，他却处处阻挠。我倒是不怕那些士兵，只是担心夫子安危。这次齐国之行，唯一可惜的就是没有什么收获，白来一趟。"

孔子说："见到贤人，就应该向他学习看齐，见到不贤的人，就应该自我反省有没有与他相类似的毛病。"[(4.17)] 怎么能说没有收获呢！"

孔子师徒三人驾车离开齐国时，见路边花草早已枯萎，一片衰败之像。后人有诗叹曰：

> 仁道可安定，
>
> 治民何须刑？
>
> 铁甲驱贤圣，
>
> 礼乐难再兴。

第二章 立学

第15回 途经达巷师项橐 双喜临门福气多

师徒三人驾车前行，经过一个叫达巷党的地方。七岁的儿童项橐正和小伙伴在路上聚沙筑城为戏，挡住了孔子的去路。子路叫他让开，项橐说："我是城，你是车，是车躲城，还是城躲车呢？"孔子看他小小年纪却能言善辩，觉得这个孩子非常聪明，便问了一些古怪的问题，项橐不加思索，对答如流。

孔子问："你知何山无石？何水无鱼？何门无关？何车无轮？何牛无犊？何马无驹？何刀无环？何火无烟？何人无妇？何女无夫？何日不足？何日有余？何雄无雌？何树无枝？何城无使？何人无志？"

项橐答："土山无石，井水无鱼，空门无关，舆车无轮，泥牛无犊，木马无驹，斫刀无环，萤火无烟，仙人无妇，玉女无夫，冬日不足，夏日有余，孤雄无雌，枯树无枝，空城无使，小儿无志。"

孔子听后大加赞赏，说道："**三个人一起走路，其中必定有人可以做我的老师。我选择他善的品德向他学习，看到他不善的地方就作为借鉴，改掉自己的缺点。**"[7.22]随即下车向项橐行礼，命子路驾车绕"城"而过。

子路说道："没想到夫子对童子也是如此尊重。"

孔子说："**年轻人是值得敬畏的，怎么就知道后一代不如前一代呢？如果到了四五十岁时还默默无闻，那他就没有什么可以敬畏的了。**"[9.23]

达巷党人对孔子称赞不已，说："孔子真伟大啊！他学问渊博，因而不能以某一方面的专长来称赞他。"孔子听说了，对弟子们说："**我要专长于哪个方面呢？驾车呢？还是射箭呢？我还是驾车吧！**"[9.2]

三人继续向鲁国前进。时隔两年多，孔子终于踏上故土。回到家中，亓官氏、孔鲤、孔女嘘寒问暖。子路扶孔子下车，亓官氏和孔鲤赶紧端上热汤。孔女见子长在车旁卸行李，就端着热汤在后面等着。不料，子长不知身后有人，猛一转身刚好与孔女撞在一起，孔女一慌汤碗没拿稳，掉在地上，孔女和子长争相去捡，两只手又握在一起。

孔子忙问："没烫着吧？"

"没，我再去盛一碗。"孔女回答，不一会儿，又捧着一碗汤给子长。子长含情脉脉地盯着孔女，双手接过汤碗，说道："谢谢。"孔女害羞地躲进屋了。

孔子和亓官氏夫妻重逢，自然免不了亲昵一番。夜深人静，外面风雨飘摇，屋里却是温馨无比，孔子在灯下翻看书简，亓官氏则在一旁为孔子缝补衣服。风雨中传来一阵歌声：

> 风雨凄凄，
>
> 鸡鸣喈喈。
>
> 既见君子，
>
> 云胡不夷。

众弟子得知孔子回到鲁国，纷纷前来问候。时值乱世，孔子担心弟子安危，便在杏坛教诲众弟子说："**国家有道，要正言正行；国家无道，还要正直，但说话要随和谨慎。**"^(14.3)

孟皮带女儿来看望孔子，孔子与孟皮父女正在房内交谈，这时，听见庭院里有人在诵读：

> 白圭之玷，
>
> 尚可磨也；
>
> 斯言之玷，
>
> 不可为也！

孔子揭开门帘，发现**南宫敬叔**反复诵读"白圭"的诗句。孔子很高兴，评论南容说："**国家有道时，他有官做；国家无道时，他也可以免去刑戮。**"于是**把自己的侄女嫁给他。**^{(11.6) / (5.2)}（编者注：三复白圭者南宫适也。南宫适字子容，亦称南容，既是孔子门人，又是侄婿。作者在此以南宫敬叔代替南容。）

南宫敬叔见孔子的侄女知书达礼，貌美贤惠，欣然同意。孟皮对这桩婚事非常满意，一来南宫敬叔乃鲁国大夫，衣食无忧；二来他是有德行的君子，必不会虐待女儿。孟皮的女儿虽然羞涩不语，但内心的喜悦化作一缕缕绯红在脸庞蔓延开来，哪里瞒得过众人雪亮的眼睛？

喜事就这么定了。大婚那天，南宫敬叔派出一大队迎亲队伍把新娘接回家中，又有一大队乐师在队伍前头敲锣打鼓，女乐们载歌载舞，齐声唱道：

> 桃之夭夭，
>
> 灼灼其华。
>
> 之子于归，

宜其室家。

孟皮跟孔子说："鲤儿已经二十岁了，也该婚配了。"于是孔子又开始给孔鲤张罗婚事。

到了孔鲤成亲之日，众弟子们都来帮忙。黄昏之时，迎亲队伍整装待发。新郎孔鲤穿戴爵弁、缁衣、纁裳、缁带，准备去迎娶新娘。

吉时已到，新郎乘上黑色漆车，又有副车二乘，妇车一乘。随行者穿着玄端礼服，又有数人执火炬在前引路。

新房内，子路、子骞等弟子把鼎、尊、豆等饮食器具陈列在墙角。庭院里，颜路、曾点等弟子洒扫庭除，张灯结彩。孔子带子长走进庖屋，见亓官氏和女儿正在灶台边忙着淘米切肉，说道："夫人辛苦了。"亓官氏笑而不语。孔女上前挽着孔子的胳膊调皮地说："父亲，你眼里只有母亲，一点也不关心我，我洗菜切肉也很辛苦的。"

孔子笑道："你也辛苦了！"

看到灶台上陈列的粮食和鱼肉，孔子俯身闻了闻，对子长说道："君子饮食也是有讲究的。**粮食不嫌舂得精，鱼和肉不嫌切得细。如果粮食陈旧和变味了，鱼和肉腐烂了，就不能吃了。食物的颜色变了，不吃。气味变了，不吃。烹调不当，不吃。不时新的东西，不吃。**"

这时，孔子从砧板上拿出一个肉块说道："**肉切得不方正，不吃。**"对着女儿使了个眼色，示意她重新切。

"**佐料放得不适当，不吃。**"孔子对女儿说道，"这个佐料里面再加点姜。**每餐必须有姜，但也不多吃。**"

孔女嘟着嘴巴抱怨道："吃个饭还要这么讲究。"

"待会要准备上菜了，"孔子对子长说，"**席上的肉虽多，但吃的量不超过米面的量。只有酒没有限制，但不能喝醉。**对了，待会把酿好的酒准备好，以作供奉之用。"

正说着，宰予进来了，说道："我买酒回来了，还顺便买了些肉干。"

孔子摆摆手说道："**从市上买来的肉干和酒，不吃。**"(10.8)

宰予一脸不悦，说道："都已经买回来了！"

孔子说道："原封不动地退回去。"

宰予抱怨道："买的肉干和酒怎么了，不照样能吃能喝吗？"

孔女听了也附和道："就是呀，这么多规矩。"

孔子瞪了一眼，说道："你知道市场上买的肉干是用什么肉吗？你知道酒里是否掺水？在不知道这些细节的情况下，用来祭祀供奉，就是对祖先不敬，按我说的做！"

宰予见孔子生气了，赶紧抱着酒坛和肉干跑去退还，边跑还边抱怨："卖酒的是个新手，锱铢不分，多给了半两酒，如此愚笨之人怎会掺水呢？"孔女也做了个鬼脸，嘬着嘴，拉着母亲的衣袖诉苦。

孔子叹道："**只有女子和小人是难以相处的，亲近他们，他们就会无礼，疏远他们，他们就会抱怨。**"^{（17.25）}

子长问道："宰予说卖酒人可能没有掺水，要不要把他叫回来？"

"不必了。"孔子摆了摆手说道，"**卖酒的岂会锱铢不分？古代人有三种毛病，现在恐怕连这三种毛病也不是原来的样子了。古代的狂者不过是愿望太高，而现在的狂妄者却是放荡不羁；古代骄傲的人不过是难以接近，现在那些骄傲的人却是凶恶蛮横；古代愚笨的人不过是直率一些，现在的愚笨者却是欺诈啊！**"^{（17.16）}

迎亲队伍回来后，在孔家举行了婚礼。

一天，孔子对孔鲤说："**你学习《周南》《召南》了吗？一个人如果不学习《周南》《召南》，那就像面对墙壁而站着吧？**"^{（17.10）}

《周南》《召南》大多反映的是社会基层人民的生活、思想、感情状况，孔子是想让孔鲤了解民间生活和礼制，做到修身齐家。

孔鲤深知父亲的良苦用心，于是躬身行礼说道："孩儿谨遵父亲教诲。"

第二章　立学

第16回　鲁昭公客死他乡　孔圣人襄礼庙堂

　　虽说喜事连连，但孔子始终心系国家大事，仍旧期待着齐景公能护送鲁昭公回国，但现实却事与愿违。当初孔子离开齐国之后，齐景公对鲁昭公的态度也发生了变化，派使者前去问候时对他称齐景公为"主君"。齐景公请鲁昭公喝酒时，不按两国诸侯之礼相待，席间请大夫家臣敬酒，又请齐侯夫人出来陪酒，完全把他当作一个齐国的属大夫对待。子家驹每每暗示，鲁昭公却浑然不知，自取其辱。

　　子家驹对昭公说："齐君对您不敬重，又不讲信用，不如及早到晋国。"

　　于是，鲁昭公离开齐国，到晋国去了。

　　话说鲁昭公一路颠簸终于到了晋国边境。按照周礼规定，诸侯到别国访问，必须在国境上停留下来，派使者向对方通报，然后对方派相应级别的使者前来迎接。然而鲁昭公到达晋国国境时不停留，也不通报，直接进入晋国国境。

　　子家驹劝谏道："现在您流亡在外，有求于人，就应该更加尊重对方，遵从礼仪，在国境上等待对方的回应。"

　　鲁昭公不听，继续前行。后来晋君的使者半路赶来说："鲁君到晋国没有提前通报一声，致使我们迎接来迟，多有怠慢，万望恕罪！但是按照周礼规定，我们必须在国境上迎接鲁君，否则就是失礼，所以还请鲁君退回到国境上去。"鲁昭公没有办法，只好再返回到晋国国境上，重新完成迎接的礼仪。世人皆说鲁国乃礼仪之邦，国君竟不知礼。

　　公元前512年，孔子四十岁。他后来自称"四十而不惑"，是指他不被外界事物所迷惑，在而立之年确立的世界观、人生观已坚定不移。这一年鲁昭公仍旧住在晋国乾侯。又过了一年，晋国国君召见季平子，想护送昭公归鲁。季平子在晋侯特使荀跞的陪同下，专门到乾侯拜见鲁昭公，请他回国复位。子家驹生怕错过这个机会，因此劝昭公不要再犹豫了，立即与季平子一起回国复位。然而，其他的随从大夫却在一旁挑唆道："季氏假意悲戚，居心叵测，君主千万不要受其蒙蔽。现在晋国已经做好讨伐鲁国的准备，晋君就等您一句话了！"鲁昭公受众人蛊惑，头脑一热，竟然当着荀跞的面发下毒誓："寡人与季氏势不两立！从今往后寡人如果再与此人见面，就如滔滔河水一去不返！"荀跞见此事已无回旋余地，生怕以后受到牵连，于是捂起耳朵，一边拉着季平子往外走，一边对众人说："我无意介入你们君臣之间的矛盾，我也没有听到你们刚才所说的话。"出来后，他对季平子说："看来鲁君头脑简单，容易受人蛊惑，意气用事，你别与他计较，先回国代政吧！"子家驹觉得如果鲁昭公不抓住这次机会，以后真有可能复国无望了，于是他再次向鲁昭公建议道："您不必与季氏计较一时之长短，现在以一人一乘到季氏军中，季氏肯定不敢冒天下之大不韪，定会陪您回国复位！"然而鲁昭公仍然没有接受子家驹的建议。

另一方面，季平子重金贿赂晋国的大夫们，大夫们便劝阻晋君说："您想要护送鲁君回国，但鲁君的随从都不愿意。"晋君作罢。鲁昭公只好继续居住在晋国，回国无望。

公元前510年，鲁昭公身患重病，他自己觉得大限不远了，于是遍赏随行大夫，开始众人都不愿接受。子家驹受赐双琥、一环、一璧以及轻服等，他恭敬接受，其他随行大夫才拜受其赐。当年冬十二月，鲁昭公逝于晋国乾侯，子家驹立即将受赐之物退还给内府守官，他解释说："君主弥留之际，不敢抗逆君命。"其他大夫也将受赐之物退还。

鲁昭公在国外流亡了整整七年，先到齐国，后到晋国，最后客死他乡。在这七年里，鲁国没有立新国君。鲁国的大权完全落在季氏为首的"三桓"手里。昭公去世后，叔孙不敢去晋国迎葬昭公，一直跟随昭公的子家驹拒绝与叔孙不敢会面。

昭公灵柩归鲁后，季平子把他葬在鲁国国君墓地的南边，用一条大路把昭公墓和道北的历代国君墓分开，这就相当于把鲁昭公逐出了国君的行列。下葬那天，草草了事，在国君丧礼上也毫无悲哀之色。

孔子见此情形，批评道："居于执政地位的人，不能宽厚待人，行礼的时候不严肃，参加丧礼时也不悲哀，这种情况我怎么能看得下去呢？"(3.26)

国不可一日无君。鲁昭公下葬之后，在另立新君时，季平子记恨旧仇，于是赶走了昭公的儿子，立了昭公的弟弟公子宋为新国君，即鲁定公。

一天，阙里的一个童子，来向孔子传话。有弟子问："这是个求上进的孩子吗？"孔子说："我看见他坐在成年人的位子上，又见他和长辈并肩而行，

他不是要求上进的人，只是个急于求成的人。"**（14.44）**

子路问："那童子前来究竟何事？"

孔子说："季氏请我去太庙主持祭典。"

原来，鲁定公即位之后，将举行太庙的祭典，但由于主祭官因病告假，必须临时请一位精通礼乐的人来代理。太庙的祭典，是鲁国最盛大的祭典，因而它的仪式也繁杂无比，主祭官的人选非常不易，若是不精通礼乐的人，连助祭的工作都无法胜任。想当初齐景公来鲁国，孔子襄礼，得到一致好评。因此，孟懿子不失时机地推荐自己的老师。

不久，祭典的筹备工作开始了。孔子进太庙后，每一个人都在关注这位新上任主祭官的一举一动。然而，出乎意料的是，**孔子到了太庙，每件事都要问。**（10.21）他向各位祭官们，请教每一种祭器的名称和用途，并且向他们询问每一种祭器的用法，以及行礼时各种坐立进退揖让等细节，然后大声复述一遍，再演习一遍。太庙里上上下下每一个人，无不感到惊讶。

有人不屑地说："谁说此人懂得礼呀，他到了太庙里，什么事都要问别人。"

孔子听到此话后说："这就是礼呀！"（3.15）

见众人不解，孔子接着说："一旦受命主持大庙的祭典，事事本来就应该恭恭敬敬。我因为不愿意对前辈缺少敬意，并且希望了解前人所有的方法，所以才向他们请教一番，这就是礼呀！"

孔子并不以"礼"学专家自居，而是虚心向人请教，他这种好学不厌的精神以及对周礼的恭敬态度感染了太庙里每个人。

待众人散去，**孔子感叹说："具有中等以上才智的人，可以给他讲授高深的学问，在中等水平以下的人，不可以给他讲高深的学问。"**（6.21）

子路疑惑不解，便问闵子骞是什么意思。

子骞说："夫子刚才跟众人解释'入太庙每事问'，并未完全讲明缘由。夫子一向不满贵族大夫奢侈违礼，败坏了天下的正道。如今他既然有这个机会主持大庙的祭典，自然不能违背平时的主张，任由那些不合于礼的规矩存在。所以他用一整天的时间来请教那些祭官们，更是亲自演习一遍，是做给祭官和大夫们看的，希望他们能依礼祭祀吧！"

子路恍然大悟，内心更加佩服孔子。

第17回　复圣颜回初拜师　众徒协助行冠礼

一天，孔子在杏坛讲学。这时颜路领着一个少年走上前，作揖说道："夫子，我儿子想拜您为师，望夫子收留。"

这个少年不是别人，正是位列孔门七十二贤之首的"复圣"颜回。

颜回躬身行礼，说道："弟子颜回拜见夫子。"行礼之后，站在一旁，毕恭毕敬。

孔子点点头，打量了一下颜回，眼见这个少年朝气蓬勃而又彬彬有礼，心中甚是欢喜，遂问道："今年几岁了？"

颜回作揖答道："十三岁了。"

孔子笑道："我十五岁才立志求学，你十三岁就开始求学了，比我还早两年！"

颜回答道："学得早不如学得好，弟子愚笨，让夫子费心了。"

"好一个'学得早不如学得好'！谦逊而有礼，颜路，你生了个好儿子呀！"孔子兴奋地说道。颜路听了心里很高兴，众弟子纷纷投来羡慕的目光。

曾点在一旁说道："夫子，待我生了儿子，也拜您为师！"

孔子对颜回说："《书》曰：'人而不学，其犹正墙面而立。'回，你拜在我门下，就当好学求知，行君子之道。"

颜回问："请问夫子，君子怎样做才是'好学'呢"？

孔子说："**君子，饮食不求饱足，居住不要求舒适，对工作勤劳敏捷，说话却小心谨慎，到有道的人那里去匡正自己，这样可以说是好学了。**"^{（1.14）}

"弟子受教了。"颜回高兴地说道。

颜路又上前说道："夫子，我已占得吉日，恳请夫子作正宾，三日后为颜回加冠。"

冠礼，是中国传统的男子成人礼，原本是有一定社会地位的贵族子弟所举行的结发加冠的礼节，颜路跟随孔子学习多年，深受礼乐教化，虽然家境贫寒，但依然希望能为儿子举行加冠礼。按周制，男子二十岁行冠礼，当然也有提前行礼的。在举行冠礼之前，主人（冠者之父）请筮人在庙门前占筮，决定行冠礼的日期，这叫"筮日"。然后，冠者之父或兄到宾家（主人的僚友）邀请并告知行冠礼的日期，称为"戒宾"。在举行冠礼前的第三天选定为冠者加冠的主宾（正宾），主宾选定后，主人前往邀请，称为"宿宾"。主宾选择一位助手，即帮助主宾行冠礼的人，称为"赞者"，主持冠礼的人称为"赞礼"，又有三人从旁协助，称为"执事"。

"善哉。"孔子点头笑道。他又对弟子们说道："曾点，你来协助我；仲由，你来赞礼；漆雕开、闵子骞、公冶长你们三人从旁协助，其余弟子一同观礼。"

"诺。"众弟子答道。

到了举行冠礼这天，场地依礼布置完毕，礼乐器具一应俱全。所有参礼者沐浴更衣。香炉中香烟袅袅，席子摆放整齐。赞礼子路先盥洗，拭手，然后立于香案旁做好准备。乐师们入乐席演奏。子开、子骞、子长三个执事手托三个托盘分别盛缁布冠、皮弁、爵弁，立于场地南端西侧从西向东依次排列。将冠者颜回着采衣在东房内等候。所有观礼者各就其位正坐。正宾孔子到达，旁边跟着赞者曾点，主人颜路在场地边恭迎。主人在东，正宾在西，相互行揖礼，辞让，再行揖礼后，主宾相继进入冠礼场地，就位。

冠礼开始，全场肃静。奏乐停止。赞礼子路出场。

赞礼唱："冠礼开始，请冠礼主人致辞。"

颜路起席，到场地中，向全场一揖，致辞曰："今日为我儿颜回举行冠礼，我衷心感谢诸位的到来。感谢正宾孔夫子加冠，感谢赞者曾点、赞礼子路，感谢执事子开、子骞、子长。"致辞毕，再向全场一揖，向正宾孔子一揖，正宾答礼。颜路归位。

赞礼唱："三加开始，请将冠者出东房。"乐师开始奏乐。孔子、颜路依次起席。颜回走出，正坐于冠者席上，面向香案。三个执事持所需物品候在冠者席的南端。

赞礼唱："初加缁布冠。"曾点为颜回梳理头发。正宾孔子去盥洗处，主人颜路随之，宾辞谢，主人应答。孔子洗手，拭干。完毕，与主人相对一揖，主人回到原位。孔子在冠者席前端跪，为颜回略微整理头发。然后站起，到奉缁布冠的执事面前，子开略向前，奉上缁布冠。孔子右手持冠的后端，左手持冠的前端，仪容舒扬行至颜回面前立定，然后致祝词，祝词为："令月吉日，始加元服。弃尔幼志，顺尔成德。寿考惟祺，介尔景福。"然后，在席上跪下，郑重地为颜回加上缁布冠，然后起立。赞者曾点为颜回加颏项，系好冠缨，完毕。颜回站起，孔子对他行揖礼。

赞礼唱："冠者适东房，着玄端服。"颜回在赞者曾点的陪伴下进入东房内，在曾点的协助下脱去采衣，换上与缁布冠相配的玄端服，然后再从房中出来，仪容端正地面朝南方。

缁布冠是用黑色的麻布做成的帽子。加缁布的目的，主要是要受冠者"尚质重古"，不忘本。加强自身修养，才能持家，才能治国。

赞礼唱："二加皮弁。"正宾孔子从执事子骞托盘中取皮弁冠，为受冠者加冠并祝词曰："吉月令辰，乃申尔服。敬尔威仪，淑慎尔德。眉寿万年，永受胡福"。

赞礼唱："冠者适东房，着皮弁服。"颜回在曾点陪伴下进入东房内换上皮弁服再出来。

皮弁冠是用白鹿皮做的帽子。这种冠，大多缀有玉，冠顶尖高，常用象骨做成。加此冠的目的，是希望受冠者能顺利进入仕途，行仁德，勤政恤民。

赞礼唱："三加爵弁。"正宾孔子从执事子长托盘中取爵弁冠，为受冠者加冠并祝词曰："以岁之正，以月之令，咸加尔服。兄弟具在，以成厥德。黄耇无疆，受天之庆。"

赞礼唱："冠者适东房，着爵弁服。"颜回在曾点陪伴下进入东房内换上爵弁服再出来。

爵弁冠，是仅次于冕的一种帽子，样子像酒器爵的上端，爵又形似雀，所以又叫雀弁冠。加此冠，是希望受冠者加冠后重视礼仪，敬事神明。

赞礼唱："醮冠者。"曾点斟酒爵。孔子起席，一揖颜回，颜回在冠者席后端正坐，面向香案。曾点递上酒爵，孔子接过到席前面向颜回祝词曰："甘醴惟厚，嘉荐令芳，拜受祭之，以定尔祥，承天之休，寿考不忘。"颜回向孔子行拜礼，直身，接酒。孔子答拜。颜回在席前略祭酒，直身，略饮酒，然后把爵递给曾点。向孔子行再拜之礼，以感谢孔子为自己完成加冠之礼。孔子答拜，然后起身归位。颜回拜曾点。曾点答拜。

赞礼唱："字冠者。"孔子到颜回席前，致辞曰："礼仪既备，令月吉日，昭告尔字，爰字孔嘉，髦士攸宜，宜之于嘏，永受保之，曰子渊甫。"颜回对曰："渊虽不敏，敢不夙夜祗来。"然后向孔子拜谢。

表字是与本名含义相关的别名，称之为字，以表其德。一般寄予了长辈对冠者的期望与祝福。一般对他人表达尊敬时不直呼其名，而称表字。孔子为颜回取字为"子渊"，"子"是对男子的一种美称，"渊"与"回"互训，意思是"回水"，即漩涡激流中的水，寄寓了"急流勇退"的处世态度。

赞礼唱："冠者三拜。"颜回正冠、端坐。音乐停止，全场肃静。

赞礼唱："冠者拜父母，感念父母养育之恩。"颜回面向父母，庄重地行拜礼。

赞礼唱："冠者拜师长，勉力求学、发奋进取。"颜回面向孔子，庄重地行拜礼。

赞礼唱："冠者拜轩辕黄帝像，传承文明、报效国家。"颜回面向黄帝像，庄重地行拜礼。

赞礼唱："聆训。请主人向冠者示训辞。"颜路起席，到颜回席前，颜回端坐，面向颜路。颜路示训曰："汝当好学求进，修身养德，以成栋梁之材。"颜回对曰："儿虽不敏，敢不祗承。"然后向颜路庄重地行拜礼。

赞礼唱："冠者拜有司及众宾。"赞者、执事排成一列，颜回向其行拜礼。然后分别向场地两边的众宾行拜礼。众人皆答礼。

赞礼唱："请冠礼主人致辞。"颜路离席，到场地中，面向众宾，致辞："感谢诸位嘉宾参加子渊的冠礼，感谢正宾孔夫子及诸位有司先生、赞礼先生和乐师先生。"

赞礼唱："子渊冠礼成。"颜回与颜路向所有参礼者分别行揖礼，顺序为：右侧的众宾、左侧的众宾、赞者执事等有司、正宾、赞礼、乐师。众人皆答礼。之后颜回外出拜见大夫，冠礼结束。

颜回字子渊，故又称颜渊。自冠礼之后，颜回废寝忘食，更加努力地学习。

第18回　颜回输冠赢仁义　箪食壶浆乐求知

一天，颜回看到一个卖布的人和买布的人在大街上吵架，就过去一探究竟。

卖布的人说："三匹布，每匹八钱。你要给我二十四钱。"

买布的人说："明明是二十三，你怎么收我二十四个钱！"

颜回上前劝架说："大家要以和为贵。我来评评理吧，应该是二十四钱。"

买布的人指着颜回鼻子骂道："你算老几？凭什么听你的？"

颜回说道："我是孔夫子的弟子。"

"我只听孔夫子的，咱们找他评理去。"买布的人说道，"如果你错了，怎么办？"

"我把头上之冠输给你。"颜回指着头上的帽子说道，"那如果是你错了呢？"

买布的人拍了拍头说道："我没有帽子，把脑袋给你。怎么样？"

于是两人到杏坛去找孔子评理。

孔子问明情况，对颜回笑笑说："颜回，是你输了。"

买布的竖起大拇指，赞道："孔夫子果然公正无私，不偏袒弟子。"

孔子对买布的说："你不用丢脑袋了。但是，身体发肤，受之父母，日后请勿再用脑袋作赌注了。"

颜回顿悟，立即摘下帽子给了买布人。那人拿了帽子高兴地走了。

众弟子议论纷纷。

"二十四才对呀！夫子为什么要说颜渊输呢？"

"夫子该不会是为了博得'公正无私'的名声吧？"

"这颜渊呆头呆脑地，也不抗议，白白输掉了帽子。太傻了！"

听到众弟子的议论，孔子问颜回："现在买布的已经走了，你可以如实回答。你觉得是你输了还是买布的输了？"

颜回说："的确是我输了。"

孔子问："为何？"

颜回说："夫子说我输了，我只是输一顶帽子；若夫子说他输了，他要输一颗脑袋！人命远比帽子更重要。"

孔子对众弟子说道："颜回虽然输掉了帽子，却赢得了仁义。你们也要引以为戒，君子重仁义而轻是非。仁者不会逞口舌之争，而是充满慈爱之心，具有大智慧的人。"

众弟子听了纷纷躬身行礼说："弟子谨记！"

颜回问："怎样做才是仁？"

孔子说："克制自己，一切都照着礼的要求去做，这就是仁。一旦这样做了，天下的一切就都归于仁了。实行仁德，完全在于自己，难道还在于别人吗？"

颜回说："请问实行仁的具体途径。"

孔子说："不合于礼的不要看，不合于礼的不要听，不合于礼的不要说，不合于礼的不要做。"

颜回说："我虽然愚笨，也要照您说的去做。"（12.1）

自此以后，颜回严格要求自己，虚心受教，从未提反对意见。孔子私下经常对弟子们说："**颜回不是对我有帮助的人，他对我说的话没有不心悦诚服的。**"（11.4）（编者注：孔夫子言外之意是他说的话颜回一听就能领悟，但只喜悦于心，不再发问。既无问题，孔夫子便不再发挥。此处是正话反说。）

颜回家境贫寒，平时非常节俭。有一次，他用瓦锅煮饭，吃了之后觉得很香美，就用很普通的土陶碗盛去献给孔子。孔子接受后，感到非常高兴，像是接受了祭祀中用的牛羊豕的馈赠一样。

子路觉得很奇怪，便问道："瓦锅是粗陋的器皿，煮出来的食物，是很平常的饭肴，但您为什么这么高兴呢？"

孔子说："我听说，爱劝谏的人是常想着自己的君王的；人们在吃香美食物的时候，大多是想着自己的亲人的。我高兴并不是因为这食物美味，而是因为他吃到香美的食物而想到了我，把我视为他的亲人呀！"

子路陪孔子出游，乡人们正举行乡饮仪式，孔子受到热情邀请，遂欣然加入。**行乡饮酒的礼仪结束后，孔子等老年人先出去，然后自己才出去。**（10.13）

在回家路上，孔子想顺路到颜回家看看。

到了颜回家门口，孔子从墙外远远地看到颜回在简陋的小屋里专心学习，台子上放着一小筐饭和一瓢清水，这是他全部的午餐，如此清贫，他却学有所乐。

孔子感慨地说："颜回的品质是多么高尚啊！一箪饭，一瓢水，住在简陋的小屋里，别人都忍受不了这种穷困清苦，颜回却没有改变他好学的乐趣。颜回的品质是多么高尚啊！"（6.11）

这时，颜路走到儿子身旁，问道："今天听夫子讲课后有何感想？"

颜回感叹地说："对于老师的学问与道德，我抬头仰望，越望越觉得高；我努力钻研，越钻研越觉得不可穷尽。看着它好像在前面，忽然又像在后面。老师善于一步一步地诱导我，用各种典籍来丰富我的知识，又用各种礼节来约束我的言行，使我想停止学习都不可能，直到我用尽了我的全力。好像有一个十分高大的东西立在我前面，虽然我想要追随上去，却没有前进的路径了。"（9.11）

孔子高兴地说："听我说话而能毫不懈怠的，只有颜回一个人吧！"（9.20）

子路问："我们进去坐坐吧？"

孔子摆了摆手说："不必了，别打扰他了。仲由，你得多向颜回学习呀！懂得学问的人，不如爱好它的人；爱好它的人，又不如以它为乐的人。"（6.20）

师徒二人回到杏坛，孔女给孔子递上热茶，又去给子路端茶。

孔子说："我整天给颜回讲学，他从来不提反对意见和疑问，像个愚人。等他退下之后，我考察他私下的言论，发现他对我所讲授的内容实践得很好，可见颜回其实并不愚。"（2.9）

这时，闵子骞匆忙来报："不好了！子长被抓进牢房了。"

孔女正端着茶，听闻后手一抖，陶碗落地而碎，遂慌忙去捡，又被碎片割破手指，鲜血直流。

"子长犯什么事了？"子路问。

"我也不太清楚，得到消息后，就先来禀报夫子。"闵子骞说。

"大家莫慌。公冶长素有德行，不会犯事，其中必有什么误会。仲由，你到南宫阅那边走一趟。"孔子说道。

"诺。"子路马上去找南宫敬叔。

子长究竟所犯何事？且看下回分解。

第19回　通鸟语子长入狱　辨贤良孔子嫁女

　　时间倒回到三天前，话说子长从小通晓鸟语，他上山砍柴的时候，听见鸟儿叽叽喳喳，仔细一听，原来鸟儿们在清溪边发现了尸体，正互相招呼着去啄食尸肉。子长心想可能是野猪等兽类尸体，就没放在心上。

　　中午他背上柴回家，见一位老婆婆在路上哭，便上前询问。

　　老婆婆哭道："我儿出门多日，至今未归，恐怕已死了，不知尸体在何处。"

　　子长见老婆婆哭得伤心，不免也伤感起来，突然想起林中鸟儿说的话，就对婆婆说："我刚才听到鸟儿相呼去清溪食尸肉，不知是不是您儿子。"

　　老婆婆去看，果然发现她儿子的尸体，于是报告了村中官吏。

　　村官心想："公冶长怎么可能知道尸体所在？而且他持斧砍柴，利刃在手，一定是他杀害的。"于是将子长逮捕入狱。

　　狱吏问："你为何杀人？"

　　子长说："我没杀人。"

　　狱吏问："那你怎么知道尸体所在？"

　　子长说："我懂鸟语，是听鸟儿说的。"

　　狱吏哈哈大笑道："你懂鸟语？你还真会撒谎！"

　　子长说："我真的懂鸟语，没有说谎。"

　　狱吏说："看来不动刑你是不会招供的。"

　　狱吏将子长囚在狱中，严刑逼供。子长受尽折磨却始终不肯认罪，最后竟昏过去了，狱吏只好作罢。夜半时分，一束月光透过窗子照射进牢房，小虫儿"吱吱"地叫着。子长慢慢地苏醒过来，望着皎洁的月光，听着虫儿的鸣叫，脑海中浮现出孔女的音容笑貌，又涌起了活下去的希望，内心默默地唱着：

> 月出皎兮，
>
> 佼人僚兮，
>
> 舒窈纠兮，
>
> 劳心悄兮！

　　南宫敬叔听说子长入狱，随子路驾车赶往清溪村，路上被一粮车挡住去路。粮车陷进泥坑，车上的粮食洒了一地，鸟儿们纷纷趁机啄食。主人鞭打公牛拉车，公牛把角都折断了，车子却纹丝不动。子路下车，帮忙把粮车推出泥坑，才得以继续上路。

到了清溪村，南宫敬叔亮明身份，村官慌忙迎接。

村官问："大人一路过来还顺利吗？"

南宫敬叔说："路上要是没有被陷进泥坑的粮车挡路，早就到了。"

村官问："您是要让我派人过去救助一下？"

南宫敬叔说："不必了，粮车已经上路了。"

村官问："那大人来清溪村有何贵干？"

子路说："听说你抓了一个叫公冶长的人，不知所犯何事？"

村官带他们去牢房，路上说明来龙去脉。

子路问："假如是他杀的，他怎么不逃跑反而主动告知尸体所在呢？"

村官无言以对，说道："难道他真的通晓鸟语？"

进了牢房，见狱吏正哈哈大笑着。

村官怒道："在此大笑，成何体统？公冶长现在怎么样了？"

狱吏慌忙起身禀报："他死不认罪，还说懂鸟语。刚才有麻雀在窗口叽叽喳喳地叫，我就问他麻雀在说什么，他居然说有一辆粮车陷进泥坑，粮食撒了一地，鸟儿正相互招呼去啄食。说得像真的似的，故而发笑。"

南宫敬叔对村官说："这正是我刚跟你讲的粮车之事。这回你相信公冶长是无辜的了吧？"

原来子长真的懂鸟语！村官惊出一身冷汗，赶紧让狱吏放人。

子路一脚踢开牢门，见子长伤痕累累，骂道："你们这群小人，待我回头再找你们算账。"说罢赶紧背着子长去找医师救治。

"小人失察，望大人恕罪。"村官跪地求饶。狱吏眼见不对，也跟着跪下。

"你们好自为之吧！"南宫敬叔冷哼了一声也出去了，村官和狱吏俩人吓得瘫坐在地上。

孔子去看望子长，让他好生静养。孔女自告奋勇陪伴在病榻边悉心照顾。然而子长觉得自己是坐过牢的人，配不上孔女，便拒绝了她的好意，故作冷淡，一连数日闭门不见。他想通过疏远她来拉开两人距离，让她死心。一天夜里，孔女内心沮丧，毫无睡意，便在院中对着月色唱歌：

青青子衿，

悠悠我心。

纵我不往，

子宁不嗣音？

青青子佩，

悠悠我思。

纵我不往，

子宁不来？

挑兮达兮，

在城阙兮。

一日不见，

如三月兮。

子长终于明白孔女的一片情意，便扶着墙一瘸一拐地走出来。两人相见，顿时泪如雨下，既而深深拥抱。

这一切都看在孔子的眼中。

第二天孔子对众弟子说要把女儿嫁给子长，颜回、子路等弟子都认为这是一桩好事。

公伯寮却说："夫子，子长乃获刑之人，您真的要把女儿嫁给他吗？"

孔子说："我看重的是他的德行。子长含冤受罪，并无过错，更何况他们情深义重。**君子成全别人的好事，而不助长别人的恶处。小人则与此相反。**"^(12.16)

公伯寮说："但是别人会说三道四的，人言可畏呀！"

子路拍了拍腰间的宝剑，说道："谁敢说三道四，先问问我的剑！"

公伯寮立即沉默不语，不再反对，心中却对子路暗生怨怼。

孔子评论子长说："可以把女儿嫁给他，他虽然曾被关在牢狱里，但这并不是他的罪过呀！"于是，孔子就把自己的女儿嫁给了他。^(5.1)

第20回　三冉拜师得赐字　仲尼宽慰犁牛子

一天，孔子出游回来，早有一大两小三人在等待，大的三十多岁，两个小的十多岁。见孔子进门，大的赶紧拉着两个小的俯身跪拜说："我们是冉氏兄弟，听闻夫子设坛讲学，特来拜师。"孔子见三人穿着草鞋，衣衫褴褛，说道："外面冷，进屋说。"

孔子进门，众弟子跟随。孔子问："你们叫什么名字？从哪里来？"

大的说："我叫冉耕，今年三十八岁。这是我的两个弟弟冉雍和冉求，今年都是十六岁。我们是鲁国陶邑（今菏泽定陶区）人。"

"从陶邑风尘仆仆来此求学，不容易呀！"孔子拍拍冉求和冉雍的肩膀。

冉雍说道："多亏了大哥给我们编草鞋，不然走不了这么远的路。"

"哦？这草鞋都是你编的呀！"孔子转向冉耕说，"你是个好哥哥！"

"哥哥照顾弟弟，天经地义。"冉耕答道。

"兄友弟恭，好呀！"孔子满意地点点头，又问，"可曾取字？"

三兄弟面面相觑，不知何意。

颜回提醒道："就是行冠礼，取字号，以后我们就不用直呼其名了。"

冉耕答道："我们出身乡野，还未曾取字。肯请夫子赐字。"

孔子思忖片刻，说道："取字也是有一定讲究的。**周朝有八个才德兼备之士：伯达、伯适、仲突、仲忽、叔夜、叔夏、季随、季骗。**^{（18.11）}他们是两个家族的四兄弟。大家发现什么规律吗？"

颜回说道："以'伯、仲、叔、季'表示兄弟排行次序。"

孔子笑道："然也，大家要像颜回一样善于思考，举一反三才行。如果有两个兄弟，那就伯仲排。如果三个兄弟，就是伯（孟）仲季，没有叔。再者，取字，一般会与名有相关联系。冉耕为老大，牛耕田，性温和勤劳，故冉耕可取字'伯牛'。冉雍为老二，雍容揖逊，躬身如弓，可取字'仲弓'。冉求为老三，求而拥有，故可取字'子有'。"

冉求问道："为什么不是'季有'呢？"

孔子说："季氏的先祖名为'季友'，依礼应当避讳。"

颜回拍拍冉求的肩膀说："'子'是对男子的一种美称，我就叫'子渊'，也叫'颜渊'。"

冉求高兴地说道："太好了，我有字了！我叫'子有'，也叫'冉有'！"

伯牛、仲弓、子有三兄弟上前行礼，齐声说道："感谢夫子赐字。"

"夫子，"伯牛又说道，"我们初来乍到，身无长物，容我就近做工，攒够了束脩再呈送给夫子。"

孔子哈哈大笑，说道："你们就把脚上的三双草鞋给我吧！这些手编的草鞋弥足珍贵呀！日后勿忘草鞋之苦。"随即又对子路说道："由，你带他们换套衣物，先到东边的房间住下吧！"

冉氏兄弟拜谢了孔子，随子路出去。

当晚，子路跟三兄弟同住一室，孔子进来探望，三兄弟都侧身而睡，唯有子路直挺挺地躺在席上，就用脚踢踢子路。子路惊醒一跃而起，正欲拔剑，发现是孔子，遂说道："我当是贼呢，原来是夫子呀，吓我一跳！"

孔子说："睡觉时别像死尸一样挺着，平日家居也不必像做客或待客时那样庄重严肃。"（10.24）

子路不好意思地笑了笑："一定改，一定改。"

第二天，孔子闲居在家。**孔子闲居在家里的时候，衣着整齐，仪态温和舒畅，悠闲自在。**（7.4）

仲弓向孔子请安，问怎样做才是仁。孔子说："出门办事如同去接待贵宾，使唤百姓如同进行重大的祭祀，都要认真严肃。自己不愿要的，不要强加于别人；在诸侯的朝廷上没人怨恨自己；在卿大夫的封地里也没人怨恨自己。"

仲弓说："我虽然笨，也要照您的话去做。"（12.2）

这时门外有人高喊："冉耕，冉雍，冉求，你们三个小子在哪里？快出来！"众人赶紧出去发现一老者正破口大骂。此老者是三冉的父亲冉在。

仲弓赶紧上前，对老者说："父亲，您怎么来了？"

冉在怒道："你们走了也不说一声，有好东西也藏着掖着不给我，这算孝吗？"

仲弓说："是母亲让我们来求学的。况且我们也没有您所说的'好东西'。"

冉在勃然大怒道："胡说！我都打听了，孔丘收徒要十条肉干，不然他会那么好心收留你们？"

仲弓委屈地说:"夫子心怀天下,济世为民,哪里只是为了肉干呀?"

冉在说:"我不管,反正你得给我肉干,不然我打断你的腿。"说着举起手杖要打。

子路一把抓住手杖,说道:"老人家,请手下留情。"

冉在怒道:"你们仗着人多,要欺负老头子是吧?"说罢,冉在躺在地上,像驴子一样打着滚,还大声喊着:"救命啊!孔丘的徒弟打人了!"

孔子见状,说道:"仲由,去我房里拿十条肉干给老人家。"

子路说道:"夫子,这……"

孔子说:"冉父远道而来探望儿子,总不能让他空手而回吧!"

子路取来十条肉干。看到肉干,冉在一骨碌爬起来,笑道:"早点拿出来不就行了。"说罢,拍拍身上的土,提着肉干大摇大摆地走了。

仲弓跪拜道:"有父如此,弟子惭愧万分。"

孔子安慰仲弓说:**"耕牛产下的牛犊长着红色的毛,角也长得整齐端正,人们虽不用它做祭品,但山川之神难道会舍弃它吗?"**(6.6)

在当时祭祀需要用毛色纯正的牛,特别是有着红色皮毛的牛。毛色混杂的牛只能用作耕地,而且牛犊也不宜祭祀。孔子是在告诉仲弓,虽然出身低贱,但只要自己勤奋努力,德行高洁,必会有山川之神这样的明主来任用。仲弓明白孔子的微言大义,感激涕零,立志学有所成。

子路小声对孔子说:"夫子,粟米和肉干不多了,您以后可得省着点,不要随便送人了!不然我们以后就只能吃粗粮,喝白水了!"

孔子笑道:"吃粗粮,喝白水,弯着胳膊当枕头,乐趣也就在这中间了。**用不正当的手段得来的富贵,对于我来讲就像是天上的浮云一样。"**(7.16)

正说着,只听见"轰隆隆",门外传来一阵车马之声。四个仆人抬着大箱走进来,问道:"请问是孔夫子家吗?"

子路答道:"正是孔夫子家。何事?"

仆人答道:"我家主人久仰孔夫子大名,特送来礼物。"

孔子问:"你家主人是谁?"

仆人正欲回答,这时一人吟诵着"如切如磋,如琢如磨"走进来。

来者究竟何人?且看下回分解。

第21回　子贡拜师献滴漏　同观欹器论中庸

话说众人齐齐向门口望去，但见一英俊男子，器宇轩昂，衣着华丽，手持绿玉扇，脚踏白绸靴，翩翩而来。此人径直走向孔子，作揖行礼道："鄙人端木赐，字子贡，久闻夫子大名，特来拜师问道。"

孔子点点头说道："听你口音，不像鲁国人。"说着，引众人回屋。

子贡边走边说："我是卫国人。"

子贡招呼仆人把箱子抬过来，打开大箱子，只见里面装满了各种礼物。

子贡拿出一个铜壶说道："我自幼随家父经商，走遍天下各国，寻得铜壶滴漏，献给夫子。"

孔子拿着铜壶滴漏，打量一番，见壶身刻着"惜时如金"四字，可用铜壶盛水，以水滴下来计算时刻，乃知这是一种计时的器具。

孔子感叹道："时不我待，你们要珍惜时光，学而时习，以行君子之道。"

子贡问："敢问夫子，怎样做才称得上君子？"

孔子说："对于要说的话，先去做了，再说出来，这样才是君子。"^(2.13)

子贡又问："有没有一个字可以终身奉行的呢？"

孔子回答说："那就是'恕'吧！自己不愿意的，就不要强加给别人。"^(15.24)

子贡说："我不愿别人强加于我，我也不想强加于别人。就像做生意一样，应该公平公正，不能强买强卖。"

孔子说："赐呀，你可以做到不强加别人，但别人会不会强加给你，这就不是你所能做到的了。"^(5.12)

子贡说："贫穷而不谄媚，富有而不骄傲自大，您说这样的人怎么样？"子贡一脸自豪，等待着孔子对自己的赞美之辞。

孔子笑道："你这是在说你自己吧！这也算可以了。但是还不如虽贫穷却乐于道，虽富裕而又好礼之人。"

子贡说："《诗》曰，'如切如磋，如琢如磨'，就是讲的这个意思吧？"

孔子说："赐呀，你能从我讲过的话中领会到我还没有说到的意思，举一反三，我可以同你谈论《诗》了。"^(1.15)

子贡临别前,孔子又赠言:"**贫穷而能够没有怨恨是很难做到的,富裕而不骄傲是容易做到的。**"(14.10)你得真正领悟到'如切如磋,如琢如磨'的意义才能臻于完美。"

子贡再拜说道:"弟子牢记夫子教诲。"

自此以后,子贡每逢来到鲁国经商,必带厚礼到杏坛。在子贡的接济下,孔子及弟子们的生活状况得到了很大改善。有一次,子贡到吴国经商,见一鲁国人沦为奴隶,于是慷慨解囊把他赎出来,并带回到鲁国。

闵子骞说:"根据鲁国法律,鲁国人在国外沦为奴隶,若有人能把他们赎出来的,可以到国库中报销赎金。"

孔子说:"赐,你快去领赎金吧!"

子贡笑道:"救了人再去领赎金,还算什么道德?这点赎金哪比得上我的仁爱之心!夫子,您也太看着这些小利了吧?"

孔子说:"**君子明白大义,小人只知道小利。**"(4.16)

见子贡一脸迷惑,孔子便语重心长地说道:"赐呀,你若收下国家的补偿金,并不会损害你见义勇为的道德,而且别人也会纷纷效仿你去拯救落难的同胞。如今你把'救人而不领赎金'作为道德标准,试问有几个人能像你一样富而好施?长此以往还有谁再替沦为奴隶的同胞赎身?"

孔子一语道破'德'的本质。那些违反常情、悖逆人情的道德是世上最虚伪邪恶的东西。孔子向老子请教时,老子说:"上德不德,是以有德;下德不失德,是以无德。"老子崇尚自然的本真质朴,不标榜不偏执,这才是真正的美德和智慧。如果把道德的标准无限拔高,或者把个人的私德当作公德,结果就是让普通民众闻德色变,从而弃德而去!

子贡何其聪明,一听即懂,马上认错,随即光明正大地去官署报销赎金。果不出孔子所料,人们纷纷赞美子贡见义勇为的美德,并传为美谈。

孔子对子贡说:"**人若没有长远的考虑,一定会有眼前的忧患。**"(15.12)仁人,当从长远考虑,为万世着想。"

子贡问怎样实行仁德。孔子说:"**做工的人想把活儿做好,必须先使他的工具锋利。住在这个国家,就侍奉大夫中的贤者,与士人中的仁者交朋友。**"(15.10)

子贡问道:"怎样才可以叫作士?"孔子说:"**自己在做事时有知耻之心,出使外国各方,能够完成君主交付的使命,可以叫作士。**"子贡说:"请问次一等的呢？"孔子说："宗族中的人称赞他孝顺父母，乡党们称他尊敬兄长。"子贡又问："再次一等的呢？"孔子说："说到一定做到，做事一定坚持到底，不问是非地固执己见，那是小人啊！但也可以说是再次一等的士了。"子贡说："当今的执政者怎么样？"孔子说："唉！这些器量狭小的人，哪里能数得上呢？"（13.20）

子贡问："全乡人都喜欢、赞扬他，这个人怎么样？"孔子说："这还不能肯定。"子贡又问："全乡人都厌恶、憎恨他，这个人怎么样？"孔子说："这也不能肯定。最好的人是全乡的好人都喜欢他，全乡的坏人都厌恶他。"（13.24）

孔子说："大家都厌恶他，我必须考察一下；大家都喜欢他，我也一定要考察一下。"（15.28）

子贡听了深受启发，对孔子顶礼膜拜。

一天，孔子带弟子们到鲁桓公庙里朝拜，见祭官牵来一只羊，准备下月初一祭祀之用。最初，周天子每年冬将次年的历书颁发给诸侯，称颁告朔。诸侯将历书藏于祖庙，每月初一杀一只羊祭于庙，以示敬重，曰饩羊。

子贡提出去掉每月初一告祭祖庙用的活羊。孔子说："赐啊！你爱惜那只羊，我却爱惜那种礼。（3.17）夫礼者，所以定亲疏，决嫌疑，别同异，明是非也。当今正是因为人人违礼，才导致天下大乱的呀！"

子贡说："以前做生意，商人之间重'利'，原来'礼'也如此重要呀！"

孔子说："只是恭敬而不以礼来指导，就会徒劳无功；只是谨慎而不以礼来指导，就会畏缩拘谨；只是勇猛而不以礼来指导，就会说话尖刻。在上位的人如果厚待自己的亲属，老百姓当中就会兴起仁的风气；君子如果不遗弃老朋友，老百姓就不会对人冷漠无情了。"（8.2）

这时他们在大堂看到一种器皿，口薄而敞开，底厚而收尖。

孔子问守庙人："这是什么器物？"

守庙人说："这是欹器。"

孔子又问："我听说欹器空着的时候就倾斜，把水倒进去，到一半的时候就直立起来，装满了就又会倾斜，是这样的吗？"

守庙人说："是的。"

孔子让子路取来水试了试，果然如此，于是长叹一声说："唉，哪有满了而不翻倒的呢？过去国君总是把欹器放在座位的右侧，用来警诫自己决不可以骄傲自满。自满就会像欹器里装满了水，必然要倾斜倒覆。《书》曰：'满招损，谦受益。'说得正是这个道理呀！"

孔子又说："读书也是一样，满招损，谦受益。你们一定要牢牢记住。"

曾点问："夫子，这就是您常说的中庸之道吧？"

孔子说："中庸该是最高的道德了吧！人们缺少它已经很久了。"（6.29）

仲弓问："君子为人处世也该如此吧？"

孔子点点头说："正是，尔等要多向这样的君子学习。若找不到奉行中庸之道的人和他交往，就只能与狂者、狷者相交往了。狂者敢作敢为，狷者对有些事是不肯干的。"（13.21）

子贡问："那应该怎样对待朋友呢？"

孔子说："忠诚地劝告他，恰当地引导他，若不听就罢了，别自取其辱。"（12.23）

子贡问："您觉得我这个人怎么样？"

孔子说："你呀，好比一个器具。"

子贡又问："是什么器具呢？"

"瑚琏。"（5.4）孔子指着祭坛上的一个青铜器说道。

这个青铜器在夏朝的时候叫作"瑚"，商朝的时候叫作"琏"，周朝的时候叫作"簠簋"，是宗庙盛黍稷的器具。但是它绝非一般的盛食器，而是上至周王、诸侯，下至卿大夫，置于大堂之上、宗庙之中，极为尊贵、华美的大宝礼器。孔子以瑚琏比子贡，是说子贡乃是大器，足堪重用。能得到孔子如此评价，实属荣幸。众弟子纷纷投来羡慕的目光。子贡听了得意洋洋。

但是孔子接着又说："君子不应该像器具那样，只有某一方面的用途。"（2.12）

子贡收了喜色，细细揣摩孔子之言，明白孔子是希望自己不能只求发财致富，而当志于"道"，全面施展才华，担当起修身、齐家、治国、平天下的重任。于是，子贡便向孔子问怎样治理国家。孔子说，"粮食充足，军备充足，老百姓信任统治者。"子贡说："如果不得不去掉一项，那么在三项中先去掉哪一项呢？"孔子说："去掉军备。"子贡说："如果不得不再去掉一项，那么这两项中去掉哪一项呢？"孔子说："去掉粮食。自古以来人总是要死的，如果老百姓对统治者不信任，那么国家就不能存在了。"（12.7）

子贡听了孔子的教诲，愈发敬佩孔子，暗自发誓有朝一日要为国效力。

第22回　囚桓子阳虎专政　拒出仕孔子难征

公元前505年，孔子四十七岁。这年六月，季平子去世，他儿子季孙斯继立为鲁国上卿，是为季桓子。

季桓子任命公山不狃为费邑宰，让仲梁怀掌控财权。当时，阳虎与仲梁怀不和，欲除之而后快，于是试探公山不狃说："我想做件大事，你可否助我一臂之力？"公山不狃深知阳虎之意，但刚被季桓子任命为费宰，不愿马上反叛，于是说道："费邑城小民弱，我无能为力。"阳虎见公山不狃举棋未定，迟迟不敢动手。正巧在这个时候，仲梁怀傲慢无礼，当众羞辱了公山不狃。公山不狃愤怒地去见阳虎说："你放手去干大事吧！"

阳虎心想："天助我也！只要公山不狃不反对，别人不都像绵羊一样任我宰割吗！"于是马上发动兵变，驱逐了仲梁怀。季桓子对此非常不满，责问阳虎。阳虎一不做二不休，干脆把季桓子软禁起来。季桓子成为傀儡，而阳虎则一举控制了整个季氏家族。

对于阳虎来说，好事还在后头！

就在阳虎取得季氏大权时，叔孙氏家主叔孙成子去世了，其子叔孙州仇继位，是为叔孙武叔。叔孙武叔年幼，也不能理政，只能听季氏号令；而孟懿子自知无法和阳虎对抗，只好隐忍，任其摆布。这样一来，阳虎竟成了无冕之王，成为鲁国的实际掌控者。

阳虎掌权后，野心勃勃，强征民兵，侵凌弱国。公元前504年，阳虎率军侵占匡城（今河南长垣县北），烧杀抢掠，无恶不作，匡城人人都对他恨之入骨。鲁军退兵时，阳虎没有事先向卫借路，就让鲁军大摇大摆地穿过卫都，卫灵公大怒，派弥子瑕追击鲁军。当时公叔发已告老退休，听说此事后连忙劝谏卫灵公说："不要效法阳虎。他作恶多端，就让他自行灭亡吧！"卫灵公便召回弥子瑕。

鲁国内战外战连年不断，人民百姓生活在水深火热中。高柴（字子羔）、有若（字子若）、商瞿（字子木）、原宪（字子思，故又称"原思"）、樊须（字子迟，故又称"樊迟"）、宓不齐（字子贱，故又称"宓子贱"）、巫马施

（字子期，故又称"巫马期"）等弟子纷纷前来拜师求学，以图救民于水火。杏坛上，众弟子围在孔子身旁听课。

孔子说："**世道清明，那么制作礼乐和发令征伐的权力都出自天子。世道混乱，那么制作礼乐和发令征伐的权力都出自诸侯。出自诸侯，大约传至十代很少有不失去的；出自大夫，传至五代很少有不失去的；大夫的家臣操纵了国家的政令，传至三代很少有不失去的。世道清明，那么政令就不会出自大夫。世道清明，那么老百姓就不会议论政治。**"^(16.2)

子路说："想当初季氏以下犯上驱逐国君，何其强大；然而上梁不正下梁歪，如今他的子孙竟遭家臣囚禁胁迫。"

孔子说："**鲁国失去国家政权已经有五代了，政权落在大夫之手已经四代了，所以三桓的子孙也衰微了。**"^(16.3)

从公元前609年，鲁文公去世，大夫襄仲杀死了他嫡长子赤，擅自立了宣公，到鲁定公的时候，正好是五代。从季氏开始掌权，经过了鲁成公、鲁襄公、鲁昭公和鲁定公，也已经有四代了。鲁国的公室早已衰落，而季氏的大权又落到阳虎之手，所以孔子说"三桓"的子孙也衰落了。

阳虎虽然大权在握，但依然遭到很多人的反对，阳虎便将他们全部杀掉。

阳虎之弟阳越说："大哥，孔丘对您不敬，还说什么'陪臣执国命'，我去把他抓起来吧？"

"万万不可。"阳虎说道，"此时不但不可以杀他，而且还要大张旗鼓地请他出来做官。"

阳越不解，问道："您大权在握，还怕那个儒士吗？"

阳虎说："今时不同往日。如今孔丘声名卓著，弟子众多。若能得到他的支持，我们在鲁国的地位会更加稳固。"

阳虎想见孔子，孔子不见，于是阳虎赠送给孔子一只蒸乳猪。

阳越问："你送他蒸乳猪，他还不来怎么办？"

阳虎奸笑道："别人可能不来，他肯定会来的。你等着瞧！"

孔子得知阳虎送来蒸乳猪，说道："受人馈赠，依礼要去拜谢。"

子路说："这分明是阳虎的诡计，他就是想要你去见他。您不要上当。"

孔子说："来而不往，非礼也。仲由，你去打听一下，待阳虎不在家的时候，我再去拜谢。"

子路一拍脑袋兴奋地说："对呀，这是个好办法。"便到阳虎家门口监视。

哪知阳虎早有防备，他知道孔子肯定会选择他不在家的时候来拜谢，于是假装出门，实则躲在角落里暗中等待。看到子路急匆匆地去向孔子报信，阳越不住地赞叹："还是大哥神机妙算！"

孔子听说阳虎不在家，便往阳虎家拜谢，却在半路上遇见了。

阳虎对孔子说："来，我有话要跟你说。"

阳虎说："把自己的本领藏起来而听任国家迷乱，这可以叫作仁吗？"

孔子回答说："不可以。"

阳虎说："喜欢参与政事而又屡次错过机会，这可以说是智吗？"

孔子回答说："不可以。"

阳虎说："时间一天天过去了，年岁是不等人的。"

孔子说："好吧，我将要去做官了。"^(17.1)

阳虎一脸和善，与阳越驾车而去。

子路说："看他的样子没什么恶意。"

孔子说："花言巧语，装出和颜悦色的样子，这种人是很少有仁德的。"^(1.3)

"那夫子要出仕吗？"子路问。

孔子摇摇头说道："主张不同，就不能在一起谋划。"^(15.40)

回到杏坛，众弟子纷纷问孔子是否要做官。

孔子说："可以和一个庸俗浅陋的人一起侍奉君主吗？他在没有得到官位时，总担心得不到。已经得到了，又怕失去它。如果总担心失掉官职，那他就什么事都干得出来了。"^(17.15)

公伯寮说："这可是难得的好机会！夫子做官一定会飞黄腾达的。"

孔子说："如果富贵合乎于道就可以去追求，虽然是给人执鞭的下等差事，我也愿意去做。如果富贵不合于道就不必去追求，还是按我的爱好去干事。"^(7.12)

就这样，尽管阳虎千方百计来征召，但孔子始终没有从政，而是专心教学，培育人才。

有人问孔子："你怎么不从政呢？"

孔子回答说："《尚书》上说，'孝就是孝敬父母，友爱兄弟，把这孝悌的道理施于政事。'这也算从政呀！难道非得做官才算是从政吗？"^(2.21)

第23回　季孙有幸脱艰险　仲弓出仕国渐安

公元前502年，孔子五十岁，后来他自称是"知天命之年"。**孔子很少谈到利益，却赞成天命和仁德。**[9.1]到了五十岁，人生已经过去一大半了，大体基本轮廓依稀可见。知道了自己的命运轨迹，不怨天；知道了自己的人生定位，不尤人；知道了自己未竟的责任，不懈怠。

阳虎执政，处处受到季氏为首的三桓掣肘，就想完全取代三桓。这年秋天，鲁国要举行禘祭。阳虎感觉消灭三桓的时机到了。他将三桓中不得志的季孙寤、叔孙辄集中到一处密商，想趁鲁君祭祀时发动政变，杀光三桓家主，以季孙寤取代季孙斯成为季孙氏宗主，以叔孙辄顶替叔孙州仇为叔孙氏宗主，而阳虎则瞄准了孟懿子的位置。鲁国上下充满了腥风血雨的味道。孟懿子手足无措，坐立难安，去向孔子请教。

孟懿子说："我听说阳虎曾跟季孙寤、叔孙辄密会，不知三人有何企图。"

孔子说："**君子合群而不与人勾结，小人与人勾结而不合群。**[2.14]他们几个在一起肯定没好事。"

孟懿子问："如果阳虎攻打我，您是站在我这边，还是阳虎那边？"

孔子说："**君子对于天下的人和事，没有固定的厚薄亲疏，只是按照义去做。**"[4.10]

孟懿子说："我必倾力协助鲁君治国安民。"

孔子见孟懿子一片坦诚，便说："阳虎不久必然造反，你得早点做好准备，以策万全。"随即告诉他如何应对。

子路问："夫子为何推断阳虎要造反呢？"

孔子说："**不懂得天命，就不能做君子；不知道礼仪，就不能立身处世；不善于分辨别人的话语，就不能真正了解他。你等着瞧吧！**"[20.3]

孟懿子回去后，借口修整宅院，从家中选出300名身强力壮的家仆扮作工匠，在曲阜南门外立栅起造宫室，以作危急时避难之用。同时又暗中传信给成邑宰公敛阳，让他随时待命，一旦有风吹草动，马上前来支援。

到了祭祀这天，阳虎带车队来请季桓子登车，其弟阳越押后，车的左右两边，除了给季桓子驾车的林楚外，全是阳虎的党羽。季桓子预感到不妙，装作整理鞋带的样子，俯身下去悄悄地问林楚："你能把车赶到孟孙那吗？"

林楚微微点头会意。车队行至大街时，林楚突然挽辔向南，猛抽几鞭，马儿嘶鸣一声，狂窜而出。

阳越望见林楚赶着马车脱离了车队，大呼："停下！"

林楚继续挥鞭不止，赶着马车向孟懿子新宅飞驰而去。阳越一见不对，张弓搭箭就射，但为时已晚，季桓子的马车早已走远，于是驾车一路追去。

马车出了曲阜南门，季桓子站在车上大叫："孟孙救我！孟孙救我！"

早已等候在门边的孟懿子让季桓子进来，然后关闭栅门，三百名弓箭手各就各位，埋伏在栅门后面，并派人去给公敛阳报信。不一会儿，阳越追到，孟懿子等对方靠近栅门时，一声令下，三百弓箭手将箭如飞蝗般射出，阳越顿时身中数箭，被射得像刺猬一般，从车上倒栽下来。

当前导的阳虎，渐近东门，不见后面的车来，急忙沿原路往回走。走到大街，问路人："见到季大夫的车了吗？"路人说："马受惊狂奔，已出南门了。"这时，阳越的随从逃回来说："阳越大人被乱箭射死，季孙斯已躲进孟孙新宅了。"

阳虎一听大怒，便要去讨伐孟懿子，但他深知自己手下人马不多，不能硬拼，便率领手下冲入宫中，劫持鲁定公出宫，路上又碰到叔孙武叔，也一并拿下。然后，调集宫中卫队和叔孙氏家兵，合兵一处猛攻孟懿子新宅。

孟懿子尽出家兵与阳虎展开激战，阳虎命人火烧栅栏。这时，公敛阳率领一队兵马呼啸而至，大叫："休伤吾主！"阳虎持戈上前，迎住公敛阳厮杀起来。阳虎愈战愈勇，公敛阳渐渐处于下风。阳虎大笑道："让你见识一下我的厉害！"言未毕，只听见一声怒喝"贼人休要张狂！"一员猛将策马持剑飞奔而来，猛然劈下。阳虎慌忙举戈阻挡，只有招架之功，毫无还手之力。

季桓子隔着栅栏观战，问："那是谁？"

孟懿子说："孔丘的弟子仲由。"

季桓子点点头说："真是勇士呀！"

叔孙武叔见有机可乘，暗令手下倒戈攻击阳虎，又命护卫在阵后大叫："阳虎败了，阳虎败了！"

阳虎军士气低落，孟懿子也趁机下令打开栅门，一齐冲杀出去，阳虎的军队腹背受敌，纷纷逃散。阳虎孤寡无助，只得退守阳关（今山东泰安东）。

鲁国的朝堂再次恢复了往日的形态，鲁君坐朝，三桓理政。三桓，尤其是季孙斯，对阳虎是咬牙切齿，经过短暂的休整，又向阳虎的驻地阳关发起了进攻。阳虎知道自己抵挡不住，于是干脆烧毁阳关城，逃到齐国。

齐景公考虑到阳虎也算个人才，而且还可以得到阳虎双手奉上的汶阳、龟阴等几座与齐相邻的城邑，便将他收留了。阳虎贼心不改，暗地里贿赂齐国的大夫，再加上献城有功，很快便得到了齐景公的重用。阳虎向齐景公建议："乘鲁国尚未恢复，赶紧攻占城池。"齐景公犹豫不决，就去问大夫鲍国。鲍国谏曰："阳虎很有本事，深得季氏宠信，但阳虎却想杀死季氏，进而祸乱鲁国。这个人曾说过'为仁不富，为富不仁'，是个只知利害，不讲道义的人。现在鲁国总算除了这个祸害，您却收容他，这不是引狼入室吗？"

齐景公心想："阳虎向来都是个假公济私的小人，他要我出兵打鲁国，八成没安好心。"于是立刻下令逮捕阳虎。阳虎得到风声，赶紧逃离了齐国。

孔子评论说："凭借聪明才智得到了权位，但若没有仁德，即使得到，也一定会丧失。凭借聪明才智得到了权位，又用仁德保持它，但若不用严肃的态度来治理百姓，那么百姓就会不敬；聪明才智得到了权位，又用仁德保持它，又用严肃态度来治理百姓，但动员百姓时不照礼的要求，那也是不完善的。"（15.33）

公山不狃得知阳虎兵败，也不敢贸然出兵相救，只得据守费邑，拥兵自重。他知道孔子门下人才济济，当下正是用人之际，于是想拉拢孔子。

公山不狃据费邑反叛，派人召孔子，孔子准备去。子路不高兴地说："没有地方去就算了，为什么一定要去他那呢？"孔子说："他来召我，难道只是一句空话吗？若有人用我，我就在东方复兴周礼，建一个东方的西周。"（17.5）

孔子虽这么说，但转念一想觉得子路的话也有道理，便没有前往，依然收徒讲学，以待出仕良机。

经过阳虎之乱，鲁国元气大伤。季桓子准备招纳人才，重整旗鼓。孟懿子向季桓子推荐孔子。季桓子想试一试孔子的学问。恰巧季桓子掘井挖出一个肚大口小的瓦器，内有一物，没人能识。季桓子问孔子："我家挖井得到一个怪物像狗，是什么呀？"孔子说："应该是羊吧！古人说：'山之怪叫夔、魍魉；水之怪叫龙、罔象；土中之怪叫羵羊。'今得之土中，必定是羊。"季桓子又问："什么叫羵羊？"孔子说："非雌非雄，徒有其形。"季桓子把下人叫来一问，果然分不出雌雄，点头称赞："仲尼之学，果不可及！"

季桓子问孔子："你的弟子中，哪位可以当我的家臣？"

孔子说："冉雍这个人，可以让他去做官。"^(6.1)

有人说："冉雍这个人有仁德但不善辩。"

孔子说："何必要能言善辩呢？靠伶牙俐齿和人辩论，常常招致别人的讨厌，这样的人我不知道他是不是做到仁，但何必要能言善辩呢？"^(5.5)

孔子认为内乱之后，需要有德行的人出来安抚民心。仲弓素有德行，为不二人选，因此孔子力荐仲弓。季桓子马上答应了。

仲弓做了季氏的家臣，问孔子怎样管理政事。

孔子说："先任命手下负责具体事务的官吏，让他们各负其责，赦免他们的小过错，选拔贤才来任职。"

仲弓又问："怎样知道是贤才而把他们选拔出来呢？"

孔子说："选拔你知道的，至于你不知道的，难道别人会埋没他们吗？"^(13.2)

仲弓起身拜谢，先行告退，自此之后勤于政事，鲁国也慢慢安定下来。

子贡刚得了一块美玉，拿去让孔子鉴赏。刚进门，就听见孔子在讲课。

孔子说："君子之道有三个方面，我都未能做到：仁德的人不忧愁，聪明的人不迷惑，勇敢的人不畏惧。"

子贡说："这正是夫子您的自我表述啊！"^(14.28)

孔子摇摇头说道："我还做没做到'仁'，因为我也有忧虑呀！"

子贡问："夫子还有什么忧虑？"

孔子说："品德不去修养，学问不去讲习，听到了义却不去做，对缺点错误不能改正，这些都是我所忧虑的。"^(7.3)

子贡拿出美玉，说："这里有一块美玉，是把它收藏在柜子里呢？还是找一个识货的商人卖掉呢？"

孔子情不自禁地说："卖掉吧，卖掉吧！我正在等着识货的人呢！"^(9.13)

子贡笑道："这也是夫子的自我表述吧！"

正说着，宫中的宣诏官驾到，孔子携众弟子依礼相迎。

宣诏官说道："君上有令，着孔丘即刻入宫觐见。"

子贡暗笑："太好了，识货的人来了！"

鲁君召见孔子所为何事？请看下回分解。

第三章　践学

第24回　问为政定公召见　赴中都仲尼为官

话说孔子得知国君召见，他不等车马备好就先步行走去了。^{（10.20）}子路匆忙驾了马车去追，半路接上孔子直奔王宫而去。

到了宫门口，子路停车守候。孔子进宫，如履薄冰，进退跪拜皆依礼而行，引得众宫廷内侍窃笑不已。进了宫殿，不见侍卫大臣，鲁定公背对着门口，站立在大殿中央，似乎在沉思。

孔子行礼，毕恭毕敬道："孔丘拜见君上。"

鲁定公没有转身，也没有说话。孔子跪伏在地上，等候诏令。宫殿内一片沉寂。过了许久，终于听见鲁定公的声音。

定公问："君主怎样使唤臣下，臣子怎样侍奉君主呢？"

孔子回答说："君主应依礼去使唤臣子，臣子应以忠来侍奉君主。"^{（3.19）}

鲁定公依旧没有转身，望着国君宝座，问："孔丘，礼对治国真的有用吗？"

"在上位的人喜好礼，那么百姓就容易指使了。"^{（14.41）}孔子说，**"能够用礼让原则来治理国家，那还有什么困难呢？不能用礼让原则来治理国家，怎么能实行礼呢？"**^{（4.13）}

"说得好！"鲁定公拍掌转身，却见孔子依旧跪在地上。那一瞬间，鲁定公心中有一股暖流在奔腾。虽然他名义上是国君，可实际上处处看三桓的脸色行事，后来季氏的家臣阳虎也把他呼来喝去玩弄于股掌之中，毫无国君应有的尊严，没想到孔子竟如此毕恭毕敬。若人人都如孔子知礼，国君还有什么忧愁烦恼？定公止住内心感动，说道："快快请起！"

"诺。"孔子起身。

鲁定公上下打量着孔子，然后伸出一根手指，问道：**"一句话就可以使国家兴盛，有这样的话吗？"**

孔子答道："不可能有这样的话，但有近乎这样的话。有人说：'做君难，做臣不易。'如果知道了做君的难，这不近乎一句话可以使国家兴盛吗？"

鲁定公又问：**"一句话可以亡国，有这样的话吗？"**

孔子答道："不可能有这样的话，但有近乎这样的话。有人说：'我做君主并没有什么可高兴的，我所高兴的只在于我所说的话没有人敢违抗。'如果说得对而没有人违抗，不也好吗？如果说得不对而没有人违抗，那不就近乎一句话可以亡国吗？"^{（13.15）}

鲁定公笑道："今日一见，果然名不虚传。你且退下，等候旨意。"

"诺。"孔子依礼跪拜，起身离殿。

望着孔子远去的背影，鲁定公收了笑容，一脸凝重，自言自语道："孔丘呀孔丘，你可别让我失望呀！"

子路在宫门口等待多时，见孔子出来，立即迎上去问道："怎么样？"

孔子说："该说的我都说了，一切听君旨意。"

子路说："刚刚几个内侍出来，说夫子阿谀奉承，我恨不得上去揍他们一顿。"

孔子哭笑不得道："我完完全全按照周礼去侍奉君主，别人却以为这是谄媚呢！"^{（3.18）}

公元前501年，孔子51岁。鲁定公派宣旨官持玉符和金册前来，诏曰："宋公之子，弗甫何孙，鲁孔丘，命尔为中都宰。"

古代看重世族门第，孔子虽说德高望重，但毕竟只是士人身份，因此在册封时把孔子先祖宋国君主的名号加上，以示权威。中都（今山东汶上县）乃鲁国公室所属的封邑。当时三桓把持国政，他们的私邑都安排自己的家臣管理，不听国君号令，因此鲁定公只能册封鲁国公室仅有的邑宰，这是对孔子天大的信任！

孔子深知责任重大，毕恭毕敬，跪拜受命。

傍晚，亓官氏给即将到中都赴任的孔子收拾行李。

颜回、子路两人侍立在孔子身边。

孔子说："你们何不各自说说自己的志向？"

子路说："愿意拿出自己的车马、衣服、皮袍，同我的朋友共同使用，用坏了也不抱怨。"

颜回说："我愿意不夸耀自己的长处，不表白自己的功劳。"

子路对孔子说："愿意听听您的志向。"

孔子说："让年老的安心，让朋友们信任我，让年轻的子弟们得到关怀。"^{（5.26）}

孔子边说边憧憬着美好的未来，自己的抱负终于将要在中都得以施展。

第二天，众弟子拦住马车，纷纷表示要随孔子一同前往。这时，忽然听到有人在哭泣，气噎喉堵，非常伤心。孔子说："快，快。"走近一看是皋鱼，正身披粗布，抱着镰刀，在道旁哭泣。

孔子下车对皋鱼说："先生家是不是有丧事？为什么哭得如此悲伤？"

皋鱼说道："我错失了三次尽孝的机会，少年时求学在外，游历诸侯，追求富贵，而把孝敬父母双亲的事放在后面，这是第一失；我只顾追求高尚的理想，尽心尽力为国君效力，而没有工夫去侍奉我的双亲，这是第二失；和朋友交往密切，而疏忽了陪伴我的双亲，这是第三失。如今父母双亲都离我而去，我想尽一点孝心也不可能了。树欲静而风不止，子欲养而亲不待。逝去便无法追回的是岁月时光，失去便不可再见面的是父母双亲。我实在后悔伤心哪。"

听闻此言，孔子感触颇深，自己三岁死了父亲，十七岁死了母亲，想要尽孝，可是没有机会。这种"子欲养而亲不待"的遗憾成为永远的痛楚。他不想弟子们重蹈覆辙，于是对弟子们说："你们应该引以为戒，牢牢记住这其中的道理。**父母的年纪，不可不知道并且常常记在心里。一方面为他们的长寿而高兴，一方面又为他们的衰老而恐惧。**"（4.21）

于是，有许多弟子辞行回家赡养双亲以尽孝道，闵子骞和仲弓有官职在身，仍留在曲阜，子路、颜回、子长、伯牛、冉有随孔子前往中都。

第25回　施政有道治中都　人丁兴旺又富足

中都，虽说是公室私邑，同样也饱经战火蹂躏。孔子初到中都，看到的是一片萧条的景象：大街上冷冷清清，店铺前门可罗雀，行人三三两两，乞丐成群结队。孔子便决定暂不住进宰衙，而是先找了个客栈住下，然后深入民间，微服私访，彻底摸清中都邑存在的问题。七天后，孔子师徒渐有眉目。他们把调查问题归结为三个：第一，百姓为了逃避战火而背井离乡，导致田地荒芜，无人耕种生产；第二，百姓贫困，老百姓吃不饱肚子，大街上到处都是乞丐；第三，也是最重要的，礼乐不兴，伤风败俗。

孔子马上针对这些问题制定了一套施政纲领。这天，子路在城门口张榜，子长则在一旁敲锣打鼓吸引众人："新上任的中都宰大人发布公告啦，快来看呀！"

城门口很快就聚集了很多百姓。

人群中有个老者宣读告示："……长幼异食，强弱异任，男女别涂，路无拾遗，器不雕伪。为四寸之棺，五寸之椁。因丘陵为坟，不封不树……"

百姓们开始议论纷纷。

"现任的中都宰大人就是曲阜鼎鼎大名的孔夫子，这回百姓有福了！"一老者说道。

"依据年纪的大小提供不同的食物，体力强的和体弱的人干不一样的活。这样我们的生活就有所保障了！"一个拄着拐杖的老者说道。

"男女走路时各走一边，在路上不捡拾别人遗落的东西。这样社会风气必定会好起来。"一个拿着竹简的读书人说道。

"日常生活中所用的各种器物不求雕绘加工，人死了以后用里棺四寸、外椁五寸的棺木，依傍山丘修建坟墓，不堆土也不栽植树木作为标志。太好了，也该杀一杀奢靡的作风了，中都这么穷，就该节俭一点。"一个搬着洗衣盆的中年妇女说道。

见围观百姓越来越多，子路不失时机地大声说道："此政令，不论贵族还是平民，一律遵守；如有犯者，定当问罪。另外，中都宰大人体恤民情，凡来中都定居者，由官府统一分配田地，少有所养，老有所安。"

孔子所颁布的政令以民生为本，制为养生送死之节，深得人心。围观群众纷纷鼓掌喝彩。这个消息不胫而走，一传十，十传百。很多远走他乡的百姓，听说孔子以仁治中都，纷纷返回家乡。周边城邑中流离失所的难民也携家带口投奔中都。

子路对孔子说："夫子，您这法子真管用，很多百姓从四面八方赶来，正聚在城门口呢！"

伯牛说道："现在的中都人丁兴旺！"

"人是多了，但大多都是一贫如洗，还有很多难民、流民，必须得想办法让百姓富足起来才行。"颜回说道。

孔子点点头，那深邃的眼神望向窗外，若有所思。片刻之后，孔子开始安排任务："冉耕，你去安顿百姓；冉求，你去登记人口；仲由带人去修建房舍；公冶长派发生活及农耕用具；颜回随我去看看耕地。"

众人分头行动。中都大街小巷一片忙碌。伯牛打开粮仓，熬粥煮汤，百姓排队领粥；冉有在一旁登记人口；子路召集身强力壮的闲散百姓、难民、乞丐一起修建房舍；子长给安顿下来的百姓派发器具。孔子在野外带领衙役丈量耕地，颜回一一记录下来以备分配。这时，之前发布的政令开始显现作用：坟墓都是依傍山丘而建，这样就可以把平原肥沃的土地分给百姓耕种。

百姓们吃饱了饭，又得了房舍和田地，个个精神振奋，铆足了劲干活。百姓安居乐业，男耕女织，勤俭持家，渐渐富裕起来，与此同时，街市上也热闹了，有买卖东西的，也有出游观景的，人声鼎沸，中都出现一片欣欣向荣的景象。

田野中辛勤耕种的百姓们一边劳作一边歌唱：

> 畟畟良耜，
>
> 俶载南亩。
>
> 播厥百谷，
>
> 实函斯活。

到了秋天，庄稼丰收了，百姓们一边收获劳动果实，一边歌唱：

> 获之挃挃，
>
> 积之栗栗。

其崇如墉，

其比如栉，

以开百室。

百室盈止，

妇子宁止。

一天深夜，孔子正翻看冉有制定的人口、赋税登记簿，不禁赞叹道："冉有制作的登记簿，甚合我意。"

颜回拿袍子走进屋里，给孔子披上，说道："夫子，夜深了，您快休息吧！"

孔子问："他们都睡了吗？"

颜回笑道："睡了，睡得可香呢！"

孔子说道："好。颜回，你带我去看看他们。"

颜回带孔子去弟子们的居所，他们几个都睡得很香，子路剑不离身，抱着剑呼呼大睡。孔子走过去，给每个弟子都盖盖被子。

孔子说："这段时间，你们几个都受苦了。"

颜回说道："夫子，看到百姓们安居乐业，我们也都乐在其中。"

孔子说道："瞧，这是冉有刚制定好的登记簿，中都人口、赋税状况都已经**大大改善了！善人教练百姓用七年的时候，也就可以叫他们去当兵打仗了。**"^{（13.29）}

颜回说道："夫子，现在人多了，也富足了，尚缺礼义廉耻，接下来就该进行礼乐教化了吧！"

孔子点点头，笑道："知我者，颜回也！"

不知孔子如何进行礼乐教化？且看下回分解。

第三章　践学

第26回　大行教化奸商道　其乐融融民风新

话说中都邑日渐繁荣，然而礼乐不兴，民不知耻。而且买卖东西的人多了，不免有欺行霸市、欺诈百姓的奸商。孔子决定施行道德教化。

孔子说：**"以道德教化来治理政事，就会像北极星那样，自己居于一定的方位，而群星都会环绕在它的周围。"**（2.1）

子路问道："那些奸商，生性狡诈，能教化得了吗？"

孔子瞪着子路说："连你都能教化，还有谁是教化不了的？**只有上等的智者与下等的愚者是改变不了的。"**（17.3）

子路憨笑道："有夫子在，自然是没有教化不了的。"

孔子让伯牛留守府衙处理政务，自己则带其余弟子到中都各地讲学，大力宣传礼义廉耻，民风也随之渐渐好转。有一天，他来到进义村，连讲三天，听者云集。到了第四天，孔子因有公务需要回去处理，但村里的百姓不肯答应，非要把孔子留下不可。于是，他们藏起了孔子的马，又连夜在村里盖起了讲学堂。孔子见众人如此心诚，就在新盖的学堂里又讲了三天，才满足了百姓的要求。后人为了纪念孔子在此讲学，就把进义村改名为"次丘村"，后来为避圣讳，又把"丘"改成了"邱"。村东藏马的村子，改名为"留马庄"，孔子住过的店，就叫"次邱店"了。

孔子回到中都府衙，伯牛上前禀报。原来，中都有个奸商叫沈犹氏，平时以贩羊为业。别人买了他的羊后，没几天就死了，剖开一看，肚子里全是水，找沈犹氏理论，沈犹氏却说："本来我的羊膘肥体壮，到你家里就死了，肯定是你没好好喂养，这可怨不得我。"百姓们心里愤愤不平，于是纷纷到府衙告状。

孔子接过诉状，一脸凝重，说道："此事必有蹊跷。"

颜回在一旁说："买主说羊肚里全是水，我推断卖主一定是给羊灌了水。"

子路说道："明知道夫子以德治邑，却还敢作奸犯科，待我前去捉拿他。"

"仲由，先不要打草惊蛇。"孔子说道："子长，你懂禽言兽语，明早去验证一下颜回的推断。"

第二天一早，子长到了街市。他先去跟一群羊贩子和买主聊了一会儿，得知沈犹氏一般是晚上低价买瘦羊，第二天早上高价卖肥羊。这时，子长老远看见沈犹氏牵着一头羊走过来，于是他走过去一探究竟。这羊肚子鼓鼓的，看上去膘肥体壮，羊儿"咩咩"地叫着。他听到羊儿说："草料里有盐，吃了好口渴。我要喝水，我要喝水。"

原来如此！子长马上回去报信。

子长说道："夫子，我已查明真相。原来那沈犹氏用贱价将瘦羊买回家去，用盐水拌草料饲喂。羊吃了食盐口渴，便大量饮水。这样，一只羊一夜之间便可增重十多斤。然后，沈犹氏将这肚子鼓胀的羊赶上市，外行人认为是膘肥体壮，争相购买，然而买回家后，不出三五天，羊必死无疑，肚里都是盐水。"

子路怒道："这奸商，坑害了多少人！夫子，现在我可以去了吧？"

这时，门外传来一声："子路兄，何事让你大动肝火？老远就听到你的大嗓门了。"众人一瞧，原来是子贡来了，纷纷上前寒暄。子贡走上前作揖道："夫子别来无恙！我刚做了一票生意，马上就赶来中都了。"

"你来得正好。"孔子笑道，"古语说'树豫务滋，除恶务本'，一起来出谋划策。"

子路悄悄问颜回："'树豫务滋，除恶务本'是什么意思？"

颜回小声回答说："这是《书》中一句话，意思是说：培养高尚的品德，应循序渐进，潜移默化，不断提高；铲除邪恶必须雷厉风行，果断坚决，除恶务尽。"

子路点点头说道："哦，我明白了。"

孔子与弟子们商量好对策，然后一起去了街市。子贡本就是商人，对做生意非常熟悉。他装作买羊的主儿凑过去，拉过一只高大的山羊，用手按了按它的脊梁，又掀起羊毛看了看肚子说："这只羊薄薄的膘没有肉，肚子倒真不小。"他用手拍拍羊的肚子，像敲鼓一样嘭嘭作响。他又扒开羊口，只见羊舌上布满厚厚的白色舌苔，便大声说："看来这只羊是吃足了盐，喝饱了水，怪不得肚子鼓得大大的。你怎么能坑害乡亲们呢！"

沈犹氏见子贡戳破他的诡计，便拿起杀羊刀向子贡砍去。这时，子路一个箭步冲上去，抓住沈犹氏的胳膊，一下便把他摁倒在地。百姓都来看热闹。孔子见时机已到，便上前对沈犹氏说："这只羊我先买下，请屠夫当场验证，若你没有用水，便还你个清白，并向你赔礼道歉；若你用了水，重责不饶。"

不一会儿，屠夫上前说："羊肚里都是盐水，羊血都变淡了，这只羊起码用了十斤水。"

沈犹氏见状拔腿就跑，子路的大手像铁钳一样把他抓住，怒道："小子，你敢逃跑，我把你的头拧下来。"沈犹氏立即停止了挣扎，乖乖受缚。

孔子当众宣布处罚沈犹氏，给曾经受骗的买主们退回羊钱，并加倍罚钱。百姓们都骂道："这奸商居然欺骗同乡父老，太不知羞耻了。"

子路问道："我把他关进大牢吧？"

孔子说："不必了。此刻他的良心受到的谴责，比关进大牢还难受。**人到了四十岁的时候还有恶习未改，一生也就定型了。**"^{（17.26）}

罚钱事小，失德事大。被千夫所指，万人唾骂的沈犹氏羞愧万分，恨不得找个地缝儿钻进去。从此，市场上再无欺诈的行为，器不雕伪，童叟无欺，人人遵礼守德，社会风气焕然一新。

离中都不远有一个地方叫"互乡"。**这个地方的人很难说话，但互乡的一个童子却受到孔子的接见，弟子们都感到迷惑不解。孔子说："我是肯定他的进步，不是肯定他的倒退。何必做得太过分呢？人家改正了错误以求进步，我们肯定他改正错误，不要死抓住他的过去不放。"**^{（7.29）}

一天，孔子正在宰衙内水池边钓鱼。这时，子路走进来遇到颜回，问："夫子呢？有人求见。"颜回说："夫子在钓鱼呢！我带你去见他。"

子路说："**夫子只用有一个鱼钩的钓竿钓鱼，而不用大网捕鱼。**什么时候才钓到鱼呀？上次跟夫子去打猎，他**只射飞鸟，不射巢中歇宿的鸟。**"^{（7.27）}

颜回说道："夫子对万物都有仁爱之心，不妄杀生。"

子路见到孔子说道："夫子，门外有位自称'左丘明'的人求见。"

孔子听闻立即起身，说道："快带我去，我得亲自去迎接！"

左丘明，本名为丘明，因其先祖曾任楚国的左史官，故在姓前添"左"字，其家族世代为鲁国太史。左丘明知识渊博，品德高尚，深得世人尊敬和爱戴。孔子视其为君子典范，极为推崇。

孔子快步走到门口，见一文人雅士，拱手问道："请问阁下是太史左丘明先生吗？"

左丘明作揖道："正是在下。久仰孔夫子大名，特来拜见。"

孔子笑道："太史大人言重了。请进，请进！"孔子引左丘明入堂就座。

左丘明说："我看到夫子居处尽是书简，看来夫子也是学无止境啊！"

孔子说："有这样一种人，可能他什么都不懂却在那里凭空创造，我却没有这样做过。多听，选择其中好的来学习；多看，然后记在心里，这是次一等的智慧。"（7.28）

"夫子谦虚了。"左丘明说道。

"古代的人学习是为了提高自己，而现在的人学习是为了给别人看，以便博取别人的喝彩，获得别人的赞誉。（14.24）这个骄傲自满而又喜欢炫耀的习气可不好。"孔子说，"一个人即使有周公那样美好的才能，如果骄傲自大而又吝啬小气，那其他方面也就不值得一看了。"（8.11）

左丘明点点头，深以为然，拱手说道："佩服，佩服。孔夫子果然是知识渊博。"

孔子笑道："我有知识吗？其实没有知识。有一个乡下人问我，我对他谈的问题本来一点也不知道。我只是从问题的两端去问，这样对此问题就可以全部搞清楚了。"（9.8）

左丘明笑道："我看您的弟子个个满腹经纶，请问，您平时也是这样去教导弟子吗？"

孔子说："教导弟子，不到他想弄明白而不得的时候，不去开导他；不到他想出来却说不出来的时候，不去启发他。教给他一个方面的东西，他却不能由此而推知其他三个方面的东西，那就不再教他了。（7.8）只有勤于思考，善于举一反三，才能担当大任。"

左丘明赞叹道："夫子一席话，句句皆箴言！丘明有幸听到。"

孔子笑道："太史大人品德高尚，胸怀坦荡，实乃君子典范！"

左丘明起身作揖道："天色已晚，不打扰夫子了。改日再来请教。"

孔子和众弟子起身相送。

望着左丘明远去的身影，颜回对孔子说："夫子，左史大人此次来中都，想必是为国君来考察的吧？"

孔子说道："即便国君不派人来考察，我也该去禀告一下。"

颜回笑道："依我看，您回国都的日子不远了。"

子贡问："何以见得？"

颜回说："夫子短短一年就将中都治理地这么好，试问国君怎会不考虑整个鲁国呢？"

孔子对颜回说："用我呢，我就去干；不用我，我就隐藏起来，只有我和你才能做到这样吧！"

子路抢着问孔子："您如果统帅三军，那么您和谁在一起共事呢？"

孔子说："赤手空拳和老虎搏斗，徒步涉水过河，死了都不会后悔的人，我是不会和他在一起共事的。我要找的，一定要是遇事小心谨慎、善于谋划而能完成任务的人。"（7.11）

"子路兄，连子贡都不去跟子渊比，你却还死要面子。"子长笑道。

"夫子太偏心了。想得到夫子的一句夸奖，比打死一只老虎还难！"子路抱怨道。

孔子说："我对于别人，诋毁过谁？赞美过谁？如有所赞美的，必须是曾经考验过他的。夏商周三代的人都是这样做的，所以三代能直道而行。"（15.25）

"你最有潜力，所以夫子对你期望最高！夫子最偏爱你了。"颜回打趣道。

子路憨笑道："我就知道，夫子还是对我好！"

众人听了哈哈大笑起来。

第27回 政绩斐然大道行 孔子升任小司空

一天，孔子带子贡和颜回出行，大街上热闹非凡，他们看到一个个老人、小孩、妇人从身旁擦身而过，妇人脸上洋溢着笑容，小孩则开心逗弄着手中的纸风车，而更远的地方，卖肉的、卖糖葫芦的、挑着货担的卖货郎……喊叫声交织成一片。

子贡感叹道："夫子掌管中都才一年光景，竟然发生了这么大的变化！"

孔子说道："当大道行于天下的时候，天下就是人们所共有的。人们会推举那些德才兼备的人管理国家，老有所终，壮有所用，幼有所长，这就是'大同'之世呀！"

颜回笑道："大道得以推行，哪怕是夷狄之地也能兴盛，何况是礼仪之邦呢！"

孔子对子贡说："你和颜回两个相比，谁更强一些呢？"

子贡回答说："我怎么敢和颜渊相比呢？他听到一件事就可以推知十件事；我呢，知道一件事，只能推知两件事。"

孔子说："是不如他呀！我同意你说的，是不如他。"(5.9)

师徒三人漫游街道，享受着百姓们的欢声笑语。

与此同时，在鲁国朝堂里，却是一番冰冷严肃的气氛。

左丘明奏曰："启奏君上，孔夫子治理中都，制为养生送死之节，施仁政，行教化，不过一年光景，卓有政绩，百姓安居乐业，路不拾遗，周围的城邑也都纷纷效法中都。"

鲁定公为孔子的政绩感到高兴。孔子素来维护君权，因此，鲁定公也想利用孔子来制衡三桓，便顺势说道："如此大才，可堪重用。诸位爱卿，该让孔丘出任何职呢？"

孟懿子说道："孔夫子上有博古通今之略，下有经天纬地之才，足以出任五官。"

司徒、司马、司空、司士、司寇并称五官。司徒是管理徒众和土地；司马主管军事；司空掌管水利、土木营建之事；司士掌管纠察百官；司寇掌管刑狱诉讼。此五官皆由贵族子弟世袭，外人很难担任。在鲁国，季氏为司徒，叔孙为司马，孟孙为司空，司士、司寇也由贵族世家的家主担任。谁都不想被孔子取代，因此众大夫沉默不语。朝堂上一片寂静，针落可闻。

孟懿子见状，生气地说道："若没有孔夫子，恐怕在场的都成为阳虎的奴仆了。"

叔孙武叔说道："孔丘治理中都可以，治理国家未必能行。国家重器，谨慎为妙。"

孟懿子长叹一声，说道："也罢，我让出司空的位子吧！"

季桓子上前安慰说："贤弟莫意气用事，此事还是从长计议吧！"

其余大夫们也附和着说："对，还是从长计议吧！"

鲁定公眼看这千载难逢的机会转瞬即逝，心里焦急万分。大概是鲁国列祖列宗保佑，鲁定公突然灵光一闪，计上心头，赶紧说道："孟孙大夫为国家栋梁，断不可退让。依寡人之见，可以让孔丘出任小司空，辅助孟孙大夫。诸位爱卿以为如何？"

小司空，就是司空的副手，当时担任大司空的是孟懿子。鲁定公此计甚妙，可谓一箭三雕。一来不去动诸位大夫的奶酪，大家便不会反对；二来可以让孟懿子有个台阶下；三来可以借此让维护君权的孔子跻身权力部门，慢慢掌握一定的实权，实际上是变相地提升了国君的实力。

果然，大夫们听了都表示赞同。只是孟懿子很不自在，毕竟师父当弟子的副手，多少有点尴尬。但总算是让自己的恩师成功升任了，也颇为安慰。

鲁定公喜不自胜，当即派人去中都召孔子回曲阜述职待命。

孔子接到诏令，将中都事务交接给伯牛，对伯牛千叮万嘱道："伯牛，以后中都的百姓就靠你了。《书》曰：'政贵有恒'，政令重在连贯不变，长久坚持。时间短暂则不易见效，朝令夕改则会让百姓无所适从。"

伯牛紧紧握着孔子的手说道："夫子请放心，我必全力以赴，善待百姓。"

老百姓听说孔子要离任，男女老幼倾城而出，跪在孔子面前挥泪挽留。孔子数次抬脚，就是迈不开步。东门外十里巷，从中午到晚上，送行的人群排成长长的队伍，一眼望不到头。孔子与老百姓一一话别，三步一回头，五步一作揖，老百姓一直送孔子到城外十里，依然没有返回之意。其中一位老妪在孔子抬脚时，趁势脱下孔子脚上的鞋，从怀里掏出一双亲手做的新鞋给孔子穿上。孔子看着穿上的新鞋说："我人虽去，脚印还留在这里。留下这只靴子，以示我永远立足中都。大家既然拥戴我，我走后请仍然按我的倡导行事吧！"后来，人们在城东门楼上专门修建了一层楼阁，供放孔子的靴子，又叫"夫子屦"。

公元前500年，孔子五十二岁，自中都回到曲阜。

鲁定公问："用治理中都的办法治理鲁国可以吗？"

孔子胸有成竹地说："用我的方法治理天下都可以，何况只是一个鲁国呢！"

鲁定公很高兴，让孔子出任小司空。孔子上任之后，兢兢业业，他把鲁国的土地分为山林、川泽、丘陵、高原、平地五种类型，并因地制宜，根据不同的土地属性，指导百姓进行种植和渔牧，得到百姓的大力支持。

孔子一心为工作，家中杂事自然无暇打理。有一天，**孔家的马厩着火了。孔子退朝回来，赶紧问："有人受伤吗？"只字不问马的情况。**^(10.17)

众弟子非常感动。想当年，位高权重的季平子为了一只斗鸡便大动干戈，视人命如草芥，与孔子相比，简直是天壤之别。

子路说道："夫子，您现在身为大夫，也该找个家宰了。"

孔子说："我看原宪比较合适，他虽然出身贫寒，却勤于学习礼乐。"

子路问："他还没当过官，能行吗？"

孔子说："**先学习礼乐而后再做官的人，是原来没有爵禄的平民；先当了官然后再学习礼乐的人，是君子。如果要先用人才，那我主张选用先学习礼乐的人。**"^(11.1)

原宪给孔子家当总管，孔子给他俸米九百，原宪推辞不要。孔子说："**不要推辞。如果有多的，给你的乡亲们吧！**"^(6.5)

原宪打理孔府大大小小的事务，与孔子相处的机会自然也就多一些，他抓住这个难得的机会向孔子请教。他问孔子："什么是可耻？"

孔子说："国家有道，可以做官拿俸禄；若国家无道，还做官拿俸禄，这就是可耻。"

原宪又问："好胜、自夸、怨恨、贪欲都没有的人，可以算做到仁了吧？"

孔子说："这可以说是很难得的，但至于是不是做到了仁，那我就不知道了。"^(14.1)

有弟子问：“那怎样才算做到仁了呢？”

孔子说：“刚强、果敢、朴实、谨慎，这四种品德接近于仁。”^(13.27)

接着又说道：“我还没见过刚强的人呢！”

有人回答说：“申枨就是刚强的。”

孔子说：“申枨欲望太多，怎么能算刚强呢？”^(5.11)

宰我问：“对于有仁德的人，别人告诉他井里掉下去一位仁人啦，他会跟着下去吗？”

孔子说：“为什么要这样做呢？君子可以到井边去救，却不可以陷入井中；君子可能被欺骗，但不可能被迷惑。”^(6.26)

宰我见孔子有点不高兴，随即说道：“弟子定当好好学习，向仁者看齐。”

孔子问：“学习知识就像追赶，生怕赶不上，赶上了又担心丢掉。^(8.17)我不在的这段日子，你们有没有学习新的知识呀？”

夫子不在，弟子们难免有些懈怠，此刻心中惭愧，一个个沉默不语。

孔子叹息道：“你们怎能懈怠呢？**生来就知道的人，是上等人；经过学习以后才知道的，是次一等的人；遇到困难再去学习的，是又次一等的人；遇到困难还不学习的人，这种人就是下等的人了。**”^(16.9)

宰我赶紧说道：“弟子不敢懈怠。我虽没有学习新知识，但每天都温习夫子曾经教我们的知识，也有了一些新的启发。”

孔子点头笑道：“**在温习旧知识时，能有新体会、新发现，就可以当老师了。**”^(2.11)

一天，孔子退朝后回到杏坛，老远就看到宰我大白天在睡觉，生气地说：“腐朽的木头无法雕刻，粪土垒的墙壁无法粉刷。对于宰予这个人，责备还有什么用呢？”孔子又长叹一声说道：“起初我对于人，是听了他说的话便相信了他的行为；现在我对于人，听了他讲的话还要观察他的行为。在宰予这里，我改变了观察人的方法。”^(5.10)

宰我见孔子回来了，赶紧拿起书简假装读书。子路拉了拉宰我的衣袖，小声说道：“别装了，夫子都看到你了。”

“**君子认为说得多而做得少是可耻的。**”^(14.27)孔子说，“总是推许言论笃实的人，这种笃实的人是真正的君子呢，还是伪装庄重的人呢？”^(11.21)

宰我羞得满脸通红，低头不语。

第28回　责宰予不尊丧礼　挖沟渠以报昭公

孔子正欲进屋，这时一个小孩站在门口问："请问这是孔夫子家吗？"

颜回答道："是的。请问有何贵干？"

小孩回到说："有个叫'原壤'的人让我来报信，他母亲去世了。"

孔子一听瞪大了双眼，问道："原壤？他在哪里？"

小孩说："他就在城东，我可以带路。"

"好的。我马上去。"孔子又对弟子们说道，"你们几个都随我去一趟。"

子路问孔子："原壤是谁？"

孔子说道："他是我的老相识。"

孔子一行匆匆而至，老远就看到一个人背靠着棺材坐在地上，蓬头散发，嘴里还叼着一根狗尾巴草。**原壤叉开双腿坐着等待孔子。孔子骂他说："小时候不谦逊尊长，长大又无可称述，老而不死，真是个浪荡子。"说着，用手杖敲他的小腿。**^{（14.43）}

原壤把腿缩回去，伸了个懒腰，笑道："几十年不见，你还是老样子呀！"

孔子和弟子们帮原壤清洗棺木。原壤噔噔地敲击着棺木道："别洗了，洗得再干净不也得入土嘛。我很久没有唱歌了，一起来唱歌吧！"于是站在棺材上一边跳一边唱："狸首之斑然，执女手之卷然……"

孔子装作没听见而走开。

用餐时，孔子坐在原壤旁边，只是吃了几口便不吃了。**孔子在有丧事的人旁边吃饭，不曾吃饱过。**^{（7.9）}可原壤却狼吞虎咽，吃得津津有味。孔子也装作没看见。

子路实在看不下去了，问："夫子就不能跟他绝交吗？"

孔子说道："亲人终归是亲人，故友终归是故友。我们尽好自己的责任就行了。"

孔子帮原壤料理好丧事，又千叮万嘱让他守孝三年，直到原壤点头答应才带众弟子离开。

在回去的路上，子贡问："夫子，今天这事您办起来也很为难吧？"

第三章　践学

孔子说："在外侍奉公卿，在家孝敬父兄，有丧事不敢不尽力去办，不被酒所困，这些事对我来说有什么困难呢？"^(9.16)

子路问："夫子，原壤与您一起长大，为什么您这么彬彬有礼，而他却放荡不羁呢？"

孔子说："人的本性是相近的，只是由于习染不同才相互有了差别。"^(17.2)

回到杏坛，宰我想起孔子让原壤守丧三年之事，便想提问。

宰我说："服丧三年，时间太长了。君子三年不讲究礼仪，礼仪必然败坏；三年不演奏音乐，音乐就会荒废。旧谷吃完，新谷登场，钻燧取火的木头轮过了一遍，一年的时间就可以了。"

孔子说："才一年的时间，你就吃起了白米饭，穿起了锦缎衣，你心安吗？"

宰我说："心安。"

孔子说："你心安，你就那样去做吧！君子守丧，吃美味不觉得香甜，听音乐不觉得快乐，住在家里不觉得舒服，所以不那样做。如今你既觉得心安，你就那样去做吧！"

宰我出去后，孔子说："宰予真是不仁啊！小孩生下来，到三岁时才能离开父母的怀抱。服丧三年，这是天下通行的丧礼。难道宰予对他的父母没有三年的爱吗？"^(17.21)

提起葬礼，孔子还有一件心事未了。当初季平子因记恨鲁昭公，把昭公葬在鲁国国君墓地的南边，用一条大路把鲁昭公的墓和道北的历代国君墓地分开，孔子对此事耿耿于怀，一直想方设法改变这个局面，于是跟子路提出自己的想法。

子路惊问道："难道您要为昭公迁墓？"

孔子说："不在其位，不谋其政。迁墓并非你我所能做的。我作为小司空，负责水利、土木营建，只能在自己的职责范围内做文章。"

第二天，孔子去见孟懿子，说道："想当初吾儿出生时，昭公赐鲤鱼，我至今感念他的恩德。我本想像儿子孝敬父亲一样，以尽忠孝之道，如今却不能了。"

孟懿子对当初驱逐昭公之事深感惭愧。

孟懿子问如何尽孝，孔子说："孝就是不要违背礼。"

出来后，樊迟给孔子驾车，孔子告诉他："孟孙问我什么是孝，我回答他说不要违背礼。"

樊迟说："不要违背礼是什么意思呢？"

孔子说："活着的时候，要按礼侍奉他们；去世后，要按礼埋葬他们、祭祀他们。"^(2.5)

樊迟后来一一告诉了孟懿子。孟懿子叹一口气说："夫子说得是先君昭公墓之事呀！活着的时候没有侍奉昭公，他去世了应该按礼埋葬祭祀。你去转告夫子，请他放手去做，我全力支持。"

孔子得到孟懿子的支持，又去见季桓子，说道："当初您的父亲把昭公的墓用一条大路与道北的鲁国历代国君墓分开。这样做，确实是贬低了国君，却不也彰显了自己的不臣之罪吗？这样做不合乎礼。如果您同意的话，我就在昭公墓的南边再挖一条水渠，把它框进来，与其他国君墓地合为一体。这样可以帮您父亲遮掩曾经的不臣之罪。"

季桓子迟疑不定。季氏管家仲弓从旁劝道："夫子所言极是。这可以树立您的威信。"

仲弓管理季府，井井有条，深得季桓子欢心。听到仲弓也这么说，便一口答应了。

于是，孔子亲自带人在鲁昭公墓南边挖沟引水，大兴土木，墓地上一片热火朝天的景象。

樊迟看到墓地周围是一片郁郁葱葱的庄稼，便去请教孔子。

樊迟问孔子如何种庄稼。孔子说："我不如老农。"

樊迟又问如何种菜。孔子说："我不如菜农。"

樊迟退出以后，孔子说："樊须真是小人呀！在上位者只要重视礼，老百姓就不敢不敬畏；在上位者只要重视义，老百姓就不敢不服从；在上位的人只要重视信，老百姓就不敢不用真心实情来对待你。要是做到这样，四面八方的老百姓就会背着自己的小孩来投奔，哪里用得着自己去种庄稼呢？"^(13.4)

子路问："子迟虽然问的是耕种之事，然而他好学求问，也算有仁德吧？"

"君子想的是德行，小人想的是私利；君子想的是道义，小人想的是恩惠。"^(4.11)孔子说道，"君子中没有仁德的人是有的，而小人中有仁德的人是没有的。"^(14.6)他的志向在种庄稼上，谈何仁德？"

樊迟感觉到刚才孔子有点不高兴，就去问子路怎么回事。

子路听到后哈哈大笑："你以为夫子是教人耕田种菜的吗？他老人家教的是君子、治国之道。你居然去问种菜，岂不自讨没趣？"樊迟听了恍然大悟，又去见孔子。

樊迟问孔子怎样才算是智，孔子说："专心致力于提倡老百姓应该遵从的道德，尊敬鬼神，但要远离它，就可以说是智了。"樊迟又问怎样才是仁，孔子说："仁人对难做的事，做在人前面；有收获的结果，他得在人后，这可以说是仁了。"(6.22)

樊迟陪着孔子在舞雩台下散步，问："请问怎样提高品德修养？怎样改正自己的邪念？怎样辨别迷惑？"

孔子说："问得好！先努力致力于事，然后才有所收获，不就是提高品德了吗？检讨自己的邪念了吗？由于一时气愤，就忘记了自身安危，以至于牵连亲人，这不就是迷惑吗？"(12.21)

听了孔子的谆谆教诲，樊迟如获至宝，毕恭毕敬地退下。

在众人的努力下，水渠很快修建完成，这条水渠把鲁昭公的墓地和鲁国历代国君墓地圈在一起，不再游离在墓群之外。孔子如释重负，总算尽了臣子之义，报了赐鱼之恩。司空原本就掌管水利设施，此举也不算越权，又因此事是得到季桓子首肯的，所以国人也纷纷赞扬季桓子，季桓子听了很高兴。

第29回　升任司寇四方靖　追求无讼天下平

看到孔子政绩显赫，鲁定公非常兴奋，打算擢升孔子。

那么该让孔子出任何职呢？此时的鲁国毕竟是三桓掌权，如果他们一致反对，即便国君直接任命也是徒劳的。经过一番冥思苦想，鲁定公决定让孔子出任司寇。首先，三桓所执掌的司徒、司马、司空不能动，保证他们的利益不受损害。其次，上一任司寇臧昭伯曾随鲁昭公攻打季平子，臧孙氏与季氏之间有矛盾。再次，孔子挖沟渠是为季桓子挽回了面子，季桓子对孔子有好感；叔孙武叔一向以季氏马首是瞻；而孟懿子是孔子的弟子，自然也支持。如此一来胜算很大。

果不其然，朝堂上三桓一致表示赞同，其他大夫也就不敢反对了。于是，孔子便由小司空升任大司寇，位居上大夫。

宣诏官宣读诏令："宋公之子，弗甫何孙，鲁孔丘，命尔为司寇。"

子路为孔子升任司寇而高兴，于是在杏坛拼命地鼓瑟。子路向来粗野，瑟音中自然有一种肃杀之气。**孔子说："仲由弹瑟，为什么在我这里弹呢？"弟子们因此都不尊敬子路。孔子便说："仲由嘛，他在学习上已经达到升堂的程度了，只是还没有入室罢了。"**（11.15）

这天孔家大院热闹非凡，众弟子齐聚杏坛恭贺孔子荣升司寇。

闵子骞侍立在孔子身旁，一派和悦而温顺的样子；子路是一副刚强的样子；冉有、子贡是温和快乐的样子。孔子很高兴。

子路一不留神把香案上盛放的香炉都打翻了。孔子见子路大大咧咧、莽撞无礼，便叹道："**像仲由这样鲁莽，只怕难以善终吧！**"（11.13）

内堂里，亓官氏带着孔女和几位女工正忙着赶制礼服。孔子对她们说道："**君子不用深青透红或黑中透红的布镶边，不用红色或紫色的布做平常在家穿的衣服。夏天穿粗的或细的葛布单衣，但一定要套在内衣外面。黑色的羔羊皮袍，配黑色的罩衣。白色的鹿皮袍，配白色的罩衣。黄色的狐皮袍，配黄色的罩衣。平常在家穿的皮袍做得长一些，右边的袖子短一些。睡觉一定要有睡衣，要有一身半长。用狐貉的厚毛皮做坐垫。若是服丧，在服丧期满，脱下丧**

服后，便佩带上各种各样的装饰品。如果不是礼服，一定要加以剪裁。不穿着黑色的羔羊皮袍和戴着黑色的帽子去吊丧。"

"父亲，您就这么急着穿吗？"孔女问道。

孔子说道："每月初一，一定要穿着礼服去朝拜君主。"^(10.6)

到了初一这天，孔子穿着礼服、戴着礼帽上朝拜见君主。子路驾车送孔子。孔子上车时，一定先直立站好，然后拉着扶手带上车。在车上，他不回头，不高声说话，不用手指指点点。^(10.26)

到宫门口，子路对孔子说："您上次依礼拜见国君反而被内侍笑话，现在就不必拘礼了吧？"

孔子说："用麻布制成的礼帽，符合于礼的规定。现在大家都用黑丝绸制作，这样比过去节省了，我赞成大家的做法。臣见国君首先要在堂下跪拜，这也是符合于礼的。现在大家都到堂上跪拜，这是骄纵的表现。虽然与大家的做法不一样，我还是主张先在堂下拜。"^(9.3)

孔子依然坚持礼仪，在堂下就开始跪拜。

孔子走进朝廷的大门，谨慎而恭敬，好像没有他的容身之地。站，他不站在门的中间；走，也不踩门槛。经过国君的座位时，他脸色立刻庄重起来，脚步也加快，说话也好像中气不足似的。提起衣服下摆向堂上走的时候，他做出恭敬谨慎的样子，憋住气好像不呼吸一样。退出来，他走下台阶，脸色便舒展开了，怡然自得的样子。走完台阶，他快快地向前走几步，姿态像鸟儿展翅一样。回到自己的位置，是恭敬而不安的样子。^(10.4)

孔子在本乡的地方上显得很温和恭敬，像是不会说话的样子。但他在宗庙里、朝廷上，却很善于言辞，只是说得比较谨慎而已。孔子在朝堂上，同下大夫说话是一副温和而快乐的样子；同上大夫说话则是正直而公正的样子；国君已经来了，又是恭敬而心中不安的样子，但又仪态适中。^(10.1)

国君召孔子去接待宾客，孔子脸色立即庄重起来，脚步也快起来。他向和他站在一起的人作揖，手向左或向右作揖，衣服前后摆动，却整齐不乱。快步走的时候，像鸟儿展开双翅一样。宾客走后，必定向君主回报说："客人已经不回头张望了。"^(10.2)

孔子出使别的诸侯国，拿着圭，恭敬谨慎，像是举不起来的样子；向上举时好像在作揖，放在下面时好像是给人递东西；脸色庄重得像战栗的样子，步子很小，好像沿着一条直线往前走；在举行赠送礼物的仪式时，显得和颜悦色；和国君举行私下会见的时候，更轻松愉快了。^(10.3)

有一天，左丘明来杏坛拜访孔子。

左丘明作揖道："恭喜孔夫子荣升司寇。"

孔子笑道："太史大人别来无恙！请进。"

孔子引左丘明坐毕，问道："太史大人熟知鲁国历史，敢问关于司寇有何掌故？"

左丘明说道："这司寇一职原本是臧孙家族世袭，提到臧孙氏，跟您还有莫大的渊源。"

"哦？愿闻其详。"孔子说道。

左丘明娓娓道来："想当初臧武仲为防邑大夫，被齐所围。后来令尊叔梁纥率三百甲士助其突围。臧武仲当时任鲁国司寇，对盗贼猖獗却视而不见……"

时间倒回到公元前552年，也就是孔子出生的前一年。在朝堂上，两个人正针锋相对，一个矮小精悍，一个高大魁梧。

高大魁梧的季武子俯视矮小的臧武仲，问道："你为什么不治一治盗贼？"

臧武仲毫不畏惧，说道："是不可以治理，而且我臧孙纥也没有这个能力。"

季武子说："我国有四方边界，治理国内的盗贼，为什么不可以？你担任司寇，就要一定除掉盗贼，为什么没有能力？"

臧武仲说："你招来国外的盗贼又大加礼遇，凭什么要制止我们的盗贼？你担任正卿却招来国外的盗贼，让我臧孙纥除掉他们，怎么除？"

臧武仲多智，这一番唇枪舌剑竟然把季武子驳得哑口无言。

时间回到当下。左丘明顿了顿，又说道："臧武仲因得罪季氏，被驱逐出鲁国。后来他又悄悄地潜回防邑，向鲁君要求，以立臧氏之后为卿大夫作为条件，自己离开防邑。于是，鲁君允许臧氏后人世袭司寇一职。臧武仲也就遵守诺言离开了防邑，免得落下要挟国君之罪。"

孔子说："臧武仲凭借防邑请求鲁君在鲁国替臧氏立后代，虽然有人说他不是要挟君主，我不相信。"^(14.14)

"孔夫子有何高见？"左丘明问。

孔子回答说："臧武仲在确保家族利益方面是非常有智谋的，但他以下犯

113

上，要挟国君，则为不忠。防邑距离齐国边境很近，若臧武仲把防邑献给齐国，鲁国将失去这个战略要地。因此，鲁君只能答应臧武仲的要求。"

"言之有理。"左丘明点头说道，"作为史官，我只是记录史实，并没有思考深层次的因素。今天听了您的高见，豁然开朗。"

左丘明与孔子相谈甚欢，聊了很久才离开。

子路送左丘明离开后，对孔子说："看来臧武仲在智谋上比其祖父臧文仲有过之而无不及。"

孔子说："**臧文仲藏了一只大龟，藏龟的屋子斗拱雕成山的形状，短柱上画以水草花纹，装饰成天子宗庙的式样，他这个人如此越礼怎么能算是有智慧呢？**"（5.18）

子路说："越礼自然是大错特错，但在政事上他应该是尽职尽责吧！"

孔子摇摇头说："**臧文仲是一个窃居官位的人吧！他明知道柳下惠是个贤人，却不举荐他一起做官。**"（15.14）

子路问："柳下惠是何人？"

孔子说："此人生性耿直、不逢迎，因此很容易得罪权贵。**柳下惠当典狱官，三次被罢免。有人说：'你怎么不离开鲁国呢？'柳下惠说：'按正道侍奉君主，到哪里不会被多次罢官呢？如果不按正道侍奉君主，为什么一定要离开本国呢？'**"（18.2）

孔子虽然官居司寇，但他并不喜欢把人民都看成寇，即便是那些犯法的人，他觉得他们本质上也都是善良的，大多数人犯罪都是出于无奈而为之。处理每一件案子，孔子都非常慎重，考虑得非常周到，为了不出差错，他总是和弟子们一起认真地讨论案情，然后鼓励大家提出处理的方案，听取他们的处理意见，然后择善而从。

一天，有父子两人到衙署来告状。父亲状告儿子，说儿子不孝；儿子也状告父亲打人，于是父子相互诉讼。

孔子跟众弟子讨论案件。

孔子问："曾点，你认为是谁的过错？"

曾点说："是儿子的过错。儿子应该孝顺父母，怎能状告父亲呢？"

孔子又问："冉求，你认为是谁的错呢？"

冉有说："我认为是父亲的错。常言说：父慈子孝。当父亲的毒打儿子，儿子怎么会孝顺呢？"

孔子又问："仲由，你有什么意见？"

子路回答："依我看，两人都有问题，应该让他们先反省一下自身过错。"

孔子笑道："我同意仲由的做法。"

子路说道："夫子，这个案子交给我吧！我保证他们父子会洗心革面。"

孔子放手让子路去处理。子路把他们监管起来，让父子各自反省过错。果然，几天后，他们想通了，各自找到自己的不对之处，父子抱头痛哭。于是，孔子让他们撤回诉状，并全部释放。

孔子说道："**只听了单方面的供词就可以判决案件的，大概只有仲由吧！仲由说话没有不算数的时候。**"^{（12.12）}

一连几个月，司寇衙署竟没有用刑。季桓子很不高兴，就问："你怎么不审理案件呢？"

孔子说："**审理诉讼案件，我同别人也是一样的。我的理想却是让这些诉讼的案件根本不发生！**"^{（12.13）}

季桓子说："你可以动用刑罚，杀鸡儆猴，这样百姓就不敢再犯了。"

孔子说："不教而杀谓之虐。如果当政者平时没有好好地教育百姓，等他们犯错的时候就惩罚他们，这无异于滥杀无辜。"

季桓子怒道："这么说倒是我的罪过了！"说罢，怒气冲冲地离开了。

冉有问孔子："夫子，我听说古代的三皇五帝从来不用五刑，真有这回事吗？"

"五刑"就是针对常见的五种罪行的刑法：盗窃、不孝、犯上、斗殴和男女淫乱。

孔子说："圣人制定刑律，不是要通过这个刑律惩罚人民，而是要让老百姓有所畏惧，不去犯法。当刑律都用不着的时候，天下就治好了。"

正当孔子与弟子讨论案件时，鲁定公收到了来自齐国的一封信函，坐立不安。

第30回　黎弥献计夹谷会　孔子襄礼得胜归

公元前500年，齐景公邀鲁定公在夹谷会盟，名义上是友好会盟、永息干戈，实则企图利用会盟的机会要挟鲁国。当鲁定公接到会盟的信函后，有些犹豫犯愁，便召群臣商议。

孟懿子说："齐强鲁弱，齐以前多次侵占我们的土地，而这次竟主动和好结盟，想必有所图谋，君上不可轻往。"

季桓子说："齐国想通两国之好，为什么要拒绝呢？"

叔孙武叔说："况且拒绝齐人后，若齐人恼羞成怒该如何是好？"

鲁定公问："寡人若去，谁来襄礼？"

众人皆知齐强鲁弱，夹谷会盟势必危险重重。季桓子的私邑费邑宰公山不狃拥兵自重，不派兵保驾，因此季桓子坚决推辞。孟懿子自知不懂襄礼，怕见笑于诸侯，重蹈父亲孟禧子之覆辙，也不敢大包大揽。叔孙武叔善于见风使舵，见两家都不干，自己也不去当这只出头鸟。其他朝臣也心知肚明，个个都闭口不言。朝堂一片死寂。

这时，叔孙武叔看到了孔子，越看越不顺眼，便想借齐人之手除掉这个眼中钉。

叔孙武叔说道："我举荐一人，定可担此重任。"

"叔孙大夫举荐何人？"鲁定公忙问。

叔孙武叔笑道："此人知礼而有谋，非孔丘莫属。"

一刹那，所有的目光都望向了孔子，大殿内针落可闻。

孟懿子一听是自己的老师，连忙上前说道："不可，按照惯例，两国君主会盟，得由上卿来襄礼，孔丘身份不符，况且……"

"贤弟多虑了，"季桓子打断孟懿子的话，说道，"司寇大人尽职尽责，也该享有应有的荣誉。我提议，擢升孔丘为上卿，摄相事，不知国君意下如何？"

鲁定公强掩内心的喜悦，顺水推舟道："就依季孙大夫所言。由孔丘襄礼，自然万无一失。孔丘，你能否担此重任？"

孟懿子赶紧对孔子摆手，暗示他不要去冒险。孔子却神色镇定，那种无形的感染力，让孟懿子不由得平静下来。只见孔子缓缓上前拱手说道："臣定不辱使命。"

叔孙武叔对着季桓子使了个眼色，内心暗道："我这招借刀杀人不错吧？"

季桓子伸出大拇指，示意道："亏你能想出这么绝妙的人选！"

朝会之后，叔孙武叔对着孔子作揖行礼，一脸谄媚，说道："恭喜孔夫子步步高升！以后鲁国就你孔丘说了算了。"说罢，哈哈大笑着扬长而去。

左丘明走到孔子身前，低声叹道："跟这种人同朝为官，真是一种耻辱。"

孔子说道："**花言巧语，装出好看的脸色，摆出逢迎的姿势，低三下四地过分恭敬，左丘明认为这种人可耻，我也认为可耻。把怨恨装在心里，表面上却装出友好的样子，左丘明认为这种人可耻，我也认为可耻。**"(5.25)

待众臣散去，孔子对鲁定公说："有文事者，必有武备。文武之事，不可相离。请让左右司马备战，以防不测。"定公采纳了孔子的建议，命乐颀为左司马，申句须为右司马，各挑选五百精兵，加强训练，随时待命。

回到杏坛，孔子与颜回商量对策。

子路得知消息后，急匆匆冲进屋内，问道："夫子，您怎么能去襄礼呢？"

颜回说道："夫子现在位列三卿，摄相事，有资格襄礼。况且**夫子擅长雅言，诵《诗》、读《书》、赞礼时，用的都是雅言。**"(7.18)

子路急道："我不是说这个。我是说此去危险重重，上次我们刚从齐国逃过一劫，他们这是要让夫子去送死呀！"

孔子说道："仲由，仁者必有勇。我虽比不上仁者，难道不能向仁者靠拢吗？"

子路说道："若夫子一定要去，请带我一同前往。"

亓官氏端来了热汤，孔子师徒三人边喝汤边商议对策。

亓官氏说道："你都劝国君做好准备了，还忙什么呢？这么晚了，赶紧休息吧！"

孔子感慨道："**爱他，能不为他操劳吗？忠于他，能不对他劝告吗？**"(14.7)

齐国大夫黎弥得知鲁国派孔子襄礼，就对齐景公说："我们可以在会盟时抓住鲁君，有了这个人质，我们提的要求鲁国哪敢不答应？"

齐景公说："鲁君肯定有所防备，哪有这么容易得手？"

黎弥笑道："君上有所不知，此次鲁国派孔丘襄礼。孔丘知礼而无勇，上次逃得比兔子还快，没能抓到他。这次待我略施小计，必定让他君臣束手就擒。"

黎弥善于计谋，齐景公便让黎弥全权处理。

到了会盟这天，孔子与鲁定公来到夹谷。左边是颜回，执书持节，文质彬彬；右边是子路，披坚执锐，气概非凡；后面又有左右司马带兵保驾，威风凛凛。孔子对子路、颜回说："**君子说话要谨慎，而行动要敏捷。**"[4.24] 待会儿一定要见机行事。"

齐国预先在夹谷修建了会盟的坛台，在坛上准备好了席位，设有三级登台的台阶。鲁定公正欲登坛，孔子扯扯他的衣襟，示意稍候。

颜回高声喊："鲁公已到，请齐侯下坛迎接。"见齐景公没动静，便又高喊了一遍。

齐景公坐不住了，只好下坛迎接，与鲁定公寒暄一番，继而两位国君携手拾级而上。同时，黎弥也招呼孔子，二人随后并肩登上坛台。两位国君各自按宾主之位坐定，黎弥站在齐景公身边，孔子立于鲁定公旁，后面是颜回和子路。

黎弥说道："夹谷会盟乃两国幸事，特献四方之乐以助兴，请两位君主欣赏。"

黎弥向坛下挥了挥手，一群面目狰狞的莱夷野人呼啸而至，他们头戴羽冠、身披皮衣，手持刀枪剑戟，蜂拥着要上祭坛。鲁定公吓得脸色煞白。

孔子见势不妙，快速走到台阶处，居高临下，拔剑喝止："大胆野人，敢来此捣乱！"刹那间，一股庞大的气息从他身上爆发出来，迅速笼罩全场。在这样威严的气势下，任何人都会感到犹如蝼蚁般渺小卑微，这些莱夷兵也不例外。他们本想登上祭坛顺势拿下鲁国君臣，没想到此刻被孔子的气势所震撼，不禁心生胆怯，面面相觑，竟一时不知所措。齐景公也万万没想到当年侃侃而谈的儒士居然如此英勇。

孔子趁势趋立于齐景公之前，举袂而言曰："齐鲁两君友好相会，怎能用夷狄之乐？"齐景公大惭，挥手让莱夷兵退下。

黎弥见莱夷兵被齐君打发了，心中甚愠，又上前启奏："请奏宫中之乐，为两君祝寿。"

景公曰："宫中之乐，非夷乐也，可速奏之。"

黎弥传齐君之命，只见倡优侏儒二十余人，穿着奇装异服，历阶而上，举止滑稽，口中所唱尽是淫词乱调，弄得两国国君哈哈大笑。

孔子上前奏曰："匹夫戏诸侯者，罪当死！请齐国司马行刑！"

齐景公不应。倡优戏笑如故。孔子说："两国既已通好，就如兄弟，鲁国之司马，即齐国之司马也。"于是举袖向下麾之，大呼："左右司马何在？"

乐颀、申句须二将飞驰上坛："末将听令！"

孔子命令说："请代齐行刑，斩带头倡优以正礼法！"

"诺！"乐颀、申句须于男女二队中，各执领班一人。只听见"咔嚓、咔嚓"两声，两名带头的倡优便已身首异处，余人四处逃散。齐景公心中骇然。

黎弥见计划失败，于是又想在盟书上打主意。他上前奏曰："齐鲁结盟，友好互助。特加上一条：齐国出征时，鲁国须出三百乘兵车相从，否则便为破坏此盟。"这显然是要鲁国无条件地承认自己是齐国的附庸。

孔子一脸严肃，说道："**狂妄而不正直，无知而不谨慎，表面上诚恳而不守信用，我真不知道有的人为什么会是这个样子。**"[8.16]

黎弥阴笑道："夫子莫怒，齐鲁既然已经结盟，成为兄弟之邦，当然要互助了。"

孔子据理力争："既为兄弟，请归还齐国所侵占的鲁国汶阳、郓城、龟阴三地。"

黎弥冷笑一声，怒道："若给你这三城，要让齐国兵士们睡荒山野岭吗？"说罢，向坛下一挥手，坛下埋伏的兵士迅速集结列队，高举戈盾呼喊："杀！杀！杀！"齐国想靠武力威胁。

鲁定公见齐人众多，吓得直哆嗦。孔子不甘示弱，说道："若不归还，何谈兄弟之谊？难道也要鲁国兵士睡在荒山野岭吗？"说罢，也向远处挥一挥衣袖。

远处乐颀、申句须的军队迅速集结，用戈敲打着盾牌喊道："杀！杀！杀！"声势浩大，震耳欲聋。

黎弥心想，没想到孔丘竟然如此有勇有谋，日后必成心腹大患，要除掉他才行。他正准备暗示隐藏的刀斧手对付孔子，却见孔子身边的子路怒目圆睁，手握宝剑，正死死地盯着自己，不禁心惊胆战，恐怕刀斧手还没出来，自己就先身首异处了，遂打消了念头。

会后，齐景公责问黎弥道："孔丘是用君子之道来辅佐他们的国君，而你们却拿夷狄的办法教我，使我得罪了鲁君，这该怎么办呢？"

黎弥惶恐谢罪："臣失察，请主公恕罪。"

晏婴拖着病体去面见齐景公："君子有了过错，就用实际行动来向人家道歉认错；小人有了过错，就用花言巧语来谢罪。您如果痛心，就用具体行动来表示道歉吧！"

齐景公长叹一声："也罢，就给他们吧！"

于是，齐国就把从前侵占的汶阳、郓城、龟阴三地归还给鲁国。这汶阳之地原是当年鲁僖公赐给季友的，今日名虽归鲁，实归季氏。因此，季桓子特意筑城于龟阴，名曰"谢城"，并上奏鲁定公，以旌孔子之功。鲁定公大喜，让孔子陪同参加祭祀典礼，以告慰祖先。

孔子参加国君祭祀典礼时分到了祭肉。

孔子说："这些祭肉得赶紧吃完，**不能留到第二天。祭祀用过的肉不超过三天，超过三天就不能吃了。**"（10.9）

子路问："这是为什么呢？"

颜回说："祭祀活动持续了两三天，这些肉已经不新鲜，不能再过夜了。"

这天，**乡里人举行迎神驱鬼的仪式，孔子穿着朝服站在大堂东面的台阶上迎接客人。**（10.14）

子路见孔子脸上露出喜悦的神色，便说："听说君子大祸临头不恐惧，大福到来也不喜形于色。"

孔子说："是有此话，但不是还有一句'乐在身居高位而礼贤下士'吗？"

子路叹道："身居高位，自然是人尽皆知；可像我这样的普通人该如何让人家知道呢？"

孔子语重心长地说："不要担心别人不知道自己，应担心自己没有才能让别人知道。"（1.16）

子路恍然大悟，笑道："看来还是我学得不够好，没有足够大的才能。"

颜回在一旁打趣道："怀才就跟怀孕一样，足够大了才能让别人看到嘛！"

于是，子路更加勤奋学习。欲知他能否出仕为官，且看下回分解。

第31回　计强公室抑私家　郈邑被隳初告捷

夹谷会盟之后，季桓子特别信任孔子，与孔子相处得比较融洽。

季桓子问："君子该如何用人？"

孔子说："君子不因别人话说得好就提拔他，也不因别人有缺点就废弃他的正确意见。"（15.23）

季桓子想利用孔子壮大自己的力量，便请子路和冉有当家臣，子路掌管军事，冉有掌管财政。

季子然问："仲由和冉求可以算是大臣吗？"

孔子说："我以为你是问别人，原来是问由和求呀！所谓大臣是能够用周公之道的要求来侍奉君主，如果这样不行，他宁肯辞职不干。现在由和求这两个人只能算是充数的臣子罢了。"

季子然说："那么，他们会一切都跟着季氏干吗？"

孔子说："杀父亲、杀君主的事，他们是不会跟着干的。"（11.24）

这天，子路身着戎装，全副武装地来拜见孔子，见到孔子后，拔出剑就舞了起来，得意洋洋地问："古时的君子也是用剑来自卫的吧？"

孔子说："古时的君子以忠义为人生追求的目标，用仁爱作为自己的护卫，即使足不出户，却也知千里之外的大事。有不善的人，就用忠信来感化他；有暴乱的人，则用仁义来使他们安定。这样，又何须持剑使用武力呢？"

子路听了非常敬佩，感慨道："啊！我有幸能听到这样的话。"

自此以后，子路恪守忠义，勤于政事。子路与冉有虽身居高位，但实际上鲁国还是三桓专政，而三桓也受制于各自的邑宰。为了恢复礼制，孔子去面见鲁定公，提出了"强公室，抑私家"的想法。

鲁定公听了连连干咳了两声。他何尝不想抑制三桓，拿回本该属于国君的权力，但一旦失败就会像哥哥鲁昭公一样被驱逐出去，客死他乡。他不太敢冒险，更不敢轻易相信跟三桓有师徒关系的孔子，于是假装一本正经地说道："孔丘，你好大的胆子！三桓是鲁国的顶梁柱，你打击三桓不就是打击鲁国吗？"

孔子劝谏道："君上难道忘了三桓驱逐昭公之事吗？大臣家不藏甲，大夫无长三百丈、高一丈之城，今三家过制，臣请拆除之。"

鲁定公又说："你为寡人做这么多事，不知想要多少俸禄？"

孔子斩钉截铁地说道："**侍奉君主要认真办事，而把领取俸禄的事放在后面。**"（15.38）我这么做完全是为了捍卫周礼呀！"

鲁定公见孔子言之凿凿，郑重其事，乃知他确实一心为国，于是长叹一声说："我又何尝不想？然而政出三桓很久了，我即便下令又有谁会听从？"

孔子说道："臣有妙计可让三桓心甘情愿隳都。"

鲁定公惊问："夫子果真要这样做？"

孔子说道："微臣所说句句皆肺腑之言。"

鲁定公心中一阵感动，能真心为国君着想的能有几人？他走到孔子面前，小声说道："鲁国病得不轻，我装疯卖傻已经很久了。你这可是一剂猛药呀，鲁国就靠你了。"鲁定公意味深长地看了一眼孔子便离开了。

孔子伫立在大殿中，对着空空的宝座拜了拜，更加坚定了自己的信念。

话说三桓中的叔孙氏私邑为郈邑，郈邑马正侯犯，身高力大而野心勃勃，他一直想像阳虎那样控制三桓，进而总揽鲁国大权。侯犯指使马夫刺杀邑宰公若藐，占邑为王。叔孙武叔久攻不下，便向季桓子求助，季桓子派费邑宰公山不狃去援助，公山不狃不听号令。季桓子非常生气，说道："阳虎叛乱，他不救驾；夹谷之会也不保驾；现在郈邑告急，也不听令。他眼里还有我这个家主吗？"季桓子虽然愤怒，但对掌握兵权的公山不狃依然是无可奈何。

孔子借机对季桓子说："季大夫何必忧虑？我可以解决您的问题。"

季桓子问："如何解决？"

孔子说："邑宰之所以叛乱，是因为他们把城墙加高加固了，又积粮聚兵，成为一个城中之城，所以才敢拥兵自重。您何不堕其城墙，撤其武备？"

季桓子心想：把城墙毁掉，我的私邑岂非朝不保夕？但又转念一想：如今费邑掌握在公山不狃手上对我更没有什么好处，还是暂且毁掉吧！于是，他点头说道："夫子所言甚是。这等大事就劳烦您了。"

叔孙武叔正被郈邑之事心烦意乱，听到"隳三都"的计策，双手赞成。孟懿子身为孔子的徒弟，也没提反对意见。

三桓均无异议，鲁定公便再无顾忌，正式宣布"隳三都"。孔子端坐高堂，运筹帷幄，先派弟子分别到郈邑、费邑、成邑打探消息，又请三桓各自派出一队兵马，再加上定公的兵马组建隳都大军。

子路和冉有率领大军准备前往郈邑。临行前，孔子对子路说："一切以国事为重，不管发生什么事，隳都要紧。"

当初侯犯在郈邑叛乱时，叔孙氏的家臣驷赤假装归附了他。驷赤对侯犯说："隳都大军片刻即到，如果三桓共同出兵，咱们就抵挡不住了。您何不把郈邑献给齐国？齐国虽然表面上和鲁国很亲热，实际上心里很忌恨鲁国。齐国得了郈邑就可以逼迫鲁国退兵，况且齐侯肯定还会任用您作为邑宰。这样，咱们既得了地盘，又可以逢凶化吉，何乐而不为？"

侯犯说："这计策太妙了！"当下派人去向齐国请降，要把郈邑献给齐国。

齐景公派司马穰苴带兵驻扎在齐鲁边境，见机行事。

驷赤听说齐国司马穰苴率五百乘兵车离郈城十里下寨，吓得心惊肉跳。他深知穰苴智勇双全，用兵如神，一旦与侯犯内外夹攻，鲁军必然被杀得一败涂地，到那时自己岂不是助纣为虐，留下千古骂名吗？为今之计，只有将侯犯逐出城去才行。于是，驷赤派心腹在城内散布流言：侯犯将郈邑献给了齐国，齐国已派司马穰苴来接收。三五日内，全邑居民一律劫往齐国边境垦荒种田，有敢不从者，诛其九族。城中百姓闻听此言，人人自危，推举绅耆来问向驷赤求救。驷赤说："侯犯只顾自身富贵，全不顾城中百姓世代居于此地！我愿与全城百姓同生死，共存亡！"接着便告诉他们必须如此如此……

绅耆依计而行，全城居民听说洗劫临头，老幼悲泣，妇女啼哭，少壮咬牙切齿，冲进署衙，劫了兵器，把个署衙围得水泄不通。守城兵卒哗变，倒戈杀来署衙。军民合成一股巨大的洪流，定要将侯犯碎尸万段，剁为肉酱。

侯犯正做着美梦，闻听兵变民反，吓得神魂出窍。驷赤说道："众怒难犯，恐怕齐兵未及进城，我们就被全城的兵民杀害了，怎么办呢？"

侯犯说："功败垂成，说也痛心。目下只求免祸，岂敢再有奢望！众声汹汹，只恐插翅难逃。"

驷赤假意说："事不宜迟，请您即刻收拾细软，我舍命护送您出城。"

驷赤护送侯犯及眷属出城，齐国见侯犯失败，只好退兵。隳都大军攻占郈邑并拆除了三尺高度，以符合周礼的规定，接着便挥师前往费邑。叔孙氏则委任驷赤为郈邑宰。

第32回　公山叛费以败终　公敛守成公退兵

　　且说费邑宰公山不狃见郈邑被隳，便做好了应战准备，打算据守费邑。这时，叔孙辄趁夜来见公山不狃说："费邑能坚守多久？"

　　公山不狃说："我这里固若金汤，至少比郈邑久一些吧！"

　　叔孙辄说："那也不是长久之计。费邑迟早还是被攻破。"

　　公山不狃问："那你有什么计策？"

　　叔孙辄说："隳都大军来到费邑，国都必然兵力空虚，您不如率军杀到国都，擒了国君和季氏，到那时全国都是您的地盘，还在乎一个费邑吗？"

　　于是，公山不狃便留下一小部分兵马假装据守费邑，暗地里却率领大部分兵马一路杀到曲阜。叔孙辄做内应，打开城门放他进去。

　　鲁定公听说公山不狃攻进国都，急忙向孔子询问对策。孔子说："您的人马力量太弱，请赶快到季孙那里避一避吧！"

　　"事到如今，也只好如此了。"鲁定公急忙坐车赶往季桓子家。

　　季桓子家筑有高台，名曰"武子台"，易守难攻。但鲁定公还是不放心，便下令让左右司马前来护驾。

　　颜回在武子台上远远望去，见公山不狃的兵马来势汹汹，便对孔子说："公山不狃兵强马壮，恐怕武子台挡不住他。要不要让子路回来救驾？"

　　孔子说道："万万不可。公山不狃带兵前来，费邑兵力不足，仲由要趁机隳都才行。"

　　颜回明白孔子的意图，又说道："若子路得知公山不狃不在费邑，会不会擅自带兵回来呢？要不要派人去跟子路说一下？"

　　孔子望着远方，那深邃的目光仿佛洞察一切，说道："不必了。我相信仲由明白轻重缓急的。"

　　过了一会儿，乐颀、申句须带兵到了。孔子请季桓子把家里藏的兵器都取出来交给他们，叫他们埋伏在高台的左右两面，让定公的人马站在高台前面。

　　公山不狃和叔孙辄商量说："我们这次举事，是以扶助公室抑制私家的名义，不打着鲁君的招牌，很难除掉季氏。"于是就一起去宫里找定公。找了半天，才知道定公躲到季桓子家里了，便集合人马去攻打武子台。

叛军到了武子台下，正欲冲杀上去，忽然听见左右人声呐喊，乐颀、申包须二将领兵杀到近前，两方厮杀起来。

子路正带领大军围攻费邑，冉有飞马来报："不好了，公山不狃带兵去攻打国都了！国君和夫子有危险，我们赶快过去救援吧！"

"等一等。"子路说道，"临行前夫子让我势必隳都，现在费邑兵力空虚，不正是千载难逢的良机吗？况且国都有乐颀、申句须镇守，暂时不会出事的。"

"我还是放心不下。"冉有忧虑道。

"我继续攻打费邑。你速回去，召集孔门弟子和百姓助阵。"子路说道。

"好，我马上去。"冉有立即赶往曲阜。

子路心想：夫子牵制住了公山不狃大军，我得快点行动才行。只见他身先士卒，攀上城头，挥舞着长剑喊道："进攻。"守城的士兵被子路的气势吓得肝胆俱裂，纷纷缴械投降。子路占领了费邑，顺利地拆除了城墙。

且说冉有连夜返回国都，即令众弟子敲锣打鼓召集百姓。冉有说道："夫子以仁治国，关心民间疾苦，大家都有目共睹。如今，公山不狃居然带兵反叛，让国都再燃战火，我们再不阻止，就要失去家园了。"

"那我们该怎么办呢？"一青年问道。

"一起去赶走公山不狃。"冉有说道。

人群里鸦雀无声。要平民百姓去跟军队作战？这可是九死一生呀！冉有见势不妙，便厉声问道："孔门弟子何在？让我看看你们是懦夫还是勇士！"

"我来了。"颜路扛着叉子站到队伍前面。

"算我一个。"曾点扛着锄头也站到前面。

"还有我。我可不想当缩头乌龟。"子长拿着木棍也站出来。

……

孔门弟子纷纷往前站，一些平民百姓也被这胆气所感染，主动站到前面。

"出发！"冉有一声令下，带领众人向武子台奔去，有拿着叉子的，有拿着锄头的，有扛着棍子的。

公山不狃正带兵攻打武子台，只听见后面一阵吼声，发现一群百姓冲杀过来。这群人虽然拿的是农具，打起仗来却跟不要命似的，费邑的士兵不禁心生胆怯。

孔子扶着定公站在高台上，对着费邑的人喊道："国君在此，你们难道不懂得顺逆的道理吗？赶快放下武器，既往不咎！"

费邑的士兵纷纷丢掉了兵器拜伏在台下。公山不狃和叔孙辄见大势已去，费邑也回不去了，只得逃往吴国。

孔子对冉有说："如果不先对老百姓进行作战训练就上战场，这就叫抛弃他们。"（13.30）你鼓动百姓来救驾，这太冒险了。所幸没有人员伤亡，以后当谨慎从事。"

费邑刚刚经历过大战，百废待兴。**季氏派人请闵子骞去做费邑的长官，闵子骞看不惯季氏弄权专政的所作所为，不想与之为伍，便对使者说："请你好好替我推辞吧！如果再来召我，那我一定跑到汶水那边去了。"**（6.9）

季桓子见闵子骞推辞不干，便请子路物色人选。

子路让子羔去当费邑的长官。孔子认为子羔学业尚未圆满，遇事不懂得权变，还没到出仕治民的时候，便反对说："这简直是误人子弟。"

子路辩解说："那个地方有老百姓、有社稷，治理百姓和祭祀神灵都是学习，难道一定要读书才算学习吗？"

孔子说："我就讨厌那种花言巧语狡辩的人。"（11.25）

隳都大军在费邑短暂休整后，又前往孟孙氏的成邑。

成邑宰公敛阳对孟懿子说："毁掉成邑，齐国人必能直抵国境北门。成邑是孟氏的保障，没有成邑，就没有孟氏，不能毁掉。"

孟懿子犹豫不决，说道："那我该如何跟孔夫子交代呢？"

公敛阳说道："您装作不知道，把所有的罪责推到我身上吧！"

公敛阳穿上铠甲在城墙上说道："我不是为孟孙氏守城，而是为鲁国守城。只恐齐兵突然来犯，我这里却没有防御的屏障。因此，我宁愿舍掉性命，违抗家主的命令，也不敢动这城上的一砖一土。"

子路和冉有率领的隳都大军久攻不下，便暂且驻扎下来。

公伯寮见子路和冉有大权在握，风光无限，而自己却籍籍无名，便时常发牢骚，抱怨孔子没有让他出仕为官。

孔子说："士有志于学习和实行圣人之道，但又以自己吃穿得不好为耻辱，对这种人，是不值得与他谈论道的。"（4.9）

话说公伯寮曾躲在房门外偷听到孔子与子路的全盘计划，便去找季桓子通风报信，把孔子"强公室，抑私家"的计划和盘托出。季桓子听了非常震惊，怒道："差点被孔丘给算计了！我这么信任他，他居然是为了那个昏君。"于是重重赏赐了公伯寮，并下令让季氏兵马撤退。

公伯寮向季孙告发子路。子服景伯把这件事告诉给孔子，并且说："季孙氏已经被公伯寮迷惑了，我的力量足以把公伯寮杀了，将他陈尸于市。"

孔子说："道能够得到推行，是天命决定的；道不能得到推行，也是天命决定的。公伯寮能把天命怎么样呢？"(14.36)

子服景伯不甘心地说道："难道就这么算了？"

孔子说："君子向上通达仁义，小人向下通达财利。(14.23) 这都是本质，即便你杀了他又能怎样呢？问题依然存在。"

孔子心里明白，要想办成事情，必须要与掌握鲁国军政大权的季桓子打交道。以"克己复礼"为己任，讲究"君君臣臣父父子子"的孔子，却要向一个乱礼的权势者让步，这对他是十分痛苦纠结和矛盾的。但孔子心怀天下，为了社稷民生，硬着头皮去求见季桓子。季桓子正在气头上，闭门不见。但是孔子没有放弃，第二天又去登门求见。

宰我看不下去了，劝道："从前我曾听夫子说过'王公不邀请我，我不去见他'。现在您做了大司寇，日子不长，而委屈自己去求见季桓子的事已经发生多次了。难道不可以不去吗？"

孔子说："不错，我是讲过这样的话。但是鲁国的不安定局面，由来已久。危乱的时局需要我出手办事，这岂不比任何邀请都更加郑重和紧迫吗？"

颜回拉着宰我说道："别说了，此时此刻最痛苦的还是夫子。他早已把个人荣辱置之度外，这么做完全是为了鲁国呀！"

然而，季桓子不再听孔子的劝告，依然下令退兵，还扬言说谁不退兵就是与季氏为敌。孟孙氏和叔孙氏的军队一哄而散。鲁定公见势不妙，也赶紧下令退兵。

子路劝鲁定公说："君上，马上就大功告成了，您这一走，功亏一篑呀！"

定公无奈地说："寡人也是身不由己呀！"

想当初鲁昭公联合了臧昭伯、郈昭伯的军队都兵败被逐，鲁定公孤军奋战更是毫无胜算，为避免重蹈覆辙，还是走为上计。泱泱大军最后只剩子路和冉有二人，两人只好单枪匹马退回曲阜，隳三都计划功败垂成。

第33回 受女乐君臣废政 携弟子仲尼远行

话说夹谷会盟后不久，晏子就因病去世了。（晏子，名婴，字仲，谥号"平"，故又称"晏平仲"。）齐景公哀泣了好几天，正忧虑朝中乏人，又听说孔子辅佐鲁君，鲁国大治，便惊惧地说："鲁国有了孔丘，日后必会图霸，齐国是近邻，恐怕会大祸临头，这可怎么办？"

黎弥说："主公担心鲁国重用孔丘，为什么不想个办法阻止这事呢？"

景公说："鲁君刚把国政交给孔丘，我怎么阻止得了呢？"

黎弥说："可来个釜底抽薪之计。"

景公问："上次你害我失礼于鲁君。这回该不会出什么差错吧？"

黎弥说："这回您大可放心。我听说国泰民安之后，就会骄奢淫逸。请您挑选一些能歌善舞的美女送到鲁国。"

大夫田乞反问道："像孔丘这样的贤人难道会被女乐迷惑吗？"

黎弥笑道："孔丘肯定不会被迷惑。但鲁君和季氏就很难说了。他们真要收下了女乐，必然懒于政事，疏远孔丘。孔丘纵有万般智慧也无可奈何，到那时我们就高枕无忧了。"

"好，就这么干！"齐景公拍案叫绝。

孔子得知晏子去世，心情沉重，不禁发出一声长叹。

子路说道："想当初齐君想让您在齐国出仕，却遭到晏子谏止。您不但不记恨他，反而为他感到惋惜。"

孔子说："晏平仲善于与人交朋友，相识久了，别人仍然尊敬他。"[5.17]

子路问："何以见得？"

孔子说："我给你讲个关于晏子的故事吧！有一天，晏子的车夫回家后，他的妻子要求离婚，车夫不解，其妻说，我今天在门缝中看到你驾车经过门口，晏子那么矮，做了宰相，名震诸侯，还是那么朴实无华、自居人下，而你身高八尺，只是他的仆役，却意气洋洋、傲气冲天，你这样没有出息，所以我要离婚。车夫听了这番话，就谦虚谨慎、发奋图强。晏子知道后，也努力培养他，后来车夫官拜大夫，晏子对他始终是礼遇有加，车夫很感动，多次救晏子于水火之中。我佩服的就是晏子的交友之道。晏子交友，交情越久，他就越恭敬有礼，别人也越尊重他，从而能做到全始全终。"

正说着，冉有跑进来说道："夫子，不好了，吾兄伯牛病危。"

伯牛病了，孔子前去探望他。

到了中都，孔子见物阜民丰，百姓安居乐业，一片欣欣向荣的景象，乃知冉伯牛治理中都必定是鞠躬尽瘁。孔子到了伯牛居住的地方，关切地呼喊他的名字："伯牛，伯牛！我来看你了。"

伯牛在屋内回答："夫子，夫子，您千万不要进来，我身染重疾，会传染您的。您快回去吧！"

孔子泪如泉涌，依然喊道："伯牛！伯牛呀！你受苦了！"

伯牛在屋内回答："弟子不敢辜负夫子的厚望，幸不辱使命。"

孔子擦擦泪水说道："伯牛呀，你把手伸出来，让夫子握握你的手吧！"

伯牛把手从窗户伸出来，手上满是老茧和疮疤。孔子从窗户外面握着他的**手说："丧失了这个人，这是命里注定的吧！这样的人怎会得这样的病啊，这样的人怎会得这样的病啊！"** (6.10)

冉伯牛把手缩回去，说道："夫子，您快回去吧！要是传染您了，弟子万死难辞其咎。"

孔子吩咐仆人好生照顾伯牛，一路上长吁短叹，涕泪涟涟。

话说黎弥从齐国各地选出年轻貌美的宫女八十人，穿上鲜艳的衣裳，学习唱歌跳舞。此外，又挑选了一百多匹好马，毛色五彩斑斓，浩浩荡荡地从齐国出发了。黎弥带队来到鲁国都城的南门外，然后派使者把国书送给定公。

季桓子听说齐国送来不少能歌善舞的美女，心里痒痒的，像猫爪儿挠一样，于是带上几个心腹去了南门。齐国的女乐正在练习舞步，舞态优雅，光华夺目。季桓子看了半天，直看得意乱神迷，神魂颠倒。鲁定公一天宣了他三次，他贪恋女乐竟不赴召，直到第二天才进宫去见定公。定公把齐国的国书拿给他看。季桓子说："这可是齐侯的一番美意，可不能拒绝。"然后收起国书，意味深长地问道："君上是否想去看看？"

定公一怔，随即拍掌笑道："好呀！好呀！"

季桓子笑道："我这就陪您去。为免惊动百官，请君上换上便服。"

于是，君臣二人换上便装，各乘小车，一直到了南门外。早有人传出消息："鲁君微服来看女乐了！"黎弥赶紧吩咐乐女梳妆打扮翩翩起舞，把这君臣二人乐得手舞足蹈，流连忘返。

在季桓子的授意下，鲁定公重赏了黎弥，把这些美女都接到宫里，君臣二人共同享用，那些骏马也叫专人喂养，多日不理朝政。

孔子听说了这事，凄然长叹。子路劝道："鲁君懈怠政事，您干脆离开这儿算了。"

孔子说："再等等吧！郊祭的日子已经临近，倘若大礼不废，鲁国还有希望。"

到了祭天的日子，定公心不在焉，刚行完礼就急匆匆地回宫了。主管分肉的官员去问季桓子如何分配，季桓子阴笑道："去找君上，让君上定夺，以此看看君上的志向。"

于是，祭官去向鲁定公请命，定公正抱着齐国女乐饮酒，佯怒道："没看到我正忙着吗？这些事让季大夫拿主意就行了。"

祭官赶紧退出来，在他转身离开的一刹那，鲁定公抱着女乐大笑不止。

祭官去向季桓子复命。季桓子笑道："正合我意。"接着便对祭官说祭肉分给某某某，唯独不给孔子。

孔子参加祭祀回来后不能入眠，在床边等待祭官分发胙肉。微弱的油灯火焰有节奏地跳跃着，照在他憔悴的面孔上，显得更加苍白了。一直等到半夜三更，不见胙肉，于是他跟子路和颜回说："我的治国之道行不通了，这都是命啊！你们先回去吧！"

颜回和子路出去后，亓官氏一直在他身旁陪伴着。他为鲁国的兴衰担忧，亓官氏则为他的身体担忧。眼见孔子一天天消瘦，眼窝也越陷越深，她担心他会支撑不下去。

孔子起身对亓官氏说："夫人，自我从政以来，一直克勤于邦，克俭于家，为的就是能够推行我的主张。如今君上接受了齐人的女乐文马，不理朝政，我的主张没法推行了。看来我要离开鲁国了。"亓官氏比孔子显得更衰老，鬓发苍白，满脸皱纹。她声音沙哑地说："你这前半生终日东奔西跑，始终不能实现自己的抱负。我担心你到其他国家也不一定能得到好报。"经亓官氏这么一说，孔子的心情更加沉重了，对亓官氏说："**士人如果留恋家庭的安逸生活，就不配做士人了。**"^(14.2)历程再艰难，我也要按照周公的礼制做下去！"

亓官氏泪眼婆娑，望着孔子的眼睛说道："此番肯定路途遥远，危险重重呀！"

孔子看着亓官氏，眼神坚定，说道："路再长，也长不过脚步；国再大，也大不过胸怀。"

亓官氏太了解孔子的脾气了，知道再怎么劝说也没有用，便默默地去帮他收拾行李。子路与颜回在院子里听到了孔子所说的话，两人不约而同地望了对方一眼，相互点了点头。

一大早，孔子拜别了妻儿准备出发。一开门，却见颜回抱着行李蜷缩在门口。

颜回赶忙起身喊道："夫子！"

孔子问："颜回，你这是要干吗？"

颜回说："夫子，我跟您一起走。"

颜回那坚毅的眼神告诉孔子，哪怕前方是刀山火海他也毫不畏惧。孔子摸着颜回的头，内心无比欣慰，便同他驾着马车，载了行李、竹简出发了。半路上，其他弟子们也赶来了，有提着大包小包的，也有驾着车的，纷纷说道："夫子去哪里，我们就跟到哪里。"曾点领着儿子曾参也赶过来，说道："夫子，我们父子两个跟您一起走。"孔子说道："曾点，孩子还小，你就在家好生照顾孩子吧！"这时，子路、冉有等弟子气喘吁吁地跑来，说道："弟子有官职在身，刚刚交接好了才赶过来。我们不当官了，跟夫子一起走。"

"对，我们不当官了，跟夫子一起走。"闵子骞、仲弓、子羔也纷纷说道。

孔子不禁感慨万千，心中非常欣慰，于是带众弟子一路向西。

百姓们见孔子师徒远走他乡，纷纷摇头叹息。

有人问："孔夫子为什么要离开鲁国？"

一老者叹息道："**齐国人送了一些歌女给鲁国，季氏接受了，三天不上朝。孔夫子心灰意冷，所以要离开了。**"^(18.4)

又有人叹道："孔夫子离开鲁国，我们的好日子也就到头了。"

孔子在鲁国边境的屯城过夜。鲁国一个名叫师己的乐师来为他送行，说道："先生您是没有过错的。"

孔子说："我唱一首歌，好不好？"于是操起琴，边弹边唱：

> 彼妇之口。
>
> 可以出走。
>
> 彼妇之谒。
>
> 可以死败。
>
> 优哉游哉。
>
> 维以卒岁。

孔子唱到伤心处，动了感情，眼眶里饱含热泪。众弟子在一旁看了，也偷偷抹泪。

师己返回后，季桓子问他："孔丘说了些什么？"师己如实相告。季桓子长叹一声，说："他是怪罪我接受了齐国那一群女乐啊！"

孔子师徒一路前行，冉有为孔子驾车，问："夫子，我们现在去哪儿呢？"

孔子望着前方，说道："去卫国吧！"

"驾！"冉有扬鞭驱车，向卫国前进，路上两旁是一行行的黍子和高粱。孔子感慨万千，随口唱道：

> 彼黍离离，
>
> 彼稷之苗。
>
> 行迈靡靡，
>
> 中心摇摇。
>
> 知我者，
>
> 谓我心忧，
>
> 不知我者，
>
> 谓我何求。
>
> 悠悠苍天！
>
> 此何人哉？

"夫子快看！"冉有指着远方说道："这庄稼长得真茂盛呀！"

"是啊，这庄稼长得真茂盛呀！一定是个丰收年。"孔子笑道，一种似曾相识的感觉油然而生。这一年是公元前497年，孔子五十五岁，结束了在鲁国的政治生涯，开启了周游列国的征程。

第四章　游学

第34回　蘧伯玉推贤举能　孔仲尼初见灵公

　　孔子带领弟子到了卫国，冉有为孔子驾车。只见卫国的都城帝丘（今河南濮阳市）宫殿壮丽，街市繁华，大街上人来人往，比肩接踵，杖履纵横，孔子赞叹道："人可真多呀！"

　　冉有说："人已经够多了，还要再做什么呢？"

　　孔子说："使他们富起来。"

　　冉有说："富了以后又还要做些什么？"

　　孔子说："对他们进行教化。使他们学礼，成为君子。"（13.9）

　　颜回笑道："当初夫子就是这样治理中都的。"

　　这时，子路迎面跑来，说道："夫子，前面就是我妻兄颜浊邹家，我们暂住他家。"

　　颜浊邹久闻孔子贤名，早早地立在门前恭候，热情相迎。

　　进屋坐毕，颜浊邹向众人讲述卫国之政，"吴国的公子札几十年前到卫国访问，他见到了蘧伯玉、史鱼、公子荆、公叔发等人，谈得很投机，曾感慨地说：'卫国有很多贤能的君子，不会有什么祸患。'"

　　子路在一旁说道："如今卫都物阜民丰，人人安居乐业呀！"

　　孔子说："善人治理国家，经过一百年，也就可以消除残暴，废除刑罚杀戮了。这话真对呀！"（13.11）

　　子路问道："刚才您说的蘧伯玉等人现在都健在吧？"

　　颜浊邹说道："唯独公子荆早已过世了。"

　　孔子谈到卫国的公子荆时说："他善于管理经济，居家理财。刚开始有一点，他说'差不多也就够了。'稍微多一点时，他说'差不多就算完备了。'更多一点时，他说'差不多算是完美了。'"（13.8）

　　这时，一青年走上前，躬身行礼，说道："久闻夫子大名，愿拜夫子为师。"

　　颜浊邹在一旁笑道："这是我的家臣颜刻，您就收下这个弟子吧！"

　　孔子笑道："好。你是我来到卫国收的第一个弟子。"

　　颜家其他人见状，也纷纷上前跪拜，"夫子，也请您收下我们吧！"

颜浊邹笑道："夫子真可谓圣人啊！刚来我家，便把我一家老小都俘获了。明天我在院里也设个讲坛，请夫子给我们讲课吧！"

"有劳颜兄了。"孔子说道，"你们既然拜在我门下，自当求学上进以有功于社稷。"

"弟子谨遵师命。"众弟子答道。

不出几日，讲坛落成了，跟孔家大院的杏坛差不多，唯独少了杏树。子路派人移植了一棵银杏过来，这回就跟杏坛一模一样了。孔子端坐杏坛讲课，坛下坐满了弟子，有从鲁国跟随孔子来到卫国的弟子，也有刚刚拜师的颜刻、琴牢等卫国人。

蘧伯玉听说孔子来到卫国，便派使者去拜访孔子。孔子让使者坐下，然后问道："先生最近在做什么？"使者回答说："先生想要减少自己的错误，但未能做到。"使者走了以后，孔子说："好一位使者啊，好一位使者啊！"（14.25）

颜回在一旁说道："使者尚且如此，想必蘧大夫更是贤达。"

孔子点点头说道："是啊！卫国之所以繁荣，也是得益于这些贤臣呀！蘧伯玉、史鱼、公叔发等，都是贤者呀！"

话说年迈的公叔发想宴请卫灵公，大夫史鱼告诫他说："你这么富有，而国君又这么贪婪，这回你要大祸临头了。"

公叔发惊问："那我该怎么办呢？"

史鱼说道："富而不骄，谨守臣规，此免祸之道也。"

公叔发咳嗽了两声，说道："多谢史大夫。"

史鱼叹了一口气说道："我倒不担心你，只是你的儿子素来恃富而骄，将来恐怕要遭受祸殃。"

公叔发作揖说道："我都是要入土的人了，唯一放心不下的就是这个儿子呀！望史大夫多多关照。"

史鱼乃卫国贤臣，正直无私，见公叔发如此诚恳，赶紧说道："您放心，我自会多加劝导。"

这时，门外传来一声"国君驾到"。公叔发与史鱼赶紧出门迎接卫灵公和君夫人南子。国君和夫人在一大群宫中侍卫的簇拥下走过来。但见那卫灵公脑满肠肥，步履蹒跚，缓缓而来。旁边同行的南子眉清目秀，面若桃花，头戴雕玉凤冠，身穿五彩霓裳，一笑倾国，灵气逼人，见者无不遐想万千。

公叔发毕恭毕敬，请灵公和夫人上座，还送了很多奇珍异宝。卫灵公见到珍宝乐得哈哈大笑。

夕阳西下，原本喧闹嘈杂的帝丘之城也随着夜幕的降临而慢慢归于宁静。宴会结束后，卫灵公与南子回到宫中，在花园里赏月，忽然听到大街上传来了车驾的声音，快到宫门时，声音突然消失了，车子好像停了下来。又过了一会儿，马蹄的哒哒声、车轮的转动声又重新响起，其时车马已过宫门而去。卫灵公就问南子："怪哉！这是谁的车啊？"南子肯定地回答说："必是蘧伯玉。"灵公越发奇怪，问南子："你怎么知道？"南子回答道："臣子过宫门停车下马，步行而过，古之礼也。忠臣不会只在光天化日才持节守信，也不因独处暗室而放纵堕落。蘧伯玉，仁爱而智慧过人，他不会因为是在夜里而不遵从礼节，驾车从宫门奔驰而过。"卫灵公笑道："那我明日差人去查问一下，看夫人猜得对不对。"

刚才经过宫门口的马车，最后停在颜浊邹家。下车的正是蘧伯玉。他进了大堂，众人依礼就座。

颜浊邹说道："孔夫子今日去拜访您，您上朝去了，没能见到您。"

蘧伯玉说道："我退朝回来听管家说起此事，于是就赶过来了。久闻孔夫子贤名，我也是急于想见一见夫子。"

孔子笑道："蘧大夫言重了！但求夫子向国君引荐，我希望能贡献一点微薄之力。"

蘧伯玉笑道："孔夫子到来，卫国之幸呀！您放心，我明天一早自会面见国君。"

第二天，卫灵公带一班宠臣在宫中花园游玩，但见园内树木葱郁，百花争艳，蜂飞蝶舞，五彩斑斓，宛若仙境。在这一班宠臣当中，有一人名叫弥子瑕，健壮而貌美，善于察言观色，溜须拍马。当时正是桃子成熟季节，弥子瑕从树上摘下一只桃子，自己先吃了一半，竟然将吃剩下的桃子塞入灵公口中，灵公非但不恼，反而吃得津津有味，笑道："还是弥子瑕忠心可嘉，不舍得独食鲜桃，特分给我品尝。"群臣无不掩口窃笑。这时，宦官雍渠来报："蘧大夫求见。"

卫灵公说道："宣他进来。"

蘧伯玉进来，正欲禀报，卫灵公抢先问道："爱卿昨天晚上是不是驾车经过宫门呀？"

蘧伯玉一怔，随即答道："正是。臣昨夜……"

卫灵公哈哈大笑道："看来还是夫人聪明，我得去逗逗她。"说罢转身就要离开。

蘧伯玉急忙跟上去："君上，君上，臣有事启奏。"

卫灵公停下脚步，回头笑道："哦，哦，我差点忘了你了。你还有什么事呢？"

蘧伯玉说道："臣昨夜去见了鲁国孔丘。此人深谙治国之道，是难得的人才，特向君上举荐。"

卫灵公问道："孔丘是谁呀？"

蘧伯玉答道："就是夹谷之会鲁国襄礼的大司寇孔丘。"

卫灵公说道，"哦，哦，既然是贤人，就让他明日来吧！"

蘧伯玉谢恩退出。卫灵公迫不及待地冲进后宫，见了南子，故意欺骗她说："寡人已派人查过，夫人猜错了，昨晚之人并非蘧伯玉。"南子听了这话，赶忙取来杯子斟满美酒，朝卫灵公拜了两拜，跪下来向灵公敬酒，慌得卫灵公连忙上前搀扶，接过酒杯问道："夫人为何行此大礼呀？"南子回答说："臣妾以为卫国只有蘧伯玉一位君子，既然昨晚那人不是蘧伯玉，说明卫国又多了一位贤臣，此社稷之福也。所以臣妾要祝贺君上。"卫灵公听罢大笑不止，说道："夫人，刚才寡人跟你开玩笑呢，昨夜那人正是蘧伯玉！"南子撒娇道："君上太坏了，总爱骗我的酒喝。"说罢便假装要夺酒杯。卫灵公笑道："夫人，这杯酒我还非喝不可。你可知昨夜蘧伯玉驾车去哪儿？"南子好奇地问："有什么新鲜事吗？"卫灵公一饮而尽，说道："蘧伯玉去见鲁国的孔丘了。明日我将召见他。"南子心想："凡是到卫国来求官的人，没有不先来拜见我的。这孔丘却自命清高，看我怎么整他。"于是跟卫灵公说："臣妾听说这孔丘曾在鲁国任大司寇，现在却流落到卫国，我想必有内情。请君上谨慎，切不可妄许他官职。"卫灵公问："我已答应召见孔丘了，若不给他官职，那该如何安排他呢？"南子说："君上可以只许他俸禄，就跟在鲁国的待遇一样即可，这样可以留住人才，让世人称颂您'礼贤下士'的美德。"卫灵公刮了一下南子的鼻梁，笑道："还是夫人高明。"

次日，在朝堂之上，卫灵公问孔子："在鲁国得俸禄多少？"孔子回答说：

"俸粟六万。"于是，卫灵公下令以鲁国的标准给孔子发放俸禄。有了这些粮食，孔子与弟子们的生活就有了保障。但孔子不能参与政事，无法推广自己的政治主张，内心非常失望。

退朝后，南子派弥子瑕去跟孔子说："四方君子到了卫国，想求得一官半职的，得先去拜见寡小君。"孔子委婉地回答说："孔丘若得到国君赏识，必会尽犬马之劳，岂能走歪门邪道去求官？"弥子瑕生气地说："哼，那你就等着吧！"回去向南子复命，免不了添油加醋。南子听了勃然大怒："我还没见过不从我的人呢！"

子路问颜回："刚才那人口口声声说的'寡小君'是谁？"

颜回说道："**国君的妻子，国君称她为'夫人'，夫人自称为'小童'，国人称她为'君夫人'；他国人则称她为'寡小君'，他国人也称她为'君夫人'。**"^(16.14)弥子瑕所说的'寡小君'是指卫君的夫人南子。"

子路一听当即怒火中烧，骂道："难道卫国掌控在一个妇人手里吗？"

颜浊邹叹一口气说道："说来这也是卫国之耻。南子原是宋国公主，美而淫，因宋国公子朝容貌俊美，便和他私通。后来南子嫁到卫国，把国君迷得神魂颠倒，如今国内大小事务皆由南子裁决。"

孔子叹道："**鲁和卫两国的政事，就像兄弟俩一样。**"^(13.7)鲁国政出三桓，卫国政出南子，两国政权都没有掌握在国君手里。"

颜浊邹说："要不你就委屈一下，去见见她？"

孔子说："**君子求之于自己，小人求之于别人。**"^(15.21)

子路在一旁怒道："夫子说得对。堂堂君子，难道还要靠妇人上位不成？"

王孙贾干咳两声，说道："人家都说与其奉承奥神，不如奉承灶神。这话是什么意思？"

孔子说："不是这样的。如果得罪了天，那就没有地方可以祷告了。"^(3.13)

子路不解，嘟囔道："不是在谈南子之事吗？怎么又讲到奥神、灶神了？"

颜回捂着嘴笑了一会儿，小声对子路说："王孙贾大夫是以奥神比作卫君，以灶神比作国君身边的宠臣爱妾，借以劝告夫子，一味地与君侯交好，不如结交君侯身边的人，好让他们在君侯面前美言几句。"

"那夫子是什么意思？"子路问道。

"夫子说一个人如果不按'礼'行事，做了坏事，得罪了上天，向谁祈祷也没有用。"

孔子没有去见南子，南子便授意弥子瑕向卫灵公进谗言，说："孔门弟子众多，如有不臣之心，后患无穷。"卫灵公思之再三，终不敢起用孔子。

孔子不被重用，只能继续收徒讲学，时常感叹道："**如果没有祝鲍那样的口才，也没有宋朝的美貌，那在今天的社会上处世立足就比较艰难了。**"⁽⁶·¹⁶⁾

陈国贵族子弟公良孺听说孔子在卫国，便千里迢迢赶来拜师，孔子很高兴，在杏坛上对众弟子说道："公良孺身为陈国贵族子弟，不畏艰难，前来求学，其志可嘉！"

公良孺向孔子请教："敢问夫子，怎么做才能成为君子？"

孔子说："**质朴多于文采，就像个乡下人，流于粗俗；文采多于质朴，就流于虚伪、浮夸。只有质朴和文采配合恰当，才是个君子。**"⁽⁶·¹⁸⁾

卫国大夫棘子成问子贡："**君子只要具有好的品质就行了，要那些表面的仪式干什么呢？**"

子贡说："**真遗憾呀！夫子您居然这样谈论君子。一言既出，驷马难追。本质就像文采，文采就像本质，都是同等重要的。去掉了毛的虎、豹皮，就如同去掉了毛的犬、羊皮一样。**"⁽¹²·⁸⁾

子贡平时非常注重自己的外表，认为这不仅仅是对自己的严格要求，也是对他人的尊重。棘子成听了，非常佩服风流倜傥、俊朗不凡的子贡。

话说公叔发宴请卫灵公之后不久便去世了，孔子有些伤感，叹道："可惜呀！可惜呀！"

子路说："我听说公叔发向国君推荐了他的家臣僎，后来家臣和他一同做了卫国的大夫。"

孔子得知后说："那他可以得到'文'的谥号了。"（14.18）

刚巧公明贾来拜访孔子，孔子便向他打听公叔发的为人。

孔子问公明贾："夫子他不太说话、不太笑、一毫不取，是真的吗？"

公明贾回答道："这是传话者说得太过了。先生到该说时才说，因此别人不厌恶他说话；快乐时才笑，因此别人不厌恶他笑；合于礼的钱财他才取，因此别人不厌恶他取。"

孔子说："原来是这样啊！真是这样吗？"（14.13）

公叔发该说才说、该笑才笑、该取才取，凡事做到恰到好处、不偏不倚，完全符合礼的要求，这一点确实难得。孔子以此启发弟子们领悟中庸之道。

孔子说："君子有九种要思考的事。看的时候，要思考看清与否；听的时候，要思考是否听清楚；自己的脸色，要思考是否温和，容貌要思考是否谦恭；言谈的时候，要思考是否忠诚；办事要思考是否谨慎严肃；遇到疑问，要思考是否应该向别人询问；愤怒时，要思考是否有后患；获取财利时，要思考是否合乎义的准则。"（16.10）

公叔发的儿子公叔戌求见卫灵公。公叔戌身着丧服上前奏曰："启奏君上，家父过世，请您赐下谥号。"卫灵公问南子："依夫人之见如何？"南子喝了一口茶，缓缓说道："过去卫国遭遇严重的饥荒，夫子施粥给饥饿的人，这不是惠吗？过去卫国有难，夫子冒死来守卫君上，这不是贞吗？夫子听掌卫国政事，修改完善朝中班制，和周边各国交好，卫国社稷得以保存不受侵害，这不是文吗？所以可谥为'贞惠文子'。"卫灵公听了拍掌笑道："夫人言之有理，就赐谥为'贞惠文子'。"

"谢君上。"公叔戌虽然口头上千恩万谢，心中却对南子大为不满：堂堂大夫的谥号，凭什么要让一个后宫妇人来定夺？这种内心的不满情绪就如同一根飞箭，直射南子。南子何其敏感聪慧，感到公叔戌对自己不敬，知道他对自己有偏见，便打算除掉他。

接连数日，南子不断地吹枕边风，怂恿卫灵公向公叔戌索取奇珍异宝。公叔戌愈加怨愤，便暗地里招兵买马，企图铲除南子的党羽。南子有所发觉，对卫灵公说："公孙戌仗着自己财大势大，骄横跋扈，我看他不久就要发动叛乱。"卫灵公贪图公叔戌那万贯家财，于是借机攻打公叔戌。公叔戌不敌，只得丢下他的荣华富贵，逃奔他乡。

弥子瑕对卫灵公说："我听说孔丘在杏坛聚众讲学，不知他有没有参与叛乱呢？"

卫灵公点头说道："事关重大，不得不防呀！"于是派大夫公孙余假监视孔子一举一动。

子路怒道："夫子德行卓著，居然被人怀疑监视，真咽不下这口气！"

孔子叹道："**君子庄重而不与别人争执，合群而不结党营私。**"（15.22）既然卫君起了疑心，我们就离开卫国吧！"

颜回问："夫子，我们去哪呢？"

正说着，门人通报，晋国使者求见。原来，晋国中牟宰大夫佛肸占据中牟想要叛乱，听说孔子在卫国不得志，便派使者请孔子共商大事。

佛肸召孔子去，孔子打算前往。

子路说："从前我听夫子说过，'亲自做坏事的人那里，君子是不去的。'现在佛肸据中牟反叛，您却要去，这如何解释呢？"

孔子说："是的，我说过这样的话。**不是说坚硬的东西磨也磨不坏吗？不是说洁白的东西染也染不黑吗？我难道是个苦味的葫芦吗？怎么能只挂在那里而不给人吃呢？**"（17.7）

众弟子听了哄堂大笑。其实大家心中明白，对于孔子这样一位政治理想坚定的人来说，无论在何种恶劣的环境中，都是不会失去自我、迷失方向的。不管是面对阳虎、公山不狃还是佛肸等人的邀请，虽然他表面上做出"欲往"的姿态，但最终肯定不会成行。在功名利禄的诱惑面前，孔子那不堕其志的坚定信念感染着每一个人。

这时，公良孺在一旁试探性地说道："不如到我的家乡陈国吧！弟子愿出五辆牛车随夫子同行。陈国百姓必会感激夫子的恩德。"

孔子说道:"既然卫国不能推行仁道,那就去陈国吧!"

第二天清晨,天色尚黑,万籁俱寂。弟子们正忙着把行李装上牛车。孔子独自一人在院中徘徊。此时此刻,一名女子正披头散发伫立在城头唱歌,歌声穿越层层楼阁房舍,依稀可闻:

> 蒹葭苍苍,
>
> 白露为霜。
>
> 所谓伊人,
>
> 在水一方。
>
> 溯洄从之,
>
> 道阻且长。
>
> 溯游从之,
>
> 宛在水中央。

孔子听了,自言自语道:"歌声如此凄婉,听得让人心碎。此女子正苦苦等待自己的心上人呀!"转念一想,自己颠沛流离,渴望遇到一个贤明君主推行仁道,何尝不是在等待一个知音人呢?于是在一排石磬前,击磬相和。这磬声在清晨显得格外悦耳,与城头女子的歌声相和。城头女子听到有人击磬和歌,心想:击磬人是谁呢?竟能把情感表现得如此淋漓尽致!想必此人也跟我一样啊!

孔子在卫国击磬,有一位背扛草筐的人从门前走过说:"这个击磬的人有心思啊!"一会儿又说:"声音硁硁的,真可鄙呀!没有人了解自己,便只为自己就是了。好像涉水一样,水深就穿着衣服蹚过去,水浅就撩起衣服蹚过去。"

颜回正好在装行李,听到这番话便去告诉孔子。

孔子说:"说得真干脆,没有什么可以责问他了。"[(14.39)]

这时,子路喊道:"夫子,车已备好,我们出发吧!"

孔子望了一眼磬,最后又击了一下,发出"硁"的声音,说道:"走!"便辞别了颜浊邹,带众弟子出发了。

在城头唱歌的女子正是南子。南子见击磬声停了,忙喊宦官雍渠去查访击磬者。不一会儿,雍渠复命说:"刚才击磬的人是孔丘。他们师徒已经离开帝都了，不知所踪。"南子怅然若失，自言自语道："他不遇知音，可以去寻找，可我又能到哪里寻找呢？"

南子所说的是宋国公子朝，由于思念太甚，不几日便病倒了。卫灵公为讨好夫人南子，便召见宋国公子朝，让他和南子在洮地相会。卫国太子蒯聩感到非常羞耻，想除掉南子，就对家臣戏阳速说："你跟我去朝见君夫人，我一回头看你，你就杀死她。"戏阳速同意。于是二人前去朝见南子，太子行礼，说道："儿臣向母后请安。"南子刚起床，一脸倦容也难掩美貌，只见她伸着懒腰答道："免礼。"蒯聩起身，回头看了戏阳速三次，戏阳速竟被南子的美貌所迷，迟迟未动。蒯聩频频用眼睛向戏阳速示意，南子觉察到蒯聩的脸色异常，就盯着戏阳速问道："你是何人？"戏阳速一时心慌，匕首不慎从袖中滑落到地上。南子见状边奔逃边尖叫："快来人呀！有刺客！"宫外侍卫冲进来与戏阳速打斗在一起。戏阳速寡不敌众，被侍卫擒住，蒯聩见势不妙，趁乱逃走。

卫灵公退朝，回到后宫，见南子满脸泪花，头发也乱蓬蓬的，就问："你这是怎么了？"

南子一把拉住卫灵公的袖子，放声大哭，说道："太子带了刺客想要杀我，要不是侍卫们拼死相救，我的小命早就完了。请君上替我做主！"说罢，呜呜咽咽地哭个没完。

卫灵公大怒，下令捉拿太子蒯聩及其党羽，蒯聩连夜逃到了晋国。

第36回　疑阳虎匡人拘扣　恸夫子颜渊白头

话说孔子师徒离开卫国都城后一路颠簸前行，不料突然狂风大作，继而暴雨倾盆而下。颜回拿蓑衣给孔子披上，孔子却把蓑衣盖在牛车的竹简上，大喊道："书简！保护好书简！"弟子们纷纷护着牛车。颜回很担心孔子的身体，便说道："夫子，您先到牛车一侧避避风雨吧！"

孔子说道："这雨不知道要下到什么时候，与其等着雨停，不如勇往直前，冲出雨云。"

说罢，孔子在后面推着牛车前行。豆大的雨点砸在孔子那布满皱纹的脸上，可他的眼神却是一如既往的坚定。他就那样坚定地望着远方，仿佛不远处就是充满光明的殿堂。弟子们被孔子的精神所感染，个个摩拳擦掌，有在前面拉车的，有在后面推的。众人不惧风雨，在泥泞中艰难前行。

也许是上天感应到了孔子的决心，不一会儿便雨过天晴了。与其说雨过天晴，不如说是他们走出了雨云笼罩之地，重回阳光之下。

弟子们拧着衣衫上的水，问道："夫子，您怎么知道往前走就没有雨了呢？"

孔子用那深邃的眼神望着天空，缓缓说道："你越是逃避困难，困难就越会一直笼罩在你头上，它不会主动离开。当你勇往直前，困难就追不上你了。这不也正是老天对我们的考验吗？"

休息片刻，大家继续上路，傍晚时分终于到了一座城邑，名曰"匡城"。早在八年前，阳虎曾带兵侵略匡城，残暴地凌虐匡人。

此时天色已晚，城门早已关闭。颜刻赶车到一处城墙近前，用马鞭子指着城墙的一处缺口说："八年前匡城之战时，我就是从这里进出的。"

大家从缺口处鱼贯而入。不料，刚才颜刻所说的话被打更人听到了，打更人再看孔子相貌同阳虎有一些相像，便误以为阳虎一伙人又来了，便使劲敲锣大喊："阳虎来了，阳虎来了。"

不一会儿，匡城百姓举着火把，拿着锄头木棍蜂拥而至，这阵势着实吓人。"夫子……夫子……"胆小的弟子就像受惊的羔羊，尖叫着贴在孔子高大的身躯之后，子路和冉有则立在前面奋力抵抗，保护大家。孔子见围攻者都是平民百姓，心想肯定有所误会，便对众弟子说道："不要怕，都是百姓。"又对子路和冉有说："不可伤及无辜。"子路和冉有不敢用剑，只能束手就擒。匡人将孔子师徒拘禁在一间屋子里。孔子环顾随行弟子，唯独少了自己最心爱的弟子颜回。孔子焦急地呼喊："颜回？颜回在哪？你们有没有见到颜回？"

众弟子面面相觑，都说没看见颜回。孔子如遭雷击，倒退了几步，重重地靠在墙上，自言自语："颜回，你可千万别出事呀！"

几天后，匡人又把一人带进屋子，此人正是颜回，由于极度忧虑，还不到三十岁的他，头发居然都白了一大半。

颜回快速走到孔子跟前，"扑通"一声跪下，说道："夫子，我回来了。让您受惊了。"

孔子被围困在匡城，颜回在最后才出现。孔子看到颜回的头发居然都白了，两行热泪不禁夺眶而出，摸着颜回的头说道："**我以为你死了呢！**"颜回恭恭敬敬地回答说："**夫子还在，颜回哪里敢先死呢！**"^{（11.23）}师徒相互关爱之情溢于言表。

子路问道："颜渊，这几天你去哪儿了呢？"

颜回说道："我当时正在喂马，见夫子被百姓们扣留了，心想肯定有误会，便去打听了一番，原来，百姓把夫子当成曾经侵犯匡城的阳虎了。我听说卫国宁大夫的封地就在附近，便想向宁大夫求救。恰巧遇到子贡了，于是我便来安抚匡人，子贡去求见宁大夫。"

孔子叹道："你本已逃脱，跟端木赐一起前往即可，为何又回来呢？"

颜回答道："我担心匡人对您不利，就说您是宁大夫的朋友，先稳住他们。还能跟您说明来龙去脉，好让您安心。"

"有心了，有心了！"孔子摸着颜回的头说道，"昔有伍子胥白头过昭关，今有颜子渊白头过匡城。颜回这么做全是为了我呀！这不正是孝悌之道吗？"

弟子们纷纷嚷着要听伍子胥的故事。孔子便开始讲起了伍子胥。

话说伍子胥乃楚国大夫伍奢次子。公元前528年，当时孔子只有二十多岁，还只是季氏府中的无名小官。那年楚平王即位，以伍奢为太子太傅，费无忌做太子少傅。后来楚平王听信费无忌谗言，杀害伍奢和其长子伍尚。伍子胥侥幸逃走。楚平王便下令贴出伍子胥的画像，到处捉拿。伍子胥想投奔吴国，途中欲出昭关（今安徽含山县北）。昭关在两山对峙之间，前面便是大江，形势险要，并有重兵把守。前有险关，后有追兵，伍子胥忧心如焚，一夜之间白了头。幸亏他遇到了一个好心人东皋公，非常同情伍子胥，便把他接到自己家里。东皋公有个朋友，名叫"皇甫讷"，模样有点像伍子胥。东皋公让他冒充伍子胥过关。守关的逮住了这个假伍子胥，而那个真伍子胥因为头发全白，面貌变了，守关的认不出来，就被他混出关去。伍子胥出了昭关，害怕后面有追兵，急忙往前跑。前面是一条大江拦住去路。伍子胥正在着急，江上有个打鱼的老头儿划着一只小船过来，把伍子胥渡过江去。过了大江，伍子胥感激万分，摘下身边的宝剑，交给老渔人，说："这把宝剑是楚王赐给我祖父的，值一百两金子。送给你，聊表心意。"老渔人说："楚王为了追捕你，出了五万石粮食的赏金，还答应封告发人大夫爵位。我不贪图这个赏金、爵位，难道会要你这宝剑吗？"伍子胥连忙向老渔人赔礼，收了宝剑，辞别老渔人走了。伍子胥到了吴国，吴国的公子光正想夺取王位。在伍子胥帮助下，公子光杀了吴王僚，自立为王，便是吴王阖闾。吴王阖闾即位之后，封伍子胥为大夫，帮助他处理国家大事。公元前506年，吴王阖闾拜孙武为大将，伍子胥为副将，亲自率领大军，向楚国进攻，连战连胜，把楚国的军队打得一败涂地，一直打到郢都。那时，楚平王已经去世了，伍子胥便刨开他的坟墓，把他的尸首挖出来狠狠鞭打了一顿，终于为父兄报了仇。现如今，吴国在伍子胥和孙武的治理下，国力日盛，大有称霸的势头。

这时，门外响起一阵骚动。只听见一男子吼道："这些强盗杀我妻儿，夺我财宝，我要杀了这些强盗！"

守卫屋子的人劝说："他们可能不是阳虎的人。如果真是阳虎的人，最后那人会主动自投罗网吗？再等等吧，反正他们又跑不了。"

"我不管，我就是要杀了他们。"

"对，先杀了再说，跟阳虎长得那么像，肯定不是什么好人。"

颜回说道："这几个喧闹的是当初深受阳虎之害的人，他们报仇心切，所以想闯进来。"

孔子说："*君子有三件敬畏的事情。敬畏天命，敬畏地位高贵的人，敬畏圣人的话，小人不懂得天命，因而也不敬畏，不尊重地位高贵的人，轻侮圣人之言。*"^(16.8)

门外喧闹声越来越大，有些人甚至把石块通过窗户扔进屋子里。弟子们担心匡人会采取什么极端行动，一个个都面如土色，坐立不安。孔子此时却表现得非常坦然，他的目光雪亮，即便在黑暗、冰冷的牢房中，也闪烁着睿智的光芒。他对弟子们说："**周文王死后，古代文化不是都保存在我这里吗？如果上天想要毁灭这些文化，那我就不能传授这些文化了；如果上天还不想毁灭这些文化，匡人又能把我怎样呢？**"（9.5）

这时，一人骑马赶来，大声说道："我是宁大夫家臣，这是我家主公亲笔信。被你们关在此处的是贤人孔丘。"外面的匡人突然安静下来。那人接着说："如果他是阳虎，岂会只带十几个随从来这儿？"匡人看了印信，得知自己误会了孔子，便开门放他们出来，各自散去。孔子走出黑屋，一束阳光照在头上，格外耀眼，再看来人，那自称宁大夫家臣的人，不是别人，正是子贡。子贡见匡人已经散去，便立即下马，上前跪拜道："弟子来迟，让夫子受惊了。"孔子扶起子贡说道："多亏了你来。"

子贡说道："我本就是卫国人，这次我主动向宁大夫称臣，疏通了关系，所以他愿意帮忙。"

孔子评论宁大夫说："**他这个人，当国君有道、政治开明的时候，他就发挥聪明才智，全心全意为国效力。当国君无道、政治昏暗的时候，他便装糊涂，对一切事不闻不问了。他的那种聪明别人可以做得到，他的那种装傻别人就做不到了。**"（5.21）

第37回　公叔叛蒲子背盟　史鱼死谏公郊迎

孔子师徒离开了匡城，继续前行。颜刻指着前面的城池说道："夫子，前面是蒲邑（今河南长垣县），过了蒲邑，再往南就是陈国。"

众人赶着牛车浩浩荡荡进入蒲邑。不料，蒲邑戒备森严，城头哨兵见几辆牛车满载着行李书简进城，便迅速去向邑宰报告。这邑宰不是别人，正是被卫灵公赶出都城的公叔戍。他逃到蒲邑后不断招兵买马，打算重整旗鼓攻入卫都。

公叔戍自言自语："孔丘不是在帝丘吗？到蒲邑来干什么呢？"

公叔戍的心腹说："莫非他们来探听消息？要不要杀了他们，免得走漏风声。"

公叔戍说："先别动手。这孔丘被称为'贤人'，弟子甚众，若能留下他辅助我，岂不事半功倍？"

"若他们不肯呢？"心腹问道。

"那我就不客气了。"说罢，公叔戍带了两个随从去见孔子。

孔子一行自进入蒲邑，就感觉气氛不对，城门口贴满了招兵告示，路人行色匆匆，街上不时有大队兵马疾驰而过。

子路皱着眉头说："我怎么感觉蒲邑像是大战来临一样。"

颜刻说："难道蒲邑要造反？"

孔子说："不可妄自猜测，赶路要紧。"

正说着，远处几人骑马迎面而来。

孔子眯着眼睛看了一会儿，认出是公叔戍，默念道："原来是他。"

公叔戍上前作揖道："夫子远道而来，有失远迎。我在驿站略备酒菜，请夫子赏光。"

孔子答道："感谢邑宰大人相邀。我师徒急于前往陈国，不便逗留。"

公叔戍笑道："我不能让百姓安居乐业，愧为邑宰，一直想求得治民之策。久闻夫子以天下苍生为念，难道不肯为蒲邑百姓指点迷津吗？况且天色已晚，道路崎岖，不便行走，恳请夫子留下，明日再启程不迟。"

孔子作揖说道："既然邑宰大人热情相邀，那我们就恭敬不如从命了。"于是随公叔戌到驿站安顿。

子路半夜起来如厕，听到驿站两个守卫窃窃私语："这回大人借孔丘之名壮大声势，不日必能攻破帝丘，你我就有享之不尽的荣华富贵了。"

子路赶紧回去报告给孔子。孔子说道："事不宜迟，你速去叫醒其他弟子。"

众人收拾好行李，子路和冉有把驿站守卫打晕，拉着牛车往城门疾驰。

守卫醒来后发现孔子师徒已走，赶紧报告公叔戌。公叔戌大惊，带领一队兵马追去。

此时天色微明，城门已开，孔子众人刚出城便被公叔戌追上。

公叔戌收缰勒马，说道："孔夫子要走怎么也不通报一声？这么着急要去哪儿？"

孔子答道："不敢打扰大人美梦，我正要到陈国去。"

公叔戌说道："夫子能否留在蒲邑助我？"

孔子答道："丘才疏学浅，恐难胜任，请您另请高明。"

公叔戌说道："只要你留在这儿，我保证你有享不尽的荣华富贵，再也不用到处奔波了。"

孔子说："**富裕和显贵是人人都想要得到的，但不用正当的方法得到它，就不会去享受；贫穷与低贱是人人都厌恶的，但不用正当的方法去摆脱它，就不会摆脱。君子如果离开了仁德，又怎么能叫君子呢？君子没有一顿饭的时间背离仁德的，就是在最紧迫的时刻也必须按照仁德办事，就是在颠沛流离的时候，也一定会按仁德去办事的。**"(4.5)

公叔戌变了脸色，狠狠地说道："我再三挽留，你却不从，那就别怪我不客气了。今天你们休想离开半步。给我围起来。"一声令下，蒲邑军队将孔子师徒团团围住。在匡地围困的是拿着锄头等农具的百姓，而如今却是拿着戈、盾的士兵，弟子们更加害怕，紧紧挤在一块。

"大家不要怕。难道我们连这点胆量都没有吗？"孔子喊道，"**志士仁人，没有贪生怕死而损害仁的，只有牺牲自己的性命来成全仁的。**"(15.9)

公良孺挺身而出，大吼道："我跟随夫子周游，昔日在匡地被围困，如今又在这里遇到危难，这是命里注定的吧！我和夫子一再遭难，宁可搏斗而死。"说罢宝剑出鞘，大杀四方。子路、冉有，都是武艺超群、英勇善战的将才，他们手持宝剑与蒲邑士兵激战，毫不畏惧。蒲邑士兵害怕了，没想到这几个儒士竟如此英勇。公叔戌怕再打下去也不好收场，便下令让士兵停止战斗，接着对孔子说："如果你能保证不再回帝丘，我就放你们走。"孔子答应了，与他们订立了盟约，这才得以继续上路。

在一个岔路口，颜刻说道："夫子，往南走到陈国，往北走是卫国帝丘。"

孔子淡淡地说："去帝丘。公叔戌意图谋反，我得去提醒卫君。"

子贡疑惑地问："老师，发誓订立的盟约难道可以违背吗？"

孔子说："在要挟下订立的盟约，上天是不会认可的。讲信用要符合道义才行。"

于是，孔子师徒向卫国帝丘而去，子路先行一步去向蘧伯玉报信。

话说卫国自太子被驱逐之后，卫灵公不思朝政，大夫史鱼多次进谏都没有被采纳。后来，史鱼得了重病，将要去世前，将儿子唤了过来，嘱咐他说："我在卫国做官，却不能够进荐贤德的蘧伯玉而劝退佞臣弥子瑕，是我身为臣子却没有能够扶正君王的过失啊！生前无法正君，那么死了也无以成礼。我死后，你将我的尸体放在窗下，这样对我就算完成丧礼了。"

史鱼的儿子听了，不敢不从父命，于是在史鱼去世后，便将尸体移放在窗下。

卫灵公前来吊丧时，见到史鱼的尸体竟然被放置在窗下，如此轻慢不敬，因而责问史鱼的儿子。史鱼的儿子便将史鱼生前的遗命告诉了卫灵公。

卫灵公听后很惊愕，脸色都变了，说道："这是我的过失啊！"于是马上让史鱼的儿子，将史鱼的尸体按礼仪安放妥当，回去后，便重用了蘧伯玉，并疏远了弥子瑕。

蘧伯玉向卫灵公进谏："史鱼大夫去世，是国家的损失呀！得选用人才重振国威。上次您误会孔丘参与叛乱，致使他为避嫌而远走，如今既然真相大白，何不迎接孔丘委以重任？"

卫灵公点头道："寡人正有此意。"蘧伯玉赶紧修书一封送给孔子，说明史鱼尸谏和卫灵公将要迎接孔子之事。

看完信，孔子感慨道："古来有许多敢于直言相谏的人，但到死了便也结束了，未有像史鱼这样的，死后还用自己的尸体来劝谏君王，以自己一片至诚的忠心使君王受到感化，难道他称不上是秉直的人吗？**史鱼真是正直啊！国家**

有道，他的言行像箭一样直；国家无道，他的言行也像箭一样直。蘧伯玉也真是一位君子啊！国家有道就出来做官，国家无道就辞退官职，把自己的主张收藏在心里。"（15.7）

子贡叹道："正直的人死得其所，不正直的人却逍遥自在。"

孔子说："史鱼秉直，肉体虽亡，气节长存。一个人的生存是由于正直，而不正直的人也能生存，那是他侥幸地避免了灾祸。"（6.19）

孔子到达了帝丘城外，卫灵公率领众臣迎接孔子，这原本是迎接诸侯时才用的隆重礼节。孔子受宠若惊，老远就下了车，正衣冠，掸灰尘，率领弟子们拜伏在地，说道："孔丘何德何能，敢劳国君郊迎！"

卫灵公急忙上前，双手扶起孔子说："夫子请起，昔日多有怠慢，皆寡人之过也！"然后回头吩咐宦官雍渠："速速设宴，寡人要为夫子接风洗尘。"

灵公在帝丘举行了盛大的国宴。看到丰盛的筵席，孔子神色一变，站起来致谢。

灵公问孔子说："听说夫子被困在蒲邑，请问蒲邑这个地方可以讨伐吗？"

孔子回答说："可以。"

灵公说："大夫们却认为不可以讨伐，因为蒲邑是防御晋、楚的屏障，若用军队去攻打，恐怕是不可以的吧？"

孔子说："我所说的讨伐，只是领头叛乱的人罢了。"

卫灵公点头说道："夫子言之有理！"但是最终也没有出兵去讨伐叛乱。

公孙朝问子贡说："仲尼的学问是从哪里学来的？"

子贡说："文王武王的道，并没有失传，还留在人们中间。贤能的人可以了解它的根本，不贤的人只了解它的末节，没有什么地方无文王武王之道。我们的夫子何处不学，又何必要有固定的老师传播呢？"（19.22）

第38回　见南子仲尼遵礼　游帝丘灵公好色

　　孔子师徒暂住在蘧伯玉家里，弟子们个个喜笑颜开，簇拥在孔子身边畅谈国政。这时，宦官雍渠来传话，说南子要召见孔子。见孔子师徒沉默不语，雍渠又说："寡小君特让我转告夫子，召见您有三个理由，一是仰慕夫子贤德，二是同祖同宗之情，三是击磬和歌的知音之谊。"子路不解，说道："夫子贤德，人人敬仰，想见者不知凡几，这个理由很好理解；南子是宋国公主，夫子祖上也是宋国贵族，同祖同宗也不无道理。但是这知音之谊从何说起？"孔子忽然明白原来当日在城头唱歌的女子竟是南子，一种微妙的惺惺相惜的感觉油然而生，于是说道："请回禀君夫人，孔丘明日必会前去拜见。"

　　第二天，孔子去拜见南子。子路把车停好，一脸不悦，问道："夫子非去不可吗？"孔子说道："已经答应了再反悔，非礼也。"于是只身进入内堂。

　　南子在细葛布帷帐中等待，孔子趋入宫门，面向北面叩头，行跪拜礼，南子则在帷帐中两次回拜答礼，她佩戴的环佩玉器首饰撞击出清脆的叮当声。

　　孔子说："我以前未能前来行相见之礼，今特为礼报答您来了。"

　　帷帐内的南子长久不语。许久，帷帐内传出温柔的声音："我美吗？"

　　这个问题非常刁钻。首先，回答"不美"肯定是不行的，会引来杀身之祸；孔子以前从没见过南子，而现在又隔着帷帐，况且即便不隔着帷帐，直视君夫人也是失礼的。没见过面就回答"美"难免有谄媚之嫌，回答"不知道"也不妥，总不能请南子走出帷帐一睹芳容吧，而且万一这位南子让孔子走进帷帐内瞧一瞧呢！

　　孔子缓缓答道："知礼为美，方才君夫人再拜回礼，甚合周礼，美哉！"

　　南子"扑哧"一声笑了，说道："凡是见过我的都说美，今天第一次听到有人这样夸赞我。"

　　南子又说："有人说我美，可也有人说我坏。夫子觉得我坏吗？"

　　孔子答道："让所有的人都说好，恐怕圣人也难做到。若君夫人以国家社稷为重，关心民间疾苦，那么说您好的人自然就越来越多了。"

　　孔子没有正面回答，而是委婉地劝谏南子，这让听惯了阿谀逢迎之言的南子也陷入了沉思。

南子走出帷帐，围着孔子打量了一圈。孔子神色自如，目不斜视。

南子问："夫子为何不敢看我？"

孔子答道："非礼勿视。君子当庄重。"

南子问："不庄重又如何？"

孔子说："**君子不庄重就没有威严，学习的知识就不牢固。**"

南子问："怎样做才算君子？"

孔子说："**要以忠信为主，不要同与自己不同道的人交朋友；有了过错，就别怕改正。**"^{（1.8）}

南子问："那我可以成为夫子的朋友吗？"

孔子说："我是为第三个理由来见您的。现在我也该告辞了。"

南子又走回帷帐内，问道："夫子能否答应我长留在卫国？"

孔子沉默了一会儿，说道："**古代人不轻易把话说出口，是因为他们以自己做不到为可耻。**"^{（4.22）}丘深蒙国君大恩，感激涕零，若能在卫国推行仁道，自当效犬马之劳。"再次拜谢退出。

南子在帷帐内回拜答礼，依旧发出一阵清脆的叮当声。

子路见孔子出来了便气冲冲地迎上去。

孔子见了南子，子路很不高兴。孔子对子路说："我本来不想见她，既然见了，就要按礼节行事。"这时，阁楼上传来南子的歌声：

> 山有扶苏，
>
> 隰有荷华。
>
> 不见子都，
>
> 乃见狂且。

南子唱的这首诗名叫《山有扶苏》，写一位女子在与情人欢会时，怀着无限惊喜的心情对自己恋人的俏骂。子路默默地听着歌声，没有说话，只是用怀疑的眼神盯着孔子，**孔子连忙发誓说："如果我做了什么不合礼法的事，让上天厌弃我吧！让上天厌弃我吧！"**^{（6.28）}

师徒两人正准备返程，宦官雍渠匆匆来报："君上请夫子一同游览帝丘城。"

孔子随雍渠去面见卫灵公。灵公在车上笑呵呵地说道："寡人想同你一起出游，一睹卫国风貌。"

孔子答道："感谢君上。"

雍渠扶孔子上车，坐在卫灵公旁边，而自己上了后面的马车。

这时，南子在阁楼上招手喊道："君上，等等我，我也想去。"

"好，好。"卫灵公笑道。

南子缓缓下楼，盯着灵公身旁的孔子，娇媚地说道："我们挤一挤吧。"

"那怎么可以呢！"卫灵公嘿嘿笑道，随即对孔子说，"夫人也要去，就委屈你坐后面的车吧！"

孔子有些愠怒，可又不好发作，只好回答"诺"，跟雍渠坐到后面的车上。

两辆马车一前一后穿过街道，这时有人惊呼道："快看，君夫人来了！"街头百姓们纷纷放下手中的活计，翘首相望，都想一睹南子的美貌。有个男子为了多看一眼南子，竟疯狂地追着马车跑，哪怕被卫队拦住鞭打也心甘情愿。南子依偎在卫灵公怀里，享受着众人的顶礼膜拜。卫灵公见众人如此疯狂，哈哈大笑，于是命乐师奏乐歌唱：

> 手如柔荑，
>
> 肤如凝脂，
>
> 领如蝤蛴，
>
> 齿如瓠犀，
>
> 螓首蛾眉，
>
> 巧笑倩兮，
>
> 美目盼兮。

孔子听了很生气，示意马夫停车，下车后气呼呼地走开了。

子路远远地见孔子下车了，就赶紧迎上来。孔子气呼呼地说道："**完了，我真没见过像好色那样好德的人。**"（9.18）

子路劝道："夫子莫怒。卫君好色，不以国事为重，我们离开卫国吧？"

孔子叹道："饮食男女，人之大欲也。我们再等等看吧！"

第39回　贤子夏杏坛问儒　引正道仲尼谈孝

在回去的路上，有一个出殡队伍。孔子让子路停车，俯伏在车前横木上。

这种做法是一种礼节。**孔子看见穿丧服的人，即使是关系很亲密的，也一定把态度变得严肃起来。看见当官的和盲人，即使是常在一起的，也一定要有礼貌。在乘车时遇见穿丧服的人，便俯伏在车前横木上以示同情。遇见背负国家图籍的人，也这样做以示敬意。做客时，若有丰盛的筵席，就神色一变，并站起来致谢。遇见迅雷大风，一定要改变神色以示对上天的敬畏。**^(10.25)

殡葬队伍中有个少年，正穿着丧服吹奏哀乐。看到他，孔子仿佛看到了小时候的自己。那时候自己为了生计经常去帮别人料理丧葬事宜。不同的是，这个少年机灵古怪，把哀乐吹得不含一点悲伤，反而有一丝欢快之情。

孔子严肃地说道："**去钻研那些歪门邪道的东西，危害可真大呀！**"^(2.16)

这话刚好被那吹奏的少年听到了，他看到孔子的马车远去，便离开了队伍，一路追过去，队伍里有个同伴喊道："子夏，你这小子又开溜了！"

这个叫"子夏"的少年一路追着马车，到了杏坛，见孔子正在讲学，就在门外旁听。等讲学结束了，孔子在弟子们的簇拥下走出来，子夏迎上去。

孔子本来还在跟弟子们说笑，看到子夏后马上收起笑容，一脸郑重的神色，然后快速走过去。

子夏喊道："先生请留步，请问您为何见到我要快速走过去？"

孔子听到子夏喊他，便停下来，说道："这是礼呀！"

子夏一脸不解。子路说道："**夫子遇见穿丧服的人、当官的人和盲人时，即使他们年轻，也一定要站起来；从他们面前经过时，一定要快步走过。**"^(9.10)

子夏笑道："我倒忘了，还穿着丧服呢！我脱掉便是。"

孔子见子夏脱掉丧服，问道："你就是刚才殡葬队伍中吹奏的少年吧？"

子夏说："正是。我叫卜商，以儒为生，今特来拜师求学。"

孔子说道："既然你来拜师求学，我自有良言相告。"

子夏拜道："弟子愿闻其详。"

孔子对子夏说："你要做君子儒，不要做小人儒。"^(6.13)

子夏问："何为君子儒？何为小人儒？"

孔子说："你现在只是辅助别人做一些丧葬礼仪之事，便是小人儒。君子儒，应当推而广之，辅助国君将整套周礼颁行天下，上报国家，下安百姓。"

子夏听了若有所思，说道："多谢夫子教诲。"

孔子问道："你可知为何要你做君子儒？"

子夏说："即使都是些小技艺，也一定有可取的地方，但用它来达到远大目标就行不通了。所以君子不从事这些小技艺，而应该有更大的目标。"（19.4）

孔子听了很高兴，说道："卜商真是聪明呀！"

这时，子夏突然想起卫灵公命乐师所唱的诗歌，便问孔子："'巧笑倩兮，美目盼兮，素以为绚兮'这几句话是什么意思呢？"

孔子说："这是说先有白底，然后画画。"

子夏又问："那么，是不是说'礼'也是后起的事呢？"

孔子说："卜商，你真是能启发我的人，现在可以同你讨论《诗》了。"（3.8）

子夏听了心里美滋滋的。当然，他的确有这个才能。在孔子的弟子中，子夏是"文学"的佼佼者。看着孔子背影，子夏自言自语道："君子有三变，远看他的样子庄严可怕，接近他又温和可亲，听他说话语言严厉不苟。"（19.9）

一天，宰予对子夏说："能和夫子谈论《诗》的，除了子贡，就数你了。"

子夏笑道："过奖，过奖。论口才，你可是第一，能把夫子激得暴跳如雷，恐怕连子贡都赶不上你。"

宰予说："我可不敢当，我因不好学而经常挨批。你对'学'如何看待？"

子夏说："一个人能够看重贤德而不以女色为重；侍奉父母，能够竭尽全力；服侍君主，能够献出自己的生命；同朋友交往，说话诚实恪守信用。这样的人，尽管他自己说没有学习过，我一定说他已经学习过了。"（1.7）

这话刚好被孔子听到了，说道："卜商对'孝'的理解还差点火候，仅仅竭尽全力还是不够的。"便叫子夏过来。

子夏问什么是孝，孔子说："当子女的要做到孝，最不容易的是对父母和颜悦色。仅仅是有了事情，儿女尽力替父母去做，有了酒饭，让父母吃，难道这样就可以算是孝了吗？"（2.8）

子夏恍然大悟，说道："感谢夫子教诲，弟子明白了！"

自此以后，子夏虚心求学，再也不敢在人前夸耀自己的学问。

第40回 子贡观礼定公逝 灵公问阵仲尼忧

公元前495年正月，邾隐公到鲁国朝拜，子贡在旁边观礼。邾隐公拿着宝玉给鲁定公时，高仰着头，态度出奇地高傲；鲁定公接受时则低着头，态度反常地谦卑。

子贡回来对孔子说："以这种朝见之礼来看，两位国君皆有死亡的可能。礼是生死存亡的根本，小到每个人日常生活的一举一动，一言一行，大到国家的祭祀事、丧礼以及诸侯之间的聘问相见，都得依循礼法。现在二位国君在如此重要的相朝大事上，行为举止都不合法度，可见内心已完全不对劲了。朝见不合礼，怎么能维持国之长久呢？高仰是骄傲的表现，谦卑是衰弱的先兆，骄傲代表混乱，衰弱接近疾病。而鲁君是主人，可能会先出事吧！"

子贡评论别人的短处。孔子说："赐啊，你做到贤了吗？我可没闲工夫去评论别人。"（14.29）

子贡行礼说道："请问夫子怎样才称得上贤人呢？"

孔子说："不预先怀疑别人欺诈，也不猜测别人不诚实，然而能事先觉察别人的欺诈和不诚实，这就是贤人了。"（14.30）

到了这年五月，鲁定公去世，其子继位，是为鲁哀公。孔子听到鲁定公去世的消息，不禁长叹一声，继而忧心忡忡地对子贡说："不幸被你说中了，恐怕会让你更成为一个轻言多话的人。君子欲讷于言而敏于行呀！"

也就在这一年，吴王阖闾（吴王寿梦之孙）被越王勾践打败，吴军败退，阖闾死于途中。其子夫差继位，派专人侍立宫门，每逢夫差出入，便发问："夫差，越王杀害你父亲的仇恨你忘掉了吗？"夫差则回答："不敢忘，不敢忘！"

为了洗雪耻辱，夫差励精图治，吴国迅速增强。一年后，公元前494年，吴越两军战于夫椒。越军战败，退守会稽山（今浙江绍兴南）。吴军乘胜追击，占领会稽城，获得一枚大骨，要用一辆车才装得下。吴王派使者向孔子询问大骨的来历。

孔子说："当年大禹召集群臣到会稽山，防风氏违命后到，大禹杀了他，陈尸示众，他的一节骨骼就要装一辆车，这算是最大的骨头了。"

吴国使者又问了几个问题，孔子一一作答，使者赞叹不已。

吴军包围了会稽山，越王勾践采纳大夫范蠡、文种的建议，派文种以美女、财宝贿赂太宰伯嚭，请其劝吴王夫差准许越国附属于吴，而不要赶尽杀绝。伯嚭乃贪财好色之徒，收下了美女和财宝，便去向吴王进谗言。

伍子胥劝谏吴王说："勾践能坚韧吃苦，现在不消灭他，将来就后悔莫及了。"

吴王夫差不听伍子胥之计，而听从伯嚭之言，答应越国投降，但条件是越国必须臣服于吴国，并要勾践到吴为奴三年。勾践答应了，来到吴国当马夫，每天早上喂马擦车，装出万分忠于吴王的模样，而且不能让吴王发觉半点矫饰造作。有一次吴王病了，勾践竟亲自尝溲辨疾，借此感动吴王。夫差误以为勾践确实屈服了，便如期放他回国。勾践回国后，卧薪尝胆，赈贫恤死，深得民心，越国很快富起来。相反，吴王夫差被胜利冲昏了头脑，偏信伯嚭，疏远伍子胥，政治日趋腐败。此是后话，暂且不提。

话说卫灵公邀请孔子同游，见孔子擅自离去，有点不高兴，便开始怠慢孔子。忽一日，孔子闲来无事，便抚琴高歌：

> 南有乔木，
>
> 不可休思；
>
> 汉有游女，
>
> 不可求思。
>
> 汉之广矣，
>
> 不可泳思；
>
> 江之永矣，
>
> 不可方思。

子路问颜回："夫子唱的是什么？"

颜回说："这是《诗》中的一首，名曰《汉广》。"

子路问："是讲什么呢？"

颜回说："这首诗的主人公是位青年樵夫，他钟情一位美丽的姑娘，却始终难遂心愿，无以解脱，于是面对浩渺的江水，唱出了这首满怀惆怅的诗歌。"

子路说："夫子该不会是在想那个南子吧？"

颜回笑道："你错怪夫子了。夫子是想在卫国出仕以推广仁道，可惜天不遂人愿，于是借诗歌抒发一下情感。"

　　终于有一天，卫灵公召见孔子，问："如何才能使卫国强盛起来？"

　　孔子说："如果有王者兴起，也一定要三十年才能实现仁政。"^{（13.12）}

　　卫灵公说道："我要是还能再活三十年就好了。"

　　孔子说："如果有人用我治理国家，一年便可以搞出个样子，三年就一定会有成效。"^{（13.10）}

　　这时，天上传来一阵大雁的叫声，卫灵公只顾仰头看着天上飞过的大雁，却对孔子视而不见。许久才缓缓地说道："大雁南飞，又是一年啊！我应该还能活三年吧？"接着，卫灵公向孔子问军队列阵之法。孔子伤心地说："祭祀礼仪方面的事情，我还听说过；用兵打仗的事，从来没有学过。"孔子知道卫灵公对自己所倡导的仁道不感兴趣，于是离开了卫国。^{（15.1）}

第41回　东郭愚仁救恶狼　赵鞅不仁戮贤良

公元前493年，五十九岁的孔子因不满卫灵公问阵而离开卫国。不久，卫灵公去世了，南子宣布："让公子郢做太子，这是国君的遗命。"公子郢推辞说："还有逃亡者太子蒯聩的儿子辄在呢，我不敢即位。"于是，群臣便拥立蒯聩的儿子辄为国君，是为卫出公。逃亡到晋国的蒯聩便请求赵简子派兵护送他回国夺位，卫出公令卫军坚决阻击，蒯聩夺位不成便驻扎在卫国的宿邑。

冉有问子贡："夫子赞成卫国的国君吗？"

子贡说："嗯，我去问他。"

子贡不便直问，就拿伯夷叔齐的典故来间接询问孔子的想法。伯夷、叔齐是殷商孤竹国君的两个儿子，父亲死后，想立叔齐为君，叔齐认为应该立兄长伯夷，伯夷认为父命难违，应该将君位让给叔齐。后来，他们两兄弟因互相推让王位而都逃到周文王那里。周武王起兵讨伐商纣时，他俩曾拦住车马劝阻。周朝统一天下后，他们以吃周朝的粮食为耻，便以野菜为食，最终饿死于首阳山。

子贡问孔子："伯夷、叔齐是什么样的人呢？"

孔子说："古代的贤人。"

子贡又问："他们对让国之事有怨恨吗？"

孔子说："他们求仁而得到了仁，怎么会怨恨呢？"

子贡见夫子赞许伯夷叔齐相互谦让君位，推知必不赞成父子争国的做法，**便对冉有说："夫子不赞成卫君。"**^{（7.15）}

子路问孔子："伯夷、叔齐最后饿死在首阳山，即便这样他们也没有什么怨恨吗？"

孔子说："伯夷叔齐不念已经发生的过错，所以心中才没有怨恨。"^{（5.23）}

子路说："伯夷、叔齐两位公子如此重义，人们应该会像对待国君一样去**称颂他们吧！"**

孔子说："齐景公有马四千匹，死的时候，百姓们觉得他没有什么德行可以称颂。伯夷、叔齐饿死在首阳山下，百姓们到现在还在称颂他们。正如

《诗》所说的'诚不以富，亦只以异（确实不在于富与不富，只在于品德的不同）。'说的就是这个意思吧！"^(16.12)

说到这里，孔子深有感触，唱起了伯夷、叔齐在首阳山采薇充饥时所作的歌：

> 登彼西山兮，
>
> 采其薇矣。
>
> 以暴易暴兮，
>
> 不知其非矣。
>
> 神农虞夏忽焉没兮，
>
> 我适安归矣？
>
> 于嗟徂兮，
>
> 命之衰矣！

孔子打算去晋国，毕竟晋国是大国，若能推行仁道，可以为其他国家树立榜样。

子路问："晋国当权者有六卿，我们去投靠哪一家呢？"

孔子说："晋国六卿当中，赵氏势力最为强大，就去赵氏那儿吧！"

赵简子是晋国赵氏宗主，本名赵鞅，善计谋，且武艺非凡。孔子师徒向赵简子的封地赶去。

这天，赵简子去打猎，途中遇见一只像人一样直立的狼。赵简子立即拉弓搭箭，只听得弦响狼嚎，飞箭射穿了狼的前腿。那狼中箭不死、落荒而逃，赵简子驾起猎车穷追不舍，车马扬起的尘土遮天蔽日。

东郭先生正拉着毛驴赶路，这毛驴驮着一大袋书简。他本想去中山国，不料迷路了。这时突然从路旁草丛里窜出了一只狼。那狼哀怜地对他说："现在我遇难了，请赶快把我藏进你的那条口袋吧！如果我能够活命，一定会报答您。"东郭先生看着赵简子的人马卷起的尘烟越来越近，便说道："那你就往口袋里躲吧！"说着，他便拿出书简，腾空口袋，让狼钻进去，再把书简填进去。东郭先生把装狼的袋子扛到驴背上，然后退缩到路旁。不一会儿，赵简子来到东郭先生跟前，但是没有从他那里打听到狼的去向，因此愤怒地斩断了车辕，并威胁说："谁敢知情不报，下场就跟这车辕一样！"东郭先生跪在地上说："虽说我是个蠢人，但还认得狼。人常说岔道多了连驯服的羊也会走失。

而这岔道把我都搞迷了路,更何况一只不驯的狼呢?"赵简子听了这话,调转车头就走了。

当人唤马嘶的声音远去之后,狼在口袋里说:"多谢先生救了我。请放我出来吧!"可是狼一出袋子却改口说:"现在我饿得要死,你就好人做到底,让我饱餐一顿吧!"说着,它就张牙舞爪地向东郭先生扑去。东郭先生慌忙躲闪,围着毛驴兜圈子与狼周旋起来。

这时,孔子师徒刚好经过。东郭先生急忙向孔子求救。狼露出锋利的牙齿说道:"你想帮他吗?虽然你们人多,我可不怕,这牙齿也不是白长的,肯定要见血才行。"孔子说道:"我谁也不帮,只是来主持公道。"东郭先生赶紧诉说事情经过。孔子对狼说:"他救了你,你为什么还忘恩负义要吃掉他呢?"狼狡辩说:"他把我装进口袋就行了,为什么还填满书简?分明是想把我压死,我为什么不吃掉这种人呢?"孔子说:"你们各说各有理,我难以裁决。但是你刚才说这么大的身躯居然藏在这么小的袋子里,这恐怕不可能吧!俗话说'眼见为实'。我想验证一下事实,如果你能再往口袋里钻一次,我就相信你说的。"狼高兴地说:"好的,那我就再钻进袋子里给你看看。"然而狼蜷缩着身体钻入袋中之后,孔子赶紧让子路封口,把狼杀死。

听到狼的惨叫声,东郭先生说道:"您不是说让狼钻进袋子里是为了验证事实吗?怎么又要打死他呢?太不讲信用了吧?"

孔子说:"讲信用要以'义'为前提,我若固守信用而放了狼,他肯定会吃掉你的。"

东郭先生一屁股坐在地上,说道:"我这么仁慈,哪怕对待凶狠的狼也一样去爱它、拯救它,它却要吃我!真不明白为何会这样。"

孔子说:"只有真正有仁德的人,才能爱人和恨人。"^(4.3)

东郭先生作揖道谢:"谢谢夫子救命之恩。"接着又问:"我正要搬到中山国居住,请问夫子是否知道路?"

孔子摇摇头说道:"不知道。"

东郭先生怅然若失,叹道:"兵荒马乱,我该去哪好呢?"

孔子说:"跟有仁德的人住在一起,才是好的。如果你选择的住处不是跟有仁德的人在一起,怎么能说你是明智的呢?"^(4.1)

东郭先生眼睛一亮,拜谢道:"感谢夫子指点迷津。"

孔子师徒拜别了东郭先生，继续前行，不久便到了黄河之滨。时值正午，微风轻拂，浮云淡薄。**孔子伫立在岸边，**见河水滔滔、浊浪滚滚，其势如万马奔腾，其声如虎吼雷鸣，不禁**赞叹道："决心追求圣人之道的君子，要像这大河一样，不舍昼夜，勇往直前。"**（9.17）

这时，子路过来说晋国的赵简子杀了窦犨鸣犊和舜华。孔子面对着黄河叹息说："黄河的水这样的美啊，浩浩荡荡地流淌！我不能渡过这条河，是命中注定的吧！我怎么与不仁者为伍呢？"

子贡快步走向前问道："夫子，您是说赵鞅不仁吗？"

孔子说："**如果立志于仁，就不会做坏事了。**"（4.4）窦犨鸣犊、舜华都是晋国的贤大夫啊，赵鞅未得志的时候，依仗他们二人才得以从政。他得志以后，却把他们杀了，这就是不仁呀！我听说，如果对牲畜有剖腹取胎的残忍行为，那么麒麟就不会来到这个国家的郊外；如果有竭泽而渔的行为，蛟龙就不会在这个国家的水中居住；捅破了鸟巢打破了鸟卵，凤凰就不会在这个国家的上空飞翔。为什么呢？这是因为君子也害怕受到同样的伤害啊！鸟兽对于不仁义的事尚且知道躲避，何况是人呢？"

于是，孔子带领弟子们离开晋国，途中作了《槃操》一曲来哀悼他们。孔子一行离开晋国后，又到了曹国，可是曹国无人来迎接孔子。

子路便说道："夫子，我们去宋国吧？那里是您的祖宗之地。"孔子点点头，便带领众弟子去宋国，子贡先行一步去安排。

第42回　桓魋伐树弟子忧　仲尼说仁慰子牛

　　孔子师徒到了宋国境内，只见一群戴着手铐脚链的百姓正拉着一块块巨大的石头，旁边有一个监工，拿着鞭子狠狠地抽打着。野外有一老农，一边劳作，一边唱歌：

> 民亦劳止，汔可小康。
>
> 惠此中国，以绥四方。
>
> 无纵诡随，以谨无良。
>
> 式遏寇虐，憯不畏明。
>
> 柔远能迩，以定我王。

　　孔子上前施礼问道："老人家，那些人拉石头干什么呢？"

　　老农说道："这是司马桓魋的封地，他强迫百姓为自己做石椁，做了三年还没完成。"

　　孔子叹道："像这样奢靡，人不如死了赶快腐烂掉越快越好啊！"

　　"大胆，你敢咒骂司马大人！是不是活腻了！"监工听到孔子评论，正要甩鞭子，却被子路擒住。子路看不惯官兵欺压百姓作威作福的样子，便赶跑了鞭打百姓的监工。那些百姓被解开锁链，纷纷跪谢，之后便四散逃命去了。

　　那监工去向司马桓魋告发孔子。司马桓魋生气地说："在我的地盘上还敢撒野？走，带上兵器，随我一起去。"

　　这时，刚巧国君宋景公派人来传召司马桓魋。

　　司马桓魋对监工说道："我要去面见国君。你带几个人去把他们赶走。"

　　监工领命而去。此刻，孔子正在一棵大树下，与众弟子习礼。

　　孔子说："夫礼者，所以定亲疏，决嫌疑，别同异，明是非也。鹦鹉能言，不离飞鸟；猩猩能言，不离禽兽。今人而无礼，虽然能言，不也跟禽兽一样吗！为人处世、坐立行走诸多细节都要遵循礼。接下来，由颜回来示范一下手持器具的方法。"

　　颜回听了便走到前面，孔子边说，颜回边示范。

　　孔子说："凡捧着东西时要捧到胸前，提着东西时，要提到腰带。拿着天子的器用时要高举过胸，拿着国君的器用时要平于胸口，拿着大夫的器用时要低于胸口，拿着士的器用时手放松提上就可以……"

这时，一个年轻人匆匆跑来，问道："敢问哪位是孔夫子？"

子路带他去见孔子。此人见到孔子立即跪下说道："我叫司马牛，字子牛，一直仰慕夫子，愿拜夫子为师。"

孔子问道："你叫司马牛？那司马桓魋是你何人？"

子牛惭愧地低下头，说道："实不相瞒，司马桓魋是我兄长。"

孔子说："难得你坦诚相告。一起来习礼吧！"

子牛惊问道："夫子同意收我为弟子了？"

颜回拉子牛起来，笑道："夫子有教无类，当然同意了！"

子牛有点不敢相信，刚才还在担心孔子会因兄长之事而把自己拒之门外，没想到孔子竟如此平易近人！

子牛突然想起了什么，急忙说道："我刚才听兄长说要派人来驱赶您，您先避一避吧！"

孔子说道："别慌，我们又没犯法。"

正说着，那监工带了五个彪形大汉气势汹汹地赶过来。

"就是他们，把他们抓起来！"监工怒吼道。那五个壮汉恶狠狠地向孔子扑过来。

子牛见状，急得直跺脚，喊道："您看吧，我说让您快走吧，您就是不听。赶紧跑吧！"

"别怕，有我在呢！"子路抽出宝剑。

"你一个人哪能斗得过他们？"子牛更加急躁了，便对孔子说："您还是避一避吧！"

孔子一脸从容，说道："**侍奉在君子旁边陪他说话，要注意避免犯三种过失——还没有问到你的时候就说话，这是急躁；已经问到你的时候你却不说，这叫隐瞒；不看君子的脸色而贸然说话，这是瞎眼。**"（16.6）

颜回安慰子牛说："我们又没有做什么坏事，怕什么呢！"

那五个彪形大汉冲到众人跟前，准备动粗。子路、冉有、公良孺等弟子都是武艺高强之辈，连蒲邑的士兵都不怕，还怕这几个人？三人联手把他们打得跪地求饶。监工见状，赶紧逃之夭夭。于是，众弟子继续在树下习礼，像什么事都没发生似的。

子牛长舒了一口气，想起自己刚才鲁莽冒失，不禁心生惭愧。然而，他深知兄长桓魋肯定不会善罢甘休，便拜别了孔子，回去探听消息。

话说宋景公知道孔子是天下闻名的贤人，于是召见桓魋，想任用孔子，为宋国效力。桓魋害怕孔子师徒会取代他的权势，便对宋景公说："孔丘在鲁，官为大司寇，却辞官出走，可见其野心不小。他在卫国五年，卫君对他敬而不用，可见卫国看透了他。宋不及卫大，不若鲁强，孔丘师徒不请自来，狼子野心岂不昭然若揭吗？"宋景公说："孔丘乃当世圣人，哪会犯上作乱？"桓魋说："不怕一万就怕万一，若他们发起难来，谁能抵御？"宋景公叹道："也罢，那就不任用他了。但毕竟是同宗，按礼数总得见一见。劳烦大司马去召见孔丘。"

桓魋说道："诺，微臣现在就去。"

司马桓魋虽然嘴上答应着，心里却想着恐怕孔子早已被赶出城了。回到宅邸，刚好遇到被暴打一顿逃回来的监工。司马桓魋勃然大怒，当即拉了一队兵马，杀气腾腾地出发了。

子牛见势不妙，赶紧去报信，老远就喊道："夫子快走，我兄长带兵马来了。"

众弟子见远处一队兵马正杀奔而来，兵马过处尘土飞扬。

子路抽出宝剑说道："大家快走，万一走散了，就在郑国城门会合。"

子牛急忙喊道："我对此地比较熟悉，大家跟我走。"

"我不走。"孔子怒道，"**上天把德赋予了我，桓魋能把我怎么样？**"(7.23)

孔子本想坚守习礼之地，却被几个弟子强行拉上马车，四散逃奔。

子路与司马桓魋的先头部队激战了一会儿，见孔子马车走远了，便赶紧退出战斗。司马桓魋赶到大树下，见孔子等人早已走远，怒不可遏，就砍倒大树以泄心头之恨。

子路对孔子说："桓魋在宋国只手遮天，恐怕宋君有危险了。"

孔子摇摇头，说道："我反而觉得桓魋有危险了。别看他现在风光，日后恐怕比我们还狼狈。"

子路问孔子："您怎么知道他会如此呢？"

孔子说："要了解一个人，应看他做的事，观察他做事的方式方法，考察

他的心理，安于什么，不安于什么。这样，这个人怎样能隐藏得了呢？这个人怎样能隐藏得了呢？"^(2.10)

果不其然，后来宋景公感到桓魋有悖逆之心，便派军讨伐他。桓魋仓皇出逃，他的弟弟子颀、子车也四处逃亡。

一路上，子牛忧心忡忡。本来得遇名师是件喜事，可如今自己的兄长居然要追杀自己的老师，内心羞愧不已，这样的兄弟，还不如没有呢！

子牛忧愁地说："别人都有兄弟，唯独我没有。"

子夏安慰他说："我听说过'死生有命，富贵在天'。君子只要对待所做的事情严肃认真，不出差错，对人恭敬而合乎于礼的规定，那么，天下人就都是自己的兄弟了。君子何愁没有兄弟呢？"^(12.5)

子牛问孔子："怎样做一个君子呢？"

孔子说："君子不忧愁、不恐惧。"

子牛说："不忧愁、不恐惧，这样就可以叫作'君子'了吗？"

孔子说："自己问心无愧，那还有什么忧愁和恐惧呢？"^(12.4)

颜回在一旁说道："正所谓'仁者不忧'。"

子牛又问："怎样做才是仁？"

孔子说："仁人说话是慎重的。"

子牛说："说话慎重，这就叫作'仁'了吗？"

孔子说："做起来很困难，说起来能不慎重吗？"^(12.3)

孔子字字铿锵，不断敲击着子牛的心灵，一颗强大的内心就是这样千锤百炼而成的。子牛躬身行礼："感谢夫子教诲！"

第43回　过郑至陈耳顺年　孔子问道于老聃

公元前492年，孔子六十岁，到了耳顺之年，他个人的修行成熟，能听得进逆耳之言，詈骂之声也无所谓，无所违碍于心。**孔子杜绝了四种弊病：没有主观猜疑、没有定要实现的期望、没有固执己见之举、没有自私之心。**(9.4)

话说危急情形下大家四散逃亡，不辨东西。孔子与弟子们走散了，就待在郑国城墙东门旁发呆。走散的弟子们到处寻找孔子，逢人便问。

这时，有个老者对子贡说："东门边有个人，他的前额像尧，他的脖子像皋陶，他的肩部像子产，不过自腰部以下和大禹差三寸。但看他劳累的样子就像一条丧家之犬。"

子贡听了赶紧去东门，终于在那里找到了孔子，就把老者那段话一五一十地告诉了孔子。孔子听了哈哈大笑："一个人的外形相貌都是细枝末节，不过说我像条无家可归的狗，确实是这样！确实是这样啊！"众弟子本来有点颓废，听了孔子自嘲般的笑声，也忍不住笑出声来。

孔子派子路去向郑国执政者表达出仕的意愿，其余弟子围着孔子聆听教诲。

子贡问："郑国国政如何呢？"

孔子说："**郑国发表的公文，都是由裨谌起草的，世叔提出意见，外交官子羽加以修饰，由子产做最后修改润色。**"(14.8)随后又叹息道，"要治理好一个国家确实是不容易的，可惜子产已逝，现在郑国恐怕也是动荡不安。"

颜回问怎样治理好国家。孔子说："用夏代的历法，乘殷代的车子，戴周代的礼帽，奏《韶》乐；禁绝郑国的乐曲，疏远能言善辩的人。郑国的乐曲浮靡不正派，佞人太危险。"(15.11)

过了一会儿，子路回来了，一屁股坐在地上，垂头丧气地说："郑国也是小人当道，他们根本不敢见夫子。"

孔子叹道："如果我的主张行不通，就乘上木筏子到海外去。能跟从我的大概只有仲由吧！"

子路听到这话很高兴，笑道："那当然了，保护夫子，舍我其谁？"

孔子见子路得意忘形，便说："仲由啊，也就好勇超过了我，其他没什么可取的才能。"^(5.7)

子路知道自己失态，慌忙收敛了喜色。

孔子仰天长叹："谁能不经过屋门而走出去呢？为什么就没人走我指的这条道呢？"^(6.17)

公良孺说道："夫子，当初我们本想去陈国，结果接连在匡城和蒲邑受阻没去成，这次就去陈国吧？"

"为今之计，也只能这样了。"孔子点点头，带众弟子启程前往陈国。

经过一路颠簸，孔子师徒终于到达陈国，司城贞子热情地接待了孔子。司城贞子是陈国的大夫，"贞子"是他的谥号，清白守节曰贞，有这样的谥号，说明他是一位有贤德的君子。一路遭受冷遇的孔子师徒，骤然受到司城贞子的尊重与热情接待，顿时有一种宾至如归的感觉。

子路问颜回："何为司城？"

颜回说："司城，原本是宋国官名，相当于司空，因宋武公名叫'辨空'，为避讳而改'司空'为'司城'，后来陈国就沿用了'司城'这个官职名称。"

司城贞子问："听闻夫子推行仁道，请问假如一个人杜绝了那些不仁的行为，算爱好仁德吗？"

孔子说："我没有见过爱好仁德的人，也没有见过厌恶不仁的人。爱好仁德的人，是再好不过的了；厌恶不仁的人，在实行仁德的时候，不让那些不仁的事情影响自己。有谁能把成天的精力都用在仁德上呢？我没有见过力量不足的。也许这种人是有的，但我没有见过。因此，君子不仅要杜绝不仁，更应该主动追求仁。"^(4.6)

陈国人听说孔子来到了陈国，也纷纷前来拜师。其中有一个年轻人，复姓颛孙，名师，字子张，好学深思，喜欢与孔子讨论问题。

子张问孔子："士怎样才可以做到通达？"

孔子说："你说的通达是什么意思？"

子张答道："在国君的朝廷里必定有名望，在大夫的封地里也必定有名声。"

孔子说："这只是虚假的名声，不是通达。所谓达，那是要品质正直，遵从礼义，善于揣摩别人的话语，观察别人的脸色，经常想着谦恭待人。这样的人就可以在国君的朝廷和大夫的封地里通达。至于有虚假名声的人，只是外表上装出仁的样子，而行动上却正是违背了仁，自己还以仁人自居不惭愧。但他无论在国君的朝廷里和大夫的封地里都必定会有名声。"^(12.20)

当然，除了仰慕孔子的求学者，也有不怀好意之徒。陈国的司败（司败就是司寇）来拜见孔子。

陈司败问："鲁昭公知礼吗？"

孔子说："知礼。"

孔子出来后，陈司败向巫马期作了个揖，请他走近自己，对他说："我听说，君子是没有偏私的，难道君子还包庇别人吗？鲁君在吴国娶了一个同姓的女子为夫人，因为是国君的同姓，为避人耳目而称她为'吴孟子'。如果鲁君算是知礼，还有谁不知礼呢？"

按照周礼的规定，娶妻不娶同姓。鲁国与吴国同为姬姓，而鲁昭公娶了吴国女子，是不合周礼的，所以，陈司败想利用这个问题来为难孔子。

巫马期把这话告诉了孔子。孔子说："我真是幸运啊！如果有错，人家一定会知道。"^(7.31)

巫马期对颜回说："夫子是不知礼呀，还是不知昭公之事呢？现在让人给取笑了吧？"

颜回笑道："夫子怎会不知呢？他对陈司败说昭公知礼，就是遵循了'讳君恶'的礼呀！"

巫马期恍然大悟，叹道："我错怪夫子了！实在惭愧呀！"

有一位名叫"子桑户"的智者曾与两位朋友孟子反、子琴张在一起谈话："谁能够相互交往于无心交往之中，相互有所帮助却像没有帮助一样？谁能登上高天巡游雾里，循环升登于无穷的太空，忘掉自己的存在，而永远没有终结和穷尽？"三人会心地相视而笑，一起隐居山林，超然世外。

孔子带弟子们去拜访子桑户，只见他赤裸着身体在门口迎接。孔子的弟子不高兴，说道："夫子为何要见这个人呢？你看他袒胸露乳，一点也不尊重人。"孔子说："他本质还是好的，我见他就是想劝他注意礼仪和文明。"

仲弓问："子桑户这个人怎么样？"

孔子说："此人还可以，办事简要而不烦琐。"

仲弓说："居心恭敬严肃而行事简要，像这样来治理百姓，不是也可以吗？但是自己比较随意，又以简要的方法办事，这岂不是太随便了吗？"

孔子点点头说道："冉雍，这话你说得对。"^(6.2)

忽一日，一小童送信给孔子，说子桑户刚刚去世了。

朋友死了，没有亲属负责殓埋，孔子说："丧事由我来办吧！"^(10.22) 于是派子贡前去帮助料理丧事。子贡去了，发现子桑户的两个朋友孟子反和子琴张，一个在编曲，一个在弹琴，相互应和着唱歌："哎呀，子桑户啊！哎呀，子桑户啊！你已经返归本真，可是我们还成为活着的人而托载形骸呀！"子贡听了快步走到他们近前，说："我冒昧地请教，对着死人的尸体唱歌，这合乎礼仪吗？"二人相视笑了笑，不屑地说："这种人怎么会懂得'礼'的真实含义！"子贡不明其意，也不便多说，依旧依礼料理丧事。子贡回来一一告诉大家，众弟子对此放浪形骸之举又发起一番热议。

司城贞子向国君陈湣公举荐孔子，陈湣公当即给孔子提供了俸粟，虽然没有卫国优厚，但是对于颠沛流离的孔子师徒来说，起码有了一个基本保障。

有一天，孔子正与陈湣公论政。这时，突然有一只鹰从天上急速地落于庭院中的大树上，一会儿工夫，却又跌地而死。大家都很惊奇，围观的时候，发现这只鹰身上带了一支箭，箭头是由砮石制成，箭杆则是用楛荆木做成，箭长一尺八寸。这种箭的来历，不要说陈湣公身边无人知晓，就是天下知道的人也已经很难找到了。

陈湣公问："这是什么箭呢？"

孔子告诉陈湣公说："这种箭产生于北方的肃慎国。那是在周武王平定了天下之后，各国都把自己特殊的物品拿来进贡。肃慎国就是将这样的箭进贡给周武王。武王很欣赏，并命人在箭上刻下'肃慎氏贡楛矢'六个字，并将此箭分赏给了大姬（武王长女）配虞胡公而封于陈。这也是古代的礼制，分封给同姓的是珠玉，用来表示亲近；分封给异姓的是贡品，以志远服。君上可以派人到府库找找，看看是否还能找到这样的箭。"陈湣公立即派人去找。不一会儿有人来报："禀告君上，在府库中果然找到了这样的箭，楛荆木的箭杆上，镂刻着'肃慎氏贡楛矢'六个字。"陈湣公惊奇不已，非常佩服孔子渊博的学识。

陈湣公虽把孔子奉为上宾，但国弱政乱，无法推行孔子的主张。孔子惆怅不已，便再次去向老子问道。

老子已经百岁高龄了，仙风道骨，正坐在崖顶闭目养神。旁边一小童看着香炉。孔子施礼后，向老子问道。老子坐在那里一言不发，只是张开嘴，用手指了指舌头。孔子不解，一脸迷惑。只见老子又张开了嘴，指了指牙龈，让孔子看他已经脱落不在的牙齿。孔子顿悟。两个圣人的对话就这样在伸舌头和张嘴的肢体动作中结束了。孔子拜谢老子，起身带弟子们回去。

弟子们不解，便问孔子，老子到底是什么意思。

孔子说道："舌柔齿坚，但最后却是牙先掉了，而舌头仍然健在。这就是柔弱胜刚强的道理呀！"

这时，老子身边的小童捧着一堆竹简追上来："夫子请留步。师尊说他毕生精力都在研究《易》，颇为玄妙，如今赠予您，望能传于后世。"

孔子恭敬地收下易简，拜谢道："丘虽不才，当尽全力不负先生之托。"

话说老子见周朝衰微，便离开了周都。一天，把守函谷关的长官尹喜在城头远眺，见旭日初升，紫气东来，心想必有贵人驾到，便亲到城门迎接。许久，一老者骑着青牛哼着小调悠悠而至，原来是老子。当他得知老子要出关，就极力劝说想留住老子。老子笑道："老夫是身无长物，留住我有什么用呢？"尹喜想了想，就对老子说："那就请您写部著作，传给后人吧！"

老子见尹喜如此执着，便写了一篇著作，然后就骑着青牛走了。尹喜迫不及待地打开竹简诵读起来："道可道，非常道；名可名，非常名……"读罢拍案叫绝，赶紧命人誊抄收藏，这篇著作就是后来传世的《道德经》。

又一天，陈潜公与孔子一起饮酒游览。

过路的人说："鲁国的司铎宫发生了火灾，也烧毁了近旁的宗庙。"

有人把这话告诉了孔子，孔子说："烧毁的是鲁桓公和鲁僖公的宗庙。"

陈潜公说："你怎么知道的呢？"

孔子说："于礼而言，祖宗有功德，则其宗庙不应被毁。如今桓公、僖公的亲人都没有了，他们的功德又不足以让后人怀念，而鲁国却不拆毁他俩的宗庙，于是天灾就来毁掉它。"

过了三天，鲁国的使臣来到陈国，一问，果然烧毁的是桓公、僖公的宗庙。

陈潜公对子贡说："我如今才知道圣人真的了不起！"

子贡说："您知道当然好，但是不如深信他的主张，并且身体力行更好！"

陈潜公苦笑道："国小力弱，只能在吴楚两国的夹缝中苟延残喘。即便施行仁道得以国富民强，也富不过吴，强不若楚，反而成为两国更大的诱饵。"

鲁国使臣来陈国所为何事？且看下回分解。

第44回　仲尼翘首为国忧　康子继位召冉有

　　孔子在陈国聚徒讲学，虽然颇受礼遇，但依然心系鲁国。每当夕阳西下，孔子便伫立高台，望着鲁国的方向，自言自语："鲁国一切都还好吧？"颜回在一旁安慰："夫子请放心，最近没有收到什么坏消息，想必一切都是好的！"孔子拄着拐杖，遥望故国，就如雕像般一动不动，直到夜幕降临才回到房间。

　　这一年，鲁国季桓子病重。临死前，季桓子乘辇车巡视鲁城，但见田园荒芜，荆棘丛生，几株光秃秃的桑树，东倒西歪地长着，时而传出乌鸦"呱呱"的凄厉叫声，令人不寒而栗。看到如此颓废之景，季桓子百感交集，懊悔万分，不由地叹道："孔丘主政时，厉行改革，鲁国是有机会强盛的，只因我沉迷女乐，没有重用他，才痛失良机呀！"随即又告诫儿子季康子，"我死后，你一定要迎请孔丘回来辅政！"

　　不久，季桓子去世，季康子打算召回孔子。近臣公之鱼劝阻说："先君重用孔丘，结果孔丘因事出走，惹得别国笑话自己。现在，您再重用他，如果他又半途而废，别国岂不又要笑话您了。"季康子问："那要怎么办才好呢？先父遗嘱要我迎请孔丘。"公之鱼说："您可以召其弟子冉求回来。此人多才多艺，可以辅佐您，又出自孔门，也不算违背父命。"季康子说："好，就这么办！"于是去报告国君鲁哀公，派使臣去陈国。

　　这天，孔子正在陈国讲学。这时，门外传来"夫子，夫子……"的呼喊声。众人向门口望去，只见有四人走进来，走在最前面的是南宫敬叔，后面跟着樊迟、公之鱼和一个年轻人。南宫敬叔跪在孔子跟前，哭道："十年不见，夫子安好？"

　　孔子哽咽着扶起南宫敬叔，点点头说道："还好，还好。你怎么来了？"

　　南宫敬叔说道："奉鲁君之命，前来召冉有回鲁效力。"

　　子路问道："鲁君就只召冉有吗？有没有提夫子呢？"

　　南宫敬叔结结巴巴道："这……"

　　这时，跟南宫敬叔随行的公之鱼干咳一声，说道："鲁国外忧内患，战事频起，鲁君担心夫子安危，所以先召冉求回去，待国内安定了再来迎请夫子。"

"瞎说！正因为鲁国外忧内患，才更需要夫子呀！"子路怒道，又问南宫敬叔，"你位高权重，怎么也不劝谏国君？"

南宫敬叔惭愧地低下头说道："实不相瞒，我因言获罪，现在无官无职……"

子路正要追问，孔子摆摆手说道："仲由，这怪不得南宫。让冉求回去为国效力也好。"又对冉有说，"冉求，**面对着仁德，就是老师，也不同他谦让。**^{（15.36）}你此番前去鲁国，一定要发挥才智，竭尽所能为国效力，以行仁道。"

冉有跪拜道："弟子谨遵师命。"

樊迟听到孔子说"仁道"，便问孔子"怎样做才是仁？"

孔子说："爱人。"

樊迟问："怎样做才是智？"

孔子说："了解人。"

樊迟还不明白。

孔子说："选拔正直的人，罢黜邪恶的人，这样就能使邪者归正。"

樊迟退出来，见到子夏说："刚才我见到夫子，问他什么是智，他说'选拔正直的人，罢黜邪恶的人，这样就能使邪者归正'。这是什么意思？"

子夏说："这话说得多么深刻呀！舜有天下，在众人中挑选人才，把皋陶选拔出来，那些不仁的人就被疏远了。汤有了天下，在众人中挑选人才，把伊尹选拔出来，那些不仁的人就被疏远了。"^{（12.22）}

南宫敬叔在陈国搜罗了一些奇珍异宝，恰巧被子路遇见，就告诉了孔子。

孔子问："路途遥远，他带这么多珍宝干什么呢？"

子路说道："南宫现在无官无职，是想把珍宝献给鲁君赎罪。"

孔子听了叹道："唉，像他这样用钱财行贿，丢掉官职以后还不如一下子贫穷的好啊！"

待启程时，南宫敬叔和冉有一齐跪倒，挥泪向孔子拜别……

公之鱼在车上催促："事不宜迟，二位大人赶紧上车吧！"

孔子摸着冉有的头，感慨地说道："**归去吧！归去吧！家乡的孩子都长大了，有志气，有文化，只是行事有些疏略，我不知道怎样才能调教好他们呀！**"^{（5.22）}

子贡知道孔子想回故国，就暗暗嘱咐冉有："你一定要想办法让他们请夫子回去！"冉有点点头，上车离去。

走了很远，冉有回过头来，见孔子依然站在那里挥手告别。秋风萧瑟，他那高大的身躯渐渐模糊。冉有擦一擦眼泪，毅然前行。冉有的身影也在孔子眼里越来越远，越来越模糊。

"夫子，您看这是谁？"

孔子回过神来，却见颜回正拉着一个十几岁的年轻人站在跟前。

"长得跟曾点有点像，难道是曾点的儿子？"孔子打量着年轻人说道。

颜回笑道："夫子好眼力，他正是曾晳的儿子曾参。"

这年轻人立即跪拜道："弟子曾参拜见夫子！"

孔子摸着曾参的头，脸上泛着慈爱的神情，就像摸着自己的儿子一样，说道："好呀，好呀，当初还只是一个六七岁的孩童，现在都这么大了！"

曾参，字子舆，幼年跟随父亲曾点饱读诗书，拜师后更是勤奋求学，是孔子学说的主要继承人和传播者，被后世尊奉为"宗圣"。

"走了一个子有，又来一个子舆。夫子也不吃亏。"子路打趣道。众人哈哈大笑，孔子见这么多弟子死心塌地地追随自己，心里也就没那么难过了。

第45回　陈蔡绝粮七日困　仲尼提问试真心

　　孔子在陈国住了三年，这几年，吴国刚刚战胜了越国，兵锋甚盛，挥师北上侵略陈国，楚国出兵救陈，吴楚陈兵对峙，大战一触即发。此时，陈国政局混乱，百姓们拖家带口纷纷逃难。北风呼呼地吹，仿佛在为天下百姓悲歌：

> 北风其凉，
>
> 雨雪其雰。
>
> 惠而好我，
>
> 携手同行。
>
> 其虚其邪？
>
> 既亟只且！

　　孔子见百姓逃难的情景，不由地长叹一声。时值乱世，孔子师徒也不得不避兵祸离去。这一年是公元前489年，孔子六十三岁。

　　孔子说："坚定信念并努力学习，誓死守卫并完善治国与为人的大道。不进入政局不稳的国家，不居住在动乱的国家。天下有道就出来做官，天下无道就隐居不出。国家有道而自己贫贱，是耻辱；国家无道而自己富贵，也是耻辱。" (8.13)

　　子路问道："夫子，我们去哪儿呢？"

　　孔子说："能与吴国抗衡的也就只有楚国了。我们去楚国吧！"

　　子路问："楚国有没有贤德君子来引荐？"

　　子张说："有一位名叫'沈诸梁'的大夫，其封地在叶，素有贤德，人称'叶公'，正驻守在楚地负函（今河南信阳）。此行可先去找他。"

　　子路问："他怎么不在封地，反而驻守在负函呢？"

　　子张说："楚国伐蔡，蔡国失败后迁至州来（今安徽寿县），于是楚国就将原蔡国属地的民众迁徙至负函。正因为叶公是一个贤人，所以楚国才选任他去负函管理这些蔡国移民。"

　　子路点头说道："原来如此。"

　　陈国和蔡国的大夫们听说孔子要去楚国，心中害怕了。陈国大夫说："如果孔丘在楚国被重用，那么我们可就危险了。"蔡国大夫说道："确实如此。上次楚国侵犯蔡国，被迫迁都，此恨难消。"陈国大夫说道："那就派兵去阻止他们吧！"蔡国大夫说道："不可。如果让别人认出是我们陈、蔡派兵，楚国会兴师问罪。不如派一些服劳役的囚徒去，这样也免得留下话柄。"于是，他们双方就趁夜色派了一大批囚徒包围了孔子师徒。

天色微明，颜刻睡眼惺忪，朦朦胧胧地看到不远处有一群衣衫褴褛的人正走动着，这些人还戴着手铐脚镣，犹如孤魂野鬼般在荒野游荡。

"鬼呀！"颜刻大叫一声。众弟子惊醒，忙问怎么回事。颜刻指着远处说道："看，那儿有鬼！"

"鬼在哪里？让我去看看。"子路抽出宝剑气呼呼地跑过去，远处很快传来一阵打斗声。不一会儿，子路跑回来跟孔子说："不知哪里来的囚徒把我们围困在这了。我刚才跟他们打斗，他们竟都是些亡命之徒，毫不退让。"

孔子说："他们想干什么？"

子路说："不知道。我四周查看了一下，都是他们的人。他们什么也不肯说，就不让我们走。"

孔子说道："天无绝人之路，暂且等等。"

孔子师徒被围困在陈蔡之间的荒郊野岭，但见山上怪石嶙峋，荒草丛生。他们很快就断粮了。弟子们有的病了，有的饿得站不起来了。子张性格偏激，这些天他一直忍着，后来实在忍不住了，就想突围而出，与那些囚徒大打出手，无奈囚徒人多势众，一起围攻了子张。子张受伤，只得败下阵来。

子张问如何才能使自己到处都能行得通。孔子说："说话要忠信，行事要笃敬，即使到了蛮貊地区，也可以行得通。说话不忠信，行事不笃敬，就是在本乡本土，能行得通吗？站着，就仿佛看到'忠信笃敬'这几个字显现在面前，坐车，就好像看到这几个字刻在车辕前的横木上，这样才能使自己到处行得通。"子张把这些话写在腰间的带子上。 [(15.6)]

这样干等可不是办法。子贡心想，于是暗中用重金收买了一个囚徒，让他去给楚国送信，顺便买些粮食来。

第二天黎明，一个小布袋扔过来，子贡捡起来打开一看，是一袋米。"看来这囚徒也讲诚信，但愿那封求救信也能顺利送出去。"子贡把米袋交给颜回。

颜回惊奇地问："哪来的米？"

子贡笑道："有钱能使鬼推磨。虽然只有一点点，熬成粥还能吃上一顿。"

颜回点点头，便支起一口大锅，在山洞里为大家煮粥。

子贡从洞口经过，一扭头，正好看到颜回拿了一小勺的粥往嘴里送。子贡有些不高兴，但他没有上前质问颜回，而是去见孔子。

子贡见了孔子，行礼后，问道："仁人君子，会因为贫穷变节吗？"

孔子回答道："如果在穷困的时候，就改变了气节，那怎么还能算是仁人君子呢？"

子贡接着问："像颜渊这样的人，该不会改变他的气节吧？"

夫子斩钉截铁地回答："当然不会。**颜回，他的心可以在长时间内不离开仁德，其余的弟子则只能在短时间内做到仁而已。**"(6.7)

子贡便将看到颜回偷吃粥的事告诉了孔子。

孔子听后，笑道："我相信颜回的人品已经很久了，虽然你这么说，但我还是不能因为这一件事就怀疑他，可能其中有什么缘故吧！"

于是，孔子便召了颜回，对他说："我刚梦到了自己的祖先，想必是要护佑我们吧？你把粥做好了之后，我准备先祭祀祖先。"

颜回恭敬地对孔子说："夫子，这粥已经不可以用来祭祀先祖了。"

孔子问："为什么呢？"

颜回说："我刚才煮粥时，粥的热气散到了山洞顶部，顶部被熏后，掉了一小块黑色的尘土到粥里。它在粥里，就不干净了，我就用勺子舀起来，要把它倒掉，又觉得可惜，于是便吃了它。用吃过的粥祭祖，是不恭敬的！"

孔子听后说："原来如此，如果是我，那我也一样会吃了它的。"

颜回出去后，孔子对在场的弟子们说："我对颜回的信任是不用等到今天才来证实的。"子贡当即跪拜认错。

断粮七日后，弟子们只能靠野菜充饥，人人面黄肌瘦，一种不安的情绪正在弟子们中间蔓延。碰壁也好，艰苦也罢，总是在坚信夫子的君子之道。可如今死亡的威胁正在慢慢逼来，而前面又没有一丝光亮，这种看不到希望的绝望笼罩在每个人头上。

不安之中当然隐含着一种动摇，对信念的动摇。

孔子却越发地镇静与安详了。他坐在一块大石头上，就像昔日坐在杏坛上一样，尽管饥寒交迫，却仍旧不停地给他的弟子们讲课。

孔子鼓励弟子们说："没有仁德的人不能长久地处在贫困中，也不能长久地处在安乐中。仁人是安于仁道的，有智慧的人则是知道仁对自己有利才去行仁的。"(4.2)上天让我们来推行仁道，即使身处困境，也会化险为夷。"

颜回心疼地对孔子说："夫子，您的身体要紧，这都绝粮几日了，您还讲课，太消耗体力了。"

孔子说："支撑我的难道是体力吗？非也。是对信念坚持的精神力量呀！"

颜回说道："我明白夫子所讲的，但此刻支撑着弟子的却是您呀！"

颜回一边说着一边扶孔子走进山洞。孔子静坐于山洞中开始弹琴，大家被琴声感染着，在饥饿中熬过一个又一个时辰，即使病倒了也一声不吭。

子路看着奄奄一息的师弟心中不忍，便垂头丧气地坐在孔子旁边说："夫子，君子也有穷困的时候吗？"

孔子说："君子穷于道才叫'穷'，遭逢乱世，我们行仁义之道正当其时，何穷之有？即使真到了穷困之日，君子也能固守本分，安贫乐道，小人就会想入非非，胡作非为。"(15.2)

孔子知道弟子们因为连续几日的断粮已经在心里产生了不满。他想，这样的机会也是很难得的，不妨借此困境来试探一下弟子们的境界吧！也许，他们会在心里记一辈子，并让自己的人生境界得到一次真正的升华。于是，他安排弟子们挨个儿进来与自己进行一对一的面谈。

孔子先叫来子路，问："《诗》上说，'不是犀牛也不是老虎，然而它们却徘徊在旷野上'，难道是我们的学说有什么不对吗？我们为什么会落到这种地步呢？"

直率的子路说着直率的话："大概是我们的仁德还不够吧，所以人家不信任我们。或者是我们的智谋还不够吧，所以人家不放我们通行。"

孔子知道这是大是大非的问题，不能有半点客气的，便对子路说："怎能这样理解呢？仲由啊，假使有仁德的人必定能使人信任，哪里还会有伯夷、叔齐饿死在首阳山呢？假使有智谋的人就能畅通无阻，哪里还会有比干被剖心呢？"

子路退出，众弟子围着子路问怎么回事。子路叫子贡去见孔子，一屁股坐在大石头上，一脸神秘，惹得众弟子更加好奇。

子贡进去，孔子提出了同样的问题。

子贡的回答与子路有所不同："您的学说博大到极点了，所以天下没有一个国家能容纳夫子。夫子何不稍微降低一下您的要求去适应各国诸侯呢？"

孔子回答说："赐啊，好的农夫虽然善于耕种，但是他却不一定有好的收成。好的工匠虽然有高超的手艺，但是他的作品却未必能使所有人称心如意。有修养的人能够更加坚定地研修自己的学说思想，就像结网一样，纲举目张，依次进行，但是却不一定被人接受。现在你不去研修自己的学说，坚守自己的思想，反而要降低自己的标准来迎合他人。赐啊，你的志向太不远大了。"

子贡垂头丧气地走出山洞，顺便叫颜回进去。这回该轮到颜回了，颜回是孔子最得意的门生，众弟子纷纷聚拢在山洞口探听。

孔子还是提出同样的问题。

颜回毫不犹豫地说道："夫子的学说博大到极点了，所以天下没有一个国家可以容纳得下。虽然是这样，夫子还是一如既往地推行自己的学说，不被天下接受又有什么关系呢？不被接受，而继续坚持，这样才更能显现出君子本色！一个人不研修完善自己的学说，那才是自己的耻辱。至于已经下了大力气甚至是毕生精力研究的学说不能够被人所用，那只是当权者的耻辱了——大道既已大修而不用，是有国者之丑也。"

孔子听到颜回的回答，虽然表面上看似平静，波澜不惊，内心却是无比的激动与欣慰，激动的是众多弟子中总有一个知己，欣慰的是传道多年，终归后继有人。"不被接受而继续坚持，这样才更能显现出君子本色！"孔子点点头，重复了一遍颜回说的话，笑道："正所谓人不知而不愠，不亦君子乎！"

洞外的弟子们听了纷纷伸出大拇指赞叹不已。子张说："**实行德而不能发扬光大，信仰道而不忠实坚定，这样的人怎能说有道德？又怎能说愿意为真理而献身呢？**"[（19.2）]我们要以颜渊为榜样，继续坚持！"

这时，洞中传来孔子的大笑声："**到了寒冷的季节，才知道松柏是最后凋谢的。**"[（9.28）]颜回呀，要是你哪天成了个大富翁，我愿意去给你当管家。"

"夫子说要给颜渊当管家！"众弟子在洞外听了也大笑起来。

第46回　勇子路智斗鱼精　至负函叶公问政

正当弟子们围在洞口谈笑风生时，忽然从一块大石头后面传来一声怒吼。众弟子回头一看，有个九尺多高的怪物，穿着黑袍，戴着高帽，披甲执戈，向众人挥舞，它怒吼的声音把四周都震得轰隆隆抖动起来。

子贡上前问道："你是何方神圣？"不料这个怪物啥也不说，扯着子贡衣襟一把就提起来。

子路赶紧冲过去救下子贡，和它交起手来，那怪物力气挺大，而子路早已饿得空乏无力，因而久战不胜。孔子与颜回走出洞外观战了一会儿，对子路喊道："仲由，捅它的肋下！"子路就照着它的肋叉子一拳打过去，那怪物也听到了孔子的话，大袖一挥便轻而易举地挡下了子路的拳头。子路心想：这怪物听得懂人言，不能力斗，只能智取。于是大喊道："它的肋下无懈可击，我攻击他的双腿试试。"攻击怪物双腿，怪物又轻而易举地挡下。子路又喊："它的双腿坚如磐石，我再攻击它的头试试。"说着便攻击怪物的头，又被怪物挡下。子贡惋惜地说道："哎呀，子路把攻击目标暴露了！怪物早有所防范。"这时，子路说道："我打不过它，还是逃跑吧！"说完转身便逃。公良孺说道："夫子，子路不敌，您暂避一下，待我前去阻挡。"孔子摆了摆手低声说道："仲由之勇，冠绝天下，他若不胜，你去了恐怕也无济于事。仲由向来好勇，这回他故意逃跑恐怕是什么计谋吧！"只见那怪物在子路后面紧追不舍，子路跑了一阵后猛地转身，朝着怪物肋下狠狠一拳，只听到"扑通"一声，那家伙倒在地上，变成了一条大鲇鱼。"妖怪！妖怪！"弟子们惊叫着。孔子说："大家莫怕。凡是动物老了，一些精灵就会附在它的身上，肋下正是弱点。子路刚才一拳把它打回原形了。"孔子师徒多日粒米未进，早已饥肠辘辘，子路便用剑宰杀了大鱼，放进锅里熬成鱼汤，弟子们惊喜地说："这真是老天赐给咱们的食物呀！"

颜回盛了一碗鱼汤给孔子，孔子端着鱼汤对众弟子说道："**人能够使道发扬光大，不是道使人的才能扩大。**"^(15.29)

子张问孔子："我们绝粮七日，又有怪物突袭，为何您却不忧、不惑、不惧？"

第四章　游学

181

孔子说："聪明人不会迷惑，有仁德的人不会忧愁，勇敢的人不会畏惧。"^(9.29)

子贡听了笑道："这正是夫子所说的'君子之道'呀！"

子张端着鱼汤走到子路身边说道："子路兄，我敬你。"

子路问道："为何敬我？"

子张说："**士遇见危险时能献出自己的生命，看见有利可得时能考虑是否符合义的要求，祭祀时能想到是否严肃恭敬，居丧的时候想到自己是否哀伤，这样就可以了。**"^(19.1)刚才危险时刻，子路兄不畏凶险，挺身而出，小弟佩服！"

子路哈哈大笑："好，干了。"说罢，端起鱼汤一饮而尽。

子路擦擦嘴巴，说道："夫子，我算是勇敢的了吧！可内心仍然会害怕；您更勇敢，根本不怕死。"

孔子笑道："**倘若早晨能达到'道'，就是当天晚上死去也心甘。**"^(4.8)上天赋予我们的使命还没完成，怎么会就此终结呢？"

众弟子听了信心满满，对未来又充满了希望。

话说驻扎在负函的楚军接到子贡的求救信，叶公便派一队兵马解救了孔子师徒。孔子师徒终于逃脱了困境，随楚军前往负函。

在路上，孔子遇到了一位隐士，名曰"微生亩"。

微生亩对孔子说："孔丘，你为什么这样四处奔波游说呢？你不就是要显示自己的口才和花言巧语吗？"

孔子说："我不是敢于花言巧语，只是痛恨那些顽固不化的人。"^(14.32)

后来，微生亩认识了一位年轻漂亮的姑娘。君子淑女一见钟情，便私订终身。但是姑娘的父母嫌弃微生亩家境贫寒，坚决反对这门亲事。为了追求爱情和幸福，姑娘决定背着父母与微生亩私奔。那一天，两人约定在城外的一座木桥边会面，双双远走高飞。黄昏时分，微生亩提前来到桥上等候。不料，突然乌云密布，雷鸣电闪，滂沱大雨倾盆而下。不久山洪暴发，滚滚江水裹挟泥沙席卷而来，淹没了桥面，没过了微生亩的膝盖。"城外桥面，不见不散。"微生亩与姑娘的诺言在脑海中久久回荡。他寸步不离，死死抱着桥柱，最终被活活淹死。再说那姑娘因为私奔的念头泄露，被父母禁锢家中，不得脱身，后伺机逃出家门，冒雨来到城外桥边，此时洪水已渐渐退去。姑娘看到紧抱桥柱而死的微生亩，悲痛欲绝。她抱着微生亩的尸体号啕大哭。哭罢，纵身一跃，也投入滚滚江中殉情。

孔子到了负函，叶公热情相迎，与孔子一起畅谈。

叶公问孔子："您认为该怎样管理政事呢？"

孔子说："使近处的人高兴，远处的人自然会来归附。"^{（13.16）}

叶公听了连连称赞。春秋时期地广人稀，一个国家只有占有众多的老百姓才能强盛。而占有老百姓的方式不能靠武力强迫，这样凭武力征来的民众，貌合神离，身虽在此，心却在彼，国家也难以长治久安。必须以德化民，使近处的民众心悦诚服，远处的百姓自然也就闻风而来。

这时，子路进来，向孔子禀报微生亩抱柱而死的事情。

众人听说后，纷纷说道："微生亩真乃诚信之人呀！"

孔子却说："**君子固守正道，而不拘泥于小信。**^{（15.37）}为小信而身死，何以就正道？"

"**夫子说得对。**"有若说道，"**讲信用要符合于义，符合义的言语才能实行；恭敬要符合于礼，这样才能远离耻辱；所依靠的都是可靠的人，也就值得尊敬了。**"^{（1.13）}

子路说："水都淹没脖子了也不畏惧，直面死亡，这也算得上直率了吧？"

孔子说："谁说微生亩这个人直率？有人向他讨点醋，他不直说没有，而是暗地里到他邻居家里借了点送给人家。"^{（5.24）}

叶公对孔子说："我的家乡有个正直的人，他的父亲偷了人家的羊，他告发了父亲。"

孔子说："我家乡的正直的人和你讲的正直人不一样：父亲对儿子直言规劝，儿子对父亲直言劝谏，正直就在其中了。"^{（13.18）}

听了孔子的反驳，叶公有点难堪，便借故离开，孔子师徒继续谈论。

子路问："夫子常说'仁者爱人'，微生亩能称得上'仁人'吧？"

孔子说："微生亩抱柱而死，确是出于'爱人'，但爱人的不一定是仁者。"

子路又问："如何判断一个人有没有仁德呢？"

孔子说："人们的错误，总是与他那个群体的人所犯错误性质是一样的。所以，考察一个人所犯的错误，就可以知道他有没有仁德了。"^{（4.7）}

子夏说："小人犯了过错一定会掩饰。^{（19.8）}恐怕很难辨别吧？"

孔子说："藏得了一时，藏不了一世；骗得了一人，骗不了天下人。"

子贡问："管仲不能算是仁人了吧？桓公杀了公子纠，他不能为公子纠殉死，反而做了齐桓公的宰相。"

孔子说："管仲辅佐桓公，称霸诸侯，匡正了天下，老百姓到了今天还享受到他的好处，这就是他的仁德呀！如果没有管仲，恐怕我们也要像蛮夷一样披散着头发，衣襟向左开了。哪能像普通百姓那样恪守小节，自杀在小山沟里，而谁也不知道呀！"（14.17）

子张问孔子说："令尹子文几次做楚国宰相，没有显出高兴的样子，几次被免职，也没有显出怨恨的样了。他每一次被免职一定把自己的一切政事全部告诉给来接任的新宰相。你看这个人怎么样？"

孔子说："可算得是忠了。"

子张问："算得上仁了吗？"

孔子说："不知道。这怎么能算得仁呢？"

子张又问："崔杼杀了他的君主齐庄公，陈文子家有四十匹马，都舍弃不要了，离开了齐国，到了另一个国家，他说，这里的执政者也和我们齐国的大夫崔子差不多，就离开了。到了另一个国家，又说，这里的执政者也和我们的大夫崔子差不多，又离开了。这个人你看怎么样？"

孔子说："可算得上清高了。"

子张说："可说是仁了吗？"

孔子说："不知道。这怎么能算得仁呢？"（5.19）

子张问："那到底怎样才算您所说的'仁'呢？"

孔子说："能够处处实行五种品德。就是仁人了。"

子张说："请问是哪五种呢？"

孔子说："庄重、宽厚、诚实、勤敏、慈惠。庄重就不致遭受侮辱，宽厚就会得到众人的拥护，诚信就能得到别人的任用，勤敏就会提高工作效率，慈惠就能够使唤人。"（17.6）

第47回　隐士避居不同境　楚王去世半途终

话说楚昭王听说孔子师徒在负函，便派人持重金前去聘请孔子。孔子便拜别了叶公，与弟子们启程去楚都。

子路向叶公告辞时，叶公问："夫子到底是怎样的人呢？"子路想了半天也不知该如何回答。

子路对孔子说："叶公问我您是什么样的人，我竟一时语塞，答不上来。"

孔子对子路说："你为什么不这样说：他这个人呀，发愤用功，连吃饭都忘了，快乐得把一切忧虑都忘了，连自己快要老了都不知道，如此而已。"（7.19）

子路笑道："弟子谨记。"

长沮、桀溺在一起耕种，孔子路过，让子路去寻问渡口在哪里。

长沮问子路："那个拿着缰绳的是谁？"

子路说："是孔夫子。"

长沮说："是鲁国的那个孔丘吗？"

子路说："是的。"

长沮说："那他是早已知道渡口的位置了。"

子路再去问桀溺。

桀溺说："你是谁？"

子路说："我是仲由。"

桀溺说："你是鲁国孔丘的门徒吗？"

子路说："是的。"

桀溺说："像洪水一般的坏东西到处都是，你们同谁去改变它呢？而且你与其跟着躲避人的人，为什么不跟着我们这些躲避社会的人呢？"说完，仍旧不停地做田里的农活。

子路回来后把情况报告给孔子。

孔子失望地说："人是不能与飞禽走兽合群共处的，如果不同世上的人打交道还与谁打交道呢？若天下太平，我就不与你们一道来从事改革了。"（18.6）

子路未能打听到渡口所在，便对孔子说："夫子，您先慢慢前行，我问好了路，再追赶上来。"

子路落在后面，遇到一个老丈，用拐杖挑着除草的工具。

子路问道："您看到夫子了吗？"

老丈说："我手脚不停地劳作，五谷还来不及播种，哪里顾得上你的老师是谁？"说完，便扶着拐杖去除草。

子路拱着手恭敬地站在一旁。老丈留子路到他家住宿，杀了鸡，做了小米饭给他吃，又叫两个儿子出来与子路见面。

第二天，子路赶上孔子，把这件事告诉了孔子。

孔子说："这是个隐士啊！"叫子路回去再看看他。

子路到了老丈家，他却已不在。子路说："不做官是不对的。长幼间的关系是不可能废弃的，君臣间的关系怎么能废弃呢？想要自身清白，却破坏了根本的君臣伦理关系。君子出来做官，只是尽应尽之责罢了。至于我们的政治主张行不通，早就知道了，但依然要坚持不懈地努力。"^(18.7)

孔子一行到了渡口，有一位打鱼人献给他一些鱼，孔子不接受。

打鱼人说："天热，市场又远，已经无法去卖了。我想把它扔掉，又觉得太浪费了，不如献给君子，所以敢于进献给您。"

于是孔子拜了又拜，接受了这些鱼，让弟子把地打扫干净，准备祭祀。

子贡说："打鱼人本来要扔掉这些鱼，而您却用来祭祀，这是为什么呢？"

孔子说："我听说，怕食物变质而把它送给别人的人，是有仁德的人。哪有接受了仁人的馈赠而不祭祀的呢？"

子贡问："假若有一个人，他能给老百姓很多好处又能周济大众，怎么样？可以算是仁人了吗？"

孔子说："岂止是仁人，简直是圣人了！就连尧、舜尚且难以做到呢！至于仁人，就是要想自己站得住，也要帮助人家一同站得住；要想自己过得好，也要帮助人家一同过得好。凡事能就近以自己作比，而推己及人，可以说就是实行仁的方法了。"^(6.30)

在楚国朝堂上，楚昭王问众臣："寡人欲以书社地七百里封孔夫子，众卿家以为如何？"

这时，令尹子西向楚昭王发问："大王派往各诸侯国的使臣，有像端木赐这样的吗？"

楚王摇头说道："没有。"

"大王左右的辅佐大臣，有像颜回这样的吗？"

"没有。"

"大王的将帅，有像仲由这样的吗？"

"没有。"

"大王的各部主事官员，有像宰予这样的吗？"

"没有。"

令尹子西接着又步步紧逼地说："我们楚国的祖先在受到周天子分封的时候，封号是子爵，土地跟男爵相等，方圆不过五十里。现在孔丘讲述三皇五帝的治国方法，申明周公、召公辅佐周天子的事业，大王如果用了他，那么楚国还能世世代代保有方圆几千里的土地吗？想当年文王在丰邑、武王在镐京，作为只有百里之地的君主，最终能统治天下。现在如果让孔丘拥有七百里的土地，再加上他的那些有才能的徒弟辅佐，这可不是楚国的福啊！"

听到这一席话，楚昭王打消了重用孔子的想法。其实，即使他想重用也无能为力了，因为他早已病入膏肓，行将就木。

孔子在去楚国途中，见远处有人迎面走过来，原来是楚国的狂人接舆。

楚国的狂人接舆唱着歌从孔子的车旁走过，他唱道："凤凰啊，凤凰啊，你的德运怎么这么衰弱呢？过去的已经无可挽回，未来的还来得及改正。算了吧，算了吧！今天的执政者危乎其危！"孔子下车，想同他谈谈，他却赶快避开，孔子没能和他交谈。(18.5)

子路疑惑地问道："这人真奇怪，就这么走开了？"

孔子说："看到善良的行为，就担心达不到，看到不善良的行动，就好像把手伸到开水中一样赶快避开。我见到过这样的人，也听到过这样的话。以隐居避世来保全自己的志向，依照义而贯彻自己的主张。我听到过这种话，却没有见到过这样的人。"(16.11)

就在这时，一个楚国骑兵传来楚昭王去世的消息，这个消息就如同倾盆大雨，瞬间浇灭了孔子心中刚刚燃起的希望之火。期望有多大，失望就有多大。望着孔子那落寞的身影，颜回和子路心疼不已。怀着一颗无比沉重的心，孔子只好再返回负函。

第48回 见太宰子贡说礼 问行孝子游拜师

话说吴国和楚国在陈国交战多日，不分胜负，后来楚国退兵，吴国也因粮草不济，只好退兵。吴王夫差一心想称霸中原，所以，第二年又卷土重来，这一次目标不是陈国，而是鲁国。公元前488年，鲁哀公和吴王夫差在鄫地会见。吴国太宰伯嚭要求用"百牢"（牛、羊、猪各一百头）为享宴品。鲁国大夫子服景伯回答说："先王没有过这样的事。"伯嚭说："宋国就是这样的，鲁国不能落在宋国之后。"子服景伯据理力争。伯嚭却阴笑道："吴国兵强马壮，我原本是出于一片好心，让鲁国犒劳吴国的三军将士，以和为贵；若鲁国不答应，万一士兵自己到鲁国去拿，我可就管不了了。"子服景伯担心吴军凌虐鲁国百姓，于是就照数给了他们。

太宰伯嚭见鲁国害怕吴国，于是变本加厉，说要召见季康子。

季康子一听慌了，说道："什么？要我去见那个村野匹夫？不行！万一我被扣押了怎么办？"

子服景伯说道："那您若不去，吴国攻打鲁国，岂不更糟？"

季康子连连摇手："不行不行，帮我推辞掉。"

子服景伯说道："我是没法推辞的。"

这时，冉有上前说道："臣推荐一人，可代您去见吴国太宰。"

季康子像找到了救星一般，抓着冉有的袖子说道："是谁？"

"是臣的同门子贡，此人乃不可多得的辩才。"冉有说道。

"好好好！我要拜子贡为相，出使吴国。"季康子当即派子禽去请子贡。

子禽找到孔子，悉告详情。事关国家荣誉，孔子也督促子贡速速前去。

子贡说道："让我去见吴国太宰？他根本不知道我是谁，会见我吗？"

孔子说："**不要忧虑别人不知道自己，只忧虑自己没有本事。**"(14.30)

子贡说道："论言语，弟子不及宰我，担心有辱使命。"

孔子语重心长地说："赐，你尽管去，别担心。**言辞只要能表达意思就行了。**(15.41)谈判成功与否不在于用词是否华丽或犀利，而在于能否戳中要害。就像你做生意一样，靠的不是你的东西有多好，而在于你的东西刚好是别人所急需的。"

听了孔子一番话，子贡心中已有几分把握，便同子禽上路。

子禽问子贡："夫子每到一个国家，总是预闻这个国家的政事。这种资格是他自己求得呢，还是人家国君主动给他的呢？"

子贡说："老师温良恭俭让，所以才得到这样的资格，这也可以说是求得的，但他求的方法，或许与别人的求法不同吧？"^{（1.10）}

子贡见到太宰伯嚭，拱手说道："端木赐拜见太宰。"

太宰嘲笑道："听说你是商贾世家，很有钱，怎么这回却为别人跑腿当说客呢？"

子贡答道："有钱不如值钱。钱财乃身外之物，终究会有用完的一天，而内在的价值却是与日俱增。"

伯嚭笑问："什么东西这么有价值？"

子贡铿锵有力地回答道："礼仪。"

伯嚭不屑地说："国君走了那么远的路程前来会盟，而季氏却不敢出门，派了你这个随从来，这算什么礼仪？"

子贡回答说："岂敢把这作为礼仪，只是由于害怕大国。大国不用礼仪来命令诸侯，如果不用礼仪，其后果小国就不能估计了。寡君即已奉命前来，他的老臣岂敢丢下国家？太伯穿着玄端的衣服戴着委貌的帽子来推行周礼，仲雍继承他，把头发剪断，身上刺上花纹，作为裸体的装饰，难道合于礼吗？因为有原因所以才这样做的。"

泰伯、仲雍是谁呢？这要从周朝的奠基人古公亶父说起。古公亶父生有三子：太伯、仲雍、季历。季历和他的儿子姬昌（周文王）都很贤明，古公亶父因此有立季历为继承人的想法，以便传位给姬昌。泰伯知道父亲古公亶父的心思，为了成全父亲，他于是便和二弟仲雍就逃奔到荆蛮之地，文身断发，以表示不可以继承君位，来避让季历。泰伯与仲雍同避荆蛮后，定居梅里（今江苏无锡梅村）。土著居民认为泰伯有德义，追随归附泰伯的有千余家，并拥立泰伯为当地的君主，尊称他为"吴泰伯"，自号"句吴"。泰伯无子，死后由其弟仲雍继位，易服毁容，完全改从吴人文身断发习俗。

太宰伯嚭哑口无言，只好作罢。

子贡退出，伯嚭出来相送，说道："鲁国有你这样的人才，真是幸运。"

子贡拱手答道："我不算什么，这都归功于我的恩师孔夫子。"

太宰伯嚭久闻孔子大名，便问道："孔夫子是位圣人吧？为什么这样多才多艺呢？"

子贡说："这本是上天让他成为圣人，而且使他多才多艺。"

子贡完成使命，在馆驿收拾行李，准备回鲁国复命。这时，一位年轻公子来访。来者自报家门："鄙人姓言名偃，字子游，听闻阁下乃孔夫子高徒，特来拜会。"

子贡在与子游的交谈中，深感其敏思好学，精通夏商周三朝典章，顿生同道门人之情。

子游说道："吴国已然击败越国，非但没有推行仁义教化，却愈发好战，袭击陈国，威胁鲁国，鏖战楚国，欲与齐晋争霸。此吾所不欲也。"

子贡说："那您作为吴国贵族为何不劝谏国君呢？"

子游略思片刻，说道："**觐见君王频繁的话，这样会招致君王的侮辱；与朋友交往频繁的话，这样会遭到朋友的疏远。**(4.26)伍子胥忠心为国，多次觐见，吴王不听，反而疏远了他。我别无他求，唯愿投拜孔夫子门下学习礼乐之道。"

子贡说："既如此，你可随我回去拜见夫子。"

子贡带子游去见孔子，一路上讲起了孔子周游列国的经历，子游对孔子在卫国、宋国、陈国等地的言行都铭记于心。子游见到孔子，绘声绘色地汇报了这次出使吴国的见闻，孔子对子贡的表现很满意。

孔子听说太宰伯嚭问起自己，笑道："**太宰怎么会了解我呢？我因为少年时地位低贱，所以会许多卑贱的技艺。君子会有这么多的技艺吗？不会多的。**"(9.6)

曾参一时没听清楚孔子所说的话，便问琴牢："夫子这话是什么意思？"

琴牢说："**夫子说：'我年轻时没有去做官，所以会许多技艺。'**"(9.7)

曾参若有所思，听到孔子又开始教诲，故赶紧仔细听。

孔子说："**赐啊！你以为我是学习得多了才一一记住的吗？**"

子贡答道："**是啊，难道不是这样吗？**"

孔子说："**不是的。我是用一个根本的东西把它们贯彻始终的。**"(15.3)

子游在子贡的引荐下，向孔子拜师。此时，六十四岁的孔子须发皆白，一脸慈祥，说道："我到了卫国，收徒卜商、颜刻、公良孺，聪而好学；到了宋国，收徒司马牛，德行卓著；到了陈国，又收徒颛孙师，学而善问；今有吴国言偃投我门下，已通书礼，颇有斐然之质，日后吾道南移有望也。"颜回、子路、子羔等弟子纷纷表示祝贺，既贺孔子得一高徒，又贺子贡完成使命。

孔子正襟危坐，说道："今日言偃拜师，为师愿为你解惑。"

子游问道："人伦莫过于孝，报之父母足食之养，敢问怎么才是行孝呢？"

孔子沉思稍许，回答说："**如今所谓的孝，只是说能够赡养父母便足够了。然而，就是犬马都能够得到饲养。如果内心不尊敬他们，那么赡养父母与饲养犬马又有什么区别呢？**"(2.7)

子游听罢，顿开茅塞，继续问道："然则父母骄而又吝，何以敬乎？"

孔子说："**侍奉父母，如果父母有不对的地方，要委婉地劝说他们。自己的意见表达了，见父母心里不愿听从，还是要对他们恭恭敬敬，并不违抗，替他们操劳而不怨恨。**"(4.18)

众弟子纷纷点头，默默地记在心里。

从此，子游开始在孔门求学，并跟随孔子周游列国，越来越受到孔子的器重。

第49回　卫国出仕先正名　子路治蒲善为政

话说卫国自卫出公执政以来，国内不甚太平，蒯聩驻扎在宿邑不断出兵侵扰，而盘踞在蒲邑的公叔戍多年来囤积粮草，也蠢蠢欲动。蘧伯玉劝卫出公请回孔子师徒。卫出公对孔子事迹早有耳闻，但又摄于孔子强大的号召力，担心他聚众起事，便同季康子一样，只任用孔子的徒弟。

公元前488年，孔子六十四岁。卫国使者来到负函，请子路出仕。

子路对孔子说："卫君若要您去治理国家，您打算先从哪些事情做起呢？"

孔子说："首先必须正名分。"

子路说："有这样做的吗？您太迂腐了吧！这名怎么正呢？"

孔子说："仲由，你可真粗野啊！君子对于他所不知道的事情总是采取存疑的态度。名分不正，说起话来就不顺当合理，说话不顺当合理，事情就办不成。事情办不成，礼乐也就不能兴盛。礼乐不能兴盛，刑罚的执行就不会得当。刑罚不得当，百姓就不知怎么办好。所以，君子一定要定下一个名分，必须能够说得明白，说出来一定能够行得通。君子对于自己的言行，是从不马马虎虎对待的。"(13.3)

"弟子谨记。"子路点点头，又说道，"夫子，弟子先行去卫国，待安顿下来再来接您。"说罢便随使者前往卫国。

子路迅速平定了蒲邑之乱，卫出公任命子路为蒲邑宰。

子路去请孔子回卫国，一路上向孔子请教治蒲之策。

子路说："公叔戍看着挺厉害的，却不堪一击，跟我刚一交手便溃逃了。"

孔子说："**外表严厉而内心虚弱，以小人做比喻，就像是挖墙洞的小偷吧？**"(17.12)

子路问："蒲邑刚平定叛乱，作为蒲邑宰，我该怎么治理呢？"

孔子说："你觉得蒲邑这个地方怎么样啊？"

子路答："这里壮士很多，又很难治理。"

孔子笑道："我传你十二字真言，只要你照着做，必能治理好。"

子路兴奋地说道："弟子洗耳恭听！"

孔子说："恭而敬，宽而正，爱而恕，温而断。恭而敬，再勇猛的人也服你，因为你尊敬他；宽而正，对那些有势力的人，你一定要宽容、正派、正直，他们就服你；爱而恕，要用爱心和宽恕对待每一个人，特别是有困难的人，大家就会听你的；温而断，处理事情要温和、果断、不徇私，大伙儿都会尊敬你。**多责备自己而少责备别人，那就可以避免别人的怨恨了。**^(15.15)只要如此，就不难了。"

"我知道该怎样做了。"子路高兴地点了点头。

车子进入卫国境内，当晚在仪邑过夜。

仪邑这个地方的长官请求见孔子，他说："凡是君子到这里来，我从没有见不到的。"孔子的随从弟子引他去见了孔子。他出来后对孔子的弟子们说："你们几位何必为没有官位而发愁呢？天下无道已经很久了，上天将以孔夫子为圣人来号令天下。"^(3.24)

子路把仪邑长官送走，对孔子说："您跟他交谈过后，他竟如此赞叹！"

孔子说："**可以同他谈的话，却不同他谈，这就是失掉了朋友；不可以同他谈的话，却同他谈，这就是说错了话。有智慧的人既不失去朋友，又不说错话。**"^(15.8)

孔子虽然在卫国有很好的生活待遇，但在政治上却不能发挥任何作用，这对满怀政治热情重返卫国的孔子来说，显然是浇了一盆冷水。孔子只得继续聚徒讲学，把施政理想寄托在弟子身上，并鼓励弟子们切磋交流。这天，孔子在杏坛讲课，众弟子围坐在周围。

孔子说："**有益的喜好有三种，有害的喜好有三种。以礼乐调节自己为喜好，以称道别人的好处为喜好，以有许多贤德之友为喜好，这是有益的。喜好骄傲，喜欢闲游，喜欢大吃大喝，这就是有害的。**"^(16.5)

子张问："是不是朋友越多越好？"

"那得看情况。"孔子环视众弟子们，说道，"今天跟大家谈一谈交友。"

孔子说："**有益的交友有三种，有害的交友有三种。同正直的人交友，同诚信的人交友，同见闻广博的人交友，这是有益的。同惯于走邪道的人交友，同善于阿谀奉承的人交友，同惯于花言巧语的人交友，这是有害的。**"^(16.4)

子张说："那跟圣人为友是最有益的了吧！"

孔子说："圣人我是不可能看到了，能看到君子，这就可以了。"又说，"如今就连善人我也不可能看到了，能见到始终如一保持好的品德的人，这也就可以了。没有却装作有，空虚却装作充实，穷困却装作富足，这样的人是难于有恒心保持好的品德的。"^(7.26)

子张问："怎样才能成就善人之道？"

孔子说："如果不沿着圣人的脚印走，其学问和修养就不到家。"^(11.20)

子张找来一些古书简册，看尧舜禹这些圣人是如何走路的，看完后便模仿禹、舜这些圣人走路的样子，煞有介事。

子游、子夏、曾参等弟子正在一起聊天。

曾参说："君子以文章学问来结交朋友，依靠朋友帮助自己培养仁德。"^(12.24)

这时，子夏看到子张走路的样子很奇怪，就问："子张，你在干什么呢？"

子张说："我正学习圣人呢！圣人就是这么走路的。"

子夏笑道："子张，夫子可不是让你仅仅去模仿圣贤的外表哦！是不是圣人，关键是要看内在的品德修养。"众人哈哈大笑起来。

子张羞红了脸，赶紧说道："谁说我仅仅学习圣人的外表了？我也要学习内在的品德的！"说罢赶紧跑开了。

子游说："我的朋友子张能做到这些也算难能可贵，但还没达到仁。"^(19.15)

曾参说："子张外表堂堂，难于和他一起做到仁的。"^(19.16)

子张去问孔子："夫子，怎样做才算是明智？"

孔子说："像水润物那样暗中挑拨的坏话，像切肤之痛那样直接的诽谤，在你那里都行不通，那你可以算是明智的了。暗中挑拨的坏话和直接的诽谤在你那里都行不通，那你可以算是有远见的了。"^(12.6)

子张问："怎样提高道德修养水平和辨别是非迷惑的能力呢？"

孔子说："以忠信为主，使自己的思想合于义，这就是提高道德修养水平了。爱一个人，就希望他活下去，厌恶起来就恨不得他立刻死去，既要他活，又要他死，这就是迷惑。"^(12.10)

子张经过孔子教育后，注重德行修养，日后渐渐成了名扬天下的贤士。

子路要到蒲邑赴任，问如何处理政事，孔子说："自己先做出榜样，然后才能使百姓辛勤劳作。"子路请求进一步讲讲。孔子说："持久不懈。"^(13.1)

到了蒲邑，子路迅速与百姓打成一片。为了农耕，他身先士卒带领百姓开挖沟渠。百姓看到长官亲自劳作，非常感动，于是更加勤奋了。

子路看到很多穷苦百姓吃不饱饭，就用自己的俸禄赏他们每人一箪食、一壶浆。孔子听说这件事，马上派子贡前去制止。性情急躁的子路这回想不通了，立即去见孔子，说："您一贯赞成施仁政，为什么要阻止我呢？"

　　孔子说："既然百姓饥饿，你何不请求国君打开粮库救济灾民？你以个人私己馈赠百姓，是因为国君没你关心百姓疾苦？还是想树立自己的威信？"

　　子路心服口服地回到蒲邑，按孔子的教导去做，百姓纷纷称颂国君的德行，沟渠很快挖成。

　　子路治蒲三年，上下一片赞扬。孔子听了很高兴，想去蒲邑一探究竟。趁着卫国大夫蘧伯玉要到蒲邑考查子路政绩，孔子就一同随他前往。

　　这一天，孔子命子贡驾车，一行人进入蒲邑。一路上只见河流畅通，道路平整，四通八达。孔子不觉赞叹着说："仲由一定很勤谨而得人和。"

　　车子进入蒲城时，孔子又夸奖说："仲由做事，既切实又宽厚。"

　　车子到达子路住宅的庭院时，孔子又说："仲由管理有方。"

　　子贡听到孔子连续不断地夸奖，心中不免有点疑惑，他说："夫子还没有听到子路的报告，就连连赞叹不止，可否请夫子说一说您的观感。"

　　孔子微微一笑说道："我们一路走来，看到阡陌分明，毫不凌乱，而且河流、沟渠畅通，道路平整而四通八达，可见得仲由做事谨慎勤勉，深得人心。进城后，看到城墙及各项建筑都很宽厚，不做表面文章。最后看到他住的庭院整洁、静肃；仆人们礼貌周到、殷勤接待，可见他管理有方。这样斐然可观的成绩，还不值得夸奖吗？"

　　孔子从不轻易夸赞任何人，尤其是自己的弟子。恭立一旁的子路平时挨骂挨批惯了，乍一得到夫子的肯定和表扬，顿时激动得热泪盈眶。

　　由于子路在蒲邑政绩斐然，卫国国相孔圉任命子路为家宰，掌管大权。子路早年家中贫穷，自己常常挖野菜吃，却从百里之外负米回家侍奉双亲。如今他做了大官，随从的车马有百乘之众，所积的粮食有万石之多，坐在垒叠的锦褥上，吃着丰盛的筵席，却依然怀念双亲，慨叹说："即使我想吃野菜、为父母亲去负米，也再做不到了。"孔子赞扬说："你侍奉父母，生时尽力，死后思念，可以说没什么遗憾的了。"

第50回　冉有立功巧进言　子贡一出五国变

齐景公死后，齐国大夫田乞立齐悼公，自己担任国相，开田氏贵族专政的先河。公元前485年，田乞去世，其子田常（田成子）继任其位。这时，吴王夫差刚刚打败了越王勾践，见齐国混乱，便想击败齐国从而称霸中原，于是联合鲁、邾、郯国攻打齐国，驻扎在郎地。齐国大夫鲍子与齐悼公有矛盾，田常便怂恿鲍子杀死齐悼公，立其儿子吕壬为齐国国君，即齐简公，从此田氏成为齐国的最大的专权世家。吴王夫差听说齐悼公被杀后，在军门外痛哭三日，乃派兵从海上进攻齐国，不料被齐国打败，只好领兵回吴国。

公元前484年，孔子六十八岁。这年春天，齐国以郎地之战为借口，派大将国书、高无邳带兵进攻鲁国。鲁军和齐军在郊外作战。孟孺子泄率领右军，颜羽为他驾驭战车，邴泄作为车右。冉有率领左军，管周父为他驾驭战车，樊迟作为车右。齐军从稷曲攻击鲁军，鲁军不敢过沟迎战。樊迟对冉有说："不是不能，是不相信您，请您把号令申明三次，然后带头过沟。"冉有身先士卒，拿着长矛跨过壕沟，率领左军向齐国的军阵冲去。

鲁国右军溃逃，齐国紧追不舍。孟之反在全军撤退后最后回来，他抽出箭来打他的马，说："我走在最后是马不肯往前走。"

孔子评论说："孟之反不夸耀自己。撤退时，他留在最后掩护全军。快进城门时，他鞭打着自己的马说，'不是我敢于殿后，是马跑得不快。'" (6.15)

冉有统率的左军成功地冲散了齐国的军阵，攻入了齐军，杀敌无数。当天晚上，被冉有打得丧失了锐气的齐军连夜撤走了。

季康子问冉有："你的军事才能，是学来的呢？还是天生就会呢？"

冉有回答说："我是从孔子那里学来的。"

季康子又问："孔子是怎样的一个人呢？"

冉有趁机劝谏道："孔子是圣人呀，想当年夹谷之会，他不战而屈人之兵，从齐国手中夺回失地。国家有圣人却不能用，这样想治理好国家，就像倒着走而又想赶上前面的人一样，是不可能的。现在孔子在卫国，卫国将要任用他，我们自己有人才却去帮助邻国，难以说是明智之举。这次虽然打败了齐国，然而齐强鲁弱，恐怕不久齐国必会卷土重来，请求您把孔子请回来吧！”

季康子听从了冉有的建议，派公华、公宾、公林去卫国迎请孔子。

齐国大夫田常为了巩固自己的势力，重新使用他父亲田乞的措施，用大斗把粮食借给百姓，然后再用小斗收回，以此来笼络民心，因而受到百姓们的称颂。田常想要叛乱，却害怕高昭子、国惠子、鲍子、晏圉等大夫的势力，便以复仇的名义派他们的军队去攻打鲁国。这一次，齐军倾巢而出，声势浩大。鲁国上下人心惶惶。

孔子得知后对弟子们说：“鲁国危险到这种地步了，诸位为什么不挺身而出报效祖国呢？”

子路说：“我愿意带兵击溃来犯之敌。”

“齐强鲁弱，不可硬拼。”孔子制止了他。

子张、子石上前说道：“弟子愿意死守城池，寸土不让。”

“死守城池也非良策。”孔子摇了摇头也不答应。

这时，子贡上前说道：“弟子愿意出使列国，凭三寸不烂之舌解救鲁国。”

“善哉。赐啊，就派你前去吧！”孔子点点头答应了。

子贡先来到齐国见田常，拱手说道：“我听说齐国要与吴国决战，特来为您助阵。”

田常皱了皱眉头说道：“我没说要打吴国呀，我要打的是鲁国。”

子贡假装大吃一惊，说道：“您怎能打鲁国呢？鲁国是最难打的国家了。”

田常问：“何以见得？”

“您瞧，鲁国的城墙单薄而矮小，护城河狭窄而水浅，鲁君愚昧而不仁慈，大臣们虚伪而不中用，士兵百姓又厌恶打仗，这样的国家不可以和它交战。您不如去攻打吴国。吴国的城墙高大而厚实，护城河宽阔而水深，铠甲坚固而崭新，士卒经过挑选而精神饱满，可贵的人才、精锐的部队都在那里，又派英明的大臣守卫着它，这样的国家是容易攻打的。”

田常顿时怒了，脸色一变说：“我没听错吧？你认为难的，人家认为容易；你认为容易的，人家认为是难的。你说这些疯话，到底是什么用心？”

子贡说：“我听说，忧患在国内的，要去攻打强大的国家；忧患在国外的，要去攻打弱小的国家。如今，您的忧患在国内呀！您多次被授予封号而未能封成，是因为朝中大臣反对您。现在，你要攻占鲁国来扩充齐国的疆域，若是打胜了，齐君就更骄纵，占领了鲁国土地，齐国的大臣就会更尊贵，却没有您的功劳。这样，您对上使国君产生骄纵的心理，对下使大臣们放纵无羁，想成就大业，实在太困难啦。"

田常一听顿时气消了一半，问道："那依你之见，我该如何呢？"

子贡笑道："所以，您不如攻打吴国。大臣们率兵作战，朝廷势力空虚，这样，您在齐国就稳如泰山了。"

田常点头说道："好，言之有理。可是我的军队已经开赴鲁国了，现在从鲁国撤军转而进兵吴国。大臣们会怀疑我，怎么办？"

子贡说："您到达齐鲁边境时按兵不动，我将出使吴国，让吴王出兵援助鲁国，到那时您就趁机迎击吴国。"

田常采纳了子贡的意见，就派他南下去见吴王。

子贡对吴王夫差说："齐国要攻打鲁国了，您认为哪一方胜算更大？"

夫差说："自然是齐国胜算更大。"

"齐国本来与吴国旗鼓相当，如果让齐国吞并了鲁国，再来和吴国一争高低，我替大王您感到危险呀！"

夫差问："那我该怎么办呢？"

子贡说："以援救鲁国的名义去攻打齐国。这样名义上是救助危亡的鲁国，实际上阻止了强齐的扩张，同时还镇服强大的晋国。"

夫差点头说："好。可是我曾经和越国作战，听说越王卧薪尝胆，时时存有报复我的决心。等我灭了越国后再按您的话做吧！"

子贡说："越国的力量超不过鲁国，吴国的强大超不过齐国，您把齐国搁在一边反而去攻打越国，恐怕齐国早已平定鲁国了。若您保存越国向诸侯显示您的仁德，援助鲁国攻打齐国，施加晋国以威力，那么诸侯一定会竞相来吴国朝见，您称霸天下的大业就成功了。若大王果真畏忌越国，我请求去见越王，让他派军队追随您讨伐齐国，这样可以使越国内部空虚，免除您的后顾之忧。"

吴王特别高兴，于是派子贡去越国。

伍子胥劝谏夫差暂不攻齐而先灭越，遭到吴王拒绝。后来夫差听信太宰伯嚭谗言，怀疑伍子胥有反叛之心，便派人送一把宝剑给伍子胥，令其自杀。伍子胥自杀前对门客说："我死后请将我的眼睛挖出置于东门之上，我要亲眼看着吴国灭亡。"

越王勾践听说吴国使者来了，便命人清扫道路，带领群臣到郊外迎接子贡："这是个偏远落后的国家，您怎么屈辱自己庄重的身份光临到这里来了！"

子贡回答说："我劝说吴王援救鲁国攻打齐国，他想要这么做却害怕越国趁机报复，说等攻下了越国才可以。如此一来，越国可就危险了。"

勾践听罢叩头再拜说："请您指点迷津，我该怎么办呢？"

子贡说："您若能出兵假意辅佐吴王，以投合他的心志，他便会攻打齐国。如果打胜了，他一定会带兵逼近晋国，请让我北上会见晋国国君，让他迎击吴国。等吴国的精锐部队被齐晋两国消耗掉，而您再去攻打吴国，必能获胜。"

越王非常高兴，答应依计行动，送给子贡黄金百镒，宝剑一把，良矛两支。子贡推辞不受，回吴国复命。

子贡回报吴王说："我郑重地把您的话告诉了越王，越王非常惶恐，说时刻感念您的恩德，不敢有二心，还说要出兵助您伐齐。"

过了五天，越王勾践派大夫文种来到吴国，向吴王再拜道："东海役使之臣勾践谨派使者文种来向您问候！听说大王将兴正义之师，诛强救弱，请允许我越国境内全部士卒三千人，由我王勾践亲自披上盔甲、拿起长剑率领，在大王麾下出征，躬冒矢石先打头阵。现先由贱臣文种献上祖宗所藏的盔甲二十件及屈卢矛、步光剑，以作贺礼。"

吴王听了非常高兴，对子贡说："勾践想亲自跟随我攻打齐国，可以吗？"

子贡回答说："不可以。使人家国内空虚，调动人家所有的人马，还要人家的国君跟着出征，这是不道义的。你可接受他的礼物，允许他派出军队，辞却国君随行。"

吴王同意了，就辞谢越王，自己率兵去攻打齐国。

子贡又离开吴国前往晋国，对晋定公说："我听说，不事先谋划好计策，就不能应付突然来的变化，不事先治理好军队，就不能战胜敌人。如今吴王挥师北上，即将与齐国开战，如果取得了胜利，一定会率军逼近晋国。"

晋定公非常恐慌，问道："那我该怎么办呢？"

子贡说："整治武器，休养士卒，等待吴军的到来。"晋定公依照他的话做了。

公元前484年5月，吴军与齐军在艾陵决战，把齐军打得大败。齐国赶紧向吴国求和。几个月后，吴国释放了齐国的俘虏。俘虏们顶着雨雪纷纷逃往齐国。由于饥寒交迫，路上不时有人栽倒在路边永远地留在了异国他乡，活着的士兵相互搀扶着，艰难前行。狂风怒吼，声震长空，却难掩士兵们那发自肺腑的悲歌：

昔我往矣，

杨柳依依。

今我来思，

雨雪霏霏。

行道迟迟，

载渴载饥。

我心伤悲，

莫知我哀！

他们所唱的是《诗》中的一篇，名曰《采薇》，道出了从军将士的艰辛生活和思归的情怀。

吴国战胜齐国而不肯班师回国，果然又带兵逼近晋国，和晋军在黄池相遇。晋军以逸待劳，大败吴军。越王听到吴军惨败的消息，就率兵去袭击吴国。吴王听到这个消息，离开晋国返回吴国，和越国军队在五湖一带作战，多次战斗都失败了。最终，越军包围了王宫，杀死了吴王夫差和太宰伯嚭。灭掉吴国后，越国称霸东方。

子贡一出，存鲁、乱齐、灭吴、强晋、霸越，五国的形势发生剧变。

叔孙武叔在朝堂上对大夫们说："端木赐比孔丘更贤。"子服景伯把这番话告诉了子贡。

子贡说："拿围墙来做比喻，我家的围墙只有齐肩高，夫子家的围墙却有几仞高，如果找不到门进去，你就看不见里面宗庙的富丽堂皇，和房屋的绚丽多彩。能够找到门进去的人并不多。叔孙大夫那么讲，不也是很自然吗？"（19.23）

子贡伫立高台，遥望卫国。他时刻都在牵挂着自己的老师孔子。

子服景伯说："放心吧，季氏已经派人去接孔夫子了，想必很快就回来了。"

子贡点点头说道："但愿如此吧！夫子受的苦已经够多了。可千万别再有小人从中阻碍。"

不知孔子能否顺利返回鲁国？且看下回分解。

第五章　治学

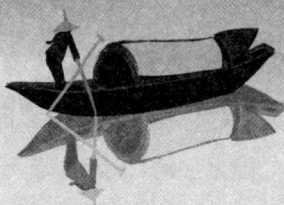

第51回　背井离乡十四年　物是人非空悲叹

话说卫国大夫太叔疾娶了宋国子朝的女儿，她的妹妹随嫁。后来，子朝因故逃出宋国。国相孔圉就让太叔疾休了子朝的女儿，然后把自己的女儿孔姞嫁给了太叔疾。但太叔疾却暗地里派人把他前妻的妹妹引诱出来，安置在犁邑，还为她修了一座宫殿。孔圉大为恼怒，准备派兵攻打太叔疾，便去问策于孔子。

孔子说："祭祀之事，是我曾经学过的；打仗之事，我没有听说过。"

待孔圉走后，孔子连忙叫人驾车准备离开卫国，说道："只有鸟才能够选择树林，树林难道还能够选择鸟吗？"

孔圉听说孔子要走，连忙折回去劝阻，并向孔子赔礼道歉，说："我哪里敢为自己打算，我这么做完全是为了防止卫国的祸患呀！"

孔子正犹豫不决，这时鲁国派来迎接孔子的使臣到了，孔子便带着弟子们离开了卫国。

孔子与弟子们浩浩荡荡，向鲁国前进。子路先行一步，去鲁国报信。

子路夜里住在石门，看门人问："你从哪里来？"

子路说："从孔子那里来。"

看门人说："是那个明知做不到却还要去做的人吗？" （14.38）

子路说："是的。"

看门人打着哈欠把门打开，问道："孔夫子多年在外奔波，一事无成，如今要回鲁国了？"

子路瞪了一眼看门人说道："夫子心怀天下，为百姓奔走，总好过你一辈子在这看门吧？"

看门人自知失言，笑道："小人自然不敢跟圣人相提并论。夫子为了一个虚无的目标而坚持不懈，这可是常人做不到的。"

子路说："若果真是'虚无'的目标，不管是谁都不会坚持长久的。"

"难道夫子所追求的不是'虚无'的目标吗？"看门人问道。

子路说："一群饥饿的人在一棵大树下苟活，夫子便想把树上的果子摘下来送给这些饥饿的人，于是对他们说，'树上有果子，来帮我摘果子吧，吃了果子就不饿了。'那群人抬头看看茂盛的树叶嘲笑说，'你这个骗子！哪有什么果子呀？'没人来帮助他，因为他们没看到果子，不相信夫子的话。于是夫子只好独自坚持着。他之所以坚持，是因为看到了藏在树叶后面的果子呀！虽然现在还没有摘下来，但总有一天会摘到的！"

子路进城报信，与众人在城门口等候。过了许久，子路指着远处的车驾喊道："夫子到了！"众人激动万分，高喊着"夫子，夫子"跪地迎接。回到阔别十四载的家乡，孔子感慨万千，不禁潸然泪下。

孔子把颜路和曾点扶起来，握着他们的手说道："多年未见，你们身体都还好吧！"

颜路和曾点抹着眼泪说道："我们还能继续听您讲课呢！"颜回和曾参上前扶着颜路和曾点。

孔子又扶起子长夫妇和孔鲤夫妇，四人饱含热泪道："父亲大人辛苦了。"

孔子用颤巍巍的手拂去他们脸上的泪花，说道："不苦，不苦，见到你们，什么苦都没有了。"

孔子不见亓官氏，便问孔鲤："你母亲可好？"

孔鲤"扑通"一声跪在孔子跟前，泪如雨下，哽咽道："孩儿不孝，没有照顾好母亲，母亲病重，去年就……过世了……"

孔子如遭雷击，脑海中突然一片空白，慢慢地，亓官氏的音容笑貌浮现出来，历历在目，可紧接着又突然离他远去，变得模糊起来。"夫人……"朦胧中孔子伸手想拉住慢慢消逝的亓官氏，无奈还是抓了个空，踉跄着倒退了两步，幸好被子路扶住。

"夫子，夫子……"

听到众弟子关切的呼唤声，孔子清醒过来。他强忍着悲痛，抚摸着孔鲤的头说道："起来吧！起来吧！"

这时，孔子看到了旁边的冉有和樊迟，说道："你们两个为鲁国立功，非常好，以后勿骄勿躁，继续为国效力。"

"弟子谨遵师命。"两人齐声说道。

冉有指着旁边的车子说道："夫子，请上车吧！"

冉有扶孔子上车，樊迟驾车，说道："夫子，我们很快就到杏坛了。"

孔子忙说："樊须，去鲁宫，我得先去拜见国君。"

冉有说："夫子，还是先去见一见季大夫吧！"

孔子质问道："为什么要先见季氏呢？难道一国之君还比不上大夫吗？"

冉有不敢再说，便先去鲁宫。不料，鲁哀公却问道："想必孔夫子刚从季府过来吧，不知季大夫怎么说？"

孔子毕恭毕敬地说道："启禀君上，丘还未曾见过季大夫。"

"什么？你还没见过季大夫？"鲁哀公大吃一惊，慌忙说道，"快快快，寡人跟你一同前去。"

"君上请留步。"孔子说道，"您作为一国之君怎能纡尊降贵？丘自行前去即可。"

"哦！这表示我对季大夫的尊重嘛！"鲁哀公用奇怪的眼神盯着孔子，然后说道，"既然如此，那我就不去了。"

孔子离开时，鲁哀公又跑过来附耳说道："到了季氏那里，千万别说先来见过我。"

孔子心中一窒，犹如刀绞。想当初鲁昭公还敢发兵攻打季氏，鲁定公虽说装疯卖傻，却也能在关键时刻清醒一回支持隳三都，然而到了鲁哀公，居然连接见臣民都要看季氏的脸色。孔子离开鲁国十几年，回到朝思暮想的家乡后发现鲁国竟沦落到如此境地，怎能不悲伤？

到了季府，冉有引孔子入堂，见到季康子说道："孔夫子一路奔波，未及回家，先来拜见您。"

季康子捋着胡须哈哈大笑："夫子请坐。夫子过其门而不入，先来见我，让我怎么敢当？"

孔子微微笑道："我刚去拜见了国君，想到您劳苦功高，特来拜见。"

"哦？你见过国君了？"季康子瞪了瞪冉有，然后问道，"不知你想要什么官职？"

孔子说：**"君子有三种事情应引以为戒：年少的时候，血气还不成熟，要戒除对女色的迷恋；等到身体成熟了，血气方刚，要戒除与人争斗；等到老年，血气已经衰弱了，要戒除贪得无厌。**（16.7）我已到暮年，还贪求什么呢？"

"国君未说官职之事，全凭您定夺。"冉有在一旁补充道。

"哦。"季康子起身，说道，"既然孔夫子年事已高，我也不敢劳驾。但您德高望重，智慧超群，就尊您为'国老'，以咨国政吧！"

孔子心知季氏只给名分而不给官位，也不强求，便谢恩告辞，回到杏坛。

孔鲤早已把孔子居室打扫干净。孔子挪进房间，见几案上书简整整齐齐，榻上放着叠好的衣物，他仿佛看到妻子亓官氏正在缝衣服，时而扭头微笑着看看他。孔鲤指着榻上的衣物说道："这是母亲去世前给您缝制的，她怕您回来后没合身的衣服……"说着说着便哽咽了。孔子捧起妻子亲手缝制的衣物，用手轻抚着，就像手中拿着价值连城的宝物一样。孔子睹物思人，不禁悲从中来，唱道：

> 绿兮衣兮，绿衣黄里。
>
> 心之忧矣，曷维其已！
>
> 绿兮衣兮，绿衣黄裳。
>
> 心之忧矣，曷维其亡！
>
> 绿兮丝兮，女所治兮。
>
> 我思古人，俾无訧兮。
>
> 絺兮绤兮，凄其以风。
>
> 我思古人，实获我心！

孔子所唱的是一首悼亡妻的诗。以前都是妻子无微不至地照料自己，春夏秋冬及时给自己换装，如今妻子虽然不在了，却早已把衣服准备好了，如此贤妻，自己却没能长相厮守，怎能不教人伤悲？

第52回　专心从教修典籍　诗书礼乐焕生机

孔子回到鲁国后，没有从政，而是专心从事文献整理和教育事业。

孔子说："贤人逃避动荡的社会而隐居，次一等的逃避到另外一个地方去，再次一点的逃避别人难看的脸色，再次一点的回避别人难听的话。"

颜回问："有这样的人吗？"

孔子又说："这样做的已经有七个人了。"（14.37）

颜回问："是哪七个人呢？"

孔子说："都是不得志的人，伯夷、叔齐、虞仲、夷逸、朱张、柳下惠、少连。伯夷、叔齐不降低自己的意志，不屈辱自己的身份；柳下惠、少连被迫降低自己的意志，屈辱自己的身份，但说话合乎伦理，行为合乎人心；虞仲、夷逸过着隐居的生活，说话很随便，能洁身自爱，离开官位合乎权宜。"

颜回笑道："那夫子您呢？"

孔子答道："我却与这些人不同，可以这样做，也可以那样做。"（18.8）

此时周王室衰微，礼崩乐坏，《诗》《书》也残缺不全了。孔子根据夏、商、西周三代的典籍，整理编排了《书传》《礼记》。

一天，颜回和子张抬着一大捆书简，放在几案上。

子张拿起一个书简，说："《尚书》上说'高宗守丧，三年不谈政事'。这是什么意思？"

孔子说："不仅是高宗，古人都是这样。国君死了，朝廷百官都各管自己的职事，听命于冢宰三年。"（14.40）

孔子摸着书简，叹道："夏代的礼仪制度我还能讲出来，只是夏的后代杞国没有留下足够证明这些的文献了。殷商的礼仪制度我也能讲出来，只是殷商的后代宋国没有留下足够证明这些制度的文献了。如果杞、宋两国有足够的文献，我就能证明这些制度了。"（3.9）

颜回瞪大了眼睛，问道："这么多书简还不够多吗？"

孔子笑了笑说道："远远不够呀！治学当严谨。这里书简虽多，但关于夏商周三代礼仪制度的记载仅仅是只言片语。"

子张问孔子："今后十世的礼仪制度可以预先知道吗？"

孔子回答说："商朝继承了夏朝的礼仪制度，所减少和所增加的内容是可以知道的；周朝又继承商朝的礼仪制度，所废除的和所增加的内容也是可以知道的。将来有继承周朝的，就是一百世以后的情况，也是可以预先知道的。"^(2.23)

子游和子夏抬着一大捆书简进来，子夏说道："这是搜集来的《诗》。"

"好，小心放好。"孔子指挥弟子们摆放好书简。

"夫子，接下来该如何整理？"颜回问道。

孔子捋着胡须，说道："先删掉重复的，再选取合乎礼义的用以教化。"

子游惊呼道："夫子，《诗》足有三千多篇，能看得完吗？"

孔子说："只要你想做，肯定会做好的。**譬如用土堆山，只差一筐土就完成了，这时停下来，那是我自己要停下来的；譬如在平地上堆山，虽然只倒下一筐，这时继续前进，那是我自己要前进的。**"^(9.19)

"那选好之后又该如何编排目次呢？"子夏问道。

孔子笑道："可按风、雅、颂进行分类。《风》是天下各国的歌谣；《雅》是周人的正声雅乐，分《小雅》和《大雅》；《颂》是周王庭和贵族宗庙祭祀的乐歌。《关雎》可以作为《国风》的第一篇；《鹿鸣》作为《小雅》的第一篇；《文王》作为《大雅》的第一篇；《清庙》作为《颂》的第一篇。"

子夏问道："您为何只编排已有的文献，而不自己创作新内容呢？"

孔子捋着胡须笑道："**将古人的智慧加以陈述，而不随意篡改、掺杂自己的偏见，相信而且喜好古代的东西，我私下把自己比作老子和彭祖。**"^(7.1)

颜回拍拍子夏的肩膀说道："夫子的'述而不作'既是一种自谦，也是一种做学问的严谨态度。学问智慧来之不易呀！"

子夏点点头，与众弟子一同整理资料。经过无数个日日夜夜的努力，孔子最终从浩如烟海的《诗》中选取了三百零五篇，并按风、雅、颂分类编排。

孔子感慨地说道："《诗经》三百首，用一句话概括，那就是：不虚假。"^(2.2)

子路拍拍手掌笑道："三百首而已，我每天读一首，不用一年就学完了。"

孔子瞪了一眼子路，说："大家整天聚在一起，谈话丝毫不涉及道义，却喜欢卖弄小聪明，你这种人真是难办啊！"接着又说："诵习了三百首诗，授他以政事，不能通达；派他出使四方，不能应对自如。光读得多，有什么用！"^(15.17)

众弟子掩面而笑，子路也自知失言，俯首憨笑。

更难能可贵的是，对于这些诗，孔子都亲自演奏歌唱一番，以求合于《韶》《武》《雅》《颂》这些乐曲的音调。

演奏之后，孔子说道："还有几篇尚不明确，得向乐师请教了。"

颜回问："请教哪位乐师呢？"

孔子叹道："我一时也想不起还有哪位乐师。**太师挚到齐国去了，亚饭干到楚国去了，三饭缭到蔡国去了，四饭缺到秦国去了，打鼓的方叔到了黄河边，敲小鼓的武到了汉水边，少师阳和击磬的襄到了海滨。**"^(18.9)

正说着，子张来报："夫子，乐师冕来了。"

孔子一听立即站起来，高兴地说道："太好了，快请，快请。"

颜回笑道："夫子，这回您不必担忧了。"

乐师冕来见孔子，走到台阶沿，孔子说："这是台阶。"走到座席旁，孔子说："这是座席。"等大家都坐好，孔子向他介绍："某某在这，某某在这。"

乐师说道："刚才老夫在外面听到国老奏乐，真是耳福不浅呀！"

孔子说："刚才我奏的是《诗》乐。**我从卫国返回到鲁国以后，乐才得到整理，雅乐和颂乐各有适当的安排。**"^(9.15)

乐师笑道："国老奏乐，宛转悠扬，听着舒服。"

孔子说："**我在宫中曾经听过太师挚奏乐。从太师挚演奏的序曲开始，到最后演奏《关雎》的结尾，丰富而优美的音乐在我耳边回荡。**"^(8.15)

乐师问道："国老对奏乐之道有何高见？"

孔子与乐师谈论演奏音乐的道理，说："奏乐的道理是可以知道的。开始演奏，各种乐器合奏，声音繁美。继续展开下去，悠扬悦耳，音节分明，连续不断，最后完成。"^(3.23)

乐师点点头，说道："没想到国老竟深谙奏乐之道。"

孔子笑道："尚有很多疑惑，请您不吝赐教。"说罢便向乐师请教。

师冕走了以后，子张问孔子："这就是与乐师谈话的道吗？"

孔子说："这就是帮助乐师的道。"^(15.42)

孔子删诗书，定礼乐，整理保存了中国古代文献典籍，对中华文化的发展做出了巨大的贡献。

第53回　侍仲尼弟子言志　伐颛臾冉有受批

除了整理文献，孔子仍教书授徒，培育治国贤才，以此推行他的治国主张。

这天，杏坛上笼罩着喜气洋洋的气氛，众弟子齐聚一堂。公西赤（字子华，故又叫"公西华"）、公孙龙（字子石）、澹台灭明（字子羽）等弟子手捧束脩依次上前拜师。孔子接过了公西华和子石的束脩。等到澹台灭明拜师时，孔子见他相貌丑陋而迟迟未接。

颜回在一旁小声说："夫子，快接呀！"

孔子说道："心之所想，相之所现。我见他相貌丑陋，担心其内心品德呀！"

颜回笑道："夫子忘了以前说过'有教无类'吗？即便是品德恶劣之人，到了您的门下，还不改头换面嘛！"

"也罢，但愿此人以后别做出违礼之事。"孔子勉强收下了束脩。澹台灭明自从拜师之后，刻苦学习，并加强自身修养，终于学有所成。后来他到吴国讲学时，其门徒达三百之众，成为享誉大江南北的一代名师。

拜师典礼过后，众弟子簇拥在孔子周围聆听教诲。孔子看看这个，瞧瞧那个，心里很高兴。

孔子说："默默地记住所学的知识，学习不觉得厌烦，教人不知道疲倦，这对我能有什么困难呢？"^{（7.2）}

公西华说："这恐怕只有您这样的圣人才做得到吧？"

孔子说："如果说到圣与仁，那我怎么敢当！不过向圣与仁的方向努力而不感厌烦地做，教诲别人也从不感觉疲倦，则可以这样说的。"

公西华说："这也正是我们学不到的。"^{（7.34）}

樊迟问："怎样做才是仁呢？"

孔子说："平常在家规规矩矩，办事严肃认真，待人忠心诚意。即使到了夷狄之地，也不可背弃。"^{（13.19）}

"夫子说得太好了！"子路兴奋地站起来，抢着说道，"我就按照夫子说的

第五章　治学

209

去做。"

子路在听到一条道理，但没有能亲自实行的时候，唯恐又听到新的道理。[5.14]他是一个非常实干、很踏实的一个人。听到了，一定会力行。不能力行，他宁愿不要再多听，听一句做一句，学到一条做一条，不贪多、不浮华。

"坐下，坐下。"孔子示意子路坐下，说道，"你急什么呀？"

子路问："听到了好的话，不应该行动起来吗？"

孔子说："有父兄在，怎么能听到就行动起来呢？"

子路退出后，冉有进来，又提到了这个问题。

冉有问："听到了就行动起来吗？"

孔子说："听到了就行动起来。"

公西华感到很奇怪，便问道："子路问'听到了就行动起来吗'，您回答说'有父兄在'；子有问'听到了就行动起来吗'，您却回答'听到了就行动起来'。我被弄糊涂了，敢再问个明白。"

孔子说："冉求总是退缩，所以我鼓励他；仲由好勇过人，所以我约束他。"[11.22]

孔子教育弟子注重因材施教，因此每个弟子都能得到个性化的发展。同时，孔子用已经编修好的《诗》《书》《礼》《乐》等典籍作为教材，就学的弟子不计其数，其中能精通礼、乐、射、御、数、术这六种技艺的有七十二人。

有一天，子路、曾点、冉有、公西华四个人陪孔子坐着。

孔子说："我年龄比你们大一些，不要因为我年长而不敢说。你们平时总说：'没有人了解我呀！'假如有人了解你们，那你们要怎样去做呢？"

子路赶忙回答："一个拥有一千辆兵车的国家夹在大国中间，常常受到别的国家侵犯，加上国内又闹饥荒，让我去治理，只要三年，就可以使人们勇敢善战，而且懂得礼仪。"

孔子听了，微微一笑。孔子又问："冉求，你怎么样呢？"

冉有答道："国土有六七十里或五六十里见方的国家，让我去治理，三年以后，就可以使百姓饱暖。至于这个国家的礼乐教化，就要等君子来施行了。"

孔子又问："公西赤，你怎么样？"

公西华答道："我不敢说能做到，而是愿意学习。在宗庙祭祀的活动中，或者在同别国的盟会中，我愿意穿着礼服，戴着礼帽，做一个小小的赞礼人。"

孔子又问："曾点，你怎么样呢？"

这时，曾点弹瑟的声音逐渐放慢，接着"铿"的一声，离开瑟站起来，回答说："我想的和他们三位说的不一样。"

孔子说："那有什么关系呢？也就是各人讲自己的志向而已。"

曾点说："暮春三月，已经穿上了春天的衣服，我和五六位成年人、六七个少年，去沂河里洗洗澡，在舞雩台上吹吹风，一路唱着歌走回来。"

孔子长叹一声说："我是赞成曾点的想法的。"

子路、冉有、公西华三个人都出去了，曾点问孔子："他们三人的话怎么样？"

孔子说："也就是各自谈谈自己的志向罢了。"

曾点说："夫子为什么要笑仲由呢？"

孔子说："治理国家要讲礼让，可是他说话一点也不谦让，所以我笑他。那么是不是冉求讲的不是治理国家吗？哪里见得六七十里或五六十里见方的地方就不是国家呢？公西赤讲的不是治理国家吗？宗庙祭祀和诸侯会盟，这不是诸侯的事又是什么？像赤这样的人如果只能做一个小相，那谁又能做大相呢？"^(11.26)

孟懿子让自己的儿子孟武伯拜孔子为师。

孟武伯向孔子请教孝道。

孔子说："父母一心为儿女的疾病担忧。若你能不让父母担忧，就算是尽孝了。"^(2.6)

孟武伯生长在贵族之家，丰衣足食，身体方面自然无恙。然而在品行方面，他骄奢淫逸，不学无术。让一个德行有亏的继承人来掌管家族大权，孟懿子是非常担忧的。听了孔子的微言大义，孟武伯良久无语，他不如祖父孟僖子好礼，又不如父亲孟懿子好学，将来如何领导家族？他听说孔子倡导"仁"，便想请教一番。

孟武伯问孔子："仲由做到了仁吧？"

孔子说："我不知道。"

孟武伯又问。

孔子说："仲由嘛，在拥有一千辆兵车的国家里，可以让他管理军事，但我不知道他是不是做到了仁。"

孟武伯又问："冉求这个人怎么样？"

孔子说："冉求这个人，可以让他在一个有千户人家的公邑或有一百辆兵车的采邑里当总管，但我也不知道他是不是做到了仁。"

孟武伯又问："公西赤又怎么样呢？"

孔子说："公西赤嘛，可以让他穿着礼服，站在朝廷上，接待贵宾，我也不知道他是不是做到了仁。"^{（5.8）}

子路和冉有已有官职在身，孔子便向孟武伯举荐公西华出仕为官。

公西华出使齐国，冉有替他的母亲向孔子请求补助一些谷米。

孔子说："给他六斗四升。"

冉有请求再增加一些。

孔子说："再给他二斗四升。"

冉有心想：夫子也太小气了吧！公西华这一走就是三年两载，那点粮食够吃多久？于是就自作主张，给了八十石小米。

孔子语重心长地对冉有说："公西赤到齐国去，乘坐着肥马驾的车子，穿着又暖和又轻便的皮袍。他到任之后，一定有能力使他的母亲过上幸福美满的生活。我听说过，君子只周济急需救济的人，而不周济富有的人。"^{（6.4）}

季氏将要讨伐颛臾。冉有和子路去见孔子，说："季氏要去攻打颛臾了。"

孔子说："冉求，这不就是你的过错吗？颛臾从前是周天子让它主持东蒙的祭祀的，而且已经在鲁国的疆域之内，是国家的臣属啊，为什么要讨伐它呢？"

冉有说："季大夫想去攻打，我们两个人都不愿意。"

孔子说："冉求，周任有句话说：'尽自己的力量去负担你的职务，实在做不好就辞职。'有了危险不去扶助，跌倒了不去搀扶，那还用辅助的人干什么呢？而且你说的话错了。老虎、犀牛从笼子里跑出来，龟甲、玉器在匣子里毁坏了，这是谁的过错呢？"

冉有说："现在颛臾城墙坚固，而且离费邑很近。现在不把它夺取过来，将来一定会成为子孙的忧患。"

孔子说："冉求，君子痛恨那种不肯实说自己想要那样做而又一定要找出理由来为之辩解的做法。我听说，对于诸侯和大夫，不怕贫穷，而怕财富不均；不怕人口少，而怕不安定。由于财富均了，也就没有所谓贫穷；大家和睦，就不会感到人少；安定了，也就没有倾覆的危险了。因为这样，所以如果远方的人还不归服，就用仁、义、礼、乐招徕他们；已经来了，就让他们安心住下去。现在，仲由和冉求你们两个人辅助季氏，远方的人不归服，而不能招徕他们；国内民心离散，你们不能保全，反而策划在国内使用武力。我只怕季孙的忧患不在颛臾，而是在自己的内部呢！" [16.1]

冉有和子路出去后，孔子望着他们的背影，不禁又长叹一声。

颜回问："夫子为何叹息？"

孔子说道："不成啊，不成啊！**君子最担忧的就是死后没有留下好的名声。** [15.20] 我的主张不能实行，我用什么贡献给社会留下好名声呢？"

"太上有立德，其次有立功，其次有立言，虽久不废，此之谓三不朽。"颜回拿着手中的竹简说道。

孔子笑道："那我还是立言吧！"于是就开始根据鲁国的史书作《春秋》。

当年孔子任司寇审理诉讼案件时，文辞上有可与别人商讨的时候，他从不独自决断。但到了写《春秋》时就不同了，他亲自书写。弟子们想要帮忙，统统被回绝了。而且应该写的一定写上去，应当删的一定删掉，就连子游、子夏这些擅长文学的弟子，也不能给他增删一字。

第五章　治学

第54回　进鲁宫哀公问政　拒孺悲孔子论行

一天，鲁哀公召见孔子，以显示自己是礼贤下士的国君。孔子穿着礼服进宫，毕恭毕敬地向鲁君行礼。

鲁哀公问孔："先生穿的衣服是儒者的服装吗？"

孔子回答说："我小时候住在鲁国，穿的是宽袖的衣服。后来去宋国时，戴的是缁布做的礼冠。我听说，君子学问要广博，穿衣服要随其乡俗。我不知道这是不是儒者的服装。"

鲁哀公问："请问儒者的行为是什么样的呢？"

孔子回答说："儒者的衣冠周正，行为谨慎，坐立行走恭敬，讲话一定诚信，行为必定中正。这样的人才辅佐圣王，国家必定昌盛。"

鲁哀公又问："寡人也想像古代的圣君舜帝一样垂拱而治。请问，舜帝平时戴什么帽子？"

孔子没有回答。鲁哀公说："我向你请教，你怎么不理我呢？"

孔子正色道："像舜这样的圣王，有很多值得您去学习的，您都不管，却问他戴什么帽子，所以我不知道怎么回答。"

鲁哀公很尴尬，不知所措。鲁哀公身旁一人怒道："大胆，竟敢这样跟国君讲话！"

鲁哀公向那人摆了摆手说道："孺悲，不得无礼，国老这么说也有道理。"接着又问孔子，"那请您告诉我，舜到底有哪些地方值得我去学习？"

孔子说："舜做天子的时候，好生而恶杀，所以把天下治理得那么好。"

孔子此言实际上也就是在提醒鲁哀公，要向舜学习，要好生要恶杀，不要动不动就去拿杀人吓唬老百姓。

鲁哀公问："怎样才能使百姓服从呢？"

孔子回答说："把正直无私的人提拔起来，把邪恶不正的人置于一旁，老百姓就会服从了；把邪恶不正的人提拔起来，把正直无私的人置于一旁，老百姓就不会服从统治了。" (2.19)

鲁哀公又问有关政事的问题，孔子说："要让百姓富裕而且长寿。"

哀公说："怎么说？"

孔子说："减轻赋税那百姓就富裕了。不扰民那就远离了犯罪，远离了犯罪就长寿了。"

哀公不情愿地说："给百姓减了税，那我岂不就贫穷了？"

孔子说："诗经上说：'恺悌君子，民之父母。'没见过孩子富了但父母贫穷的。"

鲁哀公一脸迷茫，显然无法理解孔子的话。为打破尴尬的局面，鲁哀公做了个手势，一队宫女端着盘子上来，放在众大臣面前，每个盘子里有一碗黍子和两个鲜桃。

鲁哀公对孔子说："国老请食。"

孔子谢恩，先吃黍子而后吃桃子。鲁哀公身边的侍从都掩口而笑。

孺悲嘲笑道："别人都说孔夫子学识渊博，我看未必，连吃桃都不会。"

鲁哀公也感到很好奇，就跟孔子说："黍是用来擦拭桃毛的，你怎么先吃黍呢？"

孔子回答说："我知道这种用法。黍子，在五谷中排在第一位。祭祀先王时，它是上等的祭品。瓜果蔬菜有六种，而桃子为下等品，祭祀先王的时候不得拿进庙中。如今用五谷中高贵的黍来擦拭瓜果蔬菜中低贱的桃，这样做是损害了礼义，所以我只能先吃黍，后吃桃。"

孔子对礼仪的执着，让鲁哀公佩服不已，便命令朝臣们不可嘲笑，对孺悲说："即日起，你得向国老学礼。"

孺悲很不情愿地上前答道："诺。"

国君下令，孺悲不敢不从，于是第二天便乘车去杏坛，在车上喊人去通报孔子。**孺悲去见孔子，孔子以有病为由推辞不见。传话的人刚出门，孔子便取来瑟边弹边唱，有意让孺悲听到。**^{（17.20）}

孺悲悻悻离开，心想：我来学礼，你却装病，这回即便国君问起了，我也有话说。

曾参见孺悲驾车远去，心中疑惑，一边摸着脑袋一边走进屋，禀告孔子说："夫子，孺悲一脸不悦，头也不回地走了。"

孔子叹道："**完了，我还没有见过能够看到自己的错误而又能从内心责备自己的人。**"^{（5.27）}

曾参问："夫子以生病为由推辞，为何又鼓瑟让他听到呢？"

孔子说道："《书》曰：'知人则哲。'何以知人呢？不但要听其言，还要观其行。通过观察一个人的行为，来了解他的内心。但凡诚心好学者，定会毕恭毕敬前来拜会，而孺悲站在车上喊人通报，非礼也；夫子以病推辞而又鼓瑟让他听到，他仍然没有反思己过，却怒而离去，非诚也。"

曾参恍然大悟："原来如此。"

孺悲回宫后在鲁哀公面前说了不少孔子的坏话，鲁哀公也感觉跟孔子对话很不自在，于是便转而召见孔子的弟子们。

鲁哀公问："遭了饥荒，国家用度困难，怎么办？"

有若回答说："为什么不实行彻法，只抽十分之一的田税呢？"

哀公说："现在抽十分之二，我还不够，怎么能实行彻法呢？"

有若说："如果百姓的用度够，您怎么会不够呢？如果连百姓的用度都不够，您怎么又会够呢？"（12.9）

鲁哀公问宰予："土地神的神主应该用什么树木？"

宰予回答："夏朝用松树，商朝用柏树，周朝用栗子树。用栗子树的意思是说：使老百姓战栗。"

孔子得知后长叹一声，说道："宰予这么好的口才，怎么能乱说呢！仁者爱人，为何要使人战栗呢？"随即对众弟子语重心长地说："已经做过的事不用提了，已经完成的事不用再去劝阻了，已经过去的事也不必再追究了。（3.21）大家引以为戒，谨言慎行呀！"

第55回 欲行田赋来问计 季孙问政受启迪

自孔子回到鲁国后，每日来杏坛拜见孔子的人络绎不绝。

这天，林放来拜访孔子，问："什么是礼的根本呢？"

孔子回答说："你问的问题意义重大。就礼节仪式的一般情况而言，与其奢侈，不如节俭；就丧事而言，与其仪式上治办周备，不如内心真正哀伤。"（3.4）

冉有退朝后去见孔子，孔子问："怎么回来得这么晚呀？"

冉有说："有政事。"

孔子说："只是一般事吧？若有政事，虽然国君不用我了，我也会知道。"（13.14）

冉有说："季氏要去祭祀泰山。"

"什么？季氏去祭祀泰山？祭泰山是天子诸侯之礼，季氏只是大夫，他去祭泰山，是不符合礼的。"孔子对冉有说，"你难道不能劝阻他吗？"

冉有摇摇头说："不能。"

孔子叹道："唉！难道说泰山神还不如林放知礼，居然接受这不合规矩的祭祀吗？"（3.6）

冉有说："我不是不喜欢您所讲的道，而是我的能力不够呀！"

孔子说："能力不够是到半路才停下来，如今你是给自己划了界限不想前进。"（6.12）

冉有被孔子反驳得哑口无言，只得低头不语。

季康子为了加强势力，想要按田亩征税，便派冉有去征求孔子的意见。

孔子冷冷地说："礼乐之事我懂，征税之事我没听过。"

冉有感觉孔子说的这话就跟当年回答卫灵公行军布阵之事的语气一样，只好改口说："您是国老，就给点意见吧！"

孔子说："君子推行政事，要根据礼来衡量：施舍要力求丰厚，事情要做得适当，赋敛要尽量微薄。若能这样，照我看来也就够了。如果不根据礼来衡量，而贪婪没有满足，那么即使按田亩征税，还会不够的。而且季氏若想办事合于法度，那么周公的典章就在那里。若要随便办事，又何必征求意见呢？"

冉有说道："夫子所言极是，弟子认识到自己的过错，定当向季氏进谏。"

颜回说道："看来冉有定会听从您的规劝。"

孔子说："符合礼法的正言规劝，谁能不听从呢？但只有按它来改正自己的错误才是可贵的。恭顺赞许的话，谁能听了不高兴呢？但只有认真推究它的真伪是非，才是可贵的。如果只是高兴而不去分析，只是表示听从而不改正错误，那我拿他实在是没有办法了。"^{（9.24）}

冉有委婉地向季康子转达了孔子的意见。季康子冷笑道："要是不实行田赋制，谁来养活他呀？备车，我要去拜会一下孔老夫子。"

不一会儿，一辆豪华马车停在了孔府门口。季康子下车，大摇大摆地走进庭院。这时，众弟子正在杏坛围着孔子听课。

孔子见季康子进门，赶紧施礼："丘正讲学，未及迎迓，请季大夫恕罪。"

"国老不必拘礼，继续讲，我也来听听。"季康子一屁股坐在席子上。

孔子讲到卫灵公的无道。

季康子不屑地摇了摇头。

孔子问道："不知季大夫有何见解？"

季康子说："既然如此，为什么他没有败亡呢？"

孔子说："因为他有仲叔圉接待宾客，祝鮀管理宗庙祭祀，王孙贾统率军队，有贤臣辅佐，怎么会败亡呢？"^{（14.19）}

"这么说，是因为他任用了一批能令行禁止的忠贞之士呀！"季康子问，"那国老对任用贤能有何见解？"

孔子说："**君子不能让他们做那些小事，但可以让他们承担重大的使命。小人不能让他们承担重大的使命，但可以让他们做那些小事。**"^{（15.34）}

季康子又问："我选用的人难道都是小人吗？为什么总有人反对我呢？"

孔子笑了笑，答道："**自身正了，即使不发布命令，下属也会去干；自身不正，即使发布命令，下属也不会服从。**"^{（13.6）}

季康子又问："要使百姓对执政者尊敬、尽忠而努力干活，该怎样做呢？"

孔子说："**你用庄重的态度对待老百姓，他们就会尊敬你；你对父母孝顺、对子弟慈祥，百姓就会尽忠于你；你选用善良的人，又教育能力差的人，百姓就会互相勉励，加倍努力。**"^{（2.20）}

季康子说："我怎么知道哪些人是善良的呢？刚上任时都是好好的，后来却一个个都变了。前几日，我出了个远门，回来发现家中丢失了宝玉。唉，纵有再多的财宝，也抵不过盗窃。我对盗窃非常担忧，敢问夫子该怎么办？"

孔子回答说："假如你自己不贪图财利，即使奖励偷窃，也没有人偷盗。"$^{(12.18)}$

季康子听了很不高兴，这不是在讽刺自己贪图财利吗？但又不好当场发作，便换了个话题。

季康子向孔子问政，说："若杀掉无道的人来成全有道的人，怎么样？"

孔子说："您治理政事，哪里用得着杀戮的手段呢？您只要想行善，老百姓也会跟着行善。在位者的品德好比风，在下的人的品德好比草，风吹到草上，草就必定跟着倒。"$^{(12.19)}$

见季康子沉默不语，孔子又说道："政就是正的意思。您本人带头走正路，那么还有谁敢不走正道呢？"$^{(12.17)}$

季康子深受启发，心想难怪父亲临终前嘱咐自己一定要任用孔子，于是感慨地说道："夫子言之有理。鲁国正当用人之际，请您派高徒为国效力。"

孔子高兴地说道："这正是丘的夙愿呀！"

季康子问孔子："仲由，可以让他管理国家政事吗？"

孔子说："仲由做事果断，对于管理国家政事有什么困难呢？"

季康子又问："端木赐，可以让他管理国家政事吗？"

孔子说："端木赐通达事理，对于管理政事有什么困难呢？"

季康子又问："冉求，可以让他管理国家政事吗？"

孔子说："冉求有才能，对于管理国家政事有什么困难呢？"$^{(6.8)}$

孔子看了看身边的颜回，正要向季康子推荐，颜回摇了摇头，孔子知其心意，便推荐了子游、子夏等弟子。

待季康子走后，孔子对颜回说："回，你的学问足以出仕，况且目前家庭贫困，为什么不去做官呢？"

颜回答道："我有城外的五十亩地，足够供给稠粥；城内的十亩土地，足够穿丝麻；弹琴足以自求娱乐，所学的道理足以自己感到快乐。我愿陪在夫子身边，不愿意做官。"

孔子欣然改变面容，说："好啊，你的愿望！我听说：'知足的人，不以利禄自累；审视自得的人，损失而不忧惧；进行内心修养的人，没有官位而不惭愧。'我诵读这些话已经很久了，现在在颜回身上才看到它，这是我的心得啊！颜回的学问道德接近于完善了吧？可是他常常贫困。端木赐不听命运的安

排，去做买卖，猜测行情，往往猜中了。"^{（11.19）}

子贡问孔子："子张和子夏二人谁更好一些呢？"

孔子回答说："颛孙师过了，卜商不足。"

子贡说："这么说是子张更好一些了？"

孔子摇摇头说道："过了和不足是一样的。"^{（11.16）}

在孔子的推荐下，弟子们纷纷出仕。冉有继续当季氏家宰，宓子贱做了单父宰，子游做了鲁国武城宰，子夏做鲁国莒父宰，子贡为鲁国出使各国；子路、子羔在卫国出仕；颜回没有出仕，陪在孔子身边授徒讲学，整理文献。

子张看到很多同门师兄弟出仕为官，便去向孔子请教。

子张问孔子说："怎样做才有资格去从政呢？"

孔子说："尊重五种美德，排除四种恶政，这样就可以从政了。"

子张问："五种美德是什么？"

孔子说："君子要给百姓以恩惠而自己却无所耗费；使百姓劳作而不使他们怨恨；要追求仁德而不贪图财利；庄重而不傲慢；威严而不凶猛。"

子张说："怎样叫要给百姓以恩惠而自己却无所耗费呢？"

孔子说："让百姓们去做对他们有利的事，这不就是对百姓有利而不掏自己的腰包吗？选择可以让百姓劳作的时间和事情让百姓去做。这又有谁会怨恨呢？自己要追求仁德便得到了仁，又还有什么可贪的呢？君子对人，无论多少，势力大小，都不怠慢他们，这不就是庄重而不傲慢吗？君子衣冠整齐，目不斜视，使人见了就让人生敬畏之心，这不也是威严而不凶猛吗？"

子张问："什么叫四种恶政呢？"

孔子说："不经教化便杀戮叫'虐'；不加告诫便要求成功叫'暴'；不加监督而突然限期叫'贼'；同样是给人财物，却出手吝啬叫'小气'。"^{（20.2）}

子张也想出仕为官，便问孔子谋取官职的办法。孔子说："要多听，有怀疑的地方先放在一旁不说，其余有把握的，也要谨慎地说出来，这样就可以少犯错误；要多看，有怀疑的地方先放在一旁不做，其余有把握的，也要谨慎地去做，就能减少后悔。说话少过失，做事少后悔，官职俸禄就在这里了。"^{（2.18）}

子张问："为官者如何治理政事？"

孔子说："居于官位不懈怠，执行君令要忠实。"^{（12.14）}

子张虽学干禄，但未尝从政，而是潜心求学，最终名显天下。

第56回　宓子贱子游政绩佳　子夏欲速则不达

话说宓子贱出任单父宰，上任前，他去拜访孔子。孔子说："不要因别人的意见与你相反而拒绝，随便拒绝就会蔽闻塞听，也不要轻率许人，轻率许人容易丧失操守。"他又向渔者阳昼请教："您有送我的话吗？"阳昼说："有两点钓鱼的体会，送给你吧！见到钓饵就咬的是阳鲛，这种鱼肉薄味淡；见到鱼饵，像看到又像没看到，想吃又不贪吃的是鲂鱼，这种鱼肉厚味美。"宓子贱连声赞叹："好，好！"他来到单父，车子离城还很远，一些官绅大户就竞相迎接，宓子贱一看，连声催促："车子快赶过去，阳昼说的阳鲛到了。"

宓子贱来单父时，鲁哀公派两个副官一起赴任。到任后，地方官都来拜见。宓子贱叫副官做记录，他们写字时，宓子贱不断扯其臂肘，字写不好，宓子贱就训斥他俩，两人一怒之下回去报告哀公。哀公百思不得其解，就去问孔子，孔子说："宓不齐雄才大略，能辅佐霸主。您让他做单父宰还不放心，他扯肘的用意是向您进谏。"哀公恍然大悟，马上派人到单父，对宓子贱说："从现在起，单父的事，由你全权处理。"这样一来，宓子贱敢于放手施行政令了。

宓子贱在单父当政三年，任贤用能，常常身不下堂，鸣琴唱和，把单父治理得物阜年丰、风淳俗美、夜不闭户、路不拾遗，史称"鸣琴而治"。孔子派巫马期前往观察政绩，巫马期来单父碰到一个打鱼的，见他打到的鱼，有一些又放回水里，巫马期问为什么放掉，打鱼的回答："宓大夫很爱惜这种鱼，所以打到这种鱼我们就放掉。"巫马期回去告诉孔子说："宓子贱的德行真是达到极处了，使得人们暗里做事，好像有严厉的刑罚在身旁似的，他是用什么方法达到的呢？"孔子说："这一方面用了力，那一方面就能表现出来"。后来，司马迁在《史记》中评论道："子贱治单父，民不忍欺。"

孔子问宓子贱："你治理单父，百姓都高兴，是怎样做的？"

宓子贱说："我以对待父亲之礼对待老人，以对待子女之心对待单父的孩子。我把他们当父亲看待的有三人，当兄弟看待的有五人，当朋友看待的有十一人，有五个比我贤能的人，我尊他们为师，他们教我施政治民的方法。"

孔子说道："可惜你治理的是个小城，要是治理的地方大就差不多了。"

孔子又问："你做了官，有什么得失？"

宓子贱说："没有失去什么，得到了三种东西，以前学过的现在能实行了，学问更加长进了；薪俸虽不多，亦可照顾亲友，亲友间更密切了；公事虽多，但也能挤时间走亲看友，吊丧探病，朋友之情更深了。"

孔子赞叹道："子贱真是个君子啊！若鲁国没有君子，他又从哪儿学到这种好品德呢？"^{（5.3）}

子游做了武城的长官。孔子想去看看子游的政绩如何，于是在颜回、子张、曾参等弟子的陪同下去了武城，子游出城迎接。

孔子说："你在这里得到了人才没有？"

子游说："有个叫澹台灭明的人，从不走邪路，没公事从不到我屋里。"^{（6.14）}

子张说："有一次，子羽带一块价值连城的宝玉渡河，舟至河心，忽有二蛟从河中跃出，欲夺宝玉。子羽举起宝剑气愤地说：'吾可以义求，不可以力劫。'遂挥剑斩杀二蛟。然后将宝玉投入水中，以示自己毫无吝啬之意。"

"看来是我错怪他了，他可真是君子呀！"孔子想起子羽拜师时的情景，心生惭愧，说道，"《书》曰：'知人则哲。'吾以言取人，失之宰予；以貌取人，失之子羽。看来我的智慧还是不够呀！"

孔子到了武城，听见弹琴唱歌的声音。孔子笑道："杀鸡何必用牛刀呢？"

子游回答说："以前我听先生说过，'君子学习了礼乐就能爱人，小人学习了礼乐就容易役使。'"

孔子说："弟子们，言偃的话是对的。我刚才说的话，只是开个玩笑而已。"^{（17.4）}

子夏做了莒父的长官。他听说子游把武城管理得井井有条，深受孔子称赞，非常羡慕，也想把莒父治理好，可是，自己越着急，越是不得其门而入。一天傍晚，子夏带着门人回到杏坛想向孔子请教如何处理政事。

子张迎上来说道："子夏，你不在莒父当你的官，回来干什么？"

子夏笑道："多日不见，甚是想念夫子，趁夜赶来问安。"

"夫子跟颜回正在书房修订'六艺'，你去吧！"子张指了指书房。子夏径直过去，门人则跟子张闲聊。

子夏的门人向子张寻问怎样结交朋友。子张说："子夏是怎么说的？"答道："子夏说：'可以相交的就和他交朋友，不可以相交的就拒绝他。'"子张说："我所听到的和这些不一样：君子既尊重贤人，又能容纳众人；能够赞美善人，又能同情能力不够的人。如果我是十分贤良的人，那我对别人有什么不能容纳的呢？我如果不贤良，那人家就会拒绝我，又怎么谈能拒绝人家呢？"（19.3）

子夏向孔子行礼："多日不见，夫子可好？"

孔子正跟颜回修订典籍，见子夏来请安，说道："甚好，不必挂念。"

子夏见孔子和颜回一直忙于修订诗书，不好打扰，便坐在一旁干等着。

孔子问："卜商，你为政有何心得？"

子夏回答说："君子必须取得信任后才去役使百姓，否则百姓会以为在虐待他们。要先取得信任然后才去规劝，否则，君主会以为你在诽谤他。"（19.10）

孔子笑道："不错。为师没有看错人。"

子夏本想发问，但不知如何开口，便只好在门口走来走去。孔子见子夏焦躁不安，便笑道："从来遇事不问'怎么办，怎么办'的人，我对他也不知怎么办才好。"（15.16）卜商，你回来不仅仅是为了请安吧？还有什么疑惑？"

子夏红着脸问道："弟子特来请教该怎样办理政事？"

孔子说道："不要求快，不要贪求小利。求快反而达不到目的，贪求小利就做不成大事。"（13.17）路遥知马力，日久见人心。你刚才说为政要取得百姓和君主的信任，难道凭一时半刻就达到吗？"

子夏在众弟子中算是数一数二的好手，立即就明白了孔子的话。要成就一番大事业，肯定不能急功近利，否则就无法达到高远的目的；也不可贪求小利，否则也不可能做成大事。子夏施礼说道："弟子不再急功冒进，必踏踏实实以民生为本。"说罢告退。

子夏出门时刚好与孔鲤撞了个正着，孔鲤踉跄着倒退了几步，咳嗽不止。子夏赶紧上前扶住问："伯鱼，你没事吧！"

孔鲤用虚弱的声音答道："没事，没事。"

子夏见孔鲤病恹恹的，问道："你脸色苍白，是不是生病了？要赶紧养好身子呀，夫子年事已高，还需要你照顾呢！"

"多谢子夏关心，你不必担心。我给父亲拿了件大衣以御寒。"孔鲤答道，一手拿着外衣，一手扶着柱子，缓步走进屋里。

看着孔鲤蹒跚的背影，子夏心中忽然有一丝不祥的预感。这时，子夏门人在外面已备好车马，子夏只得驾车先回莒父。

第57回　冉有助纣孔子憎　伯鱼去世子思生

公元前483年，孔子六十九岁，冉有帮助季氏实行田赋。百姓增加一倍的负担，而季氏则增加一倍的收入。子游从武城赶到杏坛拜见孔子，见孔子正在竹简上刻写："春，用田赋。"

子游说："季氏比周朝公侯还富有，可冉有还帮他搜刮来增加他的钱财。"

孔子生气地说："他不是我的弟子了，你们大张旗鼓地去攻击他吧！"（11.17）

子游说："夫子您说气话吧！我们怎能攻击同门弟子呢？"

"爱憎分明，这不正是君子风范吗？他助纣为虐，难道不该憎恨吗？"**孔子说道，"可以一起学习的人，未必都能学到道；能够学到道的人，未必能够坚守道；能够坚守道的人，未必能够随机应变。"**（9.30）

孔子正跟子游论政，屋外传来一阵哭声，听着非常凄惨。

孔子听到哭声，便问："谁在那里哭啊？"

子张进来回答说："今天是师母忌日，是伯鱼在哭。"

自亓官氏去世后，孔鲤一直沉浸在失去母爱的痛苦中无法自拔。这天刚好是亓官氏忌日，孔鲤非常思念母亲，便披上丧服跪地痛哭，由于太过悲伤，竟哭得咳嗽不止。

孔子眉头紧锁，说道："哭得太过了吧！"

孔鲤听了，强忍着内心的悲痛，立即停止了哭泣，并脱去了身上的丧服。

子张叹道："刚才伯鱼哭得真是肝肠寸断。"

曾参说："**我听夫子说过，人不可能自动地充分发挥感情，如果有，一定是在父母死亡的时候。**"（19.17）

子张说："伯鱼因想念母亲而哭，是孝，为何夫子说'太过'了呢？"

子游说："**丧事做到尽哀也就可以了。**"（19.14）若是太过悲伤，哭得伤害了自己的身体，恐怕死去的亲人在天之灵也难安呀！"

子张问："对了，你刚才向夫子提起田赋之事，夫子怎么说？"

子游说："夫子说他不能干预朝政，但大家可以去找冉有算账。"

曾参说："**夫子常说'不在其位，不谋其政'。依我看，君子考虑问题，也**

不应超出自己的职位范围。（14.26）

话说孔鲤长年累月操持家务，积劳成疾，又因思母悲伤过度，身体更加虚弱，最后竟一病不起。孔鲤的妻子挑起家庭重担，没过多久也病倒在床。

孔子赶紧请医者来为孔鲤诊治，孔子在屋内走来走去，焦急不安。过了一会儿，医者提着药箱出来，孔子赶紧问："吾儿怎么样了？"

医者摇了摇头，说道："伯鱼积劳成疾，已病入膏肓，我也无能为力。"

孔子抓着医者的药箱说道："医者，请您再看看吧，开点药也好。"

医者摇了摇头，说道："国老，我实在无能为力……"

孔鲤用虚弱的声音喊道："父亲，父亲……"

孔子快步挪到榻前，把儿子搂在怀里，哭喊着："鲤儿，鲤儿……"

医者不忍见此情景，正欲离开。子张说："请留步，内堂还有一位病人。"

子张带医者去诊治孔鲤的妻子。

"鲤儿，你会好起来的。"孔子紧紧抱着儿子，老泪纵横。

孔鲤倚在孔子怀里，感受到了久违的父爱，感到无比的温暖。

这时，曾参进来，结结巴巴地说："夫……夫子，医者说，伯……鱼妻……"

孔子急忙问道："她怎么了？"

"有……有……"曾参越急越说不出话来。

"有什么？"孔子焦急地问道。

"有……"曾参狠狠地咽下一口唾沫，说道，"身孕了！"

"有身孕了！"孔子抱着孔鲤说，"鲤儿，你听到了吗？你要当父亲了。"

孔鲤脸上现出一丝欣慰，眼睛半闭着，用蠕动的嘴唇挤出几个字："孩儿向母亲报喜去了……"

医者过来看了下孔鲤，摇摇头说道："准备后事吧！"

孔子抱着儿子大哭："我的儿呀，你怎么先我而去了呢！"

颜回、曾参等弟子也噙着泪水，纷纷上前安慰孔子。

孔子虽然贵为国老，但儿子孔鲤下葬时有棺而无椁，丧礼一切从简。

几个月后，一阵响亮的婴儿啼哭声打破了孔府的宁静——孔鲤的儿子出生了！孔子给他取名孔伋，字子思。新生儿就是未来的希望。孔子抱着襁褓中的子思，眼中流露出慈祥的关爱。

第58回　颜回讲学众人乐　韦编三绝易经得

公元前482年，孔子七十岁。此时，他已经达到一个非常高的道德境界，不管做什么事，都能做到随心所欲而不逾越规矩。

孔子因忙于编修《春秋》，讲学的责任落在颜回身上。颜回是孔子最得意的弟子，孔子早已把他作为衣钵传人。弟子们对颜回的学问也十分佩服，因此对他非常尊敬。颜回却没有摆出高高在上的姿态，反而与弟子们相处融洽，弟子们也因为颜回而与孔子更加亲密无间。

孔子说："颜回啊，有你在，不管跟什么样的弟子在一起，都是其乐融融的。"

颜回笑着说道："大家都是追求夫子的君子之道，难道还有所差别吗？"

孔子笑道："那当然了。**高柴愚直，曾参迟钝，颛孙师偏激，仲由鲁莽。**^{（11.18）}每个人秉性不一样，所以要因材施教。"

颜回像孔子一样端坐杏坛讲学，所用教材正是刚刚编排好的《诗》《书》《礼》《乐》等，弟子们听得很起劲。

孟懿子虽年老体弱，依然拄着拐杖来学习。他问颜回："道德高尚的人哪怕是说一句话，也必定有益于仁德的提高和智慧的成长，你能不能说给我听听？"颜回回答："一言而有益于智，莫如'预'；一言而有益于仁，莫如'恕'。当你知道了为什么不能，才能知道为什么能。"

同为"三桓"的叔孙武叔却不求上进，反而喜欢论人是非，评人长短，甚至肆意诋毁他人。有一次，叔孙武叔路过杏坛，见颜回在讲学，就大摇大摆地走进去，并对听课的人评头论足。颜回说："我听孔子说：'揭发别人的缺点，并不能美化自己；散布别人的错误，并不能说明自己正确。'所以君子攻其恶，非攻人之恶。"众弟子窃笑。叔孙武叔灰溜溜地离开了杏坛。

孔子在房内通过窗户观察，见颜回深得人心，非常欣慰，但看到叔孙武叔那副嘴脸，心生厌恶，说道："整天吃饱了饭，什么心思也不用，真太难了！**不是还有玩博和下棋的游戏吗？干这个，也比闲着好。**"^{（17.22）}

子贡说："君子也有厌恶的事吗？"

孔子说："有厌恶的事。厌恶宣扬别人坏处的人，厌恶身居下位而诽谤在上者的人，厌恶勇敢而不懂礼节的人，厌恶固执又不通事理的人。"

孔子又说："赐，你也有厌恶的事吗？"

子贡说："厌恶偷袭别人的成绩而作为自己的知识的人，厌恶把不谦虚当作勇敢的人，厌恶揭发别人的隐私而自以为直率的人。"^{（17.24）}

一天，孔子遍翻竹简，好像在找什么东西。颜回便问："夫子，您是在找什么呢？我帮您一起找。"

孔子没有回答，继续翻箱倒柜，过了一会儿，手里举着一部竹简，惊喜道："找到了！终于找到了！"说罢兴致勃勃地翻看起来，一边看一边赞叹不止。

颜回、曾参、商瞿凑过来问："这是什么？"

"此乃《易》也！"孔子说道。

曾参摸着脑袋，问道："夫子，这不就是占卜用的吗？怎么看您像得了宝贝似的。"

孔子正色道："我以前也这么认为，可现在却不这么看了。它凝聚了伏羲、文王、周公三位圣人的心血，里面充满着无穷的智慧呀！我的师尊老子的思想也是由此衍生出来的。"

"竟有这么神奇？"商瞿和曾参瞪大了眼睛。

"夫子这么说一定有道理。"颜回笑道。

孔子抚摸着书简，叹息着说："年岁不饶人啊，**倘能再加我数年时光，五十岁就开始学习《易》，必能充分把握《易》之内容与形式，我便可以没有大的过错了**……"^{（7.17）}

孔子专心研读《易》，以至于把编穿书简的牛皮绳子也弄断了多次。

一天早上，商瞿来到孔子的书房，见孔子正伏几枕臂而眠，几上摊放着一部《易》简，旁边的菜油灯闪着荧荧的黄光。商瞿怕惊动了孔子，蹑手蹑脚地走到几案前，小心翼翼地坐下，开始翻阅。商瞿一边翻阅，一边照看孔子，见孔子在酣睡中面带微笑，大约正在做着什么美梦，或是喜见"六艺"编修成功，或是见到了周公，或是逢到了知遇的圣君，正在实现他那"仁政""德治"的理想……

过了半个多时辰，孔子被商瞿翻看书简的哗啦声惊醒，见商瞿这么早就来学习，非常欣慰。

商瞿见夫子醒来，忙将湿淋淋的葛巾放于脸盆中摆洗了一遍，递给夫子，让他擦擦脸，无限心疼而感慨地说："夫子又是一夜未眠……"

孔子微笑说："你是怎么知道的？"

商瞿诡秘地说："此《易》简告诉我的。"

孔子问道："哦？此话怎讲？"

商瞿指着《易》简说："昨日弟子离去时，这串竹简的皮条只断了四处，今朝又多了一处，夫子岂不是又翻了一夜吗？"

孔子哈哈地笑了，笑得是那么自在，那么充实。他说："商瞿啊，你心细若发丝，又通《易》理，日后必定能有一番建树。"

商瞿见夫子夸奖自己，有点不好意思，连忙说道："弟子定当好好研学！"

有一天，孔子派商瞿出使齐国。商瞿的母亲请求孔子不要派他，说道："商瞿年纪大了还没有儿子，我要替他另外娶妻。"

夫子笑道："不要担忧，商瞿以后会有多个孩子。"

曾参问颜回："夫子如何得知未来之事？"

颜回笑着指了指《易》简："问它呗！"

孔子常常自己占卦。有一次占得"贲"卦，脸色变得很难看，一副不高兴的样子。

子张上前问道："我听说'贲'卦是吉利的呀！您为何不高兴呢？"

孔子叹道："在周易，山下有火叫'贲'卦，卦中有'离'火，就有'罹'的意思！不是什么好兆头呀！"

"罹"，意为遭受苦难或不幸。不知有何灾祸，且看下回分解。

第59回　西狩获麟春秋止　殚精竭虑颜渊逝

公元前481年，孔子七十一岁。这年春天，鲁哀公与群臣去狩猎，捕获了一头怪兽，他们以为是不祥之兆，便去请教孔子。孔子看到中箭受伤的怪兽后大吃一惊，上前抱着它说："这是麒麟，是祥瑞之兽呀！"这只美丽的灵兽躺在他怀里奄奄一息，孔子涕泪沾襟，掩面大哭，失望地说："**凤鸟不来了，黄河中也不出现八卦图了。我这一生也就完了吧！我的主张到尽头了！**"(9.9)

麒麟是灵兽，只有君王贤明，太平盛世才会出现。现在周王室衰微，天下大乱，群雄并起，麒麟无故出现却又这样死去，不是好征兆，于是命弟子好好埋葬，堆了个麒麟冢。孔子埋葬麒麟之后感情难以控制，抚琴悲歌："唐虞世兮麟凤游，今非其时兮来何求，麟兮麟兮我心忧！"

孔子又让子贡取来《春秋》简，持笔写上："十有四年春，西狩获麟。"写着写着，突然把笔扔掉，长叹一声道："**没有人能了解我了！**"

子贡问："为什么说没有人了解您？"

孔子说："我不抱怨天，也不怪罪人，下学人事，上通天理，能了解我的只有上天吧！"(14.35)

鲁国政治紊乱，并无明君在位，麒麟应是祥瑞之兽，又遭杀害，这好比孔子一生未遇明君，虽有救世之道，终不能行于世，故而自怨道穷，《春秋》之作，因而绝笔。

《春秋》上起鲁隐公元年（前722），下止鲁哀公十四年（前481），共包括鲁国十二个国君。以鲁国为中心记述，尊奉周王室为正统，以殷商的旧为借鉴，推而上承夏、商、周的法统，文辞简约而旨意广博。所以吴国、楚国自称为王的，在《春秋》中仍贬称为子爵；晋文公在践土与诸侯会盟，实际上是召周襄王入会的，而《春秋》中却避讳说"周天子巡狩来到河阳"。依此类推，《春秋》就是用这一原则，来褒贬当时的各种事件。后来《春秋》义法在天下通行，那些乱臣贼子就都害怕起来了。

孔子卷起书简，说道："后人了解我，将因为《春秋》；后人怪罪我，也将因为《春秋》。"

这年夏天，田常弑杀齐简公。孔子听说后，便斋戒沐浴，随即上朝去见鲁哀公说："田常把他的君主杀了，请您出兵讨伐他，以正君臣之义。"

哀公听了慌忙摆手，说道："不可！不可！"

孔子再三请求。

哀公叹道："鲁弱齐强，拿什么去讨伐呢？"

孔子回答说："田常弑君，有一半的百姓不亲附他。以鲁国的群众加上齐国不服从他的一半人，是可以战胜的。"

哀公说："你去告诉那三位大夫吧！"

孔子失望地退出来，喃喃自语："因为我曾经做过大夫，所以不敢不来报告，君主却说'你去告诉那三位大夫吧'！"

孔子去向三桓报告，但三桓不愿派兵讨伐，孔子又说："因为我曾经做过大夫，所以不敢不来报告呀！"（14.21）

冉有私下问颜回："夫子为何请求国君和三桓讨伐齐国呢？"

颜回叹道："如果任由田常篡齐自立，那么其他诸侯国掌握大权的大夫势必会效仿。鲁国政出三桓很久了，也有这种危机啊！"

冉有说："既然如此，三桓肯定不会出兵呀，难道夫子还不了解吗？"

颜回正色道："夫子心里明镜似的，岂会不知？虽然他专注于讲学和文献整理，但却从未忘记周公礼仪，也从未放弃他的理想，他内心纯洁，容不得半点瑕疵，竭尽全力去彰善瘅恶。所以，别人看他是知其不可为而为之的迂腐，我看他却是白璧无瑕的高尚。"

冉有听了久久不语，自己一直都是听命于季氏，没有直言劝谏。孔子耳提面命的情景又浮现在脑海："冉求呀，能力不够是到半路才停下来，现在你是自己给自己划了界限不想前进。"想到这儿，冉有不禁惭愧万分。

齐国大夫弑国君，孔子多次请求，而鲁君和三桓却都无动于衷。孔子非常失望，回家后便把闭门不出，专注于治学。他把所有的精力都倾注在《易》上，每日专心研究，食不知味。颜回看在眼里，痛在心里。为了让孔子便于查阅，颜回对相关资料进行了整理。在整理时，他不限于一般的刻写与编简，而是着重于考证及校对，把周游列国时所获得的不同古籍互作参证，去伪存真。在颜回的协助下，孔子编写了《彖》上下篇、《象》上下篇、《系辞》上下篇、《文言》《说卦》《序卦》《杂卦》共十篇解读《易》的文章，后人称之为《十翼》，也叫《易传》。颜回全都一一记录在书简上，以便于传承下去。在这个过程中，颜回呕心沥血，殚精竭虑，深夜里仍从房中传出刻写竹简的声音。

有一天清早，曾参见到满脸倦容的颜回还在刻写书简，便劝道："颜渊，你整夜都在整理《易》呀？快去休息吧！"

"不行，我要做完才行。"颜回打了个哈欠，继续整理。

颜回父母早已年迈，颜回便回到家中，一边在家照顾老小，一边整理书简。颜回穷居陋巷，饮食不佳，又加上日夜劳顿，最后一病不起。接连几日，颜回咳嗽不止，有几次竟咳出血块。他累了。真的累了。他真想好好休息一下，但每每想到孔子那苍老的脸庞和殷切的目光，便又挣扎着起来刻写竹简。

就在这样的煎熬下，不知过了多少日夜，颜回终于完成了。他小心翼翼地用麻布包起竹简。在他眼中，这些竹简是无价之宝。他抱起竹简，就像抱着襁褓中的婴儿，挪着沉重的步伐走出去。由于过度虚弱，他刚走出家门，便一头栽倒在地上，头上脸上满是血痕，竹简也散落了一地。他赶忙一一捡起竹简，吹去上面的尘土，安放在麻布中，最后使出吃奶的力气把麻布两头打了个结。他已虚弱地无法站立了，但他从没能想过放弃。在他心里，没有哪个朝代能像这个朝代一样值得他奔波劳碌，也没有一个人能像孔子一样值得他肝脑涂地。他脑海中不断浮现出孔子声嘶力竭的呐喊的一幕幕情景，心中又充满了力量。世间再也没有什么能阻止他前进——他一手抱着竹简，另一只手支撑着身子匍匐前进。"夫子正等着看呢，就算爬也要爬到杏坛去。"他默默地发誓。

此时此刻，孔子突然感到心绪不宁。他已经好几日没见到颜回了，心中甚是挂念，于是差商瞿去探望颜回。

商瞿远远地看到在地上艰难爬行的颜回，大吃一惊，赶紧跑过去，抱着颜回，心疼地说道："颜渊，你这是怎么了？"颜回将书简给商瞿，从牙齿缝里艰难地挤出最后一句话："交给夫子……"说完便闭上了双眼。

"颜渊！颜渊！"商瞿呼喊着颜回，却再无回应。

此时，孔子正站在窗前，见天空上大雁南飞。说也奇怪，这些大雁竟然体形硕大，在领头的那只大雁身上还坐着一个人，那人忽然回头冲着孔子笑道："夫子，您多多保重，徒儿先走一步了。"孔子打了个激灵回过神来，再抬头看时，却是空空如也。不知怎的，孔子顿时感到一阵头晕目眩，险些摔倒，忙喊："颜回，颜回……"曾参跑进来扶住孔子，问道："夫子，您怎么了？"

"不知何故，我突然感到一阵头晕。"孔子缓缓坐下，问道，"怎么这几日没见颜回呀？"

曾参结结巴巴地说道："颜渊前几日得了风寒，我劝他回家静养，他却抱了些书简回去，说在家可以继续整理书简。"

"商瞿呢？他都去了大半天了，怎么还没回来？"孔子又问。

正说着，商瞿低头抱着一捆书简进来放在案上，说道："夫子，这是颜渊刚整理好的书简。"

孔子翻看着书简，拍案叫绝："知我者，颜回也！"又问道，"颜回现在怎么样了？"

"好……好些了。"商瞿低着头小声答道。

"你怎么也跟曾参一样说话结结巴巴的呢？"孔子一边翻着竹简一边打趣道。这时，他发现竹简上有一丝血迹，顿感不妙，猛然抬头盯着商瞿，见商瞿始终低头不敢正视，脸上还有泪痕，厉声问道："商瞿！颜回到底怎么样了？"

"夫子，您的身体要紧……"

"我问你，颜回到底怎么了？"孔子突然起身抓着商瞿的衣襟问道。

"颜渊，他没事……"

"真的没事吗？"孔子瞪着眼睛问商瞿。商瞿缓缓抬头，看到孔子那双眼睛早已饱含泪水。

"夫子……"商瞿哭着跪在孔子跟前，"颜渊，去了……"

此话一出，如五雷轰顶。孔子顿时两眼一黑，重重地向后倒了下去。商瞿赶紧叫众弟子进来，又是按手心，又是掐人中，好一阵才把孔子唤醒。

颜回死了。没人能理解孔子受到的打击有多大，只见他捶胸顿足，用吼破喉咙的声音哭喊道："啊！**老天爷这是要我的命呀！老天爷这是要我的命呀！**"[(11.9)]

如果说一个人有身体和精神两个生命，那么孔鲤就是孔子身体的延续，而颜回则是他精神的延续。如今两个生命都离他远去，怎能不悲伤？他无法控制自己的情绪，也不顾忌自己的颜面，尽情地宣泄着。

孔子在弟子们的搀扶下到了颜回家。

孔子想起颜回刚拜师的情景，愈发伤悲，抱着颜回的遗体痛哭起来。

孔子哭得极其悲痛。跟随孔子的弟子们纷纷劝道："夫子请节哀。您悲伤过度了！"

孔子泪流满面，说道："我悲伤过度了吗？我不为他悲伤过度，还能为谁呢？"（11.10）

这时，颜路捧着颜回的遗物要交给孔子，子贡赶紧接过来。那是一部书简。孔子打开一看，不禁热泪盈眶——上面写满了自己平日对弟子的教诲。孔子评论颜回说："可惜呀！我只见他不断前进，从没见他停止过。"（9.21）

颜路跪在孔子跟前，说道："悬请夫子卖掉车子，给颜回买个外椁吧！"

孔子伤心地哭道："虽然颜回和孔鲤一个有才、一个无才，但都是父母的儿子。孔鲤死的时候，也是有棺无椁。我没有卖掉自己的车子而给他买椁，因为我曾做过大夫之后，依礼是不可以步行的。"（11.8）

弟子们看到孔子如此伤心，便想隆重地安葬颜回。孔子说："不能这样做。如果颜回在天有灵，知道你们违礼厚葬他，他会内心不安的。"

孔子把颜回的遗物书简紧紧地抱在怀里，就像抱着自己的儿子一样，一步一叹息，踉踉跄跄地走回杏坛，瘫倒在床榻上。他实在不愿看到最心爱的弟子下葬，因为他无法接受颜回去世的事实，也无法忍受老年丧子之痛。

弟子们趁孔子不在，仍然隆重地安葬了颜回。

曾参赶紧跑回去报信，边敲门边喊道："夫子，他们要厚葬颜渊。夫子……"

曾参喊了几声，没有回应，开门一看，见孔子已经睡着了，只好退出来。伴随着一阵"咣当"关门声，一串泪珠从孔子的眼角处滚落下来。颜回作为孔子最心爱的弟子，穷居陋巷箪食壶浆，二十九岁便满头白发，生前不曾过几天好日子，死后也不能风光大葬，怎能不让人怜惜心疼？而孔子一生都在维护"礼"，又不能眼睁睁地看着弟子们违礼去厚葬颜回，那种内心的纠结就如亿万只蚂蚁在啃噬皮肉。罢了，就用沉睡来麻醉自己吧！所以他"睡着了"——他儿子下葬的时候，他都不曾这样沉睡过。虽然他双眼紧闭，可心里却还在默念："颜回啊，你把我当父亲一样看待，我却不能把你当亲生儿子一样看待。这不是我的过错，是那些弟子们自作主张干的呀！"（11.11）

第60回　心力交瘁仲尼病　子路忧心拜神灵

颜回去世，孔子受到强烈的打击，每日郁郁寡欢，不久，**孔子患了重病。**

子路和子羔得知后赶紧从卫国赶回鲁国。为了早日见到孔子，子路疯狂地抽打着马："驾！驾！"子羔在一旁劝道："子路，你这样会把马打死的！"

子路挥起袖子抹去额头的汗珠，说道："顾不得了，得尽快见到夫子。"

快到杏坛了，马车还没停稳，子路便飞身一跃而下，边跑边喊："夫子，我回来了……"

子路飞奔到孔子房间，却见弟子们一个个都围在孔子周围抹着眼泪。仲弓眼睛通红，泪汪汪地说道："夫子昏迷很久了……"

子路见此情景，泪水夺眶而出。他一个箭步冲到床榻边，握着孔子的手哭喊道："夫子……"

子贡拍拍子路的肩头，示意他出门，小声说道："子路兄，夫子恐怕时日不多了，这后事……"

子路说："**夫子平生所谨慎对待的就是斋戒、战争和疾病这三件事。**^(7.13)我们作为弟子的更应当郑重其事。原思，你曾给夫子当过家臣，如今，就还是劳烦你吧！"原宪在一旁点点头。

子路派了一个弟子当孔子的家臣，负责料理后事。曾参认为这种做法不太妥当，便说："夫子并没有家臣，您这样安排，恐怕不合礼吧？"

子路厉声吼道："夫子做过大司寇，如今又被尊以'国老'，难道安排个家臣还不够格吗？"

孔子在迷迷糊糊中听到了几位弟子的争论，想到自己一生都在维护"礼"，不能坐视不管，在强大的信念支撑下竟醒过来了。

后来，孔子的病稍微好了一些，说道："**仲由很久以来就干这种弄虚作假的事情。我明明没有家臣，却偏偏要装作有家臣，我骗谁呢？我骗上天吧？与其在家臣的侍候下死去，我宁可在你们这些弟子的侍候下死去，这样不是更好吗？而且即使我不能以大夫之礼来安葬，难道就会被丢在路边没人埋吗？**"^(9.12)

子路见孔子醒过来了，喜极而泣，跪在榻边聆听教诲，说道："夫子无恙，万事大吉！不知怎的，今日听着夫子骂我，感觉特别舒服。"

孔子白了子路一眼："你都老大不小了，竟还像小孩一样贫嘴。"

子路破涕为笑，紧紧握着孔子的手，师徒两人四目相对，胜似父子。

然而，就在众人都以为孔子已经脱离险境的时候，病魔再次袭来，孔子连话都说不出了，又昏迷过去不省人事。

原宪望着院子里堆积的那些用于料理后事的物料叹道："本想扔掉，看来还得留着了。老天呀，您为何要如此折磨夫子呢！"

子路正端着汤药经过，听了原宪的话，心如刀绞，望着天空说道："老天呀，请让我代夫子承受这些病痛吧！"

孔子病情加重了，子路忧心万分，便去向鬼神祈祷。 夜半时分，万籁俱寂，子路跪在杏坛上，对着夜空中闪亮的北斗星诚心祈祷："愿上天怜悯，让夫子的病快快好起来吧！"说罢，便"咚咚咚"磕头，力道之大，竟把那石板震出道道裂痕。也许是子路的诚心感动了天神，只见道道星光从天而降，直射进孔子居舍，继而响起了孔子的咳嗽声，那一声咳嗽在这静静的夜里显得格外响亮。弟子们长舒一口气，兴奋地喊道："夫子醒了，夫子醒了……"

孔子微微睁开眼睛，叫着："仲由，仲由……"

曾参说道："子路正在外面为您祈祷呢！"

子路见孔子醒了，赶紧端了汤药进屋，他额头上红肿一片，是刚才用力磕头所致。子路小心翼翼地喂孔子服下汤药。孔子摸着子路的额头，心疼不已。

孔子说："有祈祷鬼神这回事吗？"

子路说："有的。《诛》文上说：'为你向天地神灵祈祷。'"

孔子说："我很久以来就在祈祷了。" [7.35]

子路问："您祈祷什么呢？"

孔子说："我呀，祈祷自己的主张能得以推行，实现天下大同的理想。"

子路笑道："您应先祈祷身体健康。您长命百岁，总有实现理想的一天。"

孔子摇摇头，苦笑道："**我衰老得很厉害呀，好久没有梦见周公了。**" [7.5]

孔子叹道："要是不为这理想，我可能活得更久；但是，如果没了理想，活着是一种更大的痛苦。向鬼神祈祷只是精神寄托而已，要实现理想还得脚踏实地去干才行。所以，君子当自强不息，不畏生死。"

子路问："怎样去侍奉鬼神呢？"

孔子说："没能侍奉好人，怎么能侍奉鬼呢？"

子路又问："那死是怎么回事？"

孔子回答说："还不知道活着的道理，怎么能知道死呢？"（11.12）

孔子病了，很多人来探视，上至国君、大夫，下至门人弟子，络绎不绝。

鲁哀公来探视，孔子不便下床行礼，便头朝东躺着，身上盖上朝服，拖着大带子。（10.19）

国君探视臣子，臣子依礼应该身着朝服跪拜迎候，但孔子病得太厉害了，无法起身穿朝服，于是就想了个变通之法，把朝服盖在身上，还放上绅带，这也成为后世臣子病中见君主的礼节。

哀公见孔子对"礼"竟是如此尊崇，非常感动，握着孔子的手嘘寒问暖。

见众弟子都在门外毕恭毕敬地候着。

鲁哀公问孔子："你的弟子中谁是最好学的呢？"

孔子忧伤地说："有个叫颜回的弟子好学，从不迁怒于别人，也从不重犯同样的过错，却不幸短命死了。现在没那样的人了，没听说谁是好学的。"（6.3）

鲁哀公感觉有点尴尬，他本想宽慰孔子，没想到反倒让孔子想起了伤心事，于是寒暄几句后便匆匆回宫了。

冉有驾车陪季康子来探视孔子。到了杏坛，冉有踟蹰不前，不敢踏进家门。季康子知道冉有因为田赋之事不敢见孔子，便独自拎着补药进去。

康子给孔子赠药，孔子拜谢后接受了，说："我对药性不了解，不敢尝。"（10.16）

子路从孔子手中接过药，便侍立在旁边。季康子也是哪壶不开提哪壶，见众弟子都在杏坛，便问孔子："你的弟子中谁是好学的？"

孔子叹息道："有一个叫颜回的弟子，很好学，不幸短命死了。现在再也没有像他那样好学的人了。"（11.7）

季康子自觉没趣，丢下几句"国老保重身体"之类的客套话便走了。

在子路等弟子的悉心照料下，孔子的病情渐渐好转。子路就像儿子一样小心翼翼地扶起孔子，一手端着药让孔子服下，一手捋着孔子后背，劝道："夫子，纵使您志向高远，也得量力而行，保重身体啊！"

孔子说："一国军队，可以夺去它的主帅；但一个男子汉的志向是不能被强迫改变的。"（9.26）

这天，卫国使者来找子路。送走使者后，子路去见孔子说："刚才使者来报，国相孔圉去世了，谥号'文'。"

子贡问："为什么给他一个'文'的谥号呢？"

孔子说："他聪敏又好学，不以向比他地位低的人请教为耻，所以才给他谥号'文'。"^(5.15)

孔子问子路："卫国局势如何？"

子路说："孔圉之子孔悝成为新国相。"

孔子说："仲由，执政者更换容易引起混乱，你去协助国相处理国政吧！"

子路含着泪说道："此去不知何日才能再见夫子。"

孔子握着子路的手说："虽然我舍不得你走，但还是要劝你以国事为重。"

第二天清早，子路与子羔准备出发，见孔子拄着拐杖伫立在杏坛。

子路赶忙过去行礼："夫子，弟子要走了，您可要保重身体呀！"

孔子说："我已无大碍，你别担心。如今你身负使命，我特来送你一程。"

子路问："请问怎样做才是一个完美的人呢？"

孔子说："如果具有臧武仲的智慧，孟公绰的克制，卞庄子的勇敢，冉求那样多才多艺，再用礼乐加以修饰，也就可以算是一个完人了。"

子路问："这样就可以了吗？"

孔子说："现在的完人何必一定如此呢？见财利而想到义，遇危险能献出生命，长久处于穷困还不忘平日的诺言，这样也可以成为完美的人。"^(14.12)

子路跪拜道："感谢夫子教诲。"遂起身驾车离去。

子贡问："您刚才提到孟公绰，这也是贤人吧？"

孔子说："孟公绰做晋国赵氏、魏氏的家臣，是才力有余的，但不能做滕、薛这样小国的大夫。"^(14.11)

孟公绰是鲁国大夫，赵氏和魏氏皆是晋国上卿。老，就是家臣之首，不像大夫那样事务繁杂。滕国和薛国，国小而政繁，大夫责任重大。然而孟公绰廉静寡欲，虽然富有才智，但不适合担当繁杂政务。

望着子路远去的身影，孔子泪眼婆娑，自言自语道："仲由呀，好好保重。"

子贡扶着孔子说道："子路勇武非凡，夫子不必忧虑。"

孔子话到嘴边又咽下去了，改为长叹一声："但愿如此吧！"

第61回 曾参受教传孝义 子路结缨不畏死

子路和子羔离开鲁国后，子贡也出使齐国去了。年轻的曾参便陪伴在孔子左右，照顾孔子的饮食起居。

一天，孔子见三岁的子思正跟着曾参学习，不禁喟然叹息。

子思跑过来问孔子："祖父是不是担心子孙不学无术，辱没家门？"

孔子很惊讶，问："你如何知道的？"

他回答说："父亲劈了柴而儿子不背就是不孝。我要继承父业，所以从现在开始就要努力学习，丝毫不敢松懈。"

孔子听后很欣慰，摸着子思的头说："我不用再担心了。"

子思蹦蹦跳跳地跑回去跟着曾参继续学习。

一天，孔子要出行，让众弟子带好雨具。在回来的路上，突然电闪雷鸣，眼看就要下雨。有弟子问："夫子怎么知道要下雨呢？"孔子回答："《诗》曰：月离于毕，俾滂沱矣。昨天夜里月亮不是宿在毕星的位子上吗？"

这时，一个弟子说道："出门时阳光明媚，我竟忘记带伞了。"

正好路过子夏的住处，曾参便提议："去跟子夏借把雨伞吧！"

孔子连忙拦住曾参："不要去。卜商自幼家贫，因而过于爱惜物事。"

曾参问："难道同门好友都不借吗？"

"你们去借的话，他若不给，别人会说他无情无义；他若给了，肯定会心疼。"孔子感慨地说道，"己所不欲，勿施于人。你们不能以道德的名义去强迫别人干自己不愿意干的事。只有这样，大家相处的时间才能长久些！"

曾参恍然大悟，说道："与人交往，要理解别人，设身处地为别人着想，不要用别人的短处来考验他的道德，否则友谊是不会长久的。多谢夫子教诲，我明白您说的交往之道了！"

"这可不仅仅是交往之道。"孔子说，"参啊，我讲的道是由一个基本的思想贯彻始终的。"

曾参说："是。"

孔子离开之后，弟子们纷纷问曾参："这是什么意思？"

曾参说:"夫子的道,就是'忠''恕'罢了。"^(4.15)

这时,又一阵雷声响起,豆大的雨点从天而降。众人赶紧各自回家。

曾参回到家后,儿子扑到他怀里,缠着要吃猪肉。曾参问怎么回事。原来,曾参的夫人要到集市上去,儿子哭着要跟着她。曾参的夫人对儿子说:"你在家等着,你父亲回来时为你杀猪吃肉。"于是,儿子便一直乖乖地在家等着。

曾参得知原委后,二话不说,把家里唯一的一头大肥猪绑起来,磨刀霍霍,准备宰杀。这时,曾参的夫人恰好从集市上回来,见曾参要给他儿子杀猪吃,就赶紧阻拦说:"我不过是跟孩子开玩笑罢了,你居然信以为真了。"

曾参说:"父母要说话算数。现在你欺骗孩子,就是在教他欺骗别人。如果一个母亲欺骗了她的孩子,孩子就再也不会相信他的母亲了。"说罢,就杀猪烹肉给儿子吃。曾参用自己的行动教育孩子要言而有信,诚实待人。

曾参不仅对孩子以诚相待,对父母更是孝敬有加。有一次,曾参进山砍柴,突然家里来了客人,他母亲不知所措,就站在门口望着大山,希望曾参早点回来,由于内心非常焦灼,就用牙咬自己的手指。正在山里砍柴的曾参忽然觉得心口疼痛,便赶紧背着柴返回家中,跪问母亲为什么召唤他。母亲说:"家里突然来了客人,久不见你归来,内心焦急,故而咬指。"曾参赶紧去招待客人。这个"啮指痛心"的故事后来也被传为佳话。

"父亲去哪儿了?"曾参送走客人后问母亲。

"他去锄草了。"母亲答道。

"那我去帮父亲锄草吧!"曾参抓起一把小锄便走了。

曾参家境并不太富裕,他的父亲曾点一边跟孔子学习,一边种着几亩园圃,生产的菜蔬瓜果既供自己食用,也到集市上去卖些钱。曾参到了园圃,见父亲正在锄草,便不声不响地走到父亲身后,也跟着锄起草来。曾参笨手笨脚,一不小心锄断了一根瓜秧。曾点回身看见曾参把瓜秧弄断了,顿时火冒三丈,呵斥道:"我们以后生存都要靠它了,你却把它连根斩断!"

曾参结结巴巴地答道:"刚才没看清楚。我看能不能补救一下。"

曾点大怒道:"将你的头斩下来,还能补救吗?"说着,手握锄柄,没头没脑地向曾参打来。曾参见父亲生气了,想到孔子讲的"孝",便不闪也不避,甘愿受罚。

曾点这一锄头打下来,竟将曾参打昏在地。曾点害怕了,扑上去,摇呀,晃呀，哭呀，叫呀，半天才将曾参弄醒。曾参微笑着对父亲说："今日我罪该杖责，父亲竟手下无力，莫非年高力衰了不成？"说罢便高唱诗歌，以此表明自己的身体已无大碍，让父亲放心。

孔子得知后，摇头叹息道："这个曾参呀，还需要再点拨一下才行。"

一天，孔子在家里闲坐，曾参侍坐在旁边。孔子对曾参说："先代的帝王有其至高无上的品行和最重要的道德，使天下人心归顺，人民和睦相处。人们无论是尊贵还是卑贱，都没有怨恨不满。你知道那是为什么吗？"

曾参起身，离开自己的座席，作揖说道："弟子不够聪敏，哪里知道呢？"

孔子说："这就是孝。它是一切德行的根本，也是教化产生的根源。你坐下吧，我告诉你。身体发肤，受之父母，不敢毁伤，孝之始也……"

孔子滔滔不绝，给曾参传授孝道。

曾参问："我冒昧地问一下，儿子顺从父亲的命令，称得上孝顺吗？"

孔子说："这是什么话呢？在遇到不义之事时，如系君王所为，做臣子的不可以不直言相谏；如系父亲所为，做儿子的不可以不谏诤力阻。如果一味地顺从父亲的命令，又怎么称得上是孝顺呢？"

孔子接着说："前几日在瓜田里，你父亲为何如此暴怒杖责你呢？禽兽尚知慈爱雏幼，他难道不知道吗？还有你，生命并非儿戏，你都受伤昏迷了，为何还要唱歌以示身体安康呢？"

曾参说："儿子孝顺父亲是天经地义的，所以我不能违逆父亲。"

孔子语重心长地说道："参呀，你这完全是愚孝呀！你得学学圣王舜。舜的父亲瞽瞍溺爱次子象，多次让舜身临险境，而舜尽孝道于父亲，小杖则忍受，大杖则逃走，所以瞽瞍没有犯下不父之罪，舜亦不失为孝子。如今，你不闪不避以身承受父亲暴怒时的杖责，万一丢了性命，岂不陷你父亲于不义吗？你父亲也会为此悲痛余生，你忍心吗？"

曾参恍然大悟，赞叹道："我明白了！孝道是多么博大高深呀！"

曾参把孔子给他讲的孝道记录下来，后来编成《孝经》，流传于后世。

话说卫国国相孔圉当年娶了废太子蒯聩的姐姐为妻，生了孔悝。孔圉的仆人浑良夫英俊漂亮，与孔悝的母亲私通。孔圉去世后，他的儿子孔悝掌权，派人去捉拿浑良夫。悝母听说弟弟蒯聩驻扎在宿邑，便让浑良夫到蒯聩那里避祸。蒯聩仿佛看到了复位的希望，忙向晋国赵简子请求出兵支持他夺位。

赵简子的侍从问："您准备派谁去呢？"

赵简子想了一下说道："此人必须文有智谋、武有勇力方能成功。我看可以派阳虎前去。"

当初阳虎被驱逐出鲁国后，又遭到齐景公的排斥，辗转至晋国，遇到了赵简子。赵简子觉得阳虎是个人才，就委任阳虎为赵氏首辅。赵简子的侍从劝诫道："阳虎很善于窃取他人的国政，怎么能让这样的人来辅佐您呢？"赵简子微微一笑，"阳虎所善于窃取的是可以被窃取的政权，既然阳虎要窃取我的政权，我就一定会固守我的政权。"赵简子就以其优秀的权谋之术驾驭着这位野心家，而且放手让阳虎进行一系列改革，使得赵氏的家族实力日益增强。可是时间一久，阳虎又有些飘飘然，开始肆无忌惮地敛财，并聚集了一帮门客。一日，赵简子将一个密折给他，上面赫然记录着阳虎网罗家臣、侵吞库金的事实。阳虎看过以后，吓出一身冷汗，从此以后专心辅佐赵氏，再也不敢胡来了。这次受到赵简子的任命，自然全力以赴。

阳虎得知浑良夫和孔悝之间的矛盾，便向蒯聩献计。蒯聩依计行事，对浑良夫说："假如你能协助我回国，我将封你为大夫，还赦免你三种死罪：穿紫衣、袒裘服、带宝剑，都不在死罪之中。"二人订立了盟约，蒯聩还允许悝母做浑良夫的妻子。浑良夫和蒯聩潜回国都，暂住孔悝的外园。晚上，两个人身着妇人衣服，头蒙围巾，乘车而来。孔悝的家臣栾宁盘问他们姓名，他们自称是姻戚家的侍妾，于是顺利地进入孔家，直抵悝母住所。悝母手持戈先到孔悝的房间，蒯聩与五人身穿甲胄，随后而行，挟持孔悝登上高台，强迫他订立盟约，出兵攻打卫出公，并拥护蒯聩复位。栾宁正在饮酒，烤肉还未熟，就听到一片乱糟糟的响声，得知大事不妙，便一面派人去通知子路，一面护着卫出公逃奔到鲁国。

子路闻讯后赶到孔府，遇到刚刚逃出来的子羔。

子羔说："孔府已经被太子的人占领了。你快跟我一起回鲁国吧！"

子路说："食君之禄，忠君之事，不能看着孔大夫受难而不救。"

子羔只好独自逃走了。

子路来到孔府门前，守将公孙敢关紧大门说："不要再进去了！"

子路说："食其食者不避其难，如今孔大夫有难，我岂能坐视不救？"

这时，恰巧有使者开门出来，子路便趁机攻进孔府。

阳虎让蒯聩和孔悝躲在高台上。子路在台下高声大呼："仲由在此，孔大夫赶快离开！"此时，孔悝被挟持着，不敢下台。子路紧接着吼道："太子没什么武艺，等我一把火烧掉这高台，他自然要放您下来。"

蒯聩听了，十分害怕，急令石乞、盂黡二将阻挡子路。子路武艺精湛，勇猛异常，二人联手都不是对手，便派大批士兵持戈围攻。子路已经六十多岁，身上多处受伤，依然顽强抵抗。这时，石乞从背后偷袭子路，割断了子路的帽缨，帽子掉在地上。

"君子死，冠不免。"子路大吼一声，猛一挥剑逼退了众人。接着，便把剑插在地上，捡起帽子，拂去尘埃，戴在头上，然后从容地结好帽缨。石乞、盂黡趁机冲上来，挥着刀剑，疯狂地砍向子路……

此时，孔子正准备吃饭，曾参端上肉糜，子张跑进来说道："不好了，听说卫国内乱了。"

孔子听到这个消息突然"哇"的一声口吐鲜血，曾参赶紧上前扶住孔子。

孔子激动地说道："这是谣言！肯定是谣言！**在路上听到传言就到处去传播，这是道德所唾弃的。**"（17.14）

曾参见孔子情绪激动，知道他挂念子路和子羔，便安慰说："即便卫国内乱，子路和子羔也会全身而退的。"

孔子忧伤地说道："唉！若果真卫国内乱，高柴将会回来的吧？可仲由恐怕就九死一生了。"

子张忙说："我是刚听说的，可能是假消息。我托人去卫国打听一下吧！"

孔子托人向在其他诸侯国的人问候，向受托者拜两次送行。（10.15）

孔子每日拄着拐杖在门口等待，喃喃自语道："自从有了仲由，恶言恶语的话再也听不到了。仲由啊，你可千万别出事呀！"

孔悝在阳虎的胁迫下立蒯聩为国君，即为卫庄公。子羔逃回鲁国去见孔子。

"仲由怎么样了？"孔子急切地问道。

子羔跪在地上哭道："子路已遭不测……"

得知子路杀身成仁，孔子再也控制不住，捶胸顿足，号啕大哭："颜回去了，我痛失左膀；如今仲由也去了，我又失右臂。这是上天要断绝我呀……"突然眼前一黑，昏迷过去。众弟子赶紧上前喊道："夫子，夫子……"

第62回　众弟子各有所诲　孔圣人驾鹤仙游

不知过了多久，孔子终于苏醒过来。他感觉时日不多了，便把曾参叫来，说道："曾参，你在诸弟子中不算出类拔萃，日后一定要多加努力呀！"

曾参说道："弟子谨记。**我每天多次反省自己，为别人办事是不是尽心竭力了呢？同朋友交往是不是做到诚实可信了呢？老师传授给我的学业是不是复习了呢？**"（1.4）

孔子很欣慰，点点头，然后又拉着子思的手说："自今以后，你就拜曾参为师。"子思跪在曾参面前行拜师礼。

孔子又吩咐道："把端木赐叫进来。"

曾参说道："子贡出使齐国，还没回来。"

"哦。"孔子有点失望，说道，"那就把冉求叫进来。"

曾参躬身说道："冉有上次惹您生气了，他从那以后就不敢来见您了。"

孔子叹道："我是想让他反省反省呀！要是他真来了，难道我还会赶他出去吗？"

曾参问道："您不生他的气了？"

孔子说道："**周公对鲁公说：'君子不疏远他的亲属，不使大臣们抱怨不用他们。旧友老臣没有大的过失，就不要抛弃他们，不要对人求全责备。'**（18.10）说得真好呀！君臣如此，父子不也一样吗？儿子做错了事，改正就好，天下哪有不原谅自己孩子的父亲呢？"

曾参说道："弟子明白了。那我去季府叫他过来吧！"

孔子摆了摆手说道："罢了。先把商瞿叫进来吧！"

商瞿跪在孔子榻前聆听教诲。

"**南方人有句话说：'人如果做事没有恒心，就不能当巫医。'这句话说得真好啊！人不能长久地保存自己的德行，免不了要遭受耻辱。**"孔子说，"**这句话是说，没有恒心的人用不着去占卦了。**"（13.22）

孔子将《易》简交给商瞿，又说道："你深通易理，此《易》简就交给你吧！"

商瞿恭恭敬敬地接简，说道："弟子一定持之以恒，将《易》发扬光大。"

孔子点点头说道："切不可半途而废呀！"随即又自言自语，**"庄稼出了苗而不能吐穗扬花的情况是有的；吐穗扬花而不结果实的情况也有。"**(9.22)他望向窗外，双眼饱含泪水，似乎又想起了颜回和子路，一时激动竟又昏迷过去，弟子们赶紧请医者来救治。

孔家大院里一片忙碌的情景，弟子们有的去给孔子熬药，有的端水，有的擦洗，有的煮饭。

子华和曾参在为孔子熬药，子华问曾参："夫子对你有何嘱托？"

曾参说："将子思托付给我。"

子华说："这个不算难吧，子思很快就长大了。"

"夫子将子思托付给我，难道仅仅是把子思养大吗？我要承担起教育与传承的责任。"曾参说，**"士不可以不宏大刚强而有毅力，因为他责任重大，道路遥远。把实现仁作为自己的责任，难道还不重大吗？奋斗终生，死而后已，难道路程还不遥远吗？"**(8.7)

"夫子醒了。"闵子骞在门口喊道，"你们都进来吧！"

众弟子赶紧放下手中的活儿，围在孔子周围。

"凡是自行拿着束脩来拜师的人，我从来没有不给他教诲的。"(7.7)孔子说，"当年我去拜见老子时，他曾说过'富贵者送人以财，仁义者送人以言。'我不富不贵，也给你们赠言吧！"接着便给每位弟子留了赠言，弟子们跪拜聆听。

托孤赠言之后，孔子却好像还有什么心事似的，每日拄着拐杖在门口张望，好像在等什么人。

曾参劝孔子回房休息，孔子叹息道：**"曾跟随我从陈国到蔡地去的弟子现在都不在我身边受教了。"**(11.2)

三天后，子贡从齐国出使回来，老远就见一个瘦骨嶙峋的老头儿拄着拐杖站在大门口翘首张望。待车子走近一些了才发现原来是孔子！多日未见，老师竟如此憔悴！子贡赶紧跳下车，跑过去跪在孔子身前说道："夫子，我回来了！"孔子听到是子贡的声音，干涩的双眼瞬间闪耀着光芒。他就像一个老父亲终于等到了多年未归的孩子一样，摸着子贡的头高兴地说道："赐啊，你终于回来了，你终于回来了！"继而又用带着抱怨责怪的语气说道，"你怎么才来呀！我都等了你三天了，真怕等不到你了。"子贡听了心如刀绞，两行热泪不禁夺眶而出，哽咽道："弟子不走了，就陪在夫子身边。"

子贡在孔子身边悉心照料。七日后，孔子看上去精神好些了，便挣扎着起床，带着弟子们出游。子贡搀扶着孔子走在前面，身后跟着子游、子夏、子骞、子张、子华、原宪、有若、仲弓、商瞿、曾参等弟子和子思。

孔子登上高山，俯瞰鲁国大地，但见灰蒙蒙一片，死气沉沉，毫无生机，便叹息道："赐呀，**我想沉默不语了。**"

子贡说："**您如果沉默不语，那我们这些弟子还传述什么呢？**"

孔子说："**天何尝说话呢？四季照常运行，万物照样生长。天说了什么话呢？**"^{（17.19）}

子贡问："夫子何出此言？"

孔子指着黯淡无光的鲁国大地说道："天下失去常道已经很久了，没有人能奉我的主张。我的主张呀，恰如这般光景，看不到希望了。"

子贡在孔门弟子中以言语闻名，利口巧辞，善于雄辩，见孔子情绪低落，便劝道："夫子祖述尧舜，宪章文武，删《诗》《书》，定《礼》《乐》，序《易传》，修《春秋》，如此丰功伟绩必将彪炳千古，况且您的弟子遍布天下，吾辈必定齐心协力推行夫子之道。"

孔子点点头，掰着手指头念叨："**德行好的有：颜回、闵子骞、冉耕、冉雍；善于辞令的有：宰予、端木赐；擅长政事的有：冉求、仲由；通晓文献知识的有：言偃、卜商。**"^{（11.3）}

"天行健，君子以自强不息；地势坤，君子以厚德载物。"孔子朗诵着自己为《易》而作的两句象辞，声震天地。他闭上眼睛，张开双臂，用心感受宇宙万物，冥冥中仿佛看到茫茫黑暗中有点点星火正慢慢地变大变亮，继而蔓延开来，连成一片，最终照亮了整个宇宙。

孔子稍感欣慰，缓缓睁开眼睛说道："**我十五岁立志于学习；三十岁能够自立；四十岁能不被外界事物所迷惑；五十岁懂得了天命；六十岁能正确对待各种言论，不觉得不顺；七十岁能随心所欲而不越出规矩。**"^{（2.4）}这就是我的一生呀！有你们来传承我的思想，我就死而无憾了。夏人死了停棺在东厢的台阶，周人死了停棺在西厢的台阶，殷人死了停棺在堂屋的两柱之间。昨天晚上，我梦见自己坐在两柱之间受人祭奠，因为我原本就是殷商人啊！"

说罢，孔子席地而坐，抚琴唱道："泰山其颓乎！梁木其坏乎！哲人其萎乎！"

一曲终了，一根琴弦"铿"的一声断了。这弦断之声非常刺耳，惊得林中鸟儿纷纷四散飞去，紧接着一只仙鹤鸣叫着从林中腾空而起，向着光明的远方飞去，恍惚间，好像有位仙人正端坐在鹤背上。见此奇景，子贡震惊不已，俯身正要说与孔子听，却见孔子早已闭上了双眼，满是皱纹的脸上带着一丝微笑。

"夫子……"子贡跪下抱着孔子大哭起来。众弟子顿时明白了什么，纷纷跪地抱头痛哭。

公元前479年，孔子辞世，享年七十三岁。

朝堂上，鲁哀公听说孔子去世了，哀伤地说道："国老离世，实乃鲁国之损失呀！寡人要亲作悼词，以寄哀思。"

叔孙武叔不屑地说道："那孔丘有什么好？还劳烦君上作悼词！"

子贡听到叔孙武叔诽谤孔子，说道："这样做是没有用的！仲尼是诽谤不了的。别人的贤德好比丘陵，还可超越过去，仲尼的贤德好比太阳和月亮，是无法超越的。虽然有人要自绝于日月，对日月又有什么损害呢？只是表明他不自量力而已。"（19.24）

叔孙武叔说道："孔丘讲的不就是那一套仁、义、礼、乐吗？我都听腻了。"

子贡说："夫子讲授的礼、乐、诗、书的知识，依靠耳闻是能够学到的；夫子讲授的人性和天道的理论，依靠耳闻是不能够学到的。（5.13）他比我们在场的任何人都智慧贤良。"

子禽对子贡说："你太谦恭了吧！仲尼怎么会比你更贤良呢？"

子贡正色道："君子的一句话就可以表现他的智慧，一句话也可以表现他的不智，所以说话不可以不慎重。夫子的高不可及正像天是不能够顺着梯子爬上去一样。夫子如果得国而为诸侯或得到采邑而为卿大夫，那就会像人们说的那样，教百姓立于礼，百姓就会立于礼，要引导百姓，百姓就会跟着走；安抚百姓，百姓就会归顺；动员百姓，百姓就会齐心协力。夫子活着是十分荣耀的，夫子死了是极其可惜的。我怎么能赶得上他呢？"（19.25）

由于孔子的妻子、儿子都去世了，孙子还是个幼童，而周礼中也没有弟子给老师办丧事的礼仪，因此，如何置办孔子的丧事便成了一个难题。子贡召集众弟子商议，大家争来论去也没个结果。这时，子贡发话了："夫子生前是用对待儿子的方式来对待颜渊和子路的，如果他们还在世的话，肯定也会像儿子对待父亲一样。"

有人嘟囔说："那岂不是要服三年之丧？"

"而且这三年里只能睡草席吃粗粮……"

子贡说道："如果我们之中的任何一人走在夫子前面，夫子必定是一视同仁，像对待儿子一样对待我们，难道我们不该以儿子对待父亲的方式来对待他吗？"

"对，子贡说得对！我赞成。"仲弓说道。

"赞成！"

"赞成……"其他弟子也一一表态。

于是，众弟子像儿子一样为孔子置办丧事。鲁哀公没有听从叔孙武叔的话，终究还是为孔子作了一篇悼词，这是唯一一次违逆"三桓"之意。孔子出殡那天，鲁哀公哭道："旻天不吊，不慭遗一老，俾屏余一人以在位，茕茕余在疚，呜呼哀哉！尼父！无自律。"（老天爷不仁慈，不肯留下这位老人，使他扔下我，孤零零一人在位，我孤独而又伤痛。啊！多么痛！尼父啊，没有人可以作为我学习的楷模了！）

子贡说："鲁君他难道不能终老在鲁国吗？以诸侯身份称'余一人'，是不合名分的啊！夫子曾说：'法丧失就会昏乱，名分丧失就会产生过失。丧失了意志就会昏乱，失去所宜就会出现过错。'夫子活着的时候不能用他，死了再作祭文哀悼他，这是不合礼的。"众弟子听了愈加悲伤，号啕大哭。

冉有跪在孔子灵前抚棺痛哭："夫子啊，弟子不孝，没有听从您的教诲，请原谅弟子吧！"

曾参说："夫子早已原谅你了，他曾说天下没有不原谅自己儿子的父亲。"冉有听了愈加悔恨，哭得更厉害了，"夫子，您把我当儿子般爱护，我却再也没有机会尽孝了！"

子贡说："纣王的不善不像传说的那样厉害。所以君子憎恨处在下流的地方，以避免天下一切坏名声都归到他的身上。"^(19.20)若你真的有心尽孝，就像儿子一样为夫子守丧吧！"

冉有举手发誓道："我将为夫子守丧三年，以尽孝道。"

冉有的随从问："您要在这守丧三年？季大夫准了吗？"

冉有一边擦着鼻涕和眼泪，一边说道："一日为师，终身为父。我为父守丧是应尽的孝道，还用别人准不准的？我意已决，你去向季大夫禀告吧！"

子贡点点头说道："君子的过错好比日月食。他犯过错，人们都看得见；他改正过错，人们都仰望着他。（19.21）我有幸，今天又得见君子了。"

左丘明来凭吊孔子，看到孔子所写的《春秋》，大为赞叹，便为《春秋》作传，通过记述春秋时期的具体史实来说明《春秋》的纲目，史称《春秋左氏传》。由于长期熬夜，左丘明几近失明。到了晚年，因患眼疾，便辞官还乡。他的眼疾越来越重，不久双目失明。这对于生来便与史籍为伴的左丘明来说是一个沉重的打击。但他很快就振作起来，决心像孔子一样，在有生之年将其所整理出来的典籍献给后人。于是，他把几十年来所听到、见到的诸侯各国的政闻要事，及君臣谋议得失之词，口述给子孙，汇集成卷，著成了最早的国别史典籍——《国语》。

孔子死后葬在鲁城北面的泗水岸边。弟子们在墓旁盖起茅草房、穿麻衣、吃粗粮，像儿子一样服丧。

第63回　守丧三年不辍学　论道兴儒定派别

服丧期间，弟子们每天聚在一起回忆孔子和他们在一起的情景，相互交流、讨论孔子所说的话。人们听说孔子把子思托付给曾参，非常仰慕曾参的德行，纷纷拜投门下，一起为孔子守丧。后来，曾参的弟子们尊称他为曾子。

有一次，曾子生病了，把他的弟子们召集到身边来，说道："看看我的脚！看看我的手有没有损伤！《诗经》上说：'战战兢兢，如履薄冰。'从今以后，我知道我的身体是不再会受到损伤了，弟子们！"⁽⁸·³⁾

孟武伯的儿子孟敬子去看望他。曾子对他说："鸟快死了，它的叫声是悲哀的；人快死了，他说的话是善意的。君子所应当重视的道有三个方面：使自己的容貌庄重严肃，这样可以避免粗暴、放肆；使自己的脸色一本正经，这样就接近于诚信；使自己说话的言辞和语气谨慎小心，这样就可以避免粗野和悖理。至于祭祀和礼节仪式，自有主管这些事务的官吏来负责。"⁽⁸·⁴⁾

孟敬子向曾子请教何为孝。曾子想起了孔子曾说的"三年无改于父之道，可谓孝矣"，便对孟敬子说："我听夫子说过，孟庄子的孝，其他人也可以做到，但他不更换父亲的旧臣及其政治措施，这是别人难以做到的。"⁽¹⁹·¹⁸⁾

孟敬子说："我必会坚持父辈之政，宽厚待民。敢问您哪位弟子能出仕？"

曾子说："阳肤。"

孟敬子说："阳肤这人怎么样呢？"

曾子说："可以把年幼的君主托付给他，可以把国家的政权托付给他，面临生死存亡的紧急关头而不动摇屈服。这样的人是君子吗？是君子啊！"⁽⁸·⁶⁾

不久，孟孙氏任命阳肤为典狱官，阳肤去向曾子请教为政之策。曾子说："在上位的人离开了正道，百姓早就离心离德了。你如果能弄清他们的情况，就应当怜悯他们，而不要自鸣得意。"⁽¹⁹·¹⁹⁾

孔子的其他弟子们也各自收徒授学，有若的门人尊称他为"有子"。

子夏对他的门人弟子们说："做官还有余力的人，就可以去学习；学习有余力的人，就可以去做官。"⁽¹⁹·¹³⁾

弟子们问："怎样才算得上'好学'呢？"

子夏说："每天学到一些过去不知道的东西，每月都不忘记已经学会的东西，这就可以叫作'好学'了。"（19.5）

子游说："子夏的弟子们，做些打扫和迎送客人的事情是可以的，但这些不过是末节小事，根本的东西却没有学到，这怎么行呢？"

子夏听了，说："唉，子游错了。君子之道先传授哪一条、后传授哪一条，这就像草和木一样，都是分类区别的。君子之道怎么可以随意歪曲，欺骗弟子呢？能按次序有始有终地教授弟子，恐怕只有圣人吧！"（19.12）

子贡说："大家与其逞口舌之强，不如一同梳理总结夫子的思想，如何？"

曾子说道："太好了！如此一来，可以将夫子之道发扬光大。"

于是，众弟子围成一圈，坐而论道。

子贡说："对于夫子之道，仁者见仁，智者见智。因此，大家畅所欲言，若有不同看法，再进行辩论。"

闵子骞说："夫子致力于推行仁道。这恐怕是夫子的思想核心了吧？"

仲弓说："子骞说得对，'仁'的确是核心。那么应该如何达到仁道呢？"

子夏说："**各行各业的工匠住在作坊里来完成自己的工作，君子通过学习来达到道。**"（19.7）

子张问："具体来说，该如何通过学习达到'仁'呢？"

子夏说："**博览群书广泛学习而记得牢固，就与切身有关的问题提出疑问并且去思考，仁就在其中了。**"（19.6）

曾子说："我赞成子夏所说的学习和思考之法。夫子说'学而不思则罔，思而不学则殆'，正是此意。除了学习方法之外，还得有积极的学习态度。"

子华问："何为积极的学习态度？"

"夫子说求学应虚怀若谷，不耻下问。"曾子说，"有才能的却向没才能的人请教，知识多的却向知识少的人请教，有学问却像没学问一样；知识很充实却好像很空虚；被人侵犯也不计较——从前我的朋友就这样做了。"（8.5）

"子舆三句不离'夫子'！难怪夫子把子思托付给你呢！"子游笑道，"'仁'的范畴很广，光靠学习、思考远远不够，还需要在生活中去实践。"

"我赞同子游。一个人是不是做到了'仁'，不是看他怎么说，而是看他怎么做。"有子说，"孝顺父母，顺从兄长，而喜好触犯上层统治者，这样的人是很少见的。不喜好触犯上层统治者，而喜好造反的人是没有的。君子专心致力于根本的事务，根本建立了，治国做人的原则也就有了。孝顺父母、顺从兄长，这就是仁的根本！"^(1.2)

"对对对，孝悌之道尤为关键。"曾子说，"谨慎地对待父母的去世，追念久远的祖先，自然会导致老百姓日趋忠厚老实了。"^(1.9)

仲弓说："孝悌之道，是针对父母兄长而言；推而广之就是忠义，是针对国君和朋友。"

子张问："那该如何去施行孝悌忠义呢？"

仲弓说："这就得靠'礼'了，礼是为人处世的规范，做事不能违礼。"

"仲弓说得好！"有子说，"礼的应用，以和谐为贵。古代君主的治国方法，可贵的地方就在这里。但不论大事小事只顾按和谐的办法去做，有的时候就行不通。这是因为为和谐而和谐，不以礼来节制，也是不可行的。"^(1.12)

子游说："不仅君主治国是这样，臣子侍奉君主和管理百姓也该尊礼。"

大家七嘴八舌，各抒己见，将孔子的思想主张梳理出来。

子贡说道："经过一番讨论，我们也得以窥见夫子之道的精髓。"

闵子骞说道："昔日跟随夫子周游列国，在匡城、蒲邑落难时，我们都如受惊的羔羊，躲在夫子背后；如今夫子倒下了，我们也该站起来了！推行夫子的思想主张，将是我们每个人的责任。"

曾子说："日后各位同门将赴各地，必定也会各自开坛收徒。夫子之道一以贯之，而我们同在夫子门下求学，不如也起个统一的学派名号，便于天下同门齐心协力共扬夫子之道。"

子游说："好！这样不管是谁的再传弟子，一报名号便知出自孔门。"

子夏说："夫子幼时为'儒'，替人操办葬礼，后来推而广之赞颂周礼，已然成为'大儒'。夫子曾对我说：'汝为君子儒，无为小人儒。'如今，吾辈皆饱学之士应继续推行夫子之道，以'儒'为号，可否？"

子贡说："儒者，濡也，吾辈皆沐君子之道；儒者，亦人之所需也。仁义礼智信，无一不是为人所需。此名号甚好。"

其他弟子也一致拍手称颂，遂定学派名号曰"儒"，孔门弟子皆自称为"儒士"。自此之后，"儒"便由负责丧葬礼仪的低级术士脱胎换骨为精通六艺、温文儒雅的君子。

第64回　弟子协力纂论语　儒学世代薪火传

经过一番坐而论道，弟子们又回忆起孔子杏坛讲学的点点滴滴，不禁悲从中来。子夏见有子跟孔子长得有点相像，便起哄让有子坐在堂上，大家一起上前拜见，以重温夫子谆谆教诲的情景。

曾子进来问道："从前夫子正要出行，就叫同学们带好雨具，不久果真下起雨来。同学们请教说：'夫子怎么知道要下雨呢？'夫子回答说：'《诗经》里不是说了吗：月离于毕，俾滂沱矣。昨天夜里，月亮不是宿在毕星的位子上吗？'有一天，月亮又宿在毕星的位了上，却没有下雨。商瞿年纪大了还没有儿子，他的母亲要替他另外娶妻。夫子派他到齐国去，商瞿的母亲请求不要派他。夫子说：'不要担忧，商瞿四十岁以后会有多个孩子。'后来，果真是这样。请问夫子当年怎么预先知道是这样的呢？"

有子沉默不语，无以回答。无奈，有子只是外表长得像孔子而已，无法像孔子一样谆谆教诲。

曾子说道："你还是下来吧，这个位子可不是你能坐的啊！"

大家很失望，便一个个摇头晃脑，唉声叹气。

子夏叹道："我们该怎样缅怀夫子呢？"

子贡说："颜渊去世后，颜路把颜渊的书简交给夫子，上面尽是颜渊平时记录的夫子言行录。我突发奇想，趁着大家都聚集在此，何不把夫子过往的言行记录下来，一来追忆往昔，二来传承给后人。大家以为如何？"

"太好了！我赞成！"曾子第一个站起来表示支持。其他弟子也觉得子贡这个主意好。

"好，那大家速速收集夫子语录。"子贡说道。

这时，子夏跑到子张跟前，快速解开子张的腰带，喊道："我收集到了。子张把夫子的话都记在腰带上了。"

"还给我。"子张涨红了脸，双手提着裤子去追赶子夏。

曾子说："子夏，你这样做太过分了，成何体统！"

子夏辩解道："**大节上不能超越界限，小节上有些出入是可以的。**"[（19.11）]

"此事非同小可，诸位可千万别把它当成儿戏。"子贡正色道。

众弟子纷纷起身，各自去整理孔子言行录。

子贡安排好这一切，转身看见一人正倚在门口，披头散发，放浪形骸。子贡心想那人肯定是来凭吊孔子的，于是赶紧去迎接，发现那人竟是原壤，眉宇之间多了一些皱纹，却依然精神奕奕。

子贡正要施礼，却被原壤阻止："我本狂人，不懂礼数，你不必拘礼。我来只是为了再看看老朋友。现在看到了，我也就没什么牵挂了。"说罢，转身离去。

子贡喊道："先生要到哪里去？"

原壤头也不回，笑道："还没想好，走到哪儿算哪儿吧！"刚走了几步，又停了下来，只见他从怀里取出一个布片，往身后一扔，说道："这个送给你，刚才我听到你说要收集什么语录，或许这对你有用。"

子贡伸手接过布片，展开一看，上面密密麻麻的全是字，是原壤自己写的游历笔记，里面也记录着他和孔子之间从小到大的故事，其中一段写着孔子对原壤说的话："学而时习之，不亦说乎；有朋自远方来，不亦乐乎……"子贡从原壤的笔记中仿佛看到了孔子青少年的身影，不禁泪盈满眶。他擦干眼泪正要向原壤道谢，却发现眼前空无一人——原壤早已不知所踪。子贡小心翼翼地捧着布片，到房里仔细地誊写抄录。

弟子们各自忙着整理：子夏和他的门人弟子们坐在一处，凭自己的回忆来记录；子游从颜回的书简中抄录；子张等人从腰带、衣襟等曾记过笔记的地方抄录；仲弓和闵子骞去向冉伯牛、子路的家属寻求线索……

这时，有子问曾子道："在夫子那里听说过失去官职方面的事情吗？"

曾子说："听说过：'希望丢官后赶快贫穷，希望死后赶快腐烂。'"

有子说："这不是君子说的话。"

曾子说："我的确是从夫子那听来的。"

有子又说："这不是君子说的话。"

曾子说："子游也听过这话的。"

有子说："如果真的说过。我想夫子这样说肯定是有原因的。"

曾子将这话告诉子游。子游说："子有说话很像夫子啊！那时夫子住在宋国，看见司马桓魋给自己做石椁，三年还没完成。夫子说：'像这样奢靡，人不如死了赶快腐烂掉越快越好啊！'希望人死了赶快腐烂，是针对司马桓魋而说的。南宫敬叔原来失去官职，离开了鲁国，回国后，带上宝物朝见国君。夫子说：'像这样对待钱财行贿，丢掉官职以后不如赶紧贫穷越快越好啊！'希望丢掉官职以后迅速贫穷，是针对南宫敬叔说的。"

曾子将子游的话告诉有子。有子说："是啊！我就说了不是夫子的话嘛！"

曾子说："您怎么知道的呢？"

有子说："夫子给中都制定的礼法中有：棺材板四寸，椁板五寸。依据这知道夫子不希望人死后迅速腐烂啊！从前夫子失去鲁国司寇的官职时，打算前往楚国，就先让子夏去打听，又让冉有去申明自己的想法，依据这知道夫子不希望失去官职后迅速贫穷。"

子贡听到他们的辩论，叹道："倘若夫子的言行录能流传千年，不知后人是否也会断章取义误解他呢！唉，任何人都无法阻止别有用心之徒的肆意诽谤，但愿后人能真正读懂夫子，理解夫子吧！"

仲弓和闵子骞从伯牛和子路家赶回来，各自抱着一卷书简。子贡说道："他二人都是好学之士，家中果然有夫子的言行记录！"

经过大家齐心协力地整理，总算把孔子及弟子们的言行录收集得差不多了，便开始一一誊写在竹片上，凡是孔子所说的话，皆以"子曰"开头。每个竹片写一条，足足写了几百片，满院子都摆满了竹片。

看着满院子的竹片，子游说道："看着很多，但比起夫子波澜壮阔的一生经历，这些只言片语，恐怕还远远不够。"

子贡说："那倒不怕，诸弟子日后若想起来什么来，或者对夫子思想有所发扬光大，可继续增补。我在想，该如何编排这些言行录呢？"

商瞿说道："直接穿上牛皮绳编成书简不就成了？"

子贡笑道："我的意思是如何编排这些竹片的先后顺序。比如夫子给你的《易》简，每块竹片记录一卦，共六十四块竹片，难道是随意穿上牛皮绳编成书简的吗？"

商瞿恍然大悟，说道："对对对，不能乱排，肯定要按一定的顺序。《易》中六十四卦也是有顺序的，乾坤屯蒙需讼师，先有象征天的乾卦和象征地的坤卦，有了天地之后，万物才能产生生长，因此接着就是'屯'卦，屯是阴阳交汇，万物刚刚产生时的状态；万物始生，必然幼稚蒙昧，因此接着便是象征幼稚蒙昧的'蒙'卦；既然幼稚就需要营养哺育，接着便是'需'卦；需要营养哺育的东西和生命很多，势必产生争夺，争夺便一定有诉讼，因此下一卦便是'讼'；争讼需要有支持者，需要众人的力量，接着便是象征兵众和军队的'师'卦……"

子张说："可以按时间先后顺序编排呀！"

子游摇摇头说："这恐怕不容易。有些话根本无法确定是何时所说，况且还有些记录是关于夫子衣食住行的，这怎么算时间呢？"

子夏说："当初夫子编排《诗》的时候，是按风、雅、颂分门别类编排的。"

曾子说道："夫子之道，一以贯之。何不按夫子的思想主张来进行编排，便于后人更好地了解夫子之道。"

刚说完，众弟子齐刷刷望向曾子，曾子以为自己说错话了，一阵脸红。

子贡赞叹道："子舆这个主意好。我赞同。"

子夏笑道："没想到榆木疙瘩今天开窍了！"

大家一致同意，便把竹片进行分类。孔子的思想核心为"仁"，而一个人要达到'仁'，首先得学习，所以第一篇讲学习；学而优则仕，所以第二篇讲为政的学问；为政当遵守礼乐制度，所以第三篇以"八佾"为例讲礼乐；礼乐兴则百姓就处在仁中，所以第四篇讲仁道……

子张问："现在都分门别类编排好了，每篇该取何名为好？"

子夏说："这还不简单！就取每篇第一章的前两个字就好了。"

曾子迷惑不解，问道："每章的前两字大都是'子曰'，这该怎么区分呢？"

子夏敲了一下曾子的头，说道："榆木疙瘩又来了。当然是排除'子曰'二字呀！比如第一章，子曰：'学而时习之，不亦说乎……'就以'学而'为篇名呀！"

"哦，原来如此。"曾子恍然大悟，仔细整理每篇的篇名，共分了二十篇，分别是：学而第一、为政第二、八佾第三、里仁第四、公冶长第五、雍也第六、述而第七、泰伯第八、子罕第九、乡党第十、先进第十一、颜渊第十二、子路第十三、宪问第十四、卫灵公第十五、季氏第十六、阳货第十七、微子第十八、子张第十九、尧曰第二十。

子张从每个篇名取一字编成顺口溜："学政八里长，雍述泰子乡。先颜路问卫，季阳微子尧。"

子贡问："那整部书该取何名？"

子夏抢着说："取名为《孔子》可否？"

子贡摇摇头说："不妥。夫子曾说'述而不作'，此名有点像夫子的传记或著作。"

子游说："这原本是编辑论纂夫子与诸弟子的言语行事录，取名《论语》怎么样？"

"好！这个好！"子贡表示赞同。其他弟子也纷纷点头。

于是，这部记录孔子及弟子言行的典籍最终美其名曰《论语》，后又经过诸弟子及再传弟子的增补修订，流传至今。

弟子们为孔子服丧满三年后，相互挥泪告别，继而带着智慧的火种各奔东西，传承孔子之道。子思师事曾子，得到孔子思想的真传，最终阐发了孔子的中庸之道，著成《中庸》。子游在南方地区尊崇儒学，兴办教育，被尊称为"南方夫子"。子夏到魏国西河教学，李悝、吴起都是他的弟子，魏文侯尊以为师。子张在陈国独立招收弟子，宣扬儒家学说，是"子张之儒"的创始人。商瞿继续完善孔子所作的《易传》，并把《易》传给楚人子弘，后来传八代至汉川人杨向。汉武帝罢黜百家、独尊儒术，杨向以懂易学而官至中大夫，以《易》学入仕者还有即墨成、孟但、周霸、主父偃等。其他弟子有的设坛讲学、有的出仕为官，皆努力推行孔子之道。

原宪跑到一个穷乡僻壤的地方隐居起来，每日粗茶淡饭，过着清苦的日子。他的住房狭窄简陋——用茅草盖的屋顶，蓬蒿编织的门，上漏下湿。然而，原宪却不以为然，整天端坐门前，兴致勃勃地弹琴歌唱。子贡做了卫国的上大夫后，穿着轻裘，坐着驷马高车，前呼后拥，浩浩荡荡地来看望原宪。因陋巷狭窄高车无法通过，子贡只好下车步行。原宪衣冠不整，出来迎接子贡。子贡关心地问他："你是不是生病了？"原宪回答："无财谓之贫，学道而不能行者谓之病。我没有病，只不过贫穷而已。"子贡听了惭愧万分，悻悻离去。原宪站在门口，目送子贡渐行渐远，徐步曳杖朗诵着歌颂其祖先的诗歌《商颂》，声满天地，若出金石。

子贡为自己说错了话而感到羞耻，忽又想起当年孔子强忍病痛等了自己三天，心中愧疚不已，于是辞官罢商，独自来到了孔子墓前，又服丧三年。在这期间，他怀着对孔子的思念之情，用心雕刻了孔子像。有感于孔子高尚的德行，孔子的门人弟子及平民百姓纷纷搬到孔子墓旁居住，因而就把这里命名为"孔里"。这正应了孔子当年所说的那句话："德不孤，必有邻。"

孔子生活的春秋时代社会等级森严，各国官职一般由世官充任，然而他却挣脱时代的枷锁，凭一己之力超越了自己所在的阶层，晋升到上层，也给优秀的平民子弟开辟了一条"学而优则仕"的途径，让"寒门出贵子"成为现实，进而影响了整个历史。时间的车轮滚滚向前，中华大地迎来一个又一个崭新的朝代，而孔门儒士也纷纷在史书上留下浓墨重彩的一笔。华家池畔淘米先生赞叹孔子一生的事迹，特赋诗一首：

> 圣人降世膺景命，推仁倡礼效周公。
> 十五志学通六艺，三十设教杏坛中。
> 定国安邦勤为政，成绩斐然诸侯惊。
> 君臣迷醉逐贤圣，弟子追随皆由衷。
> 卫晋宋郑陈蔡楚，历尽艰难心坚定。
> 周游列国十四载，一心只求天下平。
> 诗书礼易春秋作，口诛笔伐以弭兵。
> 七十二贤今何在？遍播儒种华夏兴。

第五章　治学

后　记

　　我从事教育工作已十年有余，之所以热爱教育事业并在这条道路上坚定前行，都得益于孔子思想的集大成之作《论语》。当我捧着这部积淀着厚重历史文化的经典著作，怀着一颗敬畏心研读的时候，那一段段有温度、有灵魂的文字总能给我带来源源不断的积极能量。

　　《论语》是一部语录体著作，记载了孔子及其弟子的言行举止和思想。孔子教学注重因材施教，那一段段精彩的语录必定是他们针对某件事或者在某个特定的情景下有感而发的。然而，《论语》大部分章节都是"子曰……"这孤零零的一句话，没有详细的情景描述。因此，我在读《论语》时偶尔会突发奇想：这段话是孔子在什么情景下说的呢？久而久之，我便有了一个大胆的想法：把这些语录背后的故事情景还原出来，在孔子的人生经历中找到特定的坐标。

　　从此，我便开始了艰辛而又愉悦的创作之旅——除了继续研究《论语》，还要深入研究孔子的生平事迹以及他生活时代的历史，先仔细揣摩《论语》中每一条语录的内涵，再努力构想这条语录背后的故事情境，最后融合到孔子的人生经历中。这样一来，我们在读这本书的时候仿佛踏着孔子的足迹重走圣贤之路，既能真切地体验到孔子经历的点点滴滴，又能深刻地理解他的思想主张。

　　书写好了，取什么书名呢？我原本想取名为《〈论语〉背后的故事》，毕竟是解读《论语》嘛，但后来又觉得有点以偏概全。因为这本书讲述的是孔子一生的经历，而《论语》背后的故事仅仅是他人生经历的一部分而已。这本书按孔子的人生经历划分为五章：求学、立学、践学、游学、治学，几乎都跟教学有关。既然是教学，总得有个活动场所。最初，这个场所很有讲究：孔子在自家庭院里除地为坛，环植以杏，美其名曰"杏坛"。后来，他带弟子周游列国，随时随地都在教学，比如在颠簸的马车上、颜浊邹的家里、匡城的牢狱里、宋国的檀树下、郑国的城门口、陈蔡荒野的大石头上……这些教学之所，都可以用"杏坛"作为代名词。光有"杏坛"这个教学场所还不够，还得有故事，总得说点什么或做点什么，这样才能称得上"言传身教"。某个人所做的重要的事叫作"事迹"。而孔子戴着"天纵之圣"的桂冠，自然与众不同，他的事迹应该用一个更加高雅的说法，可以尊称为"圣迹"。因为他几千年来都以圣人的形象受人膜拜，而且把儒家的思想文化深深地烙在人们的心里，不可磨灭。就这一点来说，绝对是那些无良游客不可企及的——他们即便在树上或墙上最最醒目的位置刻写上"某某到此一游"，也只能留下令人鄙夷的"污迹"而已。

于是，书名就这么定了——《杏坛圣迹》，用大白话来说就是：孔子教学那些事儿！

程学荣

2020年2月于杭州

后
记

附录一：孔子年谱

1岁：公元前551年（鲁襄公22年），鲁国

孔子生于鲁国陬邑（今山东曲阜东南），父叔梁纥，母颜征在。

2岁：公元前550年（鲁襄公23年），鲁国

3岁：公元前549年（鲁襄公24年），鲁国

孔父叔梁纥卒，孔母携子移居鲁都曲阜阙里，生活艰难。

4岁：公元前548年（鲁襄公25年），鲁国

崔杼弑齐庄公，立其弟杵臼，是为齐景公。

5岁：公元前547年（鲁襄公26年），鲁国

6岁：公元前546年（鲁襄公27年），鲁国

弟子曾点生。点字皙，曾参之父，鲁国人。

7岁：公元前545年（鲁襄公28年），鲁国

弟子颜无繇生。无繇字路，又称颜路，颜渊之父，鲁国人。

8岁：公元前544年（鲁襄公29年），鲁国

弟子冉耕生。耕字伯牛，鲁国人。

9岁：公元前543年（鲁襄公30年），鲁国

10岁：公元前542年（鲁襄公31年），鲁国

鲁襄公卒，其子裯继位，是为鲁昭公。

弟子仲由生。由字子路，鲁国人。

11岁：公元前541年（鲁昭公元年），鲁国

12岁：公元前540年（鲁昭公2年），鲁国

弟子漆雕开生。开字子若，鲁国人。

13岁：公元前539年（鲁昭公3年），鲁国

14岁：公元前538年（鲁昭公4年），鲁国

15岁：公元前537年（鲁昭公5年），鲁国

孔子自谓"十有五而志于学"。

16岁：公元前536年（鲁昭公6年），鲁国

弟子闵损生。损字子骞，鲁国人。

17岁：公元前535年（鲁昭公7年），鲁国

孔母颜征在卒。

鲁执政季武子卒，其孙意如立，是为季平子。

季氏宴请士人，孔子赴宴，被季氏家臣阳虎拒之门外。

18岁：公元前534年（鲁昭公8年），鲁国

19岁：公元前533年（鲁昭公9年），鲁国

孔子娶宋人亓官氏为妻。

20岁：公元前532年（鲁昭公10年），鲁国

孔子任委吏（管仓库小吏）。

孔子生子，因鲁昭公赐鲤鱼，故取名为鲤，字伯鱼。

21岁：公元前531年（鲁昭公11年），鲁国

22岁：公元前530年（鲁昭公12年），鲁国

23岁：公元前529年（鲁昭公13年），鲁国

24岁：公元前528年（鲁昭公14年），鲁国

季氏家臣南蒯在费邑叛乱，费人逐之，奔齐。

25岁：公元前527年（鲁昭公15年），鲁国

26岁：公元前526年（鲁昭公16年），鲁国

27岁：公元前525年（鲁昭公17年），鲁国

郯子朝鲁。孔子学于郯子。

28岁：公元前524年（鲁昭公18年），鲁国

29岁：公元前523年（鲁昭公19年），鲁国

孔子学琴于师襄子。

30岁：公元前522年（鲁昭公20年），鲁国

孔子自谓"三十而立"，创办平民教育，聚徒讲学。

郑国子产卒，孔子为之出涕。

齐景公与晏子来鲁，召见孔子。

弟子冉雍、冉求、商瞿生。雍字仲弓，求字子有，瞿字子木，皆鲁国人。

31岁：公元前521年（鲁昭公21年），鲁国

弟子颜回、巫马施、高柴、宓不齐生。回字子渊，鲁国人；施字子期，陈国人；柴字子羔，齐国人；不齐字子贱，鲁国人。

32岁：公元前520年（鲁昭公22年），鲁国

弟子端木赐生。赐字子贡，卫国人。

33岁：公元前519年（鲁昭公23年），鲁国

34岁：公元前518年（鲁昭公24年），鲁国

孟僖子卒，孟懿子与南宫敬叔拜孔子为师。

孔子与南宫敬叔去周都洛阳，拜见老子。

35岁：公元前517年（鲁昭公25年），鲁国、齐国

斗鸡之变，鲁昭公奔齐。孔子适齐，为高昭子家臣。

叔孙昭子卒，其子叔孙不敢立，是为叔孙成子。

36岁：公元前516年（鲁昭公26年），齐国

孔子在齐，闻《韶》乐，三月不知肉味。齐景公问政于孔子。

37岁：公元前515年（鲁昭公27年），齐国、鲁国

齐大夫欲害孔子，孔子自齐返鲁。

弟子樊须、原宪生。须字子迟，鲁国人；宪字子思，宋国人。

38岁：公元前514年（鲁昭公28年），鲁国

鲁昭公至晋，居乾侯（晋邑）。

39岁：公元前513年（鲁昭公29年），鲁国

40岁：公元前512年（鲁昭公30年），鲁国

孔子自谓"四十而不惑"。

弟子澹台灭明生。灭明字子羽，鲁国人。

41岁：公元前511年（鲁昭公31年），鲁国

鲁昭公久在乾侯，晋侯欲送昭公回国，季平子来迎，昭公未敢返鲁。

弟子陈亢生。亢字子禽，陈国人。

42岁：公元前510年（鲁昭公32年），鲁国

鲁昭公卒于乾侯。季孙立昭公弟公子宋，是为鲁定公。

43岁：公元前509年（鲁定公元年），鲁国

颜回年十三，拜孔子为师。

弟子公西赤生。赤字子华，鲁国人。

44岁：公元前508年（鲁定公2年），鲁国

45岁：公元前507年（鲁定公3年），鲁国

弟子卜商生。商字子夏，卫国人。

46岁：公元前506年（鲁定公4年），鲁国

孔子率弟子观鲁桓公庙宥坐之器。

弟子言偃生。偃字子游，吴国人。

47岁：公元前505年（鲁定公5年），鲁国

季平子卒，阳虎囚其子季孙斯（季桓子）而专鲁政。

叔孙成子卒，其子叔孙州仇立，是为叔孙武叔。

弟子曾参生。参字子舆，鲁国人。

48岁：公元前504年（鲁定公6年），鲁国

阳虎侵犯匡城。

49岁：公元前503年（鲁定公7年），鲁国

弟子颛孙师生。师字子张，陈国人。

50岁：公元前502年（鲁定公8年），鲁国

孔子自谓"五十而知天命"。

阳虎谋杀季桓子未遂，退守阳关。

公山不狃以费邑叛季氏，使人召孔子，孔子欲往，被子路阻拦。

51岁：公元前501年（鲁定公9年），鲁国

鲁伐阳虎，阳虎奔齐，后又逃至晋国，投赵简子。

孔子任中都宰，卓有政绩，治理一年，四方则之。

52岁：公元前500年（鲁定公10年），鲁国

孔子升任小司空，后又升任大司寇，摄相事。齐鲁夹谷会盟，孔子襄礼。

齐国晏婴卒。

53岁：公元前499年（鲁定公11年），鲁国

54岁：公元前498年（鲁定公12年），鲁国

子路为季氏宰，隳三都，最终半途而废。

55岁：公元前497年（鲁定公13年），鲁国、卫国

齐国选女乐文马馈鲁君和季氏，鲁君臣荒于女色，孔子去鲁适卫。

卫灵公按孔子在鲁国的待遇给予俸禄，后听信谗言，监视孔子。

孔子愤而离卫，过匡城时，被匡人围困；后经蒲邑，适逢公叔氏起事，又被围攻，后返回卫国。

56岁：公元前496年（鲁定公14年），卫国

孔子见南子，子路不悦。

卫灵公与南子让孔子为次乘招摇过市，孔子亦耻之。

57岁：公元前495年（鲁定公15年），卫国

郯子朝鲁，子贡观礼。

鲁定公卒，其子蒋立，是为鲁哀公。

58岁：公元前494年（鲁哀公元年），卫国

吴国讨伐越国，攻下了会稽，获得一枚大骨，吴王派使者向孔子询问大骨的来历。

59岁：公元前493年（鲁哀公2年），卫国、宋国

卫灵公问阵于孔子，孔子离开卫国。

卫灵公卒，南子立蒯聩之子辄，是为卫出公。

孔子打算投奔晋国赵简子，听说赵简子杀贤，临河而叹。

孔子在宋国与弟子习礼于檀树下，司马桓魋欲害孔子，孔子微服而行。

60岁：公元前492年（鲁哀公3年），郑国、陈国

孔子自谓"六十而耳顺"。

孔子逃到郑国，郑国也没有接待他，只好取道适陈，在陈国住下来。

季桓子临死前嘱其子季康子召回孔子，季康子却改召孔子的弟子冉求。

61岁：公元前491年（鲁哀公4年），陈国

62岁：公元前490年（鲁哀公5年），陈国

齐景公卒，立其子茶，是为齐晏孺子，后被田乞所杀。

63岁：公元前489年（鲁哀公6年），陈国、蔡国、楚国

吴国讨伐陈国，楚国来救，陈国大乱；孔子在陈蔡之间被困，绝粮七日。

孔子到负函，叶公问政。

楚昭王欲重用孔子，被令尹子西谏止；后来楚昭王去世，孔子没能出仕。

田乞立公子吕阳生为君，作为傀儡，是为齐悼公，开田氏专齐政的先河。

64岁：公元前488年（鲁哀公7年），卫国

吴太宰伯嚭召季康子，康子使子贡辞谢，子贡以周礼说服伯嚭。

子路在卫国出仕，任蒲邑宰，孔子到卫国。

65岁：公元前487年（鲁哀公8年），卫国

66岁：公元前486年（鲁哀公9年），卫国

67岁：公元前485年（鲁哀公10年），卫国

孔子的夫人亓官氏卒。

齐国田乞卒，其子田常代立，是为田成子。

田常怂恿鲍息及齐人毒杀齐悼公，立其子吕壬为君，是为齐简公。

68岁：公元前484年（鲁哀公11年），卫国、鲁国

齐师伐鲁，冉求带兵打败齐国，劝谏季康子迎请孔子回鲁国。

孔子回鲁国后没有出仕，专心致志从事教育和古典文献的整理。

69岁：公元前483年（鲁哀公12年），鲁国

春，鲁国实行田赋。

孔子的儿子孔鲤卒，孙子孔伋生。伋字子思。

70岁：公元前482年（鲁哀公13年），鲁国

孔子自谓"七十而从心所欲，不逾矩"。

孔子晚而好《易》，韦编三绝。

71岁：公元前481年（鲁哀公14年），鲁国

鲁哀公西狩获麟，孔子停止修《春秋》。

田常弑齐简公，孔子劝鲁哀公及"三桓"讨伐他，未果。

孟懿子卒，其子仲孙彘立，是为孟武伯。

弟子颜回卒，孔子哭之恸。

72岁：公元前480年（鲁哀公15年），鲁国

卫有政变，蒯聩逐其子卫出公而自立，是为卫庄公。子路结缨而死。

73岁：公元前479年（鲁哀公16年），鲁国

孔子去世，弟子为他守墓三年，唯子贡守墓六年。

附录二：《论语》原文

学而篇第一

1.1　子曰："学而时习之，不亦说乎？有朋自远方来，不亦乐乎？人不知，而不愠，不亦君子乎？"

1.2　有子曰："其为人也孝弟，而好犯上者，鲜矣；不好犯上，而好作乱者，未之有也。君子务本，本立而道生。孝弟也者，其为仁之本与！"

1.3　子曰："巧言令色，鲜矣仁！"

1.4　曾子曰："吾日三省吾身——为人谋而不忠乎？与朋友交而不信乎？传不习乎？"

1.5　子曰："道千乘之国，敬事而信，节用而爱人，使民以时。"

1.6　子曰："弟子，入则孝，出则悌，谨而信，泛爱众，而亲仁。行有余力，则以学文。"

1.7　子夏曰："贤贤易色；事父母，能竭其力；事君，能致其身；与朋友交，言而有信。虽曰未学，吾必谓之学矣。"

1.8　子曰："君子不重，则不威；学则不固。主忠信，无友不如己者。过，则勿惮改。"

1.9　曾子曰："慎终，追远，民德归厚矣。"

1.10　子禽问于子贡曰："夫子至于是邦也，必闻其政，求之与？抑与之与？"子贡曰："夫子温、良、恭、俭、让以得之。夫子之求之也，其诸异乎人之求之与？"

1.11　子曰："父在，观其志；父没，观其行；三年无改于父之道，可谓孝矣。"

1.12　有子曰："礼之用，和为贵。先王之道，斯为美；小大由之。有所不行，知和而和，不以礼节之，亦不可行也。"

1.13　有子曰："信近于义，言可复也。恭近于礼，远耻辱也。因不失其亲，亦可宗也。"

1.14　子曰："君子食无求饱,居无求安,敏于事而慎于言,就有道而正焉,可谓好学也已。"

1.15　子贡曰："贫而无谄,富而无骄,何如?"子曰："可也。未若贫而乐,富而好礼者也。"子贡曰："《诗》云:'如切如磋,如琢如磨',其斯之谓与?"子曰："赐也,始可与言《诗》已矣,告诸往而知来者。"

1.16　子曰："不患人之不己知,患不知人也。"

为政篇第二

2.1　子曰："为政以德,譬如北辰,居其所而众星共之。"

2.2　子曰："《诗》三百,一言以蔽之,曰:'思无邪。'"

2.3　子曰："道之以政,齐之以刑,民免而无耻;道之以德,齐之以礼,有耻且格。"

2.4　子曰："吾十有五而志于学,三十而立,四十而不惑,五十而知天命,六十而耳顺,七十而从心所欲,不逾矩。"

2.5　孟懿子问孝。子曰："无违。"樊迟御,子告之曰:"孟孙问孝于我,我对曰,无违。"樊迟曰:"何谓也?"子曰:"生,事之以礼;死,葬之以礼,祭之以礼。"

2.6　孟武伯问孝。子曰："父母唯其疾之忧。"

2.7　子游问孝。子曰："今之孝者,是谓能养。至于犬马,皆能有养;不敬,何以别乎?"

2.8　子夏问孝。子曰："色难。有事,弟子服其劳;有酒食,先生馔,曾是以为孝乎?"

2.9　子曰："吾与回言终日,不违,如愚。退而省其私,亦足以发,回也不愚。"

2.10　子曰："视其所以,观其所由,察其所安。人焉廋哉?人焉廋哉?"

2.11　子曰："温故而知新,可以为师矣。"

2.12　子曰："君子不器。"

2.13　子贡问君子。子曰："先行其言而后从之。"

2.14　子曰："君子周而不比,小人比而不周。"

2.15　子曰："学而不思则罔,思而不学则殆。"

2.16　子曰："攻乎异端，斯害也已。"

2.17　子曰："由！诲女知之乎！知之为知之，不知为不知，是知也。"

2.18　子张学干禄。子曰："多闻阙疑，慎言其余，则寡尤。多见阙殆，慎行其余，则寡悔。言寡尤，行寡悔，禄在其中矣。"

2.19　哀公问曰："何为则民服？"孔子对曰："举直错诸枉，则民服；举枉错诸直，则民不服。"

2.20　季康子问："使民敬、忠以劝，如之何？"子曰："临之以庄，则敬；孝慈，则忠；举善而教不能，则劝。"

2.21　或谓孔子曰："子奚不为政？"子曰："《书》云：'孝乎！惟孝，友于兄弟，施于有政。'是亦为政，奚其为为政？"

2.22　子曰："人而无信，不知其可也。大车无輗，小车无軏，其何以行之哉？"

2.23　子张问："十世可知也？"子曰："殷因于夏礼，所损益，可知也；周因于殷礼，所损益，可知也。其或继周者，虽百世，可知也。"

2.24　子曰："非其鬼而祭之，谄也。见义不为，无勇也。"

八佾篇第三

3.1　孔子谓季氏："八佾舞于庭，是可忍也，孰不可忍也？"

3.2　三家者以《雍》彻。子曰："'相维辟公，天子穆穆'，奚取于三家之堂？"

3.3　子曰："人而不仁，如礼何？人而不仁，如乐何？"

3.4　林放问礼之本。子曰："大哉问！礼，与其奢也，宁俭；丧，与其易也，宁戚。"

3.5　子曰："夷狄之有君，不如诸夏之亡也。"

3.6　季氏旅于泰山。子谓冉有曰："女弗能救与？"对曰："不能。"子曰："呜呼！曾谓泰山不如林放乎？"

3.7　子曰："君子无所争。必也射乎！揖让而升，下而饮。其争也君子。"

3.8　子夏问曰："'巧笑倩兮，美目盼兮，素以为绚兮。'何谓也？"子曰："绘事后素。"曰："礼后乎？"子曰："起予者商也！始可与言《诗》已矣。"

3.9　子曰："夏礼，吾能言之，杞不足征也；殷礼，吾能言之，宋不足征也。文献不足故也。足，则吾能征之矣。"

3.10　子曰："禘自既灌而往者，吾不欲观之矣。"

3.11　或问禘之说。子曰："不知也，知其说者之于天下也，其如示诸斯乎！"指其掌。

3.12　祭如在，祭神如神在。子曰："吾不与祭，如不祭。"

3.13　王孙贾问曰："与其媚于奥，宁媚于灶，何谓也？"子曰："不然。获罪于天，无所祷也。"

3.14　子曰："周监于二代，郁郁乎文哉！吾从周。"

3.15　子入太庙，每事问。或曰："孰谓鄹人之子知礼乎？入太庙，每事问。"子闻之，曰："是礼也。"

3.16　子曰："射不主皮，为力不同科，古之道也。"

3.17　子贡欲去告朔之饩羊。子曰："赐也！尔爱其羊，我爱其礼。"

3.18　子曰："事君尽礼，人以为谄也。"

3.19　定公问："君使臣，臣事君，如之何？"孔子对曰："君使臣以礼，臣事君以忠。"

3.20　子曰："《关雎》，乐而不淫，哀而不伤。"

3.21　哀公问社于宰我。宰我对曰："夏后氏以松，殷人以柏，周人以栗，曰，使民战栗。"子闻之，曰："成事不说，遂事不谏，既往不咎。"

3.22　子曰："管仲之器小哉！"或曰："管仲俭乎？"曰："管氏有三归，官事不摄，焉得俭？""然则管仲知礼乎？"曰："邦君树塞门，管氏亦树塞门。邦君为两君之好，有反坫，管氏亦有反坫。管氏而知礼，孰不知礼？"

3.23　子语鲁大师乐，曰："乐其可知也：始作，翕如也；从之，纯如也，皦如也，绎如也，以成。"

3.24　仪封人请见，曰："君子之至于斯也，吾未尝不得见也。"从者见之。出曰："二三子何患于丧乎？天下之无道也久矣，天将以夫子为木铎。"

3.25　子谓《韶》："尽美矣，又尽善也。"谓《武》："尽美矣，未尽善也。"

3.26　子曰："居上不宽，为礼不敬，临丧不哀，吾何以观之哉？"

里仁篇第四

4.1　子曰："里仁为美。择不处仁，焉得知？"

4.2　子曰："不仁者不可以久处约，不可以长处乐。仁者安仁，知者利仁。"

4.3　子曰："唯仁者能好人，能恶人。"

4.4　子曰："苟志于仁矣，无恶也。"

4.5　子曰："富与贵，是人之所欲也。不以其道得之，不处也。贫与贱，是人之所恶也。不以其道得之，不去也。君子去仁，恶乎成名？君子无终食之间违仁，造次必于是，颠沛必于是。"

4.6　子曰："我未见好仁者，恶不仁者。好仁者，无以尚之；恶不仁者，其为仁矣，不使不仁者加乎其身。有能一日用其力于仁矣乎？我未见力不足者。盖有之矣，我未之见也。"

4.7　子曰："人之过也，各于其党。观过，斯知仁矣。"

4.8　子曰："朝闻道，夕死可矣。"

4.9　子曰："士志于道，而耻恶衣恶食者，未足与议也。"

4.10　子曰："君子之于天下也，无适也，无莫也，义之与比。"

4.11　子曰："君子怀德，小人怀土；君子怀刑，小人怀惠。"

4.12　子曰："放于利而行，多怨。"

4.13　子曰："能以礼让为国乎，何有？不能以礼让为国，如礼何？"

4.14　子曰："不患无位，患所以立。不患莫己知，求为可知也。"

4.15　子曰："参乎！吾道一以贯之。"曾子曰："唯。"子出，门人问曰："何谓也？"曾子曰："夫子之道，忠恕而已矣。"

4.16　子曰："君子喻于义，小人喻于利。"

4.17　子曰："见贤思齐焉，见不贤而内自省也。"

4.18　子曰："事父母几谏，见志不从，又敬不违，劳而不怨。"

4.19　子曰："父母在，不远游，游必有方。"

4.20　子曰："三年无改于父之道，可谓孝矣。"

4.21　子曰："父母之年，不可不知也。一则以喜，一则以惧。"

4.22　子曰："古者言之不出，耻躬之不逮也。"

4.23　子曰："以约失之者鲜矣。"

4.24　子曰："君子欲讷于言而敏于行。"

4.25　子曰："德不孤，必有邻。"

4.26　子游曰："事君数，斯辱矣；朋友数，斯疏矣。"

公冶长篇第五

5.1　子谓公冶长："可妻也。虽在缧绁之中，非其罪也。"以其子妻之。

5.2　子谓南容："邦有道，不废；邦无道，免于刑戮。"以其兄之子妻之。

5.3　子谓子贱："君子哉若人！鲁无君子者，斯焉取斯？"

5.4　子贡问曰："赐也何如？"子曰："女，器也。"曰："何器也？"曰："瑚琏也。"

5.5　或曰："雍也仁而不佞。"子曰："焉用佞？御人以口给，屡憎于人。不知其仁，焉用佞？"

5.6　子使漆雕开仕。对曰："吾斯之未能信。"子说。

5.7　子曰："道不行，乘桴浮于海。从我者，其由与？"子路闻之喜。子曰："由也好勇过我，无所取材。"

5.8　孟武伯问："子路仁乎？"子曰："不知也。"又问。子曰："由也，千乘之国，可使治其赋也，不知其仁也。""求也何如？"子曰："求也，千室之邑，百乘之家，可使为之宰也，不知其仁也。""赤也何如？"子曰："赤也，束带立于朝，可使与宾客言也，不知其仁也。"

5.9　子谓子贡曰："女与回也孰愈？"对曰："赐也何敢望回？回也闻一以知十，赐也闻一以知二。"子曰："弗如也；吾与女弗如也。"

5.10　宰予昼寝。子曰："朽木不可雕也，粪土之墙不可圬也；于予与何诛？"子曰："始吾于人也，听其言而信其行；今吾于人也，听其言而观其行。于予与改是。"

5.11　子曰："吾未见刚者。"或对曰："申枨。"子曰："枨也欲，焉得刚？"

5.12　子贡曰："我不欲人之加诸我也，吾亦欲无加诸人。"子曰："赐也，非尔所及也。"

5.13　子贡曰："夫子之文章，可得而闻也；夫子之言性与天道，不可得而闻也。"

5.14　子路有闻，未之能行，唯恐有闻。

5.15　子贡问曰："孔文子何以谓之'文'也？"子曰："敏而好学，不耻下问，是以谓之'文'也。"

5.16　子谓子产："有君子之道四焉：其行己也恭，其事上也敬，其养民也惠，其使民也义。"

5.17 子曰："晏平仲善与人交，久而敬之。"

5.18 子曰："臧文仲居蔡，山节藻棁，何如其知也？"

5.19 子张问曰："令尹子文三仕为令尹，无喜色；三已之，无愠色。旧令尹之政，必以告新令尹。何如？"子曰："忠矣。"曰："仁矣乎？"曰："未知。焉得仁？""崔子弑齐君，陈文子有马十乘，弃而违之。至于他邦，则曰：'犹吾大夫崔子也。'违之。之一邦，则又曰：'犹吾大夫崔子也。'违之。何如？"子曰："清矣。"曰："仁矣乎？"曰："未知。焉得仁？"

5.20 季文子三思而后行。子闻之，曰："再，斯可矣。"

5.21 子曰："宁武子，邦有道，则知；邦无道，则愚。其知可及也，其愚不可及也。"

5.22 子在陈，曰："归与！归与！吾党之小子狂简，斐然成章，不知所以裁之。"

5.23 子曰："伯夷、叔齐不念旧恶，怨是用希。"

5.24 子曰："孰谓微生高直？或乞醯焉，乞诸其邻而与之。"

5.25 子曰："巧言、令色、足恭，左丘明耻之，丘亦耻之。匿怨而友其人，左丘明耻之，丘亦耻之。"

5.26 颜渊、季路侍。子曰："盍各言尔志？"子路曰："愿车马衣轻裘与朋友共蔽之而无憾。"颜渊曰："愿无伐善，无施劳。"子路曰："愿闻子之志。"子曰："老者安之，朋友信之，少者怀之。"

5.27 子曰："已矣乎！吾未见能见其过而内自讼者也。"

5.28 子曰："十室之邑，必有忠信如丘者焉，不如丘之好学也。"

雍也篇第六

6.1 子曰："雍也可使南面。"

6.2 仲弓问子桑伯子，子曰："可也，简。"仲弓曰："居敬而行简，以临其民，不亦可乎？居简而行简，无乃大简乎？"子曰："雍之言然。"

6.3 哀公问："弟子孰为好学？"孔子对曰："有颜回者好学，不迁怒，不贰过。不幸短命死矣。今也则亡，未闻好学者也。"

6.4 子华使于齐，冉子为其母请粟。子曰："与之釜。"请益。曰："与之庾。"冉子与之粟五秉。子曰："赤之适齐也，乘肥马，衣轻裘。吾闻之也：君子周急不继富。”

6.5　原思为之宰，与之粟九百，辞。子曰：“毋！以与尔邻里乡党乎！”

6.6　子谓仲弓曰：“犁牛之子骍且角，虽欲勿用，山川其舍诸？”

6.7　子曰：“回也，其心三月不违仁，其余则日月至焉而已矣。”

6.8　季康子问：“仲由可使从政也与？”子曰：“由也果，于从政乎何有”曰：“赐也可使从政也与？”曰：“赐也达，于从政乎何有？”曰：“求也可使从政也与？”曰：“求也艺，于从政乎何有？”

6.9　季氏使闵子骞为费宰。闵子骞曰：“善为我辞焉！如有复我者，则吾必在汶上矣。”

6.10　伯牛有疾，子问之，自牖执其手，曰：“亡之，命矣夫！斯人也而有斯疾也！斯人也而有斯疾也！”

6.11　子曰：“贤哉，回也！一箪食，一瓢饮，在陋巷，人不堪其忧，回也不改其乐。贤哉，回也！”

6.12　冉求曰：“非不说子之道，力不足也。”子曰：“力不足者，中道而废。今女画。”

6.13　子谓子夏曰：“女为君子儒！无为小人儒！”

6.14　子游为武城宰。子曰：“女得人焉耳乎？”曰：“有澹台灭明者，行不由径，非公事，未尝至于偃之室也。”

6.15　子曰：“孟之反不伐，奔而殿，将入门，策其马，曰：‘非敢后也，马不进也。’”

6.16　子曰：“不有祝鮀之佞，而有宋朝之美，难乎免于今之世矣！”

6.17　子曰：“谁能出不由户？何莫由斯道也？”

6.18　子曰：“质胜文则野，文胜质则史。文质彬彬，然后君子。”

6.19　子曰：“人之生也直，罔之生也幸而免。”

6.20　子曰：“知之者不如好之者，好之者不如乐之者。”

6.21　子曰：“中人以上，可以语上也；中人以下，不可以语上也。”

6.22　樊迟问知。子曰：“务民之义，敬鬼神而远之，可谓知矣。”问仁。曰：“仁者先难而后获，可谓仁矣。”

6.23　子曰：“知者乐水，仁者乐山。知者动，仁者静。知者乐，仁者寿。”

6.24　子曰：“齐一变，至于鲁；鲁一变，至于道。”

6.25　子曰："觚不觚，觚哉！觚哉！"

6.26　宰我问曰："仁者，虽告之曰：'井有仁焉。'其从之也？"子曰："何为其然也？君子可逝也，不可陷也；可欺也，不可罔也。"

6.27　子曰："君子博学于文，约之以礼，亦可以弗畔矣夫！"

6.28　子见南子，子路不说。夫子矢之曰："予所否者，天厌之！天厌之！"

6.29　子曰："中庸之为德也，其至矣乎！民鲜久矣。"

6.30　子贡曰："如有博施于民而能济众，何如？可谓仁乎？"子曰："何事于仁！必也圣乎？尧舜其犹病诸！夫仁者，己欲立而立人，己欲达而达人。能近取譬，可谓仁之方也已。"

述而篇第七

7.1　子曰："述而不作，信而好古，窃比于我老彭。"

7.2　子曰："默而识之，学而不厌，诲人不倦，何有于我哉？"

7.3　子曰："德之不修，学之不讲，闻义不能徙，不善不能改，是吾忧也。"

7.4　子之燕居，申申如也，夭夭如也。

7.5　子曰："甚矣吾衰也！久矣吾不复梦见周公。"

7.6　子曰："志于道，据于德，依于仁，游于艺。"

7.7　子曰："自行束脩以上，吾未尝无诲焉。"

7.8　子曰："不愤不启，不悱不发。举一隅不以三隅反，则不复也。"

7.9　子食于有丧者之侧，未尝饱也。

7.10　子于是日哭，则不歌。

7.11　子谓颜渊曰："用之则行，舍之则藏，唯我与尔有是夫！"子路曰："子行三军，则谁与？"子曰："暴虎冯河，死而无悔者，吾不与也。必也临事而惧，好谋而成者也。"

7.12　子曰："富而可求也，虽执鞭之士，吾亦为之。如不可求，从吾所好。"

7.13　子之所慎：齐、战、疾。

7.14　子在齐闻《韶》，三月不知肉味。曰："不图为乐之至于斯也。"

7.15　冉有曰："夫子为卫君乎？"子贡曰："诺。吾将问之。"入，曰："伯夷、叔齐何人也？"曰："古之贤人也。"曰："怨乎？"曰："求仁而得仁，又何怨？"出，曰："夫子不为也。"

7.16　子曰："饭疏食饮水，曲肱而枕之，乐亦在其中矣。不义而富且贵，于我如浮云。"

7.17　子曰："加我数年，五十以学《易》，可以无大过矣。"

7.18　子所雅言，《诗》《书》、执行，皆雅言也。

7.19　叶公问孔子于子路，子路不对。子曰："女奚不曰，其为人也，发愤忘食，乐以忘忧，不知老之将至云尔。"

7.20　子曰："我非生而知之者，好古，敏以求之者也。"

7.21　子不语：怪、力、乱、神。

7.22　子曰："三人行，必有我师焉；择其善者而从之，其不善者而改之。"

7.23　子曰："天生德于予，恒魋其如予何？"

7.24　子曰："二三子以我为隐乎？吾无隐乎尔。吾无行而不与二三子者，是丘也。"

7.25　子以四教：文、行、忠、信。

7.26　子曰："圣人，吾不得而见之矣；得见君子者，斯可矣。"子曰："善人，吾不得而见之矣；得见有恒者，斯可矣。亡而为有，虚而为盈，约而为泰，难乎有恒矣。"

7.27　子钓而不纲，弋不射宿。

7.28　子曰："盖有不知而作之者，我无是也。多闻，择其善者而从之，多见而识之，知之次也。"

7.29　互乡难与言，童子见，门人惑。子曰："与其进也，不与其退也，唯何甚？人洁己以进，与其洁也，不保其往也。"

7.30　子曰："仁远乎哉？我欲仁，斯仁至矣。"

7.31　陈司败问："昭公知礼乎？"孔子曰："知礼。"孔子退，揖巫马期而进之，曰："吾闻君子不党，君子亦党乎？君取于吴，为同姓，谓之吴孟子。君而知礼，孰不知礼？"巫马期以告。子曰："丘也幸，苟有过，人必知之。"

7.32　子与人歌而善，必使反之，而后和之。

7.33　子曰："文，莫吾犹人也。躬行君子，则吾未之有得。"

7.34　子曰："若圣与仁，则吾岂敢？抑为之不厌，诲人不倦，则可谓云尔已矣。"公西华曰："正唯弟子不能学也。"

7.35　子疾病，子路请祷。子曰："有诸？"子路对曰："有之。《诔》曰：'祷尔于上下神祇。'"子曰:"丘之祷久矣。"

7.36　子曰:"奢则不孙,俭则固。与其不孙也,宁固。"

7.37　子曰:"君子坦荡荡,小人长戚戚。"

7.38　子温而厉,威而不猛,恭而安。

泰伯篇第八

8.1　子曰:"泰伯,其可谓至德也已矣。三以天下让,民无得而称焉。"

8.2　子曰:"恭而无礼则劳,慎而无礼则葸,勇而无礼则乱,直而无礼则绞。君子笃于亲,则民兴于仁;故旧不遗,则民不偷。"

8.3　曾子有疾,召门弟子曰:"启予足!启予手!《诗》云:'战战兢兢,如临深渊,如履薄冰。'而今而后,吾知免夫!小子!"

8.4　曾子有疾,孟敬子问之。曾子言曰:"鸟之将死,其鸣也哀;人之将死,其言也善。君子所贵乎道者三:动容貌,斯远暴慢矣;正颜色,斯近信矣;出辞气,斯远鄙倍矣。笾豆之事,则有司存。"

8.5　曾子曰:"以能问于不能,以多问于寡;有若无,实若虚,犯而不校。昔者吾友尝从事于斯矣。"

8.6　曾子曰:"可以托六尺之孤,可以寄百里之命,临大节而不可夺也。君子人与?君子人也。"

8.7　曾子曰"士不可以不弘毅,任重而道远。仁以为己任,不亦重乎?死而后已,不亦远乎?"

8.8　子曰:"兴于《诗》,立于礼,成于乐。"

8.9　子曰:"民可使由之,不可使知之。"

8.10　子曰:"好勇疾贫,乱也。人而不仁,疾之已甚,乱也。"

8.11　子曰:"如有周公之才之美,使骄且吝,其余不足观也已。"

8.12　子曰:"三年学,不至于谷,不易得也。"

8.13　子曰:"笃信好学,守死善道。危邦不入,乱邦不居。天下有道则见,无道则隐。邦有道,贫且贱焉,耻也。邦无道,富且贵焉,耻也。"

8.14　子曰:"不在其位,不谋其政。"

8.15　子曰:"师挚之始,《关雎》之乱,洋洋乎盈耳哉!"

　8.16　子曰:"狂而不直,侗而不愿,悾悾而信,吾不知之矣。"

8.17 子曰："学如不及，犹恐失之。"

8.18 子曰："巍巍乎，舜、禹之有天下也，而不与焉！"

8.19 子曰："大哉尧之为君也！巍巍乎！唯天为大，唯尧则之。荡荡乎！民无能名焉。巍巍乎其有成功也！焕乎其有文章！"

8.20 舜有臣五人而天下治。武王曰："予有乱臣十人。"孔子曰："才难，不其然乎？唐、虞之际，于斯为盛。有妇人焉，九人而已。三分天下有其二，以服事殷。周之德，其可谓至德也已矣。"

8.21 子曰："禹，吾无间然矣。菲饮食而致孝乎鬼神，恶衣服而致美乎黻冕，卑宫室而尽力乎沟洫。禹，吾无间然矣。"

子罕篇第九

9.1 子罕言利，与命与仁。

9.2 达巷党人曰："大哉孔子！博学而无所成名。"子闻之，谓门弟子曰："吾何执？执御乎？执射乎？吾执御矣。"

9.3 子曰："麻冕，礼也；今也纯，俭，吾从众。拜下，礼也；今拜乎上，泰也。虽违众，吾从下。"

9.4 子绝四：毋意，毋必，毋固，毋我。

9.5 子畏于匡，曰："文王既没，文不在兹乎？天之将丧斯文也，后死者不得与于斯文也；天之未丧斯文也，匡人其如予何？"

9.6 太宰问于子贡曰："夫子圣者与？何其多能也？"子贡曰："固天纵之将圣，又多能也。"子闻之，曰："太宰知我乎！吾少也贱，故多能鄙事。君子多乎哉？不多也。"

9.7 牢曰："子云：'吾不试，故艺。'"

9.8 子曰："吾有知乎哉？无知也。有鄙夫问于我，空空如也。我叩其两端而竭焉。"

9.9 子曰："凤鸟不至，河不出图，吾已矣夫！"

9.10 子见齐衰者、冕衣裳者与瞽者，见之，虽少，必作；过之，必趋。

9.11 颜渊喟然叹曰："仰之弥高，钻之弥坚。瞻之在前，忽焉在后。夫子循循然善诱人，博我以文，约我以礼，欲罢不能。既竭吾才，如有所立卓尔。虽欲从之，末由也矣。"

9.12　子疾病，子路使门人为臣。病间。曰："久矣哉，由之行诈也！无臣而为有臣。吾谁欺？欺天乎？且予与其死于臣之手也，无宁死于二三子之手乎？且予纵不得大葬，予死于道路乎？"

9.13　子贡曰："有美玉于斯，韫椟而藏诸？求善贾而沽诸？"子曰："沽之哉！沽之哉！我待贾者也。"

9.14　子欲居九夷。或曰："陋，如之何？"子曰："君子居之，何陋之有？"

9.15　子曰："吾自卫反鲁，然后乐正，《雅》《颂》各得其所。"

9.16　子曰："出则事公卿，入则事父兄，丧事不敢不勉，不为酒困，何有于我哉？"

9.17　子在川上曰："逝者如斯夫！不舍昼夜。"

9.18　子曰："吾未见好德如好色者也。"

9.19　子曰："譬如为山，未成一篑，止，吾止也。譬如平地，虽覆一篑，进，吾往也。"

9.20　子曰："语之而不惰者，其回也与！"

9.21　子谓颜渊曰："惜乎！吾见其进也，未见其止也。"

9.22　子曰："苗而不秀者有矣夫！秀而不实者有矣夫！"

9.23　子曰："后生可畏，焉知来者之不如今也？四十、五十而无闻焉，斯亦不足畏也已。"

9.24　子曰："法语之言，能无从乎？改之为贵。巽与之言，能无说乎？绎之为贵。说而不绎，从而不改，吾末如之何也已矣。"

9.25　子曰："主忠信，毋友不如己者，过则勿惮改。"

9.26　子曰："三军可夺帅也，匹夫不可夺志也。"

9.27　子曰："衣敝缊袍，与衣狐貉者立，而不耻者，其由也与？'不忮不求，何用不臧？'"子路终身诵之。子曰："是道也，何足以臧？"

9.28　子曰："岁寒，然后知松柏之后凋也。"

9.29　子曰："知者不惑，仁者不忧，勇者不惧。"

9.30　子曰："可与共学，未可与适道；可与适道，未可与立；可与立，未可与权。"

9.31　"唐棣之华，偏其反而。岂不尔思？室是远而。"子曰："未之思也，夫何远之有？"

乡党篇第十

10.1　孔子于乡党，恂恂如也，似不能言者。其在宗庙朝廷，便便言，唯谨尔。

10.2　朝，与下大夫言，侃侃如也；与上大夫言，誾誾如也。君在，踧踖如也，与与如也。

10.3　君召使摈，色勃如也，足躩如也。揖所与立，左右手，衣前后，襜如也。趋进，翼如也。宾退，必复命曰："宾不顾矣。"

10.4　入公门，鞠躬如也，如不容。立不中门，行不履阈。过位，色勃如也，足躩如也，其言似不足者。摄齐升堂，鞠躬如也，屏气似不息者。出，降一等，逞颜色，怡怡如也。没阶，趋进，翼如也。复其位，踧踖如也。

10.5　执圭，鞠躬如也，如不胜。上如揖，下如授。勃如战色，足蹜蹜如有循。享礼，有容色。私觌，愉愉如也。

10.6　君子不以绀緅饰。红紫不以为亵服。当暑，袗絺绤，必表而出之。缁衣，羔裘；素衣，麑裘；黄衣，狐裘。亵裘长，短右袂。必有寝衣，长一身有半。狐貉之厚以居。去丧，无所不佩。非帷裳，必杀之。羔裘玄冠不以吊。吉月，必朝服而朝。

10.7　齐，必有明衣，布。齐必变食，居必迁坐。

10.8　食不厌精，脍不厌细。食饐而餲，鱼馁而肉败，不食。色恶，不食。臭恶，不食。失饪，不食。不时，不食。割不正，不食。不得其酱，不食。肉虽多，不使胜食气。惟酒无量，不及乱。沽酒市脯不食。不撤姜食，不多食。

10.9　祭于公，不宿肉。祭肉不出三日。出三日，不食之矣。

10.10　食不语，寝不言。

10.11　虽疏食菜羹，必祭，必齐如也。

10.12　席不正，不坐。

10.13　乡人饮酒，杖者出，斯出矣。

10.14　乡人傩，朝服而立于阼阶。

10.15　问人于他邦，再拜而送之。

10.16　康子馈药，拜而受之。曰："丘未达，不敢尝。"

10.17　厩焚。子退朝，曰："伤人乎？"不问马。

10.18　君赐食，必正席先尝之。君赐腥，必熟而荐之。君赐生，必畜之。侍食于君，君祭，先饭。

10.19　疾，君视之，东首，加朝服，拖绅。

10.20　君命召，不俟驾行矣。

10.21　入太庙，每事问。

10.22　朋友死，无所归，曰："于我殡。"

10.23　朋友之馈，虽车马，非祭肉，不拜。

10.24　寝不尸，居不客。

10.25　见齐衰者，虽狎，必变。见冕者与瞽者，虽亵，必以貌。凶服者式之，式负版者。有盛馔，必变色而作。迅雷风烈，必变。

10.26　升车，必正立，执绥。车中，不内顾，不疾言，不亲指。

10.27　色斯举矣，翔而后集。曰："山梁雌雉，时哉时哉！"子路共之，三嗅而作。

先进篇第十一

11.1　子曰："先进于礼乐，野人也；后进于礼乐，君子也。如用之，则吾从先进。"

11.2　子曰："从我于陈、蔡者，皆不及门也。"

11.3　德行：颜渊、闵子骞、冉伯牛、仲弓。言语：宰我、子贡。政事：冉有、季路。文学：子游、子夏。

11.4　子曰："回也非助我者也，于吾言无所不说。"

11.5　子曰："孝哉，闵子骞！人不间于其父母昆弟之言。"

11.6　南容三复"白圭"，孔子以其兄之子妻之。

11.7　季康子问："弟子孰为好学？"孔子对曰："有颜回者好学，不幸短命死矣！今也则亡。"

11.8　颜渊死，颜路请子之车以为之椁。子曰："才不才，亦各言其子也。鲤也死，有棺而无椁。吾不徒行以为之椁。以吾从大夫之后，不可徒行也。"

11.9　颜渊死。子曰："噫！天丧予！天丧予！"

11.10　颜渊死，子哭之恸。从者曰："子恸矣！"曰："有恸乎？非夫人之为恸而谁为？"

11.11　颜渊死，门人欲厚葬之。子曰："不可。"门人厚葬之。子曰："回也视予犹父也，予不得视犹子也。非我也，夫二三子也。"

11.12　季路问事鬼神。子曰："未能事人，焉能事鬼？"曰："敢问死。"曰："未知生，焉知死？"

11.13　闵子侍侧，訚訚如也；子路，行行如也；冉有、子贡，侃侃如也。子乐。"若由也，不得其死然。"

11.14　鲁人为长府。闵子骞曰："仍旧贯，如之何？何必改作？"子曰："夫人不言，言必有中。"

11.15　子曰："由之瑟奚为于丘之门？"门人不敬子路。子曰："由也升堂矣，未入于室也。"

11.16　子贡问："师与商也孰贤？"子曰："师也过，商也不及。"曰："然则师愈与？"子曰："过犹不及。"

11.17　季氏富于周公，而求也为之聚敛而附益之。子曰："非吾徒也。小子鸣鼓而攻之可也。"

11.18　柴也愚，参也鲁，师也辟，由也喭。

11.19　子曰："回也其庶乎？屡空。赐不受命，而货殖焉，亿则屡中。"

11.20　子张问善人之道。子曰："不践迹，亦不入于室。"

11.21　子曰："论笃是与，君子者乎？色庄者乎？"

11.22　子路问："闻斯行诸？"子曰："有父兄在，如之何其闻斯行之？"冉有问："闻斯行诸？"子曰："闻斯行之。"公西华曰："由也问'闻斯行诸'，子曰：'有父兄在'，求也问'闻斯行诸'，子曰：'闻斯行之'。赤也惑，敢问。"子曰："求也退，故进之；由也兼人，故退之。"

11.23　子畏于匡，颜渊后。子曰："吾以女为死矣。"曰："子在，回何敢死？"

11.24　季子然问："仲由、冉求可谓大臣与？"子曰："吾以子为异之问，曾由与求之问。所谓大臣者，以道事君，不可则止。今由与求也，可谓具臣矣。"曰："然则从之者与？"子曰："弑父与君，亦不从也。"

11.25　子路使子羔为费宰。子曰："贼夫人之子。"子路曰："有民人焉，有社稷焉，何必读书，然后为学？"子曰："是故恶夫佞者。"

11.26　子路、曾皙、冉有、公西华侍坐。子曰："以吾一日长乎尔，毋吾以也。居则曰：'不吾知也！'如或知尔，则何以哉？"子路率尔而对曰："千乘之国，摄乎大国之间，加之以师旅，因之以饥馑；由也为之，比及三年，可使有勇，且知方也。"夫子哂之。"求！尔何如？"对曰："方六七十，如五六十，求也为之，比及三年，可使足民。如其礼乐，以俟君子。""赤！尔何如？"对曰："非曰能之，愿学焉。宗庙之事，如会同，端章甫，愿为小相焉。""点！尔何如？"鼓瑟希，铿尔，舍瑟而作，对曰："异乎三子者之撰。"子曰："何伤乎？亦各言其志也。"曰："莫春者，春服既成，冠者五六人，童子六七人，浴乎沂，风乎舞雩，咏而归。"夫子喟然叹曰："吾与点也！"三子者出，曾皙后。曾皙曰："夫三子者之言何如？"子曰："亦各言其志也已矣。"曰："夫子何哂由也？"曰："为国以礼，其言不让，是故哂之。""唯求则非邦也与？""安见方六七十如五六十而非邦也者？""唯赤则非邦也与？""宗庙会同，非诸侯而何？赤也为之小，孰能为之大？"

颜渊篇第十二

12.1 颜渊问仁。子曰："克己复礼为仁。一日克己复礼，天下归仁焉。为仁由己，而由人乎哉？"颜渊曰："请问其目。"子曰："非礼勿视，非礼勿听，非礼勿言，非礼勿动。"颜渊曰："回虽不敏，请事斯语矣。"

12.2 仲弓问仁。子曰："出门如见大宾，使民如承大祭。己所不欲，勿施于人。在邦无怨，在家无怨。"仲弓曰："雍虽不敏，请事斯语矣。"

12.3 司马牛问仁。子曰："仁者，其言也讱。"曰："其言也讱，斯谓之仁已乎？"子曰："为之难，言之得无讱乎？"

12.4 司马牛问君子。子问："君子不忧不惧。"曰："不忧不惧，斯谓之君子已乎？"子曰："内省不疚，夫何忧何惧？"

12.5 司马牛忧曰："人皆有兄弟，我独亡。"子夏曰："商闻之矣：死生有命，富贵在天。君子敬而无失，与人恭而有礼，四海之内皆兄弟也。君子何患乎无兄弟也？"

12.6 子张问明。子曰："浸润之谮，肤受之愬，不行焉，可谓明也已矣。浸润之谮，肤受之愬，不行焉，可谓远也已矣。"

12.7 子贡问政。子曰："足食，足兵，民信之矣。"子贡曰："必不得已而去，于斯三者何先？"曰："去兵。"子贡曰："必不得已而去，于斯二者何先？"曰："去食。自古皆有死，民无信不立。"

12.8 棘子成曰："君子质而已矣，何以文为？"子贡曰："惜乎，夫子之说君子也！驷不及舌。文犹质也，质犹文也。虎豹之鞟犹犬羊之鞟。"

12.9　哀公问于有若曰：“年饥，用不足，如之何？”有若对曰：“盍彻乎？”曰：“二，吾犹不足，如之何其彻也？”对曰：“百姓足，君孰与不足？百姓不足，君孰与足？”

12.10　子张问崇德辨惑。子曰：“主忠信，徙义，崇德也。爱之欲其生，恶之欲其死。既欲其生，又欲其死，是惑也。‘诚不以富，亦祗以异’。”

12.11　齐景公问政于孔子。孔子对曰：“君君，臣臣，父父，子子。”公曰：“善哉！信如君不君，臣不臣，父不父，子不子，虽有粟，吾得而食诸？”

12.12　子曰：“片言可以折狱者，其由也与？”子路无宿诺。

12.13　子曰：“听讼，吾犹人也。必也使无讼乎！”

12.14　子张问政。子曰：“居之无倦，行之以忠。”

12.15　子曰：“博学于文，约之以礼，亦可以弗畔矣夫！”

12.16　子曰：“君子成人之美，不成人之恶。小人反是。”

12.17　季康子问政于孔子。孔子对曰：“政者，正也。子帅以正，孰敢不正？”

12.18　季康子患盗，问于孔子。孔子对曰：“苟子之不欲，虽赏之不窃。”

12.19　季康子问政于孔子曰：“如杀无道，以就有道，何如？”孔子对曰：“子为政，焉用杀？子欲善而民善矣。君子之德风，小人之德草。草上之风必偃。”

12.20　子张问：“士何如斯可谓之达矣？”子曰：“何哉，尔所谓达者？”子张对曰：“在邦必闻，在家必闻。”子曰：“是闻也，非达也。夫达也者，质直而好义，察言而观色，虑以下人。在邦必达，在家必达。夫闻也者，色取仁而行违，居之不疑。在邦必闻，在家必闻。”

12.21　樊迟从游于舞雩之下，曰：“敢问崇德，修慝，辨惑。”子曰：“善哉问！先事后得，非崇德与？攻其恶，无攻人之恶，非修慝与？一朝之忿，忘其身，以及其亲，非惑与？”

12.22　樊迟问仁。子曰：“爱人。”问知。子曰：“知人。”樊迟未达。子曰：“举直错诸枉，能使枉者直。”樊迟退，见子夏曰：“乡也吾见于夫子而问知，子曰：‘举直错诸枉，能使枉者直’，何谓也？”子夏曰：“富哉言乎！舜有天下，选于众，举皋陶，不仁者远矣。汤有天下，选于众，举伊尹，不仁者远矣。”

12.23　子贡问友。子曰：“忠告而善道之，不可则止，毋自辱焉。”

12.24　曾子曰：“君子以文会友，以友辅仁。”

子路篇第十三

13.1 子路问政。子曰："先之劳之。"请益。曰："无倦。"

13.2 仲弓为季氏宰，问政。子曰："先有司，赦小过，举贤才。"曰："焉知贤才而举之？"子曰："举尔所知；尔所不知，人其舍诸？"

13.3 子路曰："卫君待子而为政，子将奚先？"子曰："必也正名乎？"子路曰："有是哉，子之迂也！奚其正？"子曰："野哉，由也！君子于其所不知，盖阙如也。名不正，则言不顺；言不顺，则事不成；事不成，则礼乐不兴；礼乐不兴，则刑罚不中；刑罚不中，则民无所措手足。故君子名之必可言也，言之必可行也。君子于其言，无所苟而已矣。"

13.4 樊迟请学稼。子曰："吾不如老农。"请学为圃。曰："吾不如老圃。"樊迟出，子曰："小人哉，樊须也！上好礼，则民莫敢不敬；上好义，则民莫敢不服；上好信，则民莫敢不用情。夫如是，则四方之民襁负其子而至矣，焉用稼？"

13.5 子曰："诵《诗》三百，授之以政，不达；使于四方，不能专对；虽多，亦奚以为？"

13.6 子曰："其身正，不令而行；其身不正，虽令不从。"

13.7 子曰："鲁卫之政，兄弟也。"

13.8 子谓卫公子荆："善居室。始有，曰：'苟合矣。'少有，曰：'苟完矣。'富有，曰：'苟美矣。'"

13.9 子适卫，冉有仆。子曰："庶矣哉！"冉有曰："既庶矣，又何加焉？"曰："富之。"曰："既富矣，又何加焉？"曰："教之。"

13.10 子曰："苟有用我者，期月而已可也，三年有成。"

13.11 子曰："'善人为邦百年，亦可以胜残去杀矣。'诚哉是言也！"

13.12 子曰："如有王者，必世而后仁。"

13.13 子曰："苟正其身矣，于从政乎何有？不能正其身，如正人何？"

13.14 冉子退朝。子曰："何晏也？"对曰："有政。"子曰："其事也。如有政，虽不吾以，吾其与闻之。"

13.15 定公问："一言而可以兴邦，有诸？"孔子对曰："言不可以若是其几也。人之言曰：'为君难，为臣不易。'如知为君之难也，不几乎一言而兴邦乎？"曰："一言而丧邦，有诸？"孔子对曰："言不可以若是其几也。人之言曰：'予无乐乎为君，唯其言而莫予违也。'如其善而莫之违也，不亦善乎？如不善而莫之违也，不几乎一言而丧邦乎？"

13.16 叶公问政。子曰："近者说，远者来。"

13.17 子夏为莒父宰。问政。子曰："无欲速，无见小利。欲速，则不达；见小利，则大事不成。"

13.18 叶公语孔子曰："吾党有直躬者，其父攘羊，而子证之。"孔子曰："吾党之直者异于是：父为子隐，子为父隐。直在其中矣。"

13.19 樊迟问仁。子曰："居处恭，执事敬，与人忠。虽之夷狄，不可弃也。"

13.20 子贡问曰："何如斯可谓之士矣？"子曰："行己有耻，使于四方，不辱君命，可谓士矣。"曰："敢问其次。"曰："宗族称孝焉，乡党称弟焉。"曰："敢问其次。"曰："言必信，行必果，硁硁然小人哉！抑亦可以为次矣。"曰："今之从政者何如？"子曰："噫！斗筲之人，何足算也？"

13.21 子曰："不得中行而与之，必也狂狷乎！狂者进取，狷者有所不为也。"

13.22 子曰："南人有言曰：'人而无恒，不可以作巫医。'善夫。""不恒其德，或承之羞。"子曰："不占而已矣。"

13.23 子曰："君子和而不同，小人同而不和。"

13.24 子贡问曰："乡人皆好之，何如？"子曰："未可也。""乡人皆恶之，何如？"子曰："未可也。不如乡人之善者好之，其不善者恶之。"

13.25 子曰："君子易事而难说也。说之不以道，不说也；及其使人也，器之。小人难事而易说也。说之虽不以道，说也；及其使人也，求备焉。"

13.26 子曰："君子泰而不骄，小人骄而不泰。"

13.27 子曰："刚、毅、木、讷近仁。"

13.28 子路问曰："何如斯可谓之士矣？"子曰："切切偲偲，怡怡如也，可谓士矣。朋友切切偲偲，兄弟怡怡。"

13.29 子曰："善人教民七年，亦可以即戎矣。"

13.30 子曰："以不教民战，是谓弃之。"

宪问篇第十四

14.1 宪问耻。子曰："邦有道，谷；邦无道，谷，耻也。""克、伐、怨、欲不行焉，可以为仁矣？"子曰："可以为难矣，仁则吾不知也。"

14.2　子曰："士而怀居，不足以为士矣。"

14.3　子曰："邦有道，危言危行；邦无道，危行言孙。"

14.4　子曰："有德者必有言，有言者不必有德。仁者必有勇，勇者不必有仁。"

14.5　南宫适问于孔子曰："羿善射，奡荡舟，俱不得其死然。禹、稷躬稼而有天下。"夫子不答。南宫适出，子曰："君子哉若人！尚德哉若人！"

14.6　子曰："君子而不仁者有矣夫，未有小人而仁者也。"

14.7　子曰："爱之，能勿劳乎？忠焉，能勿诲乎？"

14.8　子曰："为命，裨谌草创之，世叔讨论之，行人子羽修饰之，东里子产润色之。"

14.9　或问子产。子曰："惠人也。"问子西。曰："彼哉！彼哉！"问管仲。曰："人也。夺伯氏骈邑三百，饭疏食，没齿无怨言。"

14.10　子曰："贫而无怨难，富而无骄易。"

14.11　子曰："孟公绰为赵、魏老则优，不可以为滕、薛大夫。"

14.12　子路问成人。子曰："若臧武仲之知，公绰之不欲，卞庄子之勇，冉求之艺，文之以礼乐，亦可以为成人矣。"曰："今之成人者何必然？见利思义，见危授命，久要不忘平生之言，亦可以为成人矣。"

14.13　子问公叔文子于公明贾曰："信乎，夫子不言，不笑，不取乎？"公明贾对曰："以告者过也，夫子时然后言，人不厌其言；乐然后笑，人不厌其笑；义然后取，人不厌其取。"子曰："其然？岂其然乎？"

14.14　子曰："臧武仲以防求为后于鲁，虽曰不要君，吾不信也。"

14.15　子曰："晋文公谲而不正，齐桓公正而不谲。"

14.16　子路曰："桓公杀公子纠，召忽死之，管仲不死。"曰："未仁乎？"子曰："桓公九合诸侯，不以兵车，管仲之力也。如其仁，如其仁。"

14.17　子贡曰："管仲非仁者与？桓公杀公子纠，不能死，又相之。"子曰："管仲相桓公，霸诸侯，一匡天下，民到于今受其赐。微管仲，吾其被发左衽矣。岂若匹夫匹妇之为谅也，自经于沟渎而莫之知也？"

14.18　公叔文子之臣大夫僎与文子同升诸公。子闻之曰："可以为'文'矣。"

14.19　子言卫灵公之无道也，康子曰："夫如是，奚而不丧？"孔子曰："仲叔圉治宾客，祝鮀治宗庙，王孙贾治军旅。夫如是，奚其丧？"

14.20　子曰："其言之不怍，则为之也难。"

14.21　陈成子弑简公。孔子沐浴而朝，告于哀公曰："陈恒弑其君，请讨之。"公曰："告夫三子！"孔子曰："以吾从大夫之后，不敢不告也。君曰'告夫三子'者！"之三子告，不可。孔子曰："以吾从大夫之后，不敢不告也。"

14.22　子路问事君。子曰："勿欺也，而犯之。"

14.23　子曰："君子上达，小人下达。"

14.24　子曰："古之学者为己，今之学者为人。"

14.25　蘧伯玉使人于孔子。孔子与之坐而问焉，曰："夫子何为？"对曰："夫子欲寡其过而未能也。"使者出。子曰："使乎！使乎！"

14.26　子曰："不在其位，不谋其政。"曾子曰："君子思不出其位。"

14.27　子曰："君子耻其言之过其行。"

14.28　子曰："君子道者三，我无能焉：仁者不忧，知者不惑，勇者不惧。"子贡曰："夫子自道也。"

14.29　子贡方人。子曰："赐也，贤乎哉？夫我则不暇。"

14.30　子曰："不患人之不己知，患其不能也。"

14.31　子曰："不逆诈，不亿不信，抑亦先觉者，是贤乎！"

14.32　微生亩谓孔子曰："丘何为是栖栖者与？无乃为佞乎？"孔子曰："非敢为佞也，疾固也。"

14.33　子曰："骥不称其力，称其德也。"

14.34　或曰："以德报怨，何如？"子曰："何以报德？以直报怨，以德报德。"

14.35　子曰："莫我知也夫！"子贡曰："何为其莫知子也？"子曰："不怨天，不尤人；下学而上达。知我者其天乎！"

14.36　公伯寮愬子路于季孙。子服景伯以告，曰："夫子固有惑志于公伯寮，吾力犹能肆诸市朝。"子曰："道之将行也与，命也。道之将废也与，命也。公伯寮其如命何！"

14.37　子曰："贤者辟世，其次辟地，其次辟色，其次辟言。"子曰："作者七人矣。"

14.38　子路宿于石门。晨门曰："奚自？"子路曰："自孔氏。"曰："是知其不可而为之者与？"

14.39　子击磬于卫，有荷蒉而过孔氏之门者，曰："有心哉，击磬乎！"既而曰："鄙哉！硁硁乎！莫己知也，斯己而已矣，深则厉，浅则揭。"子曰："果哉！未之难矣。"

14.40　子张曰："《书》云：'高宗谅阴，三年不言。'何谓也？"子曰："何必高宗，古之人皆然。君薨，百官总己以听于冢宰三年。"

14.41　子曰："上好礼，则民易使也。"

14.42　子路问君子。子曰："修己以敬。"曰："如斯而已乎？"曰："修己以安人。"曰："如斯而已乎？"曰："修己以安百姓。修己以安百姓，尧舜其犹病诸？"

14.43　原壤夷俟。子曰："幼而不孙弟，长而无述焉，老而不死，是为贼。"以杖叩其胫。

14.44　阙党童子将命，或问之曰："益者与？"子曰："吾见其居于位也，见其与先生并行也。非求益者也，欲速成者也。"

卫灵公篇第十五

15.1　卫灵公问陈于孔子。孔子对曰："俎豆之事，则尝闻之矣；军旅之事，未之学也。"明日遂行。

15.2　在陈绝粮，从者病，莫能兴。子路愠见曰："君子亦有穷乎？"子曰："君子固穷，小人穷斯滥矣。"

15.3　子曰："赐也，女以予为多学而识之者与？"对曰："然。非与？"曰："非也，予一以贯之。"

15.4　子曰："由！知德者鲜矣。"

15.5　子曰："无为而治者其舜也与？夫何为哉？恭己正南面而已矣。"

15.6　子张问行。子曰："言忠信，行笃敬，虽蛮貊之邦，行矣。言不忠信，行不笃敬，虽州里，行乎哉？立则见其参于前也，在舆则见其倚于衡也，夫然后行。"子张书诸绅。

15.7　子曰："直哉史鱼！邦有道，如矢；邦无道，如矢。君子哉蘧伯玉！邦有道，则仕；邦无道，则可卷而怀之。"

15.8　子曰："可与言而不与之言，失人；不可与言而与之言，失言。知者不失人，亦不失言。"

　15.9　子曰："志士仁人，无求生以害仁，有杀身以成仁。"

15.10　子贡问为仁，子曰："工欲善其事，必先利其器。居是邦也，事其大夫之贤者，友其士之仁者。"

15.11　颜渊问为邦。子曰："行夏之时，乘殷之辂，服周之冕，乐则《韶》《舞》，放郑声，远佞人。郑声淫，佞人殆。"

15.12　子曰："人无远虑，必有近忧。"

15.13　子曰："已矣乎！吾未见好德如好色者也。"

15.14　子曰："臧文仲其窃位者与！知柳下惠之贤而不与立也。"

15.15　子曰："躬自厚而薄责于人，则远怨矣。"

15.16　子曰："不曰'如之何，如之何'者，吾末如之何也已矣。"

15.17　子曰："群居终日，言不及义，好行小慧，难矣哉！"

15.18　子曰："君子义以为质，礼以行之，孙以出之，信以成之。君子哉！"

15.19　子曰："君子病无能焉，不病人之不己知也。"

15.20　子曰："君子疾没世而名不称焉。"

15.21　子曰："君子求诸己，小人求诸人。"

15.22　子曰："君子矜而不争，群而不党。"

15.23　子曰："君子不以言举人，不以人废言。"

15.24　子贡问曰："有一言而可以终身行之者乎？"子曰："其'恕'乎！己所不欲，勿施于人。"

15.25　子曰："吾之于人也，谁毁谁誉？如有所誉者，其有所试矣。斯民也，三代之所以直道而行也。"

15.26　子曰："吾犹及史之阙文也。有马者借人乘之，今亡矣夫！"

15.27　子曰："巧言乱德。小不忍，则乱大谋。"

15.28　子曰："众恶之，必察焉；众好之，必察焉。"

15.29　子曰："人能弘道，非道弘人。"

15.30　子曰："过而不改，是谓过矣。"

15.31　子曰："吾尝终日不食，终夜不寝，以思，无益，不如学也。"

15.32　子曰："君子谋道不谋食。耕也，馁在其中矣；学也，禄在其中矣。君子忧道不忧贫。"

15.33　子曰："知及之，仁不能守之，虽得之，必失之。知及之，仁能守之，不庄以莅之，则民不敬。知及之，仁能守之，庄以莅之，动之不以礼，未善也。"

15.34　子曰："君子不可小知而可大受也，小人不可大受而可小知也。"

15.35　子曰："民之于仁也，甚于水火。水火，吾见蹈而死者矣，未见蹈仁而死者也。"

15.36　子曰："当仁，不让于师。"

15.37　子曰："君子贞而不谅。"

15.38　子曰："事君，敬其事而后其食。"

15.39　子曰："有教无类。"

15.40　子曰："道不同不相为谋。"

15.41　子曰："辞达而已矣。"

15.42　师冕见，及阶，子曰："阶也。"及席，子曰："席也。"皆坐，子告之曰："某在斯，某在斯。"师冕出。子张问曰："与师言之道与？"子曰："然。固相师之道也。"

季氏篇第十六

16.1　季氏将伐颛臾。冉有、季路见于孔子曰："季氏将有事于颛臾。"孔子曰："求！无乃尔是过与？夫颛臾，昔者先王以为东蒙主，且在邦域之中矣，是社稷之臣也。何以伐为？"冉有曰："夫子欲之，吾二臣者皆不欲也。"孔子曰："求！周任有言曰：'陈力就列，不能者止。'危而不持，颠而不扶，则将焉用彼相矣？且尔言过矣。虎兕出于柙，龟玉毁于椟中，是谁之过与？"冉有曰："今夫颛臾，故而近于费。今不取，后世必为子孙忧。"孔子曰："求！君子疾夫舍曰'欲之'而必为之辞。丘也闻有国有家者，不患寡而患不均，不患贫而患不安。盖均无贫，和无寡，安无倾。夫如是，故远人不服，则修文德以来之。既来之，则安之。今由与求也，相夫子，远人不服而不能来也，邦分崩离析而不能守也，而谋动干戈于邦内。吾恐季孙之忧，不在颛臾，而在萧墙之内也。"

16.2　孔子曰："天下有道，则礼乐征伐自天子出；天下无道，则礼乐征伐自诸侯出。自诸侯出，盖十世希不失矣；自大夫出，五世希不失矣；陪臣执国命，三世希不失矣。天下有道，则政不在大夫。天下有道，则庶人不议。"

16.3　孔子曰："禄之去公室五世矣，政逮于大夫四世矣，故夫三桓之子孙微矣。"

16.4　孔子曰："益者三友，损者三友。友直，友谅，友多闻，益矣。友便辟，友善柔，友便佞，损矣。”

16.5　孔子曰：“益者三乐，损者三乐。乐节礼乐，乐道人之善，乐多贤友，益矣。乐骄乐，乐佚游，乐宴乐，损矣。”

16.6　孔子曰：“侍于君子有三愆：言未及之而言，谓之躁；言及之而不言，谓之隐；未见颜色而言，谓之瞽。”

16.7　孔子曰：“君子有三戒：少之时，血气未定，戒之在色；及其壮也，血气方刚，戒之在斗；及其老也，血气既衰，戒之在得。”

16.8　孔子曰：“君子有三畏：畏天命，畏大人，畏圣人之言。小人不知天命而不畏也，狎大人，侮圣人之言。”

16.9　孔子曰：“生而知之者上也，学而知之者次也；困而学之，又其次也；困而不学，民斯为下矣。”

16.10　孔子曰：“君子有九思：视思明，听思聪，色思温，貌思恭，言思忠，事思敬，疑思问，忿思难，见得思义。”

16.11　孔子曰：“见善如不及，见不善如探汤。吾见其人矣，吾闻其语矣。隐居以求其志，行义以达其道。吾闻其语矣，未见其人也。”

16.12　齐景公有马千驷，死之日，民无德而称焉。伯夷、叔齐饿于首阳之下，民到于今称之。其斯之谓与？

16.13　陈亢问于伯鱼曰：“子亦有异闻乎？”对曰：“未也。尝独立，鲤趋而过庭。曰：‘学《诗》乎？’对曰：‘未也。’‘不学《诗》，无以言。’鲤退而学《诗》。他日，又独立，鲤趋而过庭。曰：‘学礼乎？’对曰：‘未也。’‘不学礼，无以立。’鲤退而学礼。闻斯二者。”陈亢退而喜曰：“问一得三：闻《诗》，闻礼，又闻君子之远其子也。”

16.14　邦君之妻，君称之曰“夫人”，夫人自称曰“小童”；邦人称之曰“君夫人”，称诸异邦曰“寡小君”；异邦人称之，亦曰“君夫人”。

阳货篇第十七

17.1　阳货欲见孔子，孔子不见，归孔子豚。孔子时其亡也，而往拜之。遇诸涂。谓孔子曰：“来！予与尔言。”曰：“怀其宝而迷其邦，可谓仁乎？”曰：“不可。”“好从事而亟失时，可谓知乎？”曰：“不可。”“日月逝矣，岁不我与。”孔子曰：“诺。吾将仕矣。”

17.2　子曰："性相近也，习相远也。"

17.3　子曰："唯上知与下愚不移。"

17.4　子之武城，闻弦歌之声。夫子莞尔而笑，曰："割鸡焉用牛刀？"子游对曰："昔者偃也闻诸夫子：'君子学道则爱人，小人学道则易使也。'"子曰："二三子！偃之言是也。前言戏之耳。"

17.5　公山弗扰以费畔，召，子欲往。子路不说，曰："末之也，已，何必公山氏之之也？"子曰："夫召我者，而岂徒哉？如有用我者，吾其为东周乎？"

17.6　子张问仁于孔子。孔子曰："能行五者于天下，为仁矣。""请问之。"曰："恭宽信敏惠。恭则不侮，宽则得众，信则人任焉，敏则有功，惠则足以使人。"

17.7　佛肸召，子欲往。子路曰："昔者由也闻诸夫子曰：'亲于其身为不善者，君子不入也。'佛肸以中牟畔，子之往也，如之何？"子曰："然。有是言也。不曰坚乎，磨而不磷；不曰白乎，涅而不缁。吾岂匏瓜也哉？焉能系而不食？"

17.8　子曰："由也！女闻六言六蔽矣乎？"对曰："未也。""居！吾语女。好仁不好学，其蔽也愚；好知不好学，其蔽也荡；好信不好学，其蔽也贼；好直不好学，其蔽也绞；好勇不好学，其蔽也乱；好刚不好学，其蔽也狂。"

17.9　子曰："小子何莫学夫《诗》？诗，可以兴，可以观，可以群，可以怨。迩之事父，远之事君；多识于鸟兽草木之名。"

17.10　子谓伯鱼曰："女为《周南》《召南》矣乎？人而不为《周南》《召南》，其犹正墙面而立也与？"

17.11　子曰："礼云礼云，玉帛云乎哉？乐云乐云，钟鼓云乎哉？"

17.12　子曰："色厉而内荏，譬诸小人，其犹穿窬之盗也与？"

17.13　子曰："乡愿，德之贼也。"

17.14　子曰："道听而途说，德之弃也。"

17.15　子曰："鄙夫可与事君也与哉？其未得之也，患得之，既得之，患失之，苟患失之，无所不至矣。"

17.16　子曰："古者民有三疾，今也或是之亡也。古之狂也肆，今之狂也荡；古之矜也廉，今之矜也忿戾；古之愚也直，今之愚也诈而已矣。"

17.17　子曰："巧言令色，鲜矣仁。"

17.18　子曰："恶紫之夺朱也，恶郑声之乱雅乐也，恶利口之覆邦家者。"

17.19 子曰："予欲无言。"子贡曰："子如不言，则小子何述焉？"子曰："天何言哉？四时行焉，百物生焉。天何言哉？"

17.20 孺悲欲见孔子，孔子辞以疾。将命者出户，取瑟而歌，使之闻之。

17.21 宰我问："三年之丧，期已久矣。君子三年不为礼，礼必坏；三年不为乐，乐必崩。旧谷既没，新谷既升，钻燧改火，期可已矣。"子曰："食夫稻，衣夫锦，于女安乎？"曰："安。""女安，则为之。夫君子之居丧，食旨不甘，闻乐不乐，居处不安，故不为也。今女安，则为之！"宰我出。子曰："予之不仁也！子生三年，然后免于父母之怀。夫三年之丧，天下之通丧也。予也有三年之爱于其父母乎？"

17.22 子曰："饱食终日，无所用心，难矣哉！不有博弈者乎？为之，犹贤乎已。"

17.23 子路曰："君子尚勇乎？"子曰："君子义以为上。君子有勇而无义为乱，小人有勇而无义为盗。"

17.24 子贡曰："君子亦有恶乎！"子曰："有恶：恶称人之恶者，恶居下流而讪上者，恶勇而无礼者，恶果敢而窒者。"曰："赐也亦有恶乎？""恶徼以为知者，恶不孙以为勇者，恶讦以为直者。"

17.25 子曰："唯女子与小人为难养也，近之则不孙，远之则怨。"

17.26 子曰："年四十而见恶焉，其终也已。"

微子篇第十八

18.1 微子去之，箕子为之奴，比干谏而死。孔子曰："殷有三仁焉。"

18.2 柳下惠为士师，三黜。人曰："子未可以去乎？"曰："直道而事人，焉往而不三黜？枉道而事人，何必去父母之邦？"

18.3 齐景公待孔子曰："若季氏，则吾不能；以季、孟之间待之。"曰："吾老矣，不能用也。"孔子行。

18.4 齐人归女乐，季桓子受之，三日不朝，孔子行。

18.5 楚狂接舆歌而过孔子曰："凤兮凤兮！何德之衰？往者不可谏，来者犹可追。已而！已而！今之从政者殆而！"孔子下，欲与之言。趋而辟之，不得与之言。

18.6 长沮、桀溺耦而耕，孔子过之，使子路问津焉。长沮曰："夫执舆者为谁？"子路曰："为孔丘。"曰："是鲁孔丘与？"曰："是也。"曰："是知津矣。"问于桀溺。桀溺曰："子为谁？"曰："为仲由"。曰："是鲁孔丘之徒与？"对曰："然。"曰："滔滔者天下皆是也，而谁以易之？且而与其从辟人之士也，岂若从辟世之士哉？"耰而不辍。子路行以告。夫子怃然曰："鸟兽不可与同群，吾非斯人之徒与而谁与？天下有道，丘不与易也。"

18.7　子路从而后，遇丈人，以杖荷蓧。子路问曰："子见夫子乎？"丈人曰："四体不勤，五谷不分，孰为夫子？"植其杖而芸。子路拱而立。止子路宿，杀鸡为黍而食之，见其二子焉。明日，子路行以告。子曰："隐者也。"使子路反见之。至，则行矣。子路曰："不仕无义。长幼之节，不可废也；君臣之义，如之何其废之？欲洁其身，而乱大伦。君子之仕也，行其义也。道之不行，已知之矣。"

18.8　逸民：伯夷、叔齐、虞仲、夷逸、朱张、柳下惠、少连。子曰："不降其志，不辱其身，伯夷、叔齐与！"谓"柳下惠、少连，降志辱身矣，言中伦，行中虑，其斯而已矣。"谓"虞仲、夷逸，隐居放言，身中清，废中权。我则异于是，无可无不可。"

18.9　大师挚适齐，亚饭干适楚，三饭缭适蔡，四饭缺适秦，鼓方叔入于河，播鼗武入于汉，少师阳、击磬襄入于海。

18.10　周公谓鲁公曰："君子不施其亲，不使大臣怨乎不以。故旧无大故，则不弃也。无求备于一人！"

18.11　周有八士：伯达、伯适、仲突、仲忽、叔夜、叔夏、季随、季騧。

子张篇第十九

19.1　子张曰："士见危致命，见得思义，祭思敬，丧思哀，其可已矣。"

19.2　子张曰："执德不弘，信道不笃，焉能为有？焉能为亡？"

19.3　子夏之门人问交于子张。子张曰："子夏云何？"对曰："子夏曰：'可者与之，其不可者拒之。'"子张曰："异乎吾所闻：君子尊贤而容众，嘉善而矜不能。我之大贤与，于人何所不容？我之不贤与，人将拒我，如之何其拒人也？"

19.4　子夏曰："虽小道，必有可观者焉；致远恐泥，是以君子不为也。"

19.5　子夏曰："日知其所亡，月无忘其所能，可谓好学也已矣。"

19.6　子夏曰："博学而笃志，切问而近思，仁在其中矣。"

19.7　子夏曰："百工居肆以成其事，君子学以致其道。"

19.8　子夏曰："小人之过也必文。"

19.9　子夏曰："君子有三变：望之俨然，即之也温，听其言也厉。"

19.10　子夏曰："君子信而后劳其民，未信则以为厉己也。信而后谏，未信则以为谤己也。"

19.11　子夏曰："大德不逾闲，小德出入可也。"

19.12　子游曰："子夏之门人小子，当洒扫应对进退，则可矣，抑末也。本之则无，如之何？"子夏闻之，曰："噫！言游过矣！君子之道，孰先传焉，孰后倦焉？譬诸草木，区以别矣。君子之道，焉可诬也？有始有卒者，其唯圣人乎！"

19.13　子夏曰："仕而优则学，学而优则仕。"

19.14　子游曰："丧致乎哀而止。"

19.15　子游曰："吾友张也为难能也，然而未仁。"

19.16　曾子曰："堂堂乎张也，难与并为仁矣。"

19.17　曾子曰："吾闻诸夫子：人未有自致者也，必也亲丧乎！"

19.18　曾子曰："吾闻诸夫子：孟庄子之孝也，其他可能也；其不改父之臣与父之政，是难能也。"

19.19　孟氏使阳肤为士师，问于曾子。曾子曰："上失其道，民散久矣。如得其情，则哀矜而勿喜！"

19.20　子贡曰："纣之不善，不如是之甚也。是以君子恶居下流，天下之恶皆归焉。"

19.21　子贡曰："君子之过也，如日月之食焉；过也，人皆见之；更也，人皆仰之。"

19.22　卫公孙朝问于子贡曰："仲尼焉学？"子贡曰："文、武之道，未坠于地，在人。贤者识其大者，不贤者识其小者。莫不有文武之道焉。夫子焉不学？而亦何常师之有？"

19.23　叔孙武叔语大夫于朝，曰："子贡贤于仲尼。"子服景伯以告子贡。子贡曰："譬之宫墙，赐之墙也及肩，窥见室家之好。夫子之墙数仞，不得其门而入，不见宗庙之美，百官之富。得其门者或寡矣。夫子之云，不亦宜乎！"

19.24　叔孙武叔毁仲尼。子贡曰："无以为也！仲尼不可毁也。他人之贤者，丘陵也，犹可逾也；仲尼，日月也，无得而逾焉。人虽欲自绝，其何伤于日月乎？多见其不知量也。"

19.25　陈子禽谓子贡曰："子为恭也，仲尼岂贤于子乎？"子贡曰："君子一言以为知，一言以为不知，言不可不慎也。夫子之不可及也，犹天之不可阶而升也。夫子之得邦家者，所谓立之斯立，道之斯行，绥之斯来，动之斯和。其生也荣，其死也哀。如之何其可及也？"

尧曰篇第二十

20.1　尧曰："咨！尔舜。天之历数在尔躬，允执其中。四海困穷，天禄永终。"舜亦以命禹。曰："予小子履，敢用玄牡，敢昭告于皇皇后帝：有罪不敢赦。帝臣不蔽，简在帝心。朕躬有罪，无以万方；万方有罪，罪在朕躬。"周有大赉，善人是富。"虽有周亲，不如仁人。百姓有过，在予一人。"谨权量，审法度，修废官，四方之政行焉。兴灭国，继绝世，举逸民，天下之民归心焉。所重：民、食、丧、祭。宽则得众，信则民任焉，敏则有功，公则说。

20.2　子张问于孔子曰："何如斯可以从政矣？"子曰："尊五美，屏四恶，斯可以从政矣。"子张曰："何谓五美？"子曰："君子惠而不费，劳而不怨，欲而不贪，泰而不骄，威而不猛。"子张曰："何谓惠而不费？"子曰："因民之所利而利之，斯不亦惠而不费乎？择可劳而劳之，又谁怨？欲仁而得仁，又焉贪？君子无众寡，无小大，无敢慢，斯不亦泰而不骄乎？君子正其衣冠，尊其瞻视，俨然人望而畏之，斯不亦威而不猛乎？"子张曰："何谓四恶？"子曰："不教而杀谓之虐；不戒视成谓之暴；慢令致期谓之贼；犹之与人也，出纳之吝谓之有司。"

20.3　孔子曰："不知命，无以为君子也；不知礼，无以立也；不知言，无以知人也。"